Anne Griffin ist eine irische Schriftstellerin. Sie erhielt für ihre Kurzgeschichten den John McGahern Award for Literature, außerdem stand sie u. a. auf der Shortlist für den Hennessy New Irish Writing Award und den Sunday Business Post Short Story Award. Ihr Romandebüt, «Ein Leben und eine Nacht», wurde in zahlreiche Länder verkauft, u. a. in die USA, nach Kanada, Frankreich und Holland, und stand auf Platz 1 der irischen Bestsellerliste. Anne Griffin lebt in Irland.

Martin Ruben Becker lebt als Übersetzer in München und hat u. a. Bücher von Joseph Luzzi, Robert Goolrick, Favell Lee Mortimer und David Bergen übersetzt.

«Eine wunderbar unerwartete Geschichte über Liebe, Tod und alles, was dazwischenliegt.» *Graham Norton*

«Fesselnd und herzerwärmend.» *Irish Times*

ANNE GRIFFIN

LETZTE WÜNSCHE

Roman

Aus dem Englischen
von Martin Ruben Becker

Rowohlt Taschenbuch Verlag

Die englische Originalausgabe erschien 2021 bei Sceptre,
Imprint of Hodder & Stoughton, an Hachette UK company.

Die deutsche Erstausgabe erschien 2022
bei Kindler unter dem Titel «Die Bestatterin von Kilcross».

Veröffentlicht im Rowohlt Taschenbuch Verlag, Hamburg, August 2024
Redaktion Susann Rehlein
Die Nutzung unserer Werke für Text- und Data-Mining
im Sinne von § 44b UrhG behalten wir uns explizit vor.
Covergestaltung Lübbeke Naumann Thoben, Köln
Coverabbildung Lockdown 2020 von Edward B. Gordon
Mit freundlicher Genehmigung des Künstlers
www.gordon.de
Satz aus der Legacy Serif
bei Pinkuin Satz und Datentechnik, Berlin
Druck und Bindung GGP Media GmbH, Pößneck
ISBN 978-3-499-00883-2

Für meine Eltern
Jimmy und Bridie Griffin

———

KAPITEL 1

Als mein Vater mir eröffnete, dass er sich aus dem Geschäft zurückzieht und die Leitung von *Masterson Bestattungen* mir überträgt, wollte ich nur davonlaufen. Bis ans Ende dieser Welt, bis an den Rand der Klippen, den Kopf in den Himmel recken und tief einatmen, Luft, die nichts von mir wollte. Mich ganz von einer Freiheit durchdringen lassen, die keinerlei Erwartungen an mich hegte, meine Züge glättete und meine geballten Fäuste wieder löste.

Schon einmal hatte ich davonlaufen wollen, aber es war mir nicht gelungen. Die Pflicht, verstehen Sie. Die Pflicht, die Pflicht, die Pflicht. Der Steinmetz soll das Wort dereinst in großen Lettern und am besten gleich dreimal hintereinander unter meinen Namen in den Grabstein gravieren, damit alle wissen, wer Jeanie Masterson wirklich war. Was es gewesen ist, das sie angetrieben, sie niedergedrückt und, ja, wenn ich ehrlich bin, auch beglückt hat. Meine Welt, die ich gleichzeitig liebte und fürchtete und in der ich zerrissen war zwischen allzu vielen, die mich ebenso dringend brauchten wie ich sie.

«Baltimore», sagte mein Vater. Sie würden ihren Lebensabend in Baltimore verbringen. Mum und er, Gráinne und David Masterson, würden ihre Sachen packen und in sechs Monaten oder so umziehen. Ihnen sei es verziehen, wenn Sie denken, es handele sich um Baltimore in den Vereinigten Staaten. Ich jedoch wusste, welchen Ort er meinte: das Dorf an der Küste, an der Spitze von Irlands sechstem dicken Zeh. Es liegt im County Cork, ungefähr dreihundert Kilometer in südwestlicher Richtung von Kilcross entfernt, der Stadt in den Midlands, in der wir unser Leben verbracht haben. Weder Flugzeuge noch Bonusmeilen oder Pässe wären nötig, sie würden sich bloß ins Auto setzen und dahin fahren, wo wir immer unsere Sommerferien verbracht haben, als Mikey und ich Kinder waren. Meist war es bloß ein verlängertes Wochenende, aber manchmal, wenn Dad sich von den Verpflichtungen im Bestattungsinstitut frei machen konnte, eine ganze kostbare Woche. An unsere Tür konnte man kein Schild hängen, verstehen Sie, das die Leute höflich bittet, sich später wieder zu melden. Die Toten warten nicht gerne. Obwohl man natürlich auch behaupten kann, dass sie alle Zeit der Welt haben. Es war Harry, meine Tante, unsere Einbalsamiererin, die die Stellung hielt, während wir am Pier spazieren gingen und am Sandstrand spielten und unser Softeis lutschten. Ich liebte Baltimore. Wir liebten Baltimore, und nun würden sie es zu ihrem neuen Zuhause machen und Niall und mir das Haus und die Firma überlassen.

«Aber du bist doch gerade erst sechzig geworden», rief ich aus, als meine Eltern Niall und mir gegenübersaßen und uns ihre Neuigkeit eröffneten.

Wir saßen in unserem Morgenzimmer, einem von zwei Wohnzimmern in dem großen Haus, in dem wir alle zusammen wohnten – fünf Schlafzimmer, sechs, wenn man das Zimmer mitzählte, das Mum in einen begehbaren Kleiderschrank verwandelt hatte. Sie hatte noch ein weiteres in eine Sauna umwandeln wollen, aber dagegen hatte Dad sein Veto eingelegt.

«So früh geht doch niemand in den Ruhestand!»

«Schulleiter zum Beispiel gehen auch früh in Rente», wandte Dad ein.

«Aber du bist nun mal kein Rektor. Du bist ein Geschäftsmann ohne großzügige staatliche Pension.»

«Stimmt, aber ich habe ein bisschen was zurückgelegt, und außerdem habe ich eine begabte Tochter, die sehr gut für uns alle sorgen kann. Ganz zu schweigen von dem Mann neben dir, dem besten Thanatopraktiker in ganz Irland.» Er zwinkerte Niall zu, der strahlte, als wäre er Dads Preisbulle bei der Landwirtschaftsmesse in Kilcross.

«Da hat Harry doch auch ein Wörtchen mitzureden», antwortete ich, bevor ich begriff, wie unhöflich ich gewesen war. «Entschuldige, Niall.» Ich streckte die Hand aus, um meinem Mann das Knie zu tätscheln. «Ich hab's nicht so gemeint.»

«Schon in Ordnung, ich versteh dich.» Er lächelte und griff nach meiner Hand. «Wir wissen doch, wie brillant Harry ist. Hat mir schließlich alles beigebracht, was ich kann.»

«Die geht ja auch nicht weg», fügte Dad hinzu. «Die wird man nicht los, selbst wenn man es versuchte. Die wird noch mit neunzig einbalsamieren, wenn es nach ihr geht.»

«Aber du hast vorher noch nie von Ruhestand gesprochen, Dad.» Und ich hatte in Wahrheit auch nie einen Gedanken daran verschwendet, dass es so weit kommen könnte.

«Das stimmt, mein Schatz», warf Mum ein, «doch dein Dad und ich haben das Gefühl, wir sollten die Zeit, die wir noch haben, für uns nutzen. Solange er noch eine Angel halten und ich mich endlich meinen Gedichten widmen kann.»

Mum und Dad lächelten sich liebevoll an.

«Gedichte, Mum? Ich dachte, du hättest das Schreiben nach diesem Abendkurs aufgegeben, als du fandest, das wäre alles viel zu kompliziert und was zum Teufel denn so falsch wäre an den guten alten Reimen.»

«Ich will damit sagen, Jeanie, dass, solange ich den Friseur-laden hatte, nie genug Zeit dafür war. Außerdem steht das Haus, das wir in Baltimore immer gemietet haben, zum Verkauf. Wenn das nicht Kismet ist, dann weiß ich auch nicht.» Sie lächelte in sich hinein und berührte mit ihren perfekt manikürten Fingern die Spitzen ihrer schulterlangen, elegant gefärbten Haare, war entzückt von ihrer eigenen Wortwahl.

«Ich dachte, du glaubst gar nicht an so etwas wie den sechsten Sinn, Mum.»

«Ach, Jeanie, jetzt fang nicht wieder damit an. Du weißt genau, dass ich dir und deinem Vater glaube, wenn ihr sagt, ihr könnt die Toten hören. Ich hab nur allmählich wirklich genug davon, dass sie sich dauernd in unser Leben einmischen. Dein Vater hat eine Pause verdient.»

«Aber es ist völlig in Ordnung, mich hier mit ihnen alleinzulassen, ja?»

«Wir dachten, das ist genau das, was du willst, Jeanie!» Ich konnte sehen, dass sie gekränkt war. Sie legte sich eine Hand an die Brust. «Du hast doch von nichts anderem mehr gesprochen als davon, wie du ihnen zuhörst. Wie du hörst, was sie zu sagen haben, die Probleme regelst, die sie mit sich rumschleppen.»

Vielleicht, als ich fünf war, wollte ich kindischerweise sagen.

«Und was ist mit Mikey?», lenkte ich das Gespräch auf ihr Lieblingsthema. «Was ist seine Rolle in dem Ganzen hier?»

Mikey, mein zwei Jahre älterer Bruder. Wenn ich, als ich klein war, versuchte, ihn den Leuten irgendwie zu erklären, sagte ich immer, er sei anders; bis er mit dreizehn die Diagnose erhielt: Autismus - allerdings nur eine leichte Form, wie Mum gern präzisierte. Diese Tests hatten mir schließlich das richtige Vokabular an die Hand gegeben. Mikey war «hoch funktional», «hoch leistungsfähig», allerdings nicht immer so, wie wir es gerne gehabt hätten.

«Wir haben mit ihm gesprochen und ...»

«Ihr habt mit ihm gesprochen, bevor ihr mit mir geredet habt, Mum?» Mikey war derjenige, den wir normalerweise vor allem, was in dieser Familie anstand, schützten – wir ließen ihn so lange in Ruhe, bis alles zu Ende gedacht und für jede nur mögliche Unterstützung gesorgt war.

«Nur so allgemein.»

«Echt jetzt, wir wissen doch alle, dass Mikey mit irgendwas Allgemeinem nichts anfangen kann. Entweder es ist konkret und steht fest, oder es ist nichts für ihn.»

«Na ja, er wollte ganz genau wissen, wann der Umzug sein wird und wie er seine Zeitschriftensammlung dahin kriegt. Wir haben gemeinsam nach dem richtigen Umzugsunternehmen dafür gesucht. Er ist ja ein solcher Experte bei so vielen Dingen», sagte Mum stolz.

«Dann zieht er also mit euch um?»

«Natürlich kommt er mit. Hier wird er kaum bleiben können. Das erwarten wir auch nicht von dir, Jeanie. Er ist unser Sohn, wir wollen ihn bei uns haben.» So hatte es Mum immer schon gehalten, ihr Sohn ganz in ihrer Nähe.

«Aber mich nicht?»

Mum wirkte schockiert angesichts einer solch kindischen Frage ihrer zweiunddreißigjährigen Tochter, und wer könnte es ihr verdenken? Schon erstaunlich, was man so sagt, wenn man in Panik ist.

«Aber du bist verheiratet, Jeanie. Du lebst hier mit Niall zusammen.» Sie zeigte sogar auf ihn, für den Fall, dass ich vergessen hatte, um wen es sich handelte. «Das ist dein Leben hier, deine Arbeit. Wir haben nicht angenommen ...»

Sie sah Dad an. «David, du kannst hier gerne auch mal was sagen.

«Deine Mutter hat recht, Jeanie. Das Ganze gibt dir doch die Chance, das Geschäft so zu führen, wie du willst, und das Ruder zu übernehmen. Jetzt kannst du alle Entscheidungen selbst treffen und musst dich nicht ständig mit mir abstimmen. Es hat so viele Vorteile, sein eigener Herr zu sein.»

«Und was ist, wenn ich das gar nicht will? Was ist, wenn ich es genau so haben will, wie es jetzt ist, oder wenn ich etwas völlig anderes will? Vielleicht liegt, was ich will, ja auch Hunderte von Kilometern entfernt.» Und das auch noch, das habe ich auch noch in Panik gesagt.

«Also, wir haben wirklich nicht gedacht ... Ich meine, ist es denn so? Gibt es da etwas, was du tun möchtest und von dem wir noch nichts wissen?»

Alle drei wandten mir jetzt die Gesichter zu – Mum mit offenem Mund, Dad mit gerunzelter Stirn und Niall mit einem sorgenvollen Ausdruck, den ich überhaupt nicht hatte provozieren wollen – und warteten auf meine Antwort. Ich konnte mir gerade noch das Geständnis verkneifen, dass ich mich immer schon gefragt hatte, wie es wäre, ein völlig anderes Leben zu führen. Aber wenn ich jetzt fortginge, um diesem Traum zu folgen, und Dad gleichzeitig in den Ruhestand ginge, tja, das wäre es dann für die Toten, niemand wäre mehr da, der ihnen zuhörte. Ich war die Letzte, verstehen Sie, die Letzte, die den Toten zuhörte, mit mir riss diese Linie ab.

«Leute», redete ich mich heraus, «ich will nur sagen, dass ihr mich hier mit einem Fait accompli konfrontiert habt. Als hätte ich in dieser Sache überhaupt nichts zu entscheiden.»

«Okay, warte mal, Jeanie», sagte Dad und hob beschwichtigend die Hände, «deine Mutter und ich wollen nur, dass du glücklich bist. Wir dachten, unsere Neuigkeit wäre eine schöne Überraschung für dich.» Dann blickte er auf den Kuchen, den er gekauft hatte, mit einem Kärtchen davor, auf dem «Herzlichen Glückwunsch» stand. Als ich ins Zimmer gekommen war, hatte ich bei dem Anblick erwartungsvoll gelächelt. Dad hatte gegrinst und mir gesagt, den Kuchen gebe es gleich, erst müssten sie mir was erzählen. Jetzt musterte er den Kuchen, als wäre er der Hund, den wir demnächst einschläfern lassen mussten. «Das ist dein Lieblingskuchen – Streuselkuchen.»

Hilfe suchend wandte er sich an Niall. «Aber du bist doch froh über die ganze Sache, Niall, oder?»

«Ich ...», setzte Niall, den Blick auf mich gerichtet, vorsichtig an – ein Mann, der sich in die Enge getrieben fühlte und nicht wusste, was er sagen sollte. «... ich freue mich für euch beide. Ihr habt euch wirklich eine Pause verdient. Und ich kann euch gar nicht genug danken für diese Chance. Wahrscheinlich kommt es nur ein wenig überraschend.»

«Wusstest du das auch alles schon?» Die Frage war mir herausgerutscht.

«Nein!» Niall starrte mich ungläubig an.

«Himmel noch mal, Jeanie, lass den Mann doch mal in Ruhe!» Mum riss die Hutschnur.

«Was? Findest du jetzt, dass ich eklig zu meinem Mann bin, oder was?»

«Jeanie, können wir uns alle mal beruhigen?» Dad schob sich bis zur Sesselkante vor und hob die rechte Hand wie ein Verkehrspolizist. «Niall, geh doch mal rüber und bring uns was zu trinken, bevor wir uns hier gegenseitig meucheln. Für uns Gin Tonic und für die hier irgendwas, was sie ruhigstellt.»

Dad blickte mich an, während Niall das Zimmer verließ,

und kam dann tapfer herüber, um sich neben mich zu setzen.

«Empfindest du das als Verrat, Jeanie, bist du deshalb so wütend? Weil wir dich allein lassen? Das tun wir aber nicht, mein Liebes. Überhaupt nicht. Wir merken einfach, dass wir es ein bisschen ruhiger angehen lassen müssen. Und das ist sehr schwer, wenn man es ausgerechnet dort machen will, wo man auch arbeitet. Niall und dir geht es eines Tages ja vielleicht genauso mit diesem Ort und dann, na ja …»

Und dann, na ja, und dann müsst ihr verkaufen, hätte der Satz vollständig gelautet, wenn Dad mutig genug gewesen wäre, ihn zu beenden, denn bislang hatte ihnen ihre Tochter sehr zu ihrer Enttäuschung keine Enkelkinder geschenkt und würde die Firma nicht an die nächste Generation weitergeben.

«Schau mal, Liebes, es tut uns leid, okay? Wir haben ehrlich nicht gedacht, dass dich das so aufregen würde. Wir hätten mal bei dir vorfühlen müssen und nicht erst damit ankommen, wenn alles schon unter Dach und Fach ist. Das verstehen wir, Gráinne, oder?»

«Ja, natürlich, mein Liebling.» Mum streckte die Hand aus, um mir das Knie zu tätscheln. Das genügte schon, damit ich mich ganz schrecklich fühlte und mich um ein Lächeln bemühte.

Da beschloss Dad, dass dies der richtige Zeitpunkt war, seine Tochter in eine Umarmung zu ziehen.

«Wir haben einfach nur die Situation falsch eingeschätzt. Sei nicht zu streng mit uns, ja? Wir kriegen das alles schon geregelt. Wir müssen ja nicht im Schweinsgalopp hier rauspreschen. Wir können es ein bisschen langsamer angehen, es in Ruhe und richtig machen. Wie hört sich das für dich an?»

Ich schmiegte mich an den Mann, der mich immer beschützt hatte, mir den richtigen Weg gezeigt, wenn ich mich verrannt hatte. Meine Finger wanderten über den weichen Stoff seines Wollanzugs. Dad war immer makellos angezogen, trug nur Kleidung vom Allerfeinsten. Die schlichte Wahrheit war, dass ein Teil von mir nicht mit den Toten allein sein wollte. Es bedeutete mir etwas, dass Dad sie auch hören konnte, dass wir diese Gabe teilten, um die wir beide nicht gebeten hatten, aber mit der wir auf die Welt gekommen waren. Denn manchmal war es nicht so leicht, worum die Toten uns baten, wenn sie in ihren Särgen lagen. Selbst wenn Dad nicht so viel darüber sprach, wie ich es mir gewünscht hätte, bedeutete es mir etwas, jemanden zu haben, der die Last und auch das Glück dieser Gabe einschätzen konnte. Und doch, dachte ich, wenn mein Vater es geschafft hatte, bevor ich auf die Welt kam, dann konnte ich das sicher auch. War es denn wirklich zu viel verlangt, diesen Mann nun in Frieden in seinen wohlverdienten Ruhestand gehen zu lassen, ohne dass er sich um mich sorgen musste?

Ich quetschte ein leises «Okay» heraus, als Niall mit einem Tablett voller Drinks durch die Tür kam.

«Guter Mann, Niall.» Dad ließ mich los, um seinen Platz mir gegenüber wieder einzunehmen.

«Mikey kommt also wirklich damit klar, dass ihr mit ihm wegzieht?», fragte ich, jetzt mit einer Art zaghafter Ruhe in mir, während mir Niall einen Gin Tonic in die Hand drückte. «Vielen Dank», formte ich mit den Lippen.

«Scheint so.» Dad nahm einen ersten Schluck und seufzte anerkennend.

«Aber er hasst Veränderungen.»

«Na ja, anscheinend nicht, wenn es darum geht, von den Toten wegzukommen. Darin ist er deiner Mutter ganz ähnlich.»

Dad lächelte seine Frau an, und Niall setzte sich wieder neben mich, nippte an seinem Drink und musterte mich verstohlen. In meinem Bedauern darüber, wie ich mich eben verhalten hatte, und meinem Wunsch, alles richtig zu machen und seine Sorgen zu vertreiben, wandte ich mich ihm mit einem Lächeln zu, nahm wieder seine Hand, die vorher meine gehalten hatte, drückte sie und versuchte, ihn glauben zu machen, ebenso wie mich selbst, dass alles gut werden würde.

KAPITEL 2

Am nächsten Morgen beobachtete ich durchs Küchenfenster, wie Niall und Mikey im Garten plauderten, Ehemann und Bruder, an diesem trockenen Tag. Noch kein Regen. Seit einem Monat fühlte es sich an, als existierte keine andere Wetterlage in Kilcross, nur diese schweren Tropfen, die aus einem elend grau verhangenen Himmel fielen und dazu führten, dass sich die Regentonnen bis zum Überlaufen füllten, Abflussrohre überliefen und sich grüne Wiesen in schlammbraune Flächen verwandelten. Aber an jenem Aprilmorgen gab es Licht und Farben und nun auch noch Nialls Gelächter. Von seinem Morgenlauf zurückgekehrt, lehnte er sich mit der Schulter an unsere Hintertür, um wieder zu Atem zu kommen, und lachte über irgendetwas, das Mikey gesagt hatte. Ich konnte mir kaum vorstellen, was das gewesen sein sollte. Mikey war nicht gerade für seinen Humor bekannt. Meine Wertschätzung für Nialls immerwährende Freundlichkeit Mikey gegenüber verdrängte für einen Moment meine anhaltende Panik angesichts der Ankündigung vom vorigen Abend. Ich lächelte und kämpfte gegen meinen Impuls an, herausfinden zu wollen, was Mikey denn da gesagt hatte, und ließ ihn stattdessen einfach so stehen, diesen Augenblick reinster Freude darüber, dass mein Bruder jemandem zum Lachen gebracht hatte. Das sollte gehütet werden und aufbewahrt zusammen mit dem Rest meiner Geschichte, die davon berichtete, wer ich war und warum ich immer noch hier war.

Mein Bruder zeigte auf etwas in seinem Schuppen – ich nenne es Schuppen, aber in Wirklichkeit war es ein Haus: Schlafzimmer, Badezimmer, Wohnzimmer, Küchenecke, PlayStation –, der Traumschuppen eines jeden Mannes. Meine Mutter hatte auf diesem Wort bestanden, und wir waren ihrem Beispiel gefolgt, da es so für alle leichter war. Das Wort Schuppen bewahrte sie vor der Wahrheit, dass mein Bruder in Wirklichkeit ausgezogen war. Niall änderte jetzt seine Haltung, um auch hineinzuschauen, und nickte. Während Mikey noch mehr gestikulierte, intensivierte sich Nialls Nicken. Das Gelächter war jetzt verklungen, aber auf Nialls Gesicht lag immer noch ein aufmunterndes Lächeln. Ich nahm an, dass es um das neue Regal ging, das helfen sollte, Mikeys überbordende Sammlung von Büchern, Zeitschriften und DVDs zur Militärgeschichte unterzubringen. Mikey war in der Schule in zwei Fächern herausragend gewesen: Geschichte und Werken. Sein Geschick bei Letzterem versetzte ihn jederzeit in die Lage, seiner Obsession für Erstere Platz in selbst gebauten Regalen zu verschaffen. Mikey hatte diese Expansion schon seit einer Weile ins Gespräch gebracht, mehr sich selbst gegenüber als uns. Mein Bruder brauchte sehr lange, um sich auf irgendwelche Veränderungen einzustellen. Er musste sich selbst erst behutsam dazu überreden, bevor er schließlich die Arme ausbreiten und die Veränderung willkommen heißen konnte. Ich fragte mich, ob er wirklich ganz begriffen hatte, was wegen des Ruhestands meiner Eltern auf ihn zukam.

Niall wandte sich zum Haus um und gab Mikey zu verstehen, dass er weitermachen musste. Er entdeckte mich und winkte. Mikey schaute auch her und lächelte. Ein Lächeln von meinem Bruder war so selten wie ein leerer Wäschekorb in unserem Haus, aber wenn es mal dazu kam, war es ganz und gar authentisch. Nichts, was mein Bruder tat, schien anders als vollkommen echt sein zu können.

Ich beugte mich über die Spüle, um das Fenster zu öffnen, stellte mich auf die Zehenspitzen – mit meinen nicht mal ganz eins sechzig sind meine Möglichkeiten, irgendwo ranzukommen, eher begrenzt.

«Kommt ihr zwei rein? Ich habe Kaffee und Toast fertig.»

«Klingt gut.» Niall sah Mikey fragend an.

«Hab zu tun, Schwester. Neues Regal.»

Ich lächelte. «Gut, wenn du es dir anders überlegst, weißt du ja, wo wir sind.»

Während Niall ins Haus kam, blickte Mikey wieder in seinen Schuppen und nickte, als wäre es das jetzt, als wäre die Zeit gekommen, diese Veränderung mit beiden Händen zu ergreifen und sie sich zu eigen zu machen. Dann verschwand er nach drinnen.

«Er scheint gut drauf zu sein», sagte ich, als Niall in die Küche trat.

«Das ist er, obwohl dieses Regal und das Umräumen ihn aufregen.»

«Du hast aber nichts wegen gestern Abend zu ihm gesagt?»

«Himmel, nein.»

Ich gab ihm seinen Kaffee. «Wie war das Laufen?»

«Großartig. Zehn Kilometer heute Morgen. Dublin-Marathon, ich komme!» Er grinste.

«Meinst du nicht, du greifst da ein bisschen vor, Niall?», neckte ich ihn.

«Wieso? Wo ist da der große Unterschied? Zehn Kilometer? Zweiundvierzig Kilometer? Außerdem muss man sich große Ziele stecken. Hab ich ja bei dir genauso gemacht.» Groß gewachsen, wie er mit seinen eins neunzig war, konnte

er mir seine Liebe kundtun, indem er sich anmutig herunter-
beugte und mich auf die Stirn küsste. Ich hatte mich mein
ganzes Leben zu hochgewachsenen Menschen hingezogen
gefühlt, neidisch und wie gebannt von ihrer Fähigkeit, über
die Köpfe anderer hinwegschauen oder das oberste Regal
erreichen zu können oder aufgrund dieser paar Extrazenti-
meter schon bedeutend zu erscheinen und nicht so in der
Menge verloren wie ich.

«Wie sieht's denn in der Stadt aus? Wird sie allmählich
wach?»

«Acht Uhr, da wird es wohl Zeit. Arthur macht schon seine
Runde. Sagt, er kommt nachher vorbei.» Seit Jahren nahm
Arthur, unser Briefträger, sein zweites Frühstück bei uns am
Küchentisch ein. «Keine Anrufe bislang?»

«Nein. Im Moment ist alles still.»

«Vielleicht wird es ja ein ruhiger Tag. Vielleicht halten sie
noch ein bisschen durch. In den Midlands gibt es im April
nicht oft solche wolkenlosen Tage. Bei so einem Prachtwet-
ter will keiner sterben.»

Ich blickte hinaus und blinzelte angesichts des blenden-
den Lichts, genoss diesen Aufwand, den es betrieb, und
wünschte mir, da draußen sein zu können unter dieser klaren
Bläue. Wenn es etwas gab, was ich heute gebrauchen konnte,
dann waren es Frieden und Stille. Keine Anrufe, keine Todes-
fälle, kein Reden, kein Zuhören. Einfach nur Stille. Vielleicht
sogar ein Spaziergang draußen in Barra Bog.

«Wie geht es dir jetzt, nach dieser großen Ankündigung?
Ist der Schock ein bisschen verflogen?» Niall sah mich über
seinen Becher hinweg an, während er den ersten und einzigen Schluck Kaffee an diesem Tag nahm. Wir hatten an dem
vorigen Abend nicht weiter über dieses Thema gesprochen;
ich war zu erschöpft gewesen, als wir schließlich meine El-

tern verlassen hatten und ins Bett gegangen waren, und hatte um Aufschub gebeten. Seine Frage jetzt zerstörte meine vorgetäuschte Aufgeräumtheit, die Behauptung, dass alles in bester Ordnung wäre, sodass ich um Halt nach Mums Stuhl am Kopfende des Tisches tasten musste.

«Das wird schon alles gut gehen, Jeanie.» Niall setzte sich neben mich. Seine Hände, immer noch feucht vom Laufen, griffen nach meinen. «Wir schaffen das schon, du und ich, oder? Wir sind doch ein tolles Team. Wir können den Laden hier schmeißen, gar kein Problem.»

Ich wandte mich von ihm ab, musterte die Küchenwände, die immer noch hellgelb waren wie in meiner Kindheit und unweigerlich alle zehn Jahre frisch gestrichen wurden. Wenn meine Eltern wegzogen, konnte ich das ändern, wenn es mir beliebte. Ich konnte jeden Schrank rausschmeißen, jede Fliese aufstemmen, Wände einreißen, wenn mir danach war. Ich öffnete den Mund, um ihm eine Antwort zu geben, wurde aber vom Läuten des Telefons unterbrochen und von meinem Vater, der den Anruf in der Diele annahm.

«*Masterson Bestattungen*. David Masterson am Apparat.»

In seiner Begrüßung meinte ich Hoffnung und Vorfreude auf die Freiheit zu hören, die er bald in seinen Händen halten würde.

KAPITEL 3

Es war meine Tante Harry, die als Erste begriff, dass auch ich über Vaters Gabe verfügte, im Gegensatz zu ihr, die *dieses Gen* eben nicht hatte, wie sie nicht müde wurde zu sagen. Als Kleinkind liebte ich es, ihr hinterherzulaufen, in den Vorbereitungsraum, und jede ihrer Bewegungen aufmerksam zu verfolgen. Ich saß unter dem Vorbereitungstisch, damals hatten wir nur einen, während sie die Toten wusch, und kicherte, wenn ich die Beine anzog, weil es an der Seite heruntertropfte. Ich sollte wohl dazusagen, dass ich, weil ich von klein auf mit den Toten, ob nackt oder bekleidet, zu tun hatte, nie verstanden habe, dass die übrige Welt so eine Umgebung vielleicht erschreckend finden könnte. Für mich waren die Toten so natürlich wie die beiden Ringeltauben, die in unserer Eiche im Garten siedelten. Ich mochte es, wenn Harry ihre Glieder massierte, sodass die Balsamierflüssigkeit überall hinkam. Sie mochten es auch. Ich konnte sie seufzen hören. Ich stimmte in ihr Gelächter ein, wenn die Kitzeligen unter ihnen sich nicht mehr einkriegen konnten.

«Ist das komisch, Jeanie?», fragte Harry dann, die sich durch mein Kichern schließlich überzeugen ließ und ihre Arbeit unterbrach.

«Ja», antwortete ich lachend und wartete, weil ich genau wusste, was jetzt kommen würde.

«Na, wenn das so lustig ist, dann pass mal auf, jetzt schnappe ich dich!» Schon hatte sie angefangen, in ihrem weißen Laborkittel und den roten Doc Martens hinter mir herzutippeln. Und ich sprang auf und wackelte los, allerdings nicht zu schnell, weil ich es liebte, wenn sie mich fing und mich hoch in die Luft schleuderte und dann auf einen Stuhl setzte, um mich durchzukitzeln. Am schlimmsten war es unter den Armen, ihre Finger mussten mich nicht einmal richtig berührt haben, und schon wand ich mich genüsslich. Und dann pustete sie mir auf den Bauch. Und die ganze Zeit über wartete die jeweilige Tote geduldig, manchmal lachte sie mit, und manchmal weinte sie, weil sie vielleicht an ihre eigenen Kleinen dachte, die sie nie wieder durchkitzeln würde. Wobei ich mit meinen zwei Jahren natürlich noch nicht so genau im Bilde war über die Gründe und Abgründe menschlicher Emotionen. Es war einfach das, was sie taten – sie lachten, weinten oder redeten. Das war meine Welt.

Mum mochte es nicht, wenn ich in den Vorbereitungsraum ging, und holte mich oft zu sich in ihren Friseursalon nebenan. Aber dann heulte ich nur und sagte: «Da, da», und zeigte auf unser Bestattungsinstitut. Also trug sie oder eine ihrer Auszubildenden mich wieder zurück, während ich so lange schrie und mich wand, bis ich wieder bei Dad, Tante Harry und den Toten war.

Es heißt, dass es Harry erst, als ich richtig sprechen gelernt hatte, dämmerte, dass ich die Toten genauso hören konnte wie ihr Bruder. Harry hörte Musik, während sie arbeitete – David Bowie, Patti Smith und Leonard Cohen, obwohl sie manchmal sagte, dass seine Musik selbst für die Toten zu düster sei. Sie hatte auch mal eine The-Clash-Phase. Das sorgte für Probleme, wenn die Familien der Klienten kamen und Dad von der Rezeption, wo er sie in Empfang nahm, um die Einzelheiten zu besprechen, hereinrauschte und ihr sagte, sie solle «den verdammten Krach» leiser machen.

«Entschuldige, Dave», rief sie über die Musik hinweg und lächelte in sich hinein. Harry war der einzige Mensch, der Dad Dave nannte.

«Sie will den anderen hören», rief ich Harry an diesem einen Tag zu, nachdem sie noch kurz in Dads Büro vorbeigeschaut hatte, bevor sie mit ihrem morgendlichen Balsamieren anfing. Ich war damals vielleicht vier Jahre alt. Ich saß an einem kleinen Tisch, den Dad für mich im Vorbereitungsraum in der Hoffnung aufgestellt hatte, dass ich dann nicht mehr herumlief und seine Schwester hinter mir her, sondern dass ich stattdessen einfach malte. Er hatte mir sogar Malbücher gekauft.

«Du hättest am liebsten eins mit toten Leuten in Särgen, oder? Dann würdest du den ganzen Tag lang malen», sagte Dad, als wir im *Frayn's Newsagent and Toy Shop* waren, ich seine große weiche Hand hielt und er in den verschiedenen Malbüchern blätterte, die sie dahatten.

«Was sagst du, mein Schätzchen?» Harry kam wieder herein, spitzte übertrieben die Ohren, während sie den Porti-Boy anstellte, die Balsamiermaschine, die wie ein riesiger weißer Entsafter aussah und auf dem Tresen stand und Flüssigkeit in die Frau pumpte, die auf dem Tisch lag.

«Sie möchte den anderen Song», rief ich.

Harry stellte den Lärm ab, um sicherzugehen, dass sie mich richtig verstanden hatte.

«Wer möchte den anderen Song?»

«Die Dame.» Ich zeigte mit meinem Buntstift auf die Frau mit dem weißen Haar, das so lang war, dass es sich über den Tischrand ergoss.

«Hat Agnes dir das gesagt?»

Agnes Grace, die erste Tote, die ich reden gehört hatte, oder zumindest die erste Tote, bei der ich gesagt hatte, dass ich sie reden hörte. Ich weiß nicht mehr, woran sie gestorben war.

Harry hatte sich nicht vom Porti-Boy wegbewegt. Darin war sie immer gut gewesen: kein Drama aus irgendwas zu machen.

Ich nickte.

«Also wirklich. Ich verstehe nicht, was an ‹Starman› falsch sein soll.»

«Sie mag den TV-Song lieber.»

«*TV 15*? Na ja, der ist auch gut, dann spiel ich den für sie. Ist aber nicht sein bester.» Harry ging rüber zu ihrer Stereoanlage. «Also dann reden sie ein bisschen mit dir, Jeanie, die Toten?»

«Ja.»

«Alle?»

«Nur einige.»

Das war das Ding mit den Toten; nicht alle wollten reden oder, wie Dad in den folgenden Jahren immer sagte, nicht alle *mussten* reden. Er war zu dem Schluss gekommen, dass diejenigen, die es nicht taten, offenbar alles Wichtige hatten sagen können, bevor sie gestorben waren, weil sie die Art von Tod gehabt hatten, bei der nichts unerledigt blieb. Diejenigen, die sich zu reden entschlossen, hatten der Welt und denen, die sie liebten, noch etwas mitzuteilen, da der Tod sie früher ereilt hatte, als sie sich je hätten vorstellen können. Dann gab es noch jene, die einen Vermittler brauchten, der letztendlich aussprach, was ihnen selbst womöglich immer zu schwer gefallen war. Und manchmal gab es auch die, die einfach gerne plauderten. Die vielleicht schon im Leben Freude daran gehabt hatten, warum also nicht auch im Tod?

«Du weißt, dass dein Papa sie auch hören kann?», fuhr Harry fort.

Wieder nickte ich. Ich hatte ihn oftmals beobachtet, während sie in ihren Särgen lagen und Harry um ihn herum werkelte. Die Ellbogen auf die Knie gestützt, saß er da, hatte den Kopf gesenkt, blickte zu Boden und lauschte. Ich stand dann neben ihm, und er hob seine Hand, um mir den Kopf zu tätscheln, oder oft auch, um meine Hand zu halten. Nicht ein einziges Mal hatte er mich fortgescheucht oder mir erzählt, dass dies Erwachsenendinge seien und nicht für kleine Ohren bestimmt. Indem er mir zu bleiben gestattete, lehrte er mich, dass die Toten und ihre Wünsche und Nöte unsere Aufgabe seien. Sie waren immer bei uns, in jedem Satz, den wir sprachen, in jedem Traum, den wir träumten – nichts, was wir verbergen, und nichts, dem wir aus dem Weg gehen sollten. Man musste sie respektieren und über sie sprechen, selbst wenn man erst vier Jahre alt war.

«Ich kann es allerdings nicht», sagte Harry an dem Tag. «Es gibt nur wenige Menschen, die so schlau sind.»

Ich hob den Kopf, um sie anzusehen, schaute zu, wie sie unten auf der Stereoanlage herumdrückte, um wieder zu Bowies anfänglichem «Oh, oh, oh»-Riff zu gelangen, und dann lauschte ich auf Agnes, die mitsummte.

«Oh, na großartig.» Das war Mum später an jenem Abend, als Dad ihr die Nachricht übermittelte, dass die Tochter, von der sie gehofft hatte, sie würde ihr ins Friseurgewerbe folgen oder irgendetwas anderes machen – egal was –, die Toten hörte. «Das hast du allein dir zuzuschreiben, weißt du, wenn du sie da immer mit hinschleppst.»

«Das tue ich nicht, Gráinne, und das weißt du auch. Ich habe sie so gut wie möglich ferngehalten, ganz so, wie du wolltest, aber sie ließ sich einfach nicht davon abhalten.»

Dazu sagte sie nichts. Ich saß auf dem Treppenabsatz

vor ihrer Schlafzimmertür und lauschte, obwohl ich schon längst hätte schlafen sollen. Und auch wenn ich mir jetzt, da ich die Gespräche jenes Abends wiedergebe, Freiheiten herausnehme und Wörter hinzufüge, die aus den vielen Gesprächen stammen, die meine Eltern im Verlauf der nächsten achtundzwanzig Jahre immer wieder über die Toten und mich geführt haben, wesentlich mehr Wörter, als eine Vierjährige damals verstehen konnte, so begriff ich damals, als ich dort in meinem gebügelten Baumwollpyjama saß, dass diese Neuigkeit über meine besondere Begabung Mum nicht gerade glücklich machte.

«Das ist nicht richtig, David, dieser Umgang mit den Toten. Das Kind glauben machen, dass sie mit ihnen reden kann. Als Nächstes bringt sie sich noch in Schwierigkeiten, du hast es doch bei dieser Cassidy-Geschichte erlebt.» Mums Stimme klang gepresst in ihrem angestrengten Flüstern, ihrem Versuch, die Kinder nicht zu wecken.

Die Geschichte von Danny Cassidy war legendär in unserem Hause, wobei ich damals natürlich nichts davon wusste. In späteren Jahren benutzte Dad sie mir gegenüber als Beispiel dafür, warum es manchmal besser war, das, was die Toten gesagt hatten, zu beschönigen oder zu verschweigen. Mum betrachtete die Geschichte als hinreichenden Beweis dafür, dass es einem nur Ärger einbrachte, wenn man mit den Toten redete. Als er in seinem Sarg lag, hatte Danny Dad nämlich erzählt, dass er es gewesen war – eines Abends vor zwei Jahren –, der den prächtigen Blumengarten seiner Nachbarin Catherine Devine, seit dreißig Jahren eine gute Freundin, zerstört hatte, aus Rache dafür, dass sie seinen Hund getötet hatte. Na ja, sie hatte seinen Hund eigentlich nicht getötet, und in Wirklichkeit hatte Danny auch überhaupt keinen Hund. Er hatte halluziniert. Er hatte eine Nierenentzündung bekommen und war ins Delirium gefallen, in dem er alles Mögliche für wahr gehalten hatte. Catherine war vollkommen am Boden zerstört gewesen, als sie am nächsten Morgen die Verwüstung gesehen hatte, aber niemals hätte sie Danny so etwas zugetraut, zu dem sie eine überaus vertrauensvolle Beziehung hatte. Aber danach hatte sie ihren Garten links liegen lassen, hatte alles ins Kraut schießen lassen, hatte die alte Schönheit nie wiederhergestellt. Jetzt wollte er sie wissen lassen, hatte Danny gesagt, dass er es gewesen war und dass es ihm leidtat. Er wollte, dass sie sich dem, was sie liebte, wieder zuwandte. Aber inzwischen war Catherine ertaubt, und als Dad an dem Abend nach Dannys Geständnis mit ihr zusammensaß, verstand sie ihn so, dass *er* ihr dieses Verbrechen beichtete und nicht etwa ihr toter Nachbar. Nichts, was Dad noch vorbrachte, konnte sie davon abbringen. Am nächsten Tag, als Sergeant Reilly zu uns kam, um Dad dazu zu befragen, erläuterte Dad ihm die Verwechslung. Und obwohl der Sergeant verstand, was Sache war (er war einer der «Gläubigen» der Stadt), weigerte sich Catherine Devine, ihm Glauben zu schenken, und behauptete, Danny sei zu einem solchen Verrat nicht fähig gewesen und dass dieses «Reden» mit den Toten bloß eine willkommene Ausrede für jedes erdenkliche Verbrechen sei, während es doch in Wahrheit eine Todsünde sei, das Andenken der Toten mit falschen Anschuldigungen zu beschmutzen. Als Catherine ein Jahr später starb, nahm sie unsere Dienste nicht in Anspruch, sondern hinterließ die schriftliche Anweisung, dass sich die Doyles in Carnegie um ihre Beerdigung kümmern sollten.

«Gráinne, das passiert uns nicht noch mal», sagte Dad, als ich draußen vor ihrer Tür lauschte. «Das mit Cassidy war eine unglückselige Geschichte. Meist geht es nur ums Reden und darum, den Toten dabei zu helfen, leichter ins nächste Leben zu kommen.»

«Das nächste Leben? Verschon mich mit diesem Scheiß.»

Wahrscheinlich schlug ich mir damals auf dem Treppenabsatz die Hand vor den Mund, um mein Kichern über Mums böses Wort zu dämpfen.

«Ich bin Bestatter, Gráinne. Ich glaube an Gott und Seinen Plan.»

«Ich glaube, dass wir sterben, verwesen und dass dann Schluss ist.»

«Ja, das hast du mir oft genug erklärt. Warum hast du mich dann geheiratet, Gráinne? Ernsthaft, du wusstest doch, was für einen Beruf ich habe. Du wusstest, woran ich glaube; wenn es dich so sehr aufregt, warum willst du dann dein Leben mit so was verbringen?»

«Wenn ich damals schon gewusst hätte, dass ihr mit den Toten redet, hätte ich dich nicht geheiratet.»

«Oder vielleicht doch?» Dads Stimme wurde sanft, und ich stellte mir vor, dass er über die knarrenden Bodenbretter ging und ihr die Arme um die Taille legte. «Hättest du mir wirklich widerstehen können?»

«Oh, jetzt hör aber mal auf.» Auch Mums Stimme war nun anders, sie klang höher, und die Wand stürzte ein, jene Trennwand, die sie ihr Leben lang in Phasen der Zuneigung abrissen, aber wieder errichteten, wenn sie Streit hatten.

Vielleicht küssten sie sich oder umarmten einander in jenem Moment, als keine Stimmen mehr zu mir drangen und ich das Risiko einging, auf Zehenspitzen zu ihrer Tür zu tapsen und das Ohr fest an das Holz zu pressen.

«Ich mache mir Sorgen um sie. Wie wird ihr Leben wohl aussehen? Immer hier sein. Immer mit den Toten zu tun haben müssen. Ich meine, schau dich doch nur an.»

«Mir passt dieses Leben sehr gut und dir auch, meistens jedenfalls. Es geht uns doch gut, dir und mir, oder? Und schau dir Harry an, die hat überhaupt keine Probleme damit.»

«Harry. Genau. Ich würde nicht sagen, dass es ihr gut geht. Die ist vollkommen durchgeknallt, so viel ist klar.»

«Ach komm, der Tod gehört genauso zum Leben wie ... Haareschneiden. Ja, eigentlich noch viel mehr. Es bedarf nur einer winzigen Korrektur in unserem Denken, um zu akzeptieren, dass, was hier geschieht, völlig normal ist. Es ist nicht gefährlich oder seltsam – ungewöhnlich, das schon, aber ganz bestimmt nicht schlimm. Und abgesehen von allem anderen, Gráinne, meinst du nicht, dass wir Jeanies Schicksal viel zu früh festschreiben? Sie kann also die Toten hören, na und? Wenn jemand ein guter Schwimmer ist, muss er noch lange nicht Rettungsschwimmer werden. Sie ist erst vier! Wer weiß, wo sie in dreißig Jahren ist? Vielleicht wird sie doch noch Friseurin.»

«Glaubst du? Das fände ich schön für sie. Und sie muss ja nicht unbedingt Friseurin werden, irgendetwas anderes, etwas, bei dem sie nicht all das hier mit sich herumschleppen oder den Spott der Leute ertragen muss. Die Menschen können grausam sein, was?»

«Ich glaube, unser kleines Mädchen hat die Energie und den Verstand, alles zu werden, was sie nur möchte, und so oder so alles stemmen zu können. Sie braucht dazu nur unsere Liebe und unsere Unterstützung.»

Hat er das tatsächlich gesagt, oder wünsche ich mir bloß, dass er an irgendeinem Punkt in meinem Leben wirklich bereit gewesen ist, mich gehen zu lassen?

KAPITEL 4

«Da bist du ja.» Arthur stand mit dem Rücken zu unserem Küchentresen, den Kessel eingeschaltet, der erste Bissen von seinem Twix, das er sich aus dem Schrank genommen hatte, schon heruntergeschluckt. «Kurz habe ich gedacht, ich bin hier ganz allein.»

Ich drehte mich zur Uhr um, Schlag elf. Die Tradition, dass Arthur sein zweites Frühstück bei uns einnahm, hatte ihren Anfang vor Ewigkeiten genommen. Die einzigen Male, an denen es nicht so war, waren auf eine Erkrankung zurückzuführen oder auf die Tatsache, dass die Post es gewagt hatte, seine Route zu ändern. Jedes Mal war er bald wieder da gewesen. Arthur war nicht bloß unser Briefträger, sondern auch Dads Cousin zweiten Grades – oder war er ein Onkel zweiten Grades? Es war eine dieser verwirrenden Verwandtschaftsbezeichnungen, die ich nie so ganz verstanden habe. So oder so, er gehörte zur Familie. Als er um die zwanzig und sein Vater gestorben war, war er schließlich bei uns eingezogen. Dad und Arthur waren unzertrennlich, und Arthur wurde Mikeys Pate, als der geboren wurde.

«War Mikey nicht draußen in seinem Schuppen, als du kamst?», fragte ich. Mein Bruder ging normalerweise nirgendwohin, deshalb war ich verwirrt von seiner Bemerkung, dass niemand da gewesen war.

«Oh, doch, aber er hat schwer zu tun und wirkte ein bisschen gestresst. Ich hab gesagt, sieht aus wie das Mittsommernachtsfeuer mit all dem Holz, das er da lagert, das sei ja eine regelrechte Brandgefahr.»

«Oh, das hast du hoffentlich nicht gesagt. Er nimmt doch alles wörtlich, Arthur.»

«Ich weiß, aber es war mir schon rausgerutscht, bevor ich mich bremsen konnte. Ich hab gesagt, war doch nur einen Witz. Ich bringe ihm einen Tee und helfe ihm mal so für zwanzig Minuten.» Er goss Tee in zwei Tassen. «Also», sagte er, «du siehst aber gut aus heute.»

Instinktiv fasste ich nach meinem schwarzen Lockenschopf, den ich gerade erst hastig zu einem Knoten gedreht hatte. Wenn man es glättete, fiel mir das Haar bis auf den Rücken, sonst bis auf die Schultern.

«Irgendwelche Neuigkeiten?», fragte er.

Ich vermutete, dass Arthur schon über alles Bescheid wusste, die Ankündigung meiner Mutter und meines Vaters, in den Ruhestand zu gehen, und meine Reaktion darauf. Arthur war jemand, mit dem wir Tag für Tag unser Leben teilten, Dad und er führten sich wöchentlich eine Runde Freitagabend-Pints bei *McCaffrey's* zu Gemüte – vorausgesetzt, Dad hatte Zeit. Das Bestattungswesen brachte etliche Herausforderungen mit sich, und Unvorhersehbarkeit stand ganz oben auf der Liste. Harry sagte immer, sie wünschte, dass die *Banshees* wirklich existierten, die einem den Tod vorhersagten, dann hätte sie endlich einen vernünftigen Stundenzettel, wie jeder andere Arbeiter in Irland auch.

«Na ja, Dad hat gestern Abend verkündet, dass er in den Ruhestand geht», sagte ich mit schwacher Stimme, «aber ich möchte lieber nicht darüber reden, wenn das für dich in Ordnung ist.»

«Oh, natürlich. Kein Wort mehr dazu.» Mein Verdacht hatte sich bestätigt, Arthur hielt einen Finger an die Lippen und stieß die Hacken zusammen, ganz der brave Soldat, und lächelte mich freundlich an. «Trinkst du auch einen?» Er hob eine Tasse in meine Richtung.

«Nein, jetzt nicht, danke.» Ich ging an die Spüle, füllte ein Glas mit Wasser, nahm einen Schluck und begann schon wieder, mich schuldig zu fühlen. «Also dann mal los», sagte ich und gab seinem Lächeln nach. «Wie lautet die Statistik fürs Wochenende?»

«Schwierige Sache. Aber ich denke drei. Molly Greene, Dick Darcy und Tiny Lennon.»

«Das hast du schon letztes Wochenende gesagt, und die leben immer noch.»

«Kaum noch. Molly hat diese Woche mächtig abgebaut, hat Kate mir gerade erzählt. Hab sie auf der Mary Street getroffen, bevor ich hierherkam. Sie war auf dem Weg zurück ins *Saint Luke's*, zu Molly. War nur kurz nach Hause gefahren, um zu duschen.»

«Dick und Tiny sterben jetzt schon seit zwei Jahren, wenn ich dir so zuhöre.»

«Was kann ich dafür, dass die sich immer wieder aufrappeln. Tiny macht allerdings schon seit Wochen die Tür nicht mehr auf. Ich hab das Sergeant Boyle erzählt, aber der sagt nur, nee, der ist quicklebendig, will bloß nicht mit dir reden. Ich weiß nicht, was ich dem getan haben soll – ich war immer höflich, wie es sich gehört.»

«Neugierig, meinst du.»

«Wie auch immer, meine Schulden habe ich beglichen.» Für jede Wette, die er bei seinem «Totenstatistik»-Spiel verlor, brachte Arthur uns ein Twix. Der Schrank quoll inzwischen über. Gewann er, was seltener war als eine Siegerchance für Westmeath beim *Sam Maguire Cup*, waren wir dran. Statt Twix zu kaufen, nahmen wir sie einfach von dem Haufen, zu dem seine Verluste angewachsen waren. In Wirklichkeit war Arthur der Einzige, der das Zeug aß.

«Ich will hier sein, wenn Tiny stirbt. Ich will wissen, wo er sein Gold vergraben hat.»

Arthur war überzeugt, dass Tiny, Timothy Lennon, sechzig Zentimeter bei seiner Geburt und eins fünfundneunzig mit zweiundachtzig Jahren, eigentlich Millionär war, obwohl er in einem winzigen Cottage am Stadtrand wohnte.

«Und, wen kriegt ihr heute rein? Ich hab gesehen, dass der Wagen weg ist.»

«Bernadette O'Keefe. Dad und Niall sind los, um sie aus dem Kühlraum im Krankenhaus zu holen.»

«Mist! Sie war letztes Wochenende auf meiner Liste. Meinst du, sie gibt endlich zu, mit wem sie diese Affäre hatte?» Seine Augen waren in schelmischem Erschrecken aufgerissen.

«Du hast keine Ahnung, von wem ich rede», lachte ich.

Er schnaubte in gespielter Entrüstung. «Wieso, wer ist sie denn?»

«'ne Bäuerin aus der Gegend von Rathdrum. Hat an einem Schaf gezerrt, das sich im Zaun eingeklemmt hatte. Herzinfarkt.»

«Ach, diese O'Keefes. Die ist doch garantiert erst Mitte sechzig. Man weiß es einfach nie vorher, oder?»

«Nein. In diesem Geschäft nicht.»

«Werdet ihr mich brauchen?» Arthur half uns an den Abenden und Wochenenden aus, wenn wir ausgelastet waren.

«Ich weiß noch nicht, ich sage Dad, er soll dir Bescheid sagen.»

«In Ordnung.»

Ich drehte mich um und nickte in Richtung der beiden Tassen. «Der Tee wird kalt.»

Er nahm die Tassen, kam die paar Schritte zu mir herüber und stellte sie wieder ab.

«Du wirst das schon schaffen. Ich bin ja auch noch da, wenn der alte Mann schließlich seine Angeln zusammenpackt. Ich meine, ich weiß, da gibt's auch noch Niall und Harry, aber wir wissen ja alle, ich bin das Hirn der ganzen Organisation.» Er lachte leise und dreckig, und wie immer musste ich lächeln und klopfte ihm dankbar gegen die Brust.

«Wo ist denn dein Glücksstift?», fragte ich, irritiert angesichts der leeren Stelle, wo er eigentlich hätte stecken sollen. Solange ich denken konnte, hatte Arthur immer den silbernen Füller in seiner Brusttasche stecken gehabt, egal, was für ein Jackett oder Hemd er gerade trug, das wässrige Grün der *Post* oder das klinische Weiß von *Masterson*. Immer derselbe, ihm testamentarisch von seinem Vater vermacht, obwohl er ursprünglich seiner Mutter gehört hatte, und ungefähr einmal im Monat nachgefüllt mit Tinte, die er im *O'Dwyer's Pen and Fishing Tackle Shop* in der Water Lane kaufte.

«Ich hab ihn verloren.» Auf einen Schlag erlosch Arthurs fröhlicher Gesichtsausdruck. Er hob die Hand und rieb sich die Nasenspitze.

«Was? Aber du hast doch wie ein Luchs auf ihn aufgepasst.»

«Das kannst du laut sagen. Ich habe deinen Vater gebeten, alles auf den Kopf zu stellen, aber der Füller ist weg.»

«Oh.» Ich legte ihm die Hand auf den Arm. «Der taucht wieder auf. Das ist immer so.»

«Sicher. Mach dir keine Sorgen deswegen, du hast genug, um das du dich kümmern musst.»

«Morgen zusammen.» Harry kam durch die Küchentür – eine Erscheinung an diesem milden Frühjahrsmorgen: Sie trug ihre Sonnenbrille, Schal und Lederhandschuhe, ganz die Arktisforscherin, obwohl sie bloß nebenan wohnte, in dem Apartment über dem Friseurladen meiner Mutter. Sie nahm die Sonnenbrille ab und enthüllte ihr ovales weiches Gesicht, ihre tintenblauen Masterson-Augen mit den schwarzen Wimpern.

Arthur hatte auf der Stelle seine Fröhlichkeit wiedererlangt.

«Harry, Licht meines Lebens. Die Frau, die ich heiraten möchte. Wie geht es dir, meine Schöne?»

«Ich denke, da hätte Teresa auch ein Wörtchen mitzureden, Art, meinst du nicht?» Sie küsste ihn auf die Wange, und er nahm sie in die Arme und tanzte mit ihr durch die Küche. Harry summte dazu, sie drehten sich und lachten, die Köpfe stolz erhoben, entzückt von ihrem Schwung. Als sie fertig waren, stieß Harry einen prächtigen Seufzer aus, kam zu mir und umarmte mich, immer noch atemlos.

«Mein Bruder hat dir endlich gesagt, dass er sich vom Acker macht, hab ich gehört.»

«Dann wissen es wirklich alle schon. Wann haben sie es dir erzählt?»

«Oh, Jeanie, du kennst deinen Dad und mich doch. Es gibt nicht viel, was der eine denkt und der andere nicht längst mitgekriegt hat.» Sie musterte mich. «Kommst du mit alldem klar?»

«Das werde ich schon, sicher.» Ich lächelte sie kurz an und hoffte, sie damit zu überzeugen, dass sie sich keine Sorgen zu machen brauchte.

«Das ist mein Mädchen. Ihr werdet es gut haben, Niall und du. Es gibt kein besseres Paar.»

Dann gingen sie – Arthur, um Mikey den Tee zu bringen, wobei zwei Twix aus seiner Gesäßtasche ragten, und Harry, die ihn den Flur entlang begleitete und über irgendetwas lachte, das er gesagt hatte.

Eine Stunde später lag Bernadette O'Keefe auf dem Vorbereitungstisch.

«Ich hab dir doch gesagt, Jeanie, ich mach das heute alles.» Niall stand über sie gebeugt. «Deshalb habe ich Harry dazu geholt. Und dein Vater bleibt auch hier, dann sind wir schon zu dritt, mehr als genug für eine Leiche.»

«Na ja, jetzt, wo ich hier bin, kann ich das auch machen.»

Er sah mich an, und ich konnte sehen, dass er drauf und dran war, mich zurechtzuweisen, dass es niemandem weiterhalf, wenn ich einen auf Märtyrerin machte, ganz sicher nicht mir selbst und ihm auch nicht. Aber er trat zurück, ahnte wohl, dass die Schlacht längst verloren war.

Also stand ich daneben, sah Harry und Niall bei ihrer perfekt abgestimmten und geschmeidigen Arbeit an Bernadettes Leiche zu und wartete. Das war das Ding, wenn man mit den Toten redete. Man hatte nur eine gewisse Zeitspanne, einen Tag oder so, manchmal zwei oder drei; vier war schon fast zu viel verlangt. Bei denen, die erst eine gewisse Strecke zu bewältigen hatten, bis sie bei uns eintrafen, reichte es manchmal nicht mehr. Deshalb war es das Beste, sich von Anfang an bereitzuhalten, da zu sein, sobald sie ins Haus gebracht wurden. Manchmal beschlossen sie zu reden, während die Balsamiermaschine auf vollen Touren lief, was nie besonders ideal war, aber die meisten warteten, bis sie einbalsamiert und eingekleidet waren und in ihren Särgen lagen, bevor sie begannen. Ihre Münder öffneten sich allerdings nicht oder so etwas. Harrys und Nialls Werk sorgte dafür, dass Augen, Münder und alle andere Öffnungen verschlossen waren, um sich nie wieder aufzutun.

«Ich habe Helen, Bernadettes Nichte, gesagt, sie soll nicht vor ungefähr zwei vorbeikommen», sagte Niall, als sie sie zu waschen begannen. «Sie wäre mit uns in den Wagen gestiegen, wenn wir sie gelassen hätten. Arme Frau, sie ist völlig aufgelöst, hatte schon die ganze Zeit kettenrauchend vor der Leichenhalle mit den Kleidern für Bernadette auf uns gewartet. Ich sagte ihr, sie hätte sie einfach hier abgeben können, aber ich glaube, die hat mich nicht mal gehört. Sie bittet darum, dass du erst mit ihr redest, wenn sie hier ist.»

«Ich kann Bernadette nicht daran hindern zu reden, wenn sie das will. Die haben keinen Zeitplan.»

Harry blickte bei der leichten Gereiztheit in meiner Stimme zu mir auf.

«Ich weiß, Jeanie. Das hab ich ihr auch gesagt. Ich gebe nur weiter, was Helen gesagt hat.»

Ich nickte und versuchte angestrengt, mich zu entspannen.

«Bist du sicher, dass ich nicht deinen Vater holen soll, damit er das hier übernimmt?», fragte Niall.

«Nein, das habe ich doch schon gesagt», fuhr ich ihn an und bedauerte auf der Stelle meinen Ton. «Entschuldige, kümmere dich nicht um mich. Ich komme zurecht mit Bernadette. Alles wird gut. So wie immer.»

Niall sah mich an, als glaube er mir kein Wort, aber er sagte nichts.

KAPITEL 5

Als wir klein waren und bevor Hochzeit auch nur ein Wort war, das uns etwas sagte, spielten Niall und ich miteinander im Park. Dabei kannten sich unsere Familien nicht besonders gut oder so. Wir wohnten an den entgegengesetzten Enden der Stadt und lernten uns nur kennen, weil wir zufällig an den meisten Tagen der Woche gleichzeitig im Park waren. Meine Mutter arbeitete natürlich, und so war es nicht immer sie, die mit mir hinging. Aber ob nun mit meinem Vater, Harry und Mum oder irgendeiner ihrer Auszubildenden, die an dem entsprechenden Tag gerade arbeitete – ich war immer dort, neben Niall und seiner Mutter Annie. Gleich am ersten Tag, an dem sich unsere Wege kreuzten, starrten wir uns kurz an und tapsten brabbelnd aufeinander zu.

Ich kann mich an nichts davon erinnern, aber Niall sagt, er schon. Er erzählt, dass wir Fangen gespielt haben, einander eine Pusteblume, einen Stein oder einen interessanten Stock zeigten oder, was wahrscheinlicher ist, einen nicht mal so interessanten Stock, den wir aber schlicht magisch fanden. Unsere Mütter gingen hinter uns her, begutachteten unsere Fortschritte, diskutierten, wie Mütter das eben machen, ob sie sich nun kennen oder nicht, die Entwicklung ihrer Kleinkinder, tauschten sich über unsere Verdauung, Schlafgewohnheiten und dergleichen aus, als kennten sie sich schon ihr ganzes Leben. Sie waren zwei, drei Sekunden hinter uns, als Niall stolperte und auf der Brücke über den Teich hinfiel.

Er brüllte angesichts des roten Blutes, das auf seinem Knie und seiner rechten Hand auftauchte. Ich sah eine Sekunde lang zu, wie er auf seinem Windelpo dasaß, bevor ich meinen Kopf senkte und ihm erst die Hand und dann das Knie küsste und sagte: «Is' bald besser.» Als seine Mutter ihn erreichte, hatte Niall schon aufgehört zu brüllen und sah mich staunend an. So hat er es mir erzählt. Meine Mutter kann sich auch nicht mehr daran erinnern. Aber an dem Tag, an dem ich mit dreiundzwanzig als seine Freundin ihr Haus betrat, wandte sich seine Mutter an ihren Mann und sagte: «Hab ich dir nicht gesagt, das war Vorsehung, Simon? Von dem Moment an, als er damals hingefallen ist und sie sich zu ihm runtergebeugt hat, wusste ich, das zwischen den beiden ist Schicksal.»

Weil die Schule uns voneinander trennte, sahen wir uns im Laufe der nächsten Jahre nicht so oft. Aber wenn wir uns ab und zu mal begegneten, winkten sich unsere Mütter zu und plauderten, während ich ihn wieder kurz anstarrte, Mum meine Hand entzog und zur Wiese rannte, zu meinem Lieblingsbaum, wohin er mir folgte. Da saßen wir dann, zupften an den Gänseblümchen und flüsterten miteinander, um die Vögel nicht zu erschrecken, die auf den Zweigen landeten und wieder davonflogen. Ich sagte ihm, mein Lieblingsvogel sei der mit dem blauen Kopf. Eine Blaumeise. Ich frage mich, ob wir, hätte uns jemand in unsere unschuldigen Ohren geflüstert, dass jeweils neben uns die Person saß, die wir heiraten würden, gekichert und die Augen aufgerissen hätten angesichts dessen, dass wir beide für alle Zeit durch die Liebe verbunden sein sollten.

Niall erinnert sich, dass er immer etwas mutiger sein wollte, wenn wir uns begegneten. Er wollte mehr reden, seiner Schüchternheit ein paar schöne Sätze für mich abringen.

Wenn er wusste, dass sie vorhatten, einen Abstecher in den Park zu machen, überlegte er oft, was er sagen könnte, zum Beispiel: «Heute ist es aber sehr windig» oder «Mein Bruder hat sich das Bein gebrochen». Wobei sich Gareth nie das Bein gebrochen hat, aber Niall dachte, das wäre ein interessanter Auftakt für ein Gespräch. Doch er konnte nie den Mut dazu aufbringen. Einmal, sagt er, bot er mir ein Bonbon aus einer Tüte an, die seine Mutter eigentlich für ihn und seinen Bruder gekauft hatte. Während die beiden Frauen in ihr Gespräch vertieft waren, klaute er die Tüte aus ihrer Tasche, riss sie vorsichtig auf und hielt sie mir hin. Ich war begeistert, dass das erste Bonbon gleich ein orangefarbenes war. Ich kaute oder lutschte meine Beute, und wir lächelten über unseren gemeinsamen Coup.

Er wusste, was meine Familie tat. Hatte es immer schon gewusst, wie er mir Jahre später erzählte. Er wusste allerdings nicht mehr, wann seine Mutter tatsächlich das Wort «Bestatter» zum ersten Mal in den Mund genommen hatte. Er weiß auch nicht mehr, wie sie es ihm erklärt haben könnte. Aber er sagt, es war immer da, wenn wir uns trafen, sein völliges Staunen darüber, dass ich mit Toten lebte. Er dachte, das bedeute, dass ich wirklich etwas Besonderes sein müsse, weil es etwas Besonderes war, tot zu sein. Es bedeutete, dass man mit Gott zu tun hatte. Und Gott war das Kostbarste in der Welt. Er wollte mich fragen, wie es war, für Menschen zu sorgen, die alle liebten. Seine einzige Erfahrung mit dem Tod war, als sein «Noßvater» Bert gestorben war. (Niall hatte, als er sprechen lernte, das «G» in Großvater nicht aussprechen können, und so war es bei «Noßvater» geblieben.) Er erinnerte sich an unser Bestattungsinstitut mit seinem dunklen Flur, an die Bank an der linken Wand, die Tür, die auf der Rechten zum Ausstellungsraum mit den Särgen führte, und an das Empfangszimmer daneben und das schöne Sonnen-licht, das auf Bert fiel, als er in seinem Sarg lag und sie ihm in dem Verabschiedungsraum ihren letzten Gruß entboten. Und daran, wie seine Mutter Dads Hand geschüttelt und ihm gesagt hatte, er sei wahrhaft ein Meister, so wie er dafür gesorgt hatte, dass ihr Vater an seinem letzten Tag wie ein König aussah. Sie lächelte unter Tränen und hob Niall hoch, sodass er die Hände seines Großvaters und die Seide des Innenfutters im Sarg berühren konnte, und er sagte: «Auf Wiedersehen, Noßvater. Hab dich lieb.»

Niall erzählte, seine Mutter hätte ihren Vater über alles geliebt und, solange er lebte, so viel Zeit wie möglich mit ihm verbracht und wäre dann, nachdem er gestorben war, wo-chenlang beinahe jeden Tag zu seinem Grab gegangen, hätte Niall mitgenommen und ihm immer wieder erzählt, wie viel Glück Noßvater gehabt hätte, dass er im Schlaf gestorben und jetzt beim lieben Gott war. «Die Toten sind etwas ganz Besonderes. Sie bekommen unsere Liebe und unsere Blumen und unsere Gebete, und man darf sie nie vergessen», hatte sie gesagt, ihn auf die Stirn geküsst und ihn fest an sich ge-drückt, wie sie da vorm Grabstein ihres Vaters im trockenen Sommergras saßen.

Ich bin froh, dass er mich nie gefragt hat, was wir Master-sons eigentlich taten. Ich hätte automatisch angenommen, dass er mit irgendeiner Grausamkeit antworten würde, wie die anderen Kinder, die wussten, was mein Vater von Beruf war. Die einzige Ausnahme war Peanut, die sich sogar noch mehr als ich über die Leichensticheleien der Kinder ärgerte. Sie schob dann immer ihre rot geränderte Brille die Nase hoch, und ihre blonden Zöpfe zitterten förmlich vor Wut, was mich dazu veranlasste, sie nur noch mehr zu lieben, wenn das überhaupt möglich war.

Peanut, oder Sarah Byrne, war meine beste Freundin. Als wir an unserem ersten Schultag vor den Stiften und Puzzles saßen, die man für uns auf den Tischen ausgelegt hatte, hatte sie Aoife Mullaly verjagt, damit sie neben mir sitzen konnte, weil sie wusste, dass ich ein bisschen anders war. Sie hat das nie ausdrücklich so gesagt. Solche Worte kannten wir gar nicht. Aber wir hatten Gefühle. Die ganze Klasse hatte gelacht, als die Lehrerin sie mit ihrem Spitznamen aufgerufen hatte, dem Namen, auf dem ihre Eltern bestanden hatten. Sie hatte sich stolz umgesehen und auch gelacht. Und dann hatte sie sich zu mir gebeugt, ihre Hand wölbte sich um mein Ohr, ihre Stimme und das bisschen Spucke, das sie versprühte, kitzelten mein Ohrläppchen, sodass ich kicherte, während sie mir erzählte, dass ihr Daddy ihr den Spitznamen Peanut gegeben hatte, damit die Welt immer daran dachte, seine Tochter nicht wegen ihrer Nussallergie umzubringen.

Es stellte sich heraus, dass Aoife Mullaly und ich sowieso keine Freundinnen geworden wären. Sie behauptete nämlich, ich rieche nach verwestem Fleisch und dass sie wisse, dass ich in einem Sarg schlafe und dass mein Daddy verrückt sei. Ich war allein auf dem Spielplatz und wartete darauf, dass Peanut wieder vom Klo kam, als sie das sagte: «Man kann nicht mit den Toten reden. Meine Mum sagt, er denkt sich das bloß aus.»

«Das macht er nicht!», schrie ich zurück, entsetzt von der Vorstellung, andere könnten meinen Dad nicht für großartig halten. Wir waren jetzt in dem Alter, in dem Kinder anfangen zu verstehen, wie verletzend sie wirklich sein können.

«Er ist ein Lügner.»

«Nein, ist er nicht!» Ich konnte spüren, wie sich meine Augen mit Tränen füllten. Ihre Worte waren auch ein Angriff gegen mich, obwohl ich niemandem außer Peanut erzählt hatte, dass auch ich mit den Toten sprechen konnte.

«Ist er doch.» Aoife Mullaly umkreiste mich und genoss ihre Macht. «Heulsuse», rief sie, als sie meine erste Träne sah. Aber mit dieser Träne war Wut in mir aufgestiegen, die mich selbst überraschte. In dem Augenblick erblickte ich Peanut, die zu mir herüberkam. Ich wollte, dass sie sah, dass ich ihre Freundschaft wert war, und so schubste ich Aoife, dass sie auf ihrem Hintern landete.

«Mein Daddy lügt nicht», schrie ich auf sie runter. «Er kann die Toten hören, und ich kann das auch.» Das war ein Eingeständnis vor der ganzen Welt, und es bedeutete, dass sie mich nie mehr in Ruhe lassen würden.

Ich stapfte davon, Peanut entgegen, packte ihren Arm und drehte sie herum, sodass wir uns von dem schockierten Keuchen unserer Klassenkameraden entfernten.

Später wurde ich ins Zimmer der Direktorin zitiert, um zu Aoifes aufgeschürften Händen und ihrem schmerzenden Hintern Stellung zu nehmen. Aber ich weigerte mich zu erklären, was sie gesagt hatte, um «solch ein ungehöriges Verhalten» zu provozieren. Am Ende musste ich mich entschuldigen, sah dabei aber nicht ein einziges Mal zu ihr hin, hielt meine Blicke fest auf den grau gesprenkelten Teppich gerichtet, der den Büroboden bedeckte.

Dad setzte sich an dem Abend zu mir und sagte, dass liebe Mädchen eigentlich nie jemanden schlugen, dass also etwas Schlimmes passiert sein musste und er wirklich gern wissen würde, was das war. Erst wollte ich ihm keinesfalls erzählen, was Aoife über ihn gesagt hatte, aber schließlich kamen die Worte doch stoßweise heraus, während ich weinte und schniefte und nach Luft schnappen musste. Da umarmte er mich, küsste meine Locken, sagte mir, ich sei ein wunderbares Mädchen, sollte aber versuchen, so etwas nie wieder zu tun, besonders wenn ein Lehrer es sehen könnte.

In jenem Jahr, in der zweiten Klasse, saßen Peanut und ich auf dem Spielplatz und gaben uns gegenseitig das Versprechen, dass wir, wenn wir größer waren, zusammen die Welt bereisen würden. Sie sagte, wir wären geschaffen für die Luft und die Farben und den Himmel.

«Ich werde Notfall-Veterinärin und fliege durch die ganze Welt, um Tiere bei Erdbeben und so was zu retten, und du kannst meine Pilotin sein.»

Ich nickte voller Hingabe diesem Mädchen gegenüber, das ich so köstlich fand wie die Zuckerwatte, die mir Dad immer bei der jährlichen Kilcross-Landwirtschaftsmesse kaufte. Ich spuckte mir in die Hand, wie sie es getan hatte, schüttelte dann ihre Hand und lächelte.

Natürlich habe ich sie enttäuscht. Ich habe mein Versprechen, Pilotin zu werden, nie erfüllt, sondern blieb stattdessen in Kilcross, einem Ort, wo der Himmel manchmal so dunkel war, dass seine Last alles niederzudrücken schien: den Kirchturm, die Häuser, die Gruppe von Kastanienbäumen auf dem höchsten Punkt der Stadt an der Dublin Road – ein Gewölbe, das bis zur Erde reichte und dessen Wände ich unmöglich durchbrechen konnte, selbst wenn ich es versucht hätte. Ich bin nie gereist, außer nach Cork und London, und als ich dreißig war, muss ich schon zwanzig Postkarten in jener Schachtel unter meinem Bett gehabt haben, von all den Orten, die Peanut besucht hatte.

Niall und ich sahen uns wieder, als wir aufs *Community College* kamen. Wir hatten uns schon am ersten Tag erspäht, aber die Blicke sofort abgewendet. Zufällig hatte man uns in dieselbe

Klasse gesteckt, doch wir waren dreizehn und voller Angst, wahrgenommen zu werden, wo wir doch nichts anderes wollten, als möglichst unsichtbar zu sein. Es dauerte drei Tage, bis er sich tapfer vor mir aufbaute, mit Ruth, seiner besten Freundin, an seiner Seite, und sagte: «Weißt du noch, wer ich bin?»

Peanut, die das Schlimmste fürchtete, hatte automatisch ihre Tasche an ihrem Schließfach drei Reihen entfernt fallen gelassen und war mir zur Seite gesprungen. Sie war zu dem Zeitpunkt nur ein paar Zentimeter größer als ich, kaum eine imposante Erscheinung, aber es genügte, dass ich mich beschützt fühlte.

«Was soll das hier werden?» Peanut schob ihre inzwischen lila Brille hoch.

Ich hätte wissen müssen, dass er nicht wie die anderen Kinder aus unserer gemeinsamen Zeit im Park war, aber ich war mir nicht sicher. Was, wenn er sich verändert hatte? Kinder waren unberechenbar. Wendehälse von einem Moment auf den anderen, Lügner und Tyrannen.

«Ich bin's, Niall, Jeanie», er lächelte mit jenen sanften braunen Augen. Peanut löste ihre verschränkten Arme und lockerte ihre verkrampften Schultern. «Weißt du nicht mehr? Die Bonbons? Die Weide?»

Peanut grinste. «Ja, Jeanie, die Bonbons und die Weide, der Typ.» Peanut hatte nicht die geringste Ahnung, wer der «Typ» war, also kniff ich ihr in den Arm.

«Oh, ja richtig», nickte ich, als hätte ich mich erst in dem Moment wieder an diese Begegnungen erinnert.

«Wir sind in derselben Klasse.»

«Ich bin Ruth.» Ruth, die direkt neben Niall gestanden hatte, nahm meine Hand, dann Peanuts und schüttelte beide energisch.

Damals war Ruth beinahe zehn Zentimeter größer als Niall, und ein Kranz von prächtigen schwarzen Locken umrahmte ihr beinahe ununterbrochen lächelndes Gesicht, das der Welt einen Vertrauensvorschuss zu geben schien.

«Ich bin auch in deiner Klasse.» Sie sah mich direkt an und lächelte. «Ich mag deine Haare.» Ich berührte, was immer schon eine Quelle des Amüsements für die anderen Kinder in der Grundschule gewesen war. «Zombiehaare», nannten sie sie. Jeden Sonntag flehte ich Mum an, sie zu glätten. «Aber du bist schön, so wie du bist», protestierte Mum. «Und Glätten wird deinen Haaren auf die Dauer nur schaden.»

«Niall und ich waren an der *Coleman's*», fuhr Ruth voller Stolz fort, während Niall mich weiterhin unverwandt ansah.

«Jeanie und ich waren an der *St. Brigid's*», antwortete Peanut, weil ich schwieg.

«Ich wollte da auch hin, aber Mum sagte, die sei voller elitärer Idioten. Ihr seid nicht elitär, oder?»

«Nein, die elitären Idioten haben alle beschlossen, an die *Saint Ciarán* zu gehen», antwortete Peanut.

«Dann ist es ja gut, oder, Niall?» Ruth wandte sich ihm wieder zu und sah, dass er mich immer noch anstarrte. «Äh, hallo?»

«Entschuldige, was?»

«Ach, ist egal.» Sie musterte wieder meine Haare. «Ich kann die stylen. Ich kann wirklich ein paar sehr ungewöhnliche Zöpfe flechten. Ich bringe es dir bei, wenn du willst, und du kannst auch an mir üben.»

«Ja, okay», sagte ich, verzaubert von dieser Göttin.

«Da gibt es was, das ich seit Ewigkeiten mal jemandem flechten will, aber mein Bruder weigert sich. Das ergibt am Ende so einen Knoten oben auf dem Kopf. Darf ich?», fragte sie, reichte Niall ihre Bücher und begann, mein Haar zu untersuchen. «Hast du Freitag Zeit? Wir müssen dann aber zu dir gehen, mein Bruder ist eine Nervensäge. Er würde uns nicht in Ruhe lassen.»

«Vielleicht könnten wir alle kommen und zusehen, wie du es machst?», schlug Peanut vor.

«Ja klar. Aber dein Haar ist viel zu dünn für mich, da kann ich nichts mit machen.» Ruth zeigte auf Peanuts glattes blondes Haar.

«Das macht nichts», schwärmte Peanut, die nichts Aufregendes verpassen wollte.

«Ich habe Fußballtraining», sagte Niall, glücklich darüber, die perfekte Ausrede gefunden zu haben.

«Kein Problem, du kannst später dazustoßen», befahl ihm Ruth.

«Oh», sagte er.

Ich grinste ihn an, bis er und ich anfingen zu lachen. Ruth und Peanut fielen ein in das Gelächter, wahrscheinlich aus Freude über unser Gekicher. In dem Moment war ich glücklich und dankbar, dass Niall den Mut gehabt hatte, Hallo zu sagen, und die Zahl meiner Freunde von einem Moment auf den anderen von eins auf drei erhöht hatte, was einem Wunder gleichkam.

«Ich wohne in der Church Street», sagte ich zu Ruth, als ich mich schließlich wieder im Griff hatte. «Das Bestattungsinstitut, kennst du das?»

«Warte mal.» Sie trat einen Schritt zurück, um mein Gesicht betrachten zu können, ihr Mund war leicht geöffnet. «Die Mastersons? Du wohnst also mit Toten zusammen, oder so?»

«Ja, ist das okay? Du hast kein Problem mit den Toten, oder?» Ich fragte mich, ob dies alles zu gut gewesen war, um wahr zu sein, und ob sie genauso eine Enttäuschung sein würde wie alle anderen.

«Nein», sagte sie. «Solange ich ihnen nicht die Haare machen muss.»

KAPITEL 6

Ich saß im Verabschiedungsraum neben Bernadette O'Keefes Sarg und wartete darauf, dass sie zu sprechen anfing. Ich saß wie gewöhnlich auf einem hohen Barhocker, aber mit Armlehnen, wie sie in schicken Chromküchen stehen. So konnte ich die Toten gut sehen. Von einem normalen Stuhl aus hätte ich nur ihr Profil betrachten können, von hier oben aus sah ich sie ganz; das kam mir persönlicher vor, als wären wir uns näher. Ich hatte den Barhocker extra in *Kilmurray's Kitchen Showroom* gekauft. Wenn ich nicht Dienst hatte, stand er in Dads Büro in der Ecke. Manchmal, wenn ich kam, lag Dads Jackett darauf oder Post, wenn etwas gekommen war, das an mich persönlich adressiert war, was oft geschah – ein Brief von einem Angehörigen, der mir für meine Zeit, meinen Trost dankte. Manchmal fand ich auch eine Blume vor, ein Gänseblümchen vielleicht aus der Wildblumenwiese nebenan, die war dann von Niall. Im Gegenzug steckte ich ihm manchmal einen Riegel *Fry's Chocolate Cream* in die Tasche seines weißen Kittels, den er bei der Arbeit trug, oder das Simplex Kreuzworträtsel, ausgeschnitten aus Dads *Irish Times*, das wir dann später bei einem Pint in *Casey's* zusammen ausfüllten.

Bernadette lag still da in ihrem hellgelben Kostüm und ihrer weißen Bluse. Ihr Haar war zu sanften Wellen gelockt, und ihr dezentes Make-up war einfach perfekt. Leblose, blutleere Haut gab nicht viel her, aber wenn Niall und Harry mit ihrer Arbeit fertig waren, dachte man, die Toten hätten nur eben die Augen geschlossen, holten kurz Luft, um gleich wieder den Zauber des Lebens zu genießen. Meine Hände lagen verschränkt auf meinen Knien, während ich auf den burgunderroten Teppich starrte, der von den Tausenden von Füßen, die im Laufe der Jahre darüber geschlurft waren, regelrecht zusammengepresst worden war – vielleicht wäre dieser Teppich das Erste, was ich ersetzen würde –, und darauf hoffte, dass die Türglocke klingelte und die Ankunft von Bernadettes Nichte Helen ankündigte. Es war leichter, wenn die Lebenden da waren, während die Toten sprachen, sodass sie alles fragen konnten, bevor ihre Lieben sie ein für alle Mal verließen.

«Wann wecken sie mich denn auf, was glauben Sie?» Bernadettes Worte klangen selbstsicher, ihre Stimme fest, was nicht ungewöhnlich war.

«Hallo, Bernadette.» Ich richtete mich auf und war nun bereit für alles, was da kommen sollte. «Ich bin Jeanie.»

«Wann wird diese Narkose, oder was immer es ist, abgebaut sein?»

Manchmal passierte das, sie wussten nicht, dass sie gestorben waren. Eine «tödliche Verwirrung», so hatte Dad es getauft. Er fand sich mehr als nur ein wenig geistreich, als er mit diesem Begriff aufwarten konnte. Den ganzen Rest des Tages, an dem er ihn geprägt hatte, erwischte ich ihn bei mehreren Gelegenheiten, wie er vor sich hin kicherte. Ich legte eine Hand an den Sarg und nahm mir noch einen Moment Zeit, bevor ich erklären würde, was los war. Aber sie kam mir zuvor.

«Ich bin im Krankenhaus? Oh Gott, die haben mich doch hoffentlich nicht ins *Saint Finbarr's Private* gebracht, oder? Dafür hab ich die Krankenversicherung doch gar nicht. Das habe ich Helen schon hundertmal gesagt!» Ihre Stimme klang jetzt panisch.

«Nein, Sie sind nicht im *Saint Finbarr's*, Bernadette, ich fürchte, Sie sind tatsächlich ...»

«Oh, dem Himmel sei Dank. Ihre Stimme klingt merkwürdig, Liebes. Bin ich wach, oder schlafe ich? Ich kann nicht richtig ... Sind Sie die Ärztin, weil nämlich meine Brust wahnsinnig schmerzt und mein Kopf...»

«Können Sie sich noch an das Schaf erinnern, Bernadette?», probierte ich es. «Das Tier, das sich im Zaun verfangen hatte?»

«Natürlich. Das war Bruce – immer auf Wanderschaft, das sturköpfigste Mistvieh, das ich je hatte. Einmal habe ich ihn drüben auf Mackeys Feld gefunden. Keins von den anderen war ihm gefolgt. Die sind zu schlau für seine Wandertouren. Hab ich ihn denn am Ende freigekriegt? Anscheinend kann ich mich nicht mehr erinnern.»

«Er hat sich gesträubt, Bernadette, hat mächtig gekämpft ...»

«Bruce, wie er leibt und lebt. Eines Tages wird er mich noch umbringen.»

Ich schwieg, in der Hoffnung, dass der Wahrheitsgehalt ihrer Worte ihr allmählich dämmerte, was auch passierte, allerdings falsch herum.

«Oh nein, er ist doch nicht ...» Bernadette hielt inne, unfähig, den Satz zu beenden. «Du Idiot, Bruce, du konntest einfach nicht bleiben, wo du bist, oder? Du musstest unbedingt los und dich umbringen.»

«Es tut mir leid, Bernadette, aber ich glaube ...»

«Sparen Sie sich ruhig Ihre Worte.» Eigentlich hätte ich das zu ihr sagen sollen, weil das Sprechen ihr zunehmend Mühe bereitete, ihre Stimme schwächer wurde, mal zu hören war, und dann verebbte wie ein schwaches Handysignal, und ich wusste, ich könnte sie nicht mehr lange erreichen. «Das musste so kommen. Der stand schon lange auf der Liste.»

«Bernadette, es tut mir wirklich leid, aber ich glaube, Bruce ist munter wie eh und je.»

«Na, das ist aber eine Erleichterung. Er ist nämlich einen verdammten Haufen Geld wert. Bei den Messen ist er immer der Beste.»

Ich nahm all meinen Mut zusammen. «Bernadette», begann ich, «ich fürchte, Sie waren es, die einem Herzanfall erlegen ist, als Sie ihn befreien wollten. Ich bin Jeanie Masterson. Sie sind im Bestattungsinstitut an der Church Street.»

«Oh», antwortete sie, so traurig, dass ich meine Hand unwillkürlich nach ihren Händen ausstreckte, die überkreuz auf ihrem Bauch lagen. Das war alles, was ich ihr in diesem Moment anbieten konnte, meine Berührung als Ersatz für die liebevolle Zuwendung eines Freundes, einer Mutter, eines Partners. «Sie sind diejenige, die reden kann mit den ...» Sie hielt inne, niedergedrückt von dem Wort, das sie nicht aussprechen konnte. «Möge der Herrgott mir vergeben, aber ich hätte den Mistkerl schon vor Jahren verkaufen sollen.»

Dann versank sie in Traurigkeit, aber es bedurfte keiner Taschentücher, um jene tränenlosen Augen zu trocknen. Denjenigen, die die Toten nicht hören konnten, wäre sie ganz und gar still und schweigsam vorgekommen. Aber ich hörte den Zorn und die Qual und die Trauer. Dieses Zerbrechen der Welten. Dieser Schrecken am Ende des Lebens, die Einsicht, dass es kein Morgen mehr geben würde, kein Später. Tatsache war, dass es keinen Tag und keine Nacht mehr geben würde. Alles war fort bis auf diese kurze Zeitblase, in der wir einander hörten, die jedoch jede Sekunde platzen konnte.

«Aber ich kann mich an rein gar nichts erinnern», sagte sie, versuchte immer noch, mit der Situation zurechtzukommen.

«Bei extremem Stress kann sich das Gehirn nicht mehr an alles erinnern, Bernadette.»

«Oh Gott, aber es ist nichts vorbereitet. Es gibt nicht mal ein Testament. Und was ist mit den Begräbniskosten? Sicher weiß Helen gar nicht, wo im Haus alles ist. Wie soll sie denn zurechtkommen?»

«Sagen Sie es mir, Bernadette. Sagen Sie es mir, und ich sorge dafür, dass sie es erfährt.» Ich blickte immer wieder auf die Uhr. Ich wusste, dass jetzt jederzeit die Klingel ertönen und Helen hier sein würde. Wenn ich Bernadette nur noch so lange bei mir behalten könnte, dass die beiden Frauen einen Moment zusammen haben konnten, wäre ich glücklich.

«Gut, ähm ... unter meinem Bett, da ist ein roter Koffer. Alles Wichtige habe ich da reingeworfen. Die Urkunden, die Kontoauszüge. Oh Himmel, sie wird nie mit alldem klarkommen. Sie ist nicht dafür gemacht.»

«Wir werden ihr helfen. Wir sorgen dafür, dass sie die Unterstützung bekommt, die sie braucht.»

«Nein, Sie verstehen mich nicht. Als Frank starb, ist sie zusammengebrochen. Das ist mein Bruder, Frank, ihr Vater. Sie hat Drogen genommen und alles. Sie wird nicht klarkommen.»

Ich sah auf die Uhr. «Was würden Sie zu ihr sagen, wenn sie jetzt hier wäre, was würden Sie ihr sagen?»

Für einen Augenblick hielt sie inne, und ich fragte mich, ob es das schon gewesen war, ob sie fort war.

«Ich würde ihr sagen», begann sie zu meiner Erleichterung, «dass sie stärker ist, als sie denkt. Und dass sie einen guten Kopf auf ihren Schultern trägt, ganz wie Frank, wenn sie nur an sich selbst glauben würde.» Allmählich wurde ihre Stimme leiser, als würde sie rückwärtsgehen, weiter und weiter fort.

Laut und klar ertönte die Klingel.

«Bernadette, das ist sie jetzt. Helen kommt. Versuchen Sie, noch zu bleiben», bat ich sie eindringlich und sprang von meinem Hocker, um den Schritten entgegenzugehen, die sich eilig vom Flur her näherten. Ich streckte der Frau mit ihren ungekämmten Haaren und erschrockenen Augen die Hand entgegen.

«Reden Sie mir ihr», befahl ich ihr, während ich Helens Hand auf Bernadettes legte und zurück auf die andere Seite des Sargs eilte, damit ich die beiden Frauen klar sehen konnte.

«Bernie, Tante Bernie? Ich bin's, Helen.» Sie blickte mit einem besorgten Ausdruck zu mir herüber. «Kann sie mich hören, oder müssen Sie ihr erzählen, was ich sage?»

«Sie kann nur meine Stimme hören und nur ich ihre. Also werde ich für Sie beide sprechen, in Ordnung?»

Sie nickte und blickte wieder ihre Tante an.

«Mir geht's gut, Bernie», fuhr sie fort. «Ich weiß, dass du dir Sorgen um mich machst, aber mir geht's wirklich gut. Ich werde mich um alles kümmern. Um Bruce und den ganzen Rest. Und um das Haus. Und mich. Deine größte Baustelle.» Sie lachte leise. Sie blickte auf das Gesicht ihrer Tante, suchte darin nach einer Antwort und sah dann zu mir, die ich ihre Worte weitergab. «Ich liebe dich, Bernie», fuhr sie fort. «Hat sie das gehört? Was sagt sie? Sie ist noch nicht fort, oder? Sagen Sie mir, dass sie noch nicht fort ist.»

Doch sie war fort. Es war nichts mehr zu hören als das mächtige Schweigen, das sie hinterlassen hatte. Ein Schweigen, das mich immer an den Sekundenbruchteil erinnerte, wenn man an einem Tag wüsten Regens unter einer Autobahnbrücke hindurchfährt und die Macht der kurzen, alles umfassenden Stille erlebt. Ich atmete gegen die Wucht meines Herzschlages an und schloss die Augen, um mich zu beruhigen und mich daran zu erinnern, dass ich die Lebenden nicht enttäuschen durfte.

«Ja, Helen. Sie ist noch bei uns», log ich. «Sie sagt, sie ist sehr stolz auf Sie. Und dass es ihr leidtut, Sie auf diese Weise verlassen zu haben. Sie hatte nicht vor, so früh zu gehen.»

«Oh, Bernie, du alberne Gans, das muss dir doch nicht leidtun. Mir tut es so leid. Ich hätte mit dir aufs Feld gehen und dich nicht mit Bruce allein lassen sollen. Wenn ich mitgekommen wäre, steckten wir jetzt vielleicht nicht in diesem Schlamassel.» Ihre Augen schlossen sich, die Tränen flossen, und sie ließ sie laufen, die Hand fest um die ihrer Tante geschlossen. «Wo wäre ich ohne dich? Und was mache ich jetzt?»

Ihr Kopf senkte sich auf das perfekt gebügelte Schulterpolster von Bernadettes Kostüm.

Die Tränen anderer Menschen funktionierten wie Magneten für meine, und da flossen sie auch schon. Nicht viele, eine oder zwei, aber trotzdem sichtbar. Ich wischte sie weg, indem ich wie immer so tat, als würde mich etwas jucken. Dad sagte immer, das sei meine einzige Schwäche – dass ich so tief empfand. Aber ich wusste, dass er den Kummer genauso fühlte wie ich, er hatte schlicht festere Tränenkanäle. Ein klarer Fall von biologischer Differenz und sonst nichts. Und wieso zum Teufel, hielt ich immer dagegen, war das denn eine Schwäche?

«Bernadette sagt, Sie sind stärker, als Sie denken, Helen, und dass Sie hiermit zurechtkommen werden und sie immer an Ihrer Seite sein wird. Sie sagt, wenn Sie die Hitze eines

Sonnenstrahls durch das Fenster spüren, dann ist sie das, sie ist dann ganz bei Ihnen.» Manchmal dachte ich mir Dinge aus. Ehrlich gesagt sogar häufig. Um den Schmerz jener, die zurückblieben, zu lindern und ihnen zu gestatten, sich an etwas festzuhalten.

«Sie meint sicher das Küchenfenster. Die Sonnenstrahlen morgens dort, wenn sie endlich beschließt aufzugehen. Bernie, mach dir keine Sorgen, ich werde da sein und auf dich warten.»

«Sie sagt, Sie seien wie Frank.»

«Das hast du immer gesagt, was, Bernie?»

«Sie sind so mutig wie er und gütig, sagt sie. Das Schönste, was ihr je passiert ist.»

«Oh, Bernie.»

Ich sagte einen Moment lang nichts, während Helen die Hand hob, um Bernadettes Haar zu glätten, das sie bei ihrer Umarmung zerzaust hatte.

«Sie ist besorgt, Helen. Dass Sie hiermit nicht zurecht-kommen, wie nach dem Tod Ihres Vaters.»

«Nein, Bernie. Du musst nicht mit solchen Sorgen gehen. Ich lass dich nie wieder so hängen. Ich verspreche es dir hier und jetzt, das ist wirklich vorbei.»

Sie fuhr fort, Bernadettes Haar zu streicheln. Dann be-gann sie zu lächeln, als wäre gerade etwas Schönes passiert. «Weißt du, du mochtest doch Westlife so, Bernie? Also, ich dachte, es gefällt dir vielleicht, wenn wir bei der Beerdigung ‹You Raise Me Up› spielen.» Dann wandte sie sich an mich und fragte: «Sie glauben doch nicht, dass der Pfarrer etwas dagegen hat, oder?»

«Wir reden mit ihm.»

Tatsächlich hatten unsere Pfarrer etwas dagegen. In dieser Ära von Papst Franziskus schien es, als hätte man Kilcross die beiden konservativsten Pfarrer zugewiesen, die man überhaupt noch finden konnte. Wir waren wieder bei langen Soutanen und ausschließlich Kirchenliedern bei kirchlichen Zeremonien angelangt. Aber ich wusste, wenn irgendjemand Father Dempsey zu etwas bewegen konnte, dann war es Dad. Er hatte eine Art, mit Priestern umzugehen, die mir nicht gegeben war. Noch ein Grund, warum sein Ruhestand keine gute Idee war. Ich würde ihn später zu meiner immer längeren Liste der «Kontras» hinzufügen – bislang stand auf der «Pro»-Seite noch gar nichts. Aber wir hatten eine Rückfallposition: Wenn Dads Charme diesmal nicht funktionierte, würden wir den Song eben hier spielen – wo wir das Sagen hatten –, bevor wir Bernadette über die Straße in die Kirche brachten.

Helen, Bernadette und ich plauderten noch ein paar Augenblicke weiter. Ich antwortete, so gut ich konnte, aufgrund des wenigen, was ich von Bernadette erfahren hatte, und sorgte dafür, dass Helen von dem roten Koffer unter dem Bett erfuhr, bis ich fand, dass der richtige Zeitpunkt gekommen war, um zu sagen: «Sie sagt, sie wird jetzt müde, Helen. Sie wird allmählich verschwinden.»

«Oh», antwortete sie und sah jetzt aus wie ein verlorenes, verängstigtes Kind.

«Manchmal geht das noch viel schneller. Diese Augenblicke sind wie das letzte Flackern einer Kerze, nicht sehr kräftig und nicht sehr lang, bevor sie schließlich ganz verlischt. Gibt es noch irgendetwas, das Sie ihr sagen wollen, bevor sie ihren Frieden finden kann?»

«Ich liebe dich, Bernie», rief sie aus, «und sag Dad, ich liebe ihn auch.» Sie küsste ihr die Wange und legte ihren Kopf einen Moment lang neben den der Toten, bevor sie sich aufrichtete, noch einmal Bernadettes Haar berührte und ein mutiges Lächeln aufsetzte.

Ich war erschöpft. Es war immer dasselbe – mitgenommen von der Konzentration, der Intensität dieser wenigen kostbaren Momente, die sicherstellen sollten, dass ich das Bestmögliche für alle Beteiligten unternahm. Aus dem Augenwinkel sah ich, wie Dad vom Flur kommend den Raum betrat und einen Stuhl zurechtstellte, damit Helen neben ihrer Tante sitzen konnte.

«Bleiben Sie so lange, wie Sie möchten», sagte er, eine Hand auf ihrer Schulter, die andere auf den Stuhl zeigend. «Wir lassen Sie beide jetzt mal allein. Und dann komme ich wieder, damit wir den Ablauf besprechen können.»

Er reichte mir seinen angewinkelten Arm, und wir gingen zur Tür und ließen die beiden O'Keefes allein, die eine immer noch plaudernd, die andere längst schon fort.

«Hast du die ganze Zeit zugehört?», flüsterte ich ihm zu. Er nickte und drückte mir die Hand. «Dann weißt du auch, dass sie längst weg war, dass ich sie nicht halten konnte?»

«Du warst großartig, Jeanie. Wenn ich noch eines Beweises bedurft hätte, dass Mutter und ich die richtige Entscheidung getroffen haben, dir und Niall diese Firma hier zu überlassen, dann habe ich den hier genau vor meiner Nase gerade bekommen.»

KAPITEL 7

Aoife Mullally aus der Grundschule hatte schon recht ge-habt: Dad log und ich auch. Zumindest manchmal, haupt-sächlich, wenn die Toten etwas nicht so Nettes zu sagen hatten, das wir in ihrem Namen an die Hinterbliebenen wei-tergeben sollten.

Zum Beispiel erzählte ich einmal Carly Kiernan, die den ganzen Weg von Garna in Donegal hierhergekommen war, dass ihr Ehemann, der neben uns in seinem Sarg lag, sie liebte, obwohl er erst Minuten zuvor gestanden hatte, dass ihre Schwester diejenige war, die er verehrt hatte. Ich habe nie verstanden, warum er ihr das sagen wollte. Er musste doch gewusst haben, welchen Schaden er damit anrichten würde. Es bedurfte nur eines Blickes auf diese verzweifelte Frau, um zu wissen, dass ich ihr das so nicht erzählen konn-te. Aber die Sache war die: Sie hätte auch eine schreckliche Ehefrau gewesen sein können, die ihn geschlagen, ihn he-rabgewürdigt hatte, und dies hätte seine einzige Chance sein können, endlich einmal selbst in einer Machtposition zu sein. Dennoch hatte ich, ein junges Ding – ich weiß gar nicht, ob ich zu dem Zeitpunkt überhaupt schon zwanzig war –, beschlossen, ihm diesen Augenblick des Triumphes zu verwehren. Und selbst wenn sie die liebenswerteste Ehe-frau der Welt gewesen wäre und er ein Horrortyp, war ich wirklich dazu berufen, den beiden diese Blamage zu erspa-ren und mir auch? Meine Rolle war schließlich nur die des leeren Gefäßes. Und doch brachte ich es nicht immer über mich.

Es quälte mich, dieses dauernde Lügen. Wer war ich denn, im Leben anderer Leute Gott zu spielen? Aber Dad glaubte fest daran, dass es manchmal nicht anders ging, dass wir lügen mussten, um die Lebenden zu schützen. Es hatte Zeiten gegeben, besonders in den letzten Jahren, in denen ich die Müdigkeit gesehen hatte, die der Tod Dad beschert hatte, und dann hatte ich ihn sagen hören: «Er sagt, er liebt sie mehr, als Sie sich vorstellen können, und es tut ihm sehr leid, dass er gehen musste.» Eine schlichte, wirkungsvolle Botschaft, aber vielleicht nicht genau das, was der Tote durch ihn hatte übermitteln wollen.

Manchmal log ich nicht direkt, sondern verdrehte nur ein wenig die Wahrheit oder schliff die scharfen Kanten ab und vermittelte den Lebenden eine Halbwahrheit, um ihren Schmerz zu lindern. Und manchmal war es auch umgekehrt so, dass ich den Toten nicht sagen konnte, was die Lebenden ihnen mitgeben wollten. Einmal stand ein Sohn vor seinem toten Vater und sagte, dass er ihn hasste. Dass er ihn für jedes Mal hasste, das er ihn geschlagen und seine Mutter getreten hatte, während er auf dem Boden lag und ihn anflehte aufzuhören. Er wollte, dass er nach dem Tod für alles litt, was er ihnen angetan hatte. Dies sollte ich dem eingeschrumpften Mann sagen, der nur Momente früher noch geschluchzt hatte, als er um Vergebung bat und mich fragte, ob er wohl in die Hölle käme?

Es war schon seltsam, dass ich in einem Beruf arbeitete, wo der Glaube wichtig war, selbst aber nicht gläubig war. Ich hängte das natürlich nicht an die große Glocke. Ich ging mit Dad, bis ich achtzehn war, regelmäßig zur Messe; Mum war eine stramme Atheistin. Aber danach ging ich nur noch auf die Beerdigungsgottesdienste. Nachdem ich nun achtzehn und erwachsen war, hatte ich auch das Recht aufzuhören, fand ich. Ich war nicht überzeugt von der Existenz von Himmel oder Hölle, und doch war es ganz normal für mich, die hören zu können, die nicht mehr atmen konnten. Und ist nicht genau das das Faszinierende am Menschsein – dass man das eine nicht glaubt, weil es einem merkwürdig erscheint, während man etwas anderes, genauso Bizarres, einfach hinnimmt? Für mich war es schlicht ein Fall von Tatsachenbeweis: Die Toten redeten, doch wohin sie hinterher gingen, wusste ich nicht.

Also umging ich die Frage des verschreckten Mannes, wie so oft, wenn es um Glaubensfragen ging, und sagte stattdessen: «Trevor sagt, Sie haben ihn sehr verletzt. Das ist nichts, was er so leicht vergeben kann.»

«Weiter, sagen Sie ihm auch noch den Rest», hatte sein Sohn verlangt.

Ich weiß noch, dass ich in jenem Moment dachte, warum waren wir eigentlich nicht mutiger, wir Menschen? Warum hatten wir nicht den Mut zu sagen, wie es wirklich war, solange wir lebten? Warum ließen wir uns von der Furcht überwältigen und zum Schweigen bringen? Und warum war ich jetzt diejenige, die diesem Mann sagen sollte, sein Sohn sei froh, dass er tot war? Ich konnte es nicht, und so hatte Trevor seinen Vater angeschrien und mit seinen Fäusten auf seine Brust getrommelt, bis Dad und Niall ihn weggezogen hatten. Er saß auf dem Stuhl und schluchzte. Und ich saß neben ihm und hatte das Gefühl, ihn hängen gelassen zu haben. Und das hatte ich ja auch. Sein Freund traf ein und wiegte ihn, bis aus seinem Geheul ein Gewimmer geworden war und er aufstand und ging. Zur Beerdigung kam er nicht, und ich bin mir nicht sicher, ob die Rechnung je bezahlt wurde.

Vielleicht hätte es sich nicht ganz so hart angefühlt, wenn es noch andere in diesem Metier gegeben hätte, die auch die Toten hören konnten, nicht ganz so belastend und einsam. Vielleicht, wenn es schlicht der normale Teil dessen gewesen wäre, was jeder Bestatter in Irland als Dienstleistung im Angebot hatte, eine Extraoption, die ihren Preis hatte: «Und möchten Sie außerdem noch das ‹Reden Sie mit Ihren Lieben›-Paket dazu? Der Stundensatz ist dreihundert. Aber falls Sie nicht so lange sprechen, werden wir natürlich nur pro rata abrechnen.»

Über Geld wurde in diesem Metier nie offen gesprochen. Es war ein eifersüchtig gehütetes Geheimnis unter den verschiedenen Bestattern. Und die Verhandlungen darüber wurden in den Zeiten der Trauer mit den Familien kaum lauter als flüsternd geführt und manchmal auch gar nicht, bis die Rechnung kam, alle sich aufsetzten und sie zur Kenntnis nahmen.

Aber wir Mastersons waren ganz allein. Was wir taten, war so seltsam und bizarr für den Rest der Welt, wie es für uns normal war. Es gab sogar eigene Hashtags für uns: #Kilcross-Bauernfänger, #Totenlügner und, mein Favorit, das höflichere #BeknackteBestatter. Natürlich gab es auch andere mit der gegenteiligen Schattierung: #GabenvonGott, #GenialeJeanie, #GesegneteMastersons. Es gab die Gläubigen und die Ungläubigen. Erstere eilten an unsere Tür, während Letztere manchmal hässliche Botschaften darauf sprayten, wie «SALEM», was Dad eines Morgens auf unsere Gartenpforte geschrieben vorfand.

«Kinder», schäumte er, als er in die Waschküche kam, um den Fünfliterkanister mit Reinigungsmittel zu holen, den wir für solche Zwecke angeschafft hatten. Aber ich war mir gar nicht so sicher, dass die Schuldigen Jugendliche waren, obwohl sich deren Fähigkeit zur Grausamkeit als grenzenlos erwiesen hatte, als ich noch in der Schule war. Erwachsene, begriff ich, als ich selbst eine wurde, konnten gleichermaßen enttäuschend sein.

Bei den Branchenkonferenzen und Kongressen, die jedes Jahr in Irland abgehalten wurden, mischte ich mich unter die anderen Bestatter und lächelte. Manche erwiderten mein Lächeln, andere nickten bloß und hielten sich von mir fern. Wir Mastersons konnten die Menge in einem Raum so säuberlich teilen wie ein angewärmtes Messer eine Schokoladentorte. Meistens deprimierte es mich, aber manchmal wagte ich auch ein Experiment und beteiligte mich an dem Gespräch einer Gruppe von Männern in ihren dunklen Anzügen und fragte mich, wie lange es wohl dauern würde, bis sie sich in alle Richtungen zerstreuten. Aber selbst jene, die uns mieden, konnten nicht umhin, uns um unseren Erfolg zu beneiden. Denn die schlichte Tatsache war, dass die Leichen an unsere Tür kamen, oft an ihren Türen vorbei und aus dem ganzen Land. Es herrschte immer noch hinreichend Glaube in der erweiterten irischen Öffentlichkeit, um unsere Bilanz gesünder aussehen zu lassen als die der meisten anderen. Es hatte eine Phase gegeben, in der ein Typ in Galway verkündet hatte, auch er könne die Toten hören. Aber er wurde durchschaut, als er Barry, den Familienkater, mit einem der Söhne des Verstorbenen verwechselte. Es gab niemanden außer uns. Nur wir, der Vater und die Tochter, wurden von den Leuten mit einer widerwilligen, oft aber respektvollen Toleranz behandelt.

Ich weiß nicht, wie es für meinen Dad gewesen ist, bevor ich auf die Welt kam. Ich kann mir gut vorstellen, dass er sich schrecklich einsam gefühlt haben muss. Der Einzige mit der Gabe, leider zudem mit einer Ehefrau, die nicht darüber reden wollte. Zumindest gab es Tante Harry, die die Last mit ihm teilte.

Ted Masterson, mein Großvater und Dads Vater, war der erste professionelle Bestatter in der Familie gewesen. Er hatte, was damals in den Sechzigerjahren schlicht ein Lebensmittelgeschäft gewesen war, gekauft – ein kleines Gebäude auf einem Streifen Land, der zur Church Street führte, mit einem großen Einfamilienhaus dahinter, das auf die Water Lane blickte. Damals waren die beiden Gebäude noch nicht miteinander verbunden gewesen. Erst später hat Ted das Ganze renoviert, und ein Korridor wurde gebaut, der beide Häuser miteinander verband.

Im ursprünglichen Geschäft hatte es einen Raum an der Seite gegeben, in den man die Toten der Stadt gebracht hatte, um sie von Mrs Simmons, der früheren Inhaberin, aufbahren zu lassen, und davor von ihrer Mutter. Das Aufbahren war vor allem ein Dienst an der Gemeinschaft gewesen, anscheinend ein Gefallen, den man dem Priester erwies, damals wurde noch nicht einbalsamiert. Die Toten wurden nur gewaschen und angekleidet, bevor sie von Mrs Simmons und der Familie in einen schlichten Sarg gelegt und über die Straße zur Saint Xavier Church getragen wurden. Eine bessere Lage für einen Bestatter hätte man gar nicht finden können: In diesem Geschäft ist die Lage einfach alles.

Als das Bestattungswesen in den Siebzigerjahren Fahrt aufnahm und das Einbalsamieren der Toten Mode wurde, hielt Ted seine Zeit für gekommen. Er ergriff die Chance mit beiden Händen, ging nach Dublin, um sich anzuschauen, wie alles funktionierte, kaufte die Gerätschaften und machte sich ans Werk. Damals gab es keine Ausbildung oder so dafür – und auch heute gibt es nur wenige Zertifikate und Kontrollen; man konnte einfach Bestatter werden, indem man ein paar Trainingsstunden bei jemandem absolvierte, der bereit war, sein Wissen weiterzugeben. In späteren Jahren war es Harry, die Ted nachfolgte. Die Aufschlüsselung nach Geschlechtern bei den Bestattern zeigt noch immer eine starke Neigung nach der männlichen Seite, was seltsam ist, wenn man bedenkt, dass es die Frauen waren, die seit Jahrhunderten die Toten gewaschen und aufgebahrt hatten, lange bevor die Wissenschaft, das Geld und das Testosteron das Ganze in die Finger bekamen.

Dad wollte nicht unbedingt das Einbalsamieren übernehmen, lieber plante er die Beerdigungszeremonie, sprach mit den Angehörigen, mit den Priestern, den Totengräbern – er wollte derjenige sein, der allen versicherte, dass in seinen umsichtigen Händen alles zur Zufriedenheit geregelt würde. Wie es heißt, begann er mit den Toten zu reden, kurz nachdem Ted das Geschäft gekauft hatte und die erste Leiche in dem kleinen Seitenraum aufgebahrt worden war.

Ihre Mutter Jean, meine Großmutter, nach der ich genannt wurde, besaß auch ein gewisses Talent dazu, erzählte mir Harry, als ich kleiner war. Harry war die Hüterin unserer Masterson-Familiengeschichte.

«Sie unterbrach, was sie tat, vielleicht machte sie gerade den Abwasch in der Küche in unserem Haus an der Tyrell Street, wo wir damals wohnten, und einen Moment sagte sie nichts, streckte die Hand aus, um Dad und mich am Lärmen zu hindern, lauschte. Und dann sagte sie: ‹Jemand ist gestorben.› Und Dad, also dein Großvater, sagte dann: ‹Natürlich ist jemand gestorben, schließlich stirbt jede Sekunde irgendein Mensch.› ‹Nein›, beharrte sie dann und setzte ihre Arbeit fort, ‹jemand, den wir kennen.› Und wirklich, innerhalb der nächsten Stunde verbreitete sich die Nachricht in der Stadt, es klopfte an der Tür, und wir erfuhren, dass ein Nachbar oder ein Cousin verschieden war. Und dein Großvater Ted sah sie dann an und lächelte. Ich denke gern, dass er diese Firma für sie gekauft hat, weil er wusste, dass sie so etwas wie den sechsten Sinn hatte. Aber sie starb, nicht lange nachdem er die Hypothek dafür aufgenommen hatte, bei einem Autounfall. Ich frage mich oft, ob sie an dem Morgen, als es passierte, wohl eine Vorahnung gehabt hat.»

Solche Momente bleiben meine liebsten Erinnerungen an die Arbeit an diesem Ort: nur Harry und ich und ihre Geschichten und die Toten. Das waren unbeschwerte Zeiten, als noch nichts von mir erwartet wurde: keine Lügen, keine belastenden Wahrheiten, keine Schuldgefühle; damals war es mir freigestellt, zu sagen, was ich wollte, wenn ich es wollte.

KAPITEL 8

Ich saß auf dem Beifahrersitz im Leichenwagen, als Niall an jenem Abend Bernadette das kurze Stück für die Aussegnung zur Kirche fuhr. In unseren schwarzen Wollmänteln folgten wir den Schwalbenschwänzen von Dads Anzug – hinter uns Helen und die kleine Gemeinde von Rathdrum – zu den offenen Türen von Saint Xavier und zu Father Dempsey, der dort stand, um Bernadette zu empfangen. Bei diesen Gelegenheiten sprachen wir nie, außer um Mitarbeiter zu instruieren. Jede Bewegung, die wir machten, jedes Wort, das in jenen Stunden der Arbeit gesprochen wurde, galt allein den Toten und ihren Lieben. Wir waren schweigsam und ernst, so auf sie konzentriert, dass niemand vermutet hätte, dass wir überhaupt irgendwelche eigenen Gedanken hegten.

Arthur ging gemessen neben dem Leichenwagen her, seine Briefträgeruniform hatte er gegen seinen schwarzen Anzug getauscht, bereit zu helfen, den Sarg auf seinen Karren zu hieven, wenn wir angekommen waren.

Die Fahrt von *Masterson Bestattungen* durch die Tore der Saint Xavier Church, die asphaltierte Einfahrt hinauf zu den großen Holztüren, dauerte, wenn es zügig ging, keine zwei Minuten, fünf Minuten gemäß dem Marsch eines Trauerzugs. Mein Vater liebte nichts mehr als den Augenblick, in dem er sich seinen Zylinder unter den rechten Arm schob und langsam vor dem Leichenwagen herging, die Prozession der Trauernden in seinem Gefolge. Diesen Moment, wenn er an der Spitze stand, liebte er am meisten in diesem Beruf, weit mehr, als von denen zu hören, die jetzt still waren.

Bernadette sollte über Nacht in der Kirche bleiben, und am nächsten Tag folgten die Messe und schließlich das Begräbnis. Nach der kurzen Zeremonie mit Gebeten, Segnungen und Beileidsbekundungen gab es wenig mehr für uns zu tun, als den leeren Leichenwagen über die Straße zurückzufahren. Als Niall den Motor startete, tauchte Arthur an der Seite auf, klopfte an Nialls Fenster und zeigte auf die Tore. Niall nickte, fuhr dann auf die Church Street und rückwärts auf unser Grundstück. Ich sah zu, wie Arthur die beiden schweren Eisentore zuschob und wartete, während Niall den Wagen im Hof parkte.

«Wir sollten dich anstellen», scherzte Niall, als er aus dem Leichenwagen stieg und seine Taschen abklopfte, um sicherzugehen, dass er nichts liegen lassen hatte. «Kommst du mit rein, Arthur?»

«Nein. Ich fahre nach Hause zu Teresa.» Er wollte gerade gehen, aber ich rief ihn zurück.

«Irgendeine Spur von dem Füller?»

«Leider nicht.» Er sandte flehentliche Blicke gen Himmel und schüttelte traurig den Kopf, ein Mann, dem bei der Suche nach diesem Ding – das so sehr zu ihm gehörte wie sein Sinn für Humor, seine Zustellerroute und sein geliebter Garten – eine Niederlage drohte.

Mein Bruder Mikey arbeitete manchmal für uns, aber das kam sehr selten vor und war gewöhnlich ein klares Signal für eine Notlage. So wie in dem Moment, als wir begriffen, dass es außer Helen keine Verwandten gab, um Bernadettes Sarg während der Begräbnismesse am nächsten Tag durch das Kirchenschiff zu tragen. Helen entschied sich für uns vier – Harry, Niall, Mikey und mich –, statt sich zu überlegen, welche Nachbarn das tun könnten, und verletzte Gefühle zu riskieren, wenn sie die falschen wählte. Wir vier standen auf beiden Seiten von Bernadette, wobei drei von uns sie auf den Karren stellten und schoben, statt sie zu tragen, da Mikey sich geweigert hatte, irgendetwas anzufassen.

Mikey hasste die Toten. Sie waren der Grund, warum er ausgezogen war. Er sagte, es mache ihn glücklich, nicht in einem Raum wohnen zu müssen, der auf irgendeine Weise mit ihnen verbunden sei, weder durch Backstein noch durch einen Korridor. Die Tatsache, dass sein «Schuppen» neben der Außenwand des Ausstellungsraumes errichtet worden war, schien ihm keine Probleme zu bereiten: Er brauchte für seinen Seelenfrieden einfach nur einen echten Abstand.

Als er klein war, war Mikey das Gegenteil von mir gewesen, er wollte nichts mit dem Geschäft zu tun haben, weigerte sich, durch den Korridor zu gehen, der unser Haus mit dem Bestattungsinstitut verband, es sei denn, er wurde getragen, und selbst dann schrie er die ganze Zeit.

«Himmel noch mal!», sagte Mum oft, wenn sie Mikeys Arme und Beine unter Kontrolle zu bringen versuchte, während sie auf dem Weg zu Dad war, um etwas mit ihm zu besprechen. Ich sah zu meinem sich unglücklich windenden Bruder hoch und war erstaunt, dass er meinen konnte, irgendetwas hinter den Türen sei eklig. Mum gab dann einfach auf und bat mich, zu gehen und Dad zu holen. Wann immer Mikey doch in den Vorbereitungsraum gehen musste, fasste er nach meinem Ärmel und hielt ihn zwischen Zeigefinger und Daumen fest, dehnte den Stoff aufs Äußerste. Er ließ nie los, während er seiner kleinen Schwester folgte, die immer wieder zu ihm sagte: «Das ist schon okay», und «Wir bleiben auch nicht lange», bis ich ihn dann zurück in die sichere Küche gebracht hatte.

Der einzige Grund, warum Mikey überhaupt zustimmte, gelegentlich mit uns zu arbeiten, war, dass er auf diese Weise etwas zusätzliches Geld einnahm für die Sonderangebote von *Osman's* – über sein Jahresabonnement für die *Zeitschrift für Militärgeschichte* hinaus, für das Dad aufkam. Die Summe war recht hoch, und jedes Jahr saß Dad deswegen aufs Neue jaulend und stöhnend in der Küche, als erführe er zum ersten Mal von den Wucherpreisen. Mum sagte dann zu ihm, er solle sich abregen und dass das Abo alles Geld der Welt wert sei, weil es seinen Sohn glücklich mache.

Mikey kannte das Bestattergewerbe sehr genau, jeden Handgriff. Er war eine perfekte, wenn auch widerwillige Aushilfskraft, arbeitete schweigsam und ernst und wusste exakt, was zu tun war.

Nach Bernadettes Begräbnis draußen auf dem Ballyshane Cemetery bat ich Harry, mit Niall im Leichenwagen mitzufahren, sodass ich ein wenig mit meinem Bruder allein sein konnte. Während unseres gemeinsamen Lebens hatte es so viele Augenblicke gegeben, in denen ich wirklich gern die Hand ausgestreckt und ihn berührt hätte; ein kleiner spontaner Klaps auf den Arm vielleicht oder – als ich noch kleiner war – eine liebevolle geschwisterliche Umarmung, die zu einem Um-den-Hals-Fallen oder ernsthaftem Kopfstrubbeln werden konnte. Und nun, da wir älter waren, hätten wir uns beieinander einhaken können, ich hätte mich auf diesem stillen Weg zum Firmenwagen an seine Schulter lehnen können, als die Trauergäste gegangen und nur noch wir da waren, die Gräber, der Vogelgesang und der Ruhestand unserer Eltern in näherer Zukunft, der uns zum ersten Mal in zweiunddreißig Jahren voneinander trennen würde. Aber mit Mikey war nichts davon möglich. Wenn eine Berührung nötig war, musste erst die Bitte dazu geäußert werden, gefolgt von Verhandlungen darüber, wo genau und wie viel Druck man ausüben wollte, und auch, wie lange. Stattdessen gingen wir in einem sicheren Abstand voneinander zum Van und fuhren dann auf die Hauptstraße nach Kilcross, lange nachdem sich die Menge zerstreut hatte.

«Also, was diese Sache mit Baltimore anbelangt, du bist doch froh umzuziehen, oder?», fragte ich.

«Oh ja. Aber das heißt nicht, dass ich meine neuen Regale nicht aufstelle, falls du das denkst, Jeanie.»

«Ich weiß. Das sage ich doch gar nicht. Niemand hat was dagegen, dass du da was einbaust. Das ist ganz und gar dein Reich.» Ich lachte, um ihm seine Ängste zu nehmen.

«Dad sagt, ich kann nach dem Umzug das Spielzimmer für all meine Sachen haben. Erinnerst du dich an das Spielzimmer, Jeanie?»

«Ja. Wie könnte ich die vielen Male vergessen, bei denen ich dich im Tischtennis geschlagen habe», neckte ich ihn.

«Nein. Siehst du, du erzählst schon wieder Lügengeschichten, Jeanie. Ich habe *dich* geschlagen. Und ich habe die Medaillen, um das zu beweisen.»

In den Ferien spielten Mikey und ich immer unser jährliches Tischtennisturnier oder das «Triple T», wie er es nannte. Das Ferienhaus, bald nun Dads und Mums neues Heim, hatte ein Spielzimmer mit Regalen voller Puzzles und angestoßener *Cluedo-* und *Mausefalle*-Schachteln, und mittendrin stand eine Tischtennisplatte. Wir hatten keine Ahnung von den Tischtennisregeln, aber wir waren damals große Wimbledon-Fans und spielten nach den Herrentennis-Regeln, da wir in unserem sportlichen Leben keine Geschlechterdiskriminierung duldeten. Ein Match konnte die ganze Woche, die wir dort verbrachten, dauern, wobei Mikey peinlich genau die Punkte zählte. Der Gewinner bekam eine Medaille, die Dad bezahlte, und ein Essen seiner Wahl in einem der vielen großartigen Restaurants im Dorf, für das Mum zahlte. Mikey gewann ausnahmslos, beschloss allerdings, nicht im *Driscoll's* zu essen, wo sie die besten Pommes hatten, oder in *The Blue Nile*, wo uns der Saft der Burger-Soßen auf die Hosen tropfte, was Mum zu hysterischen Anfällen nötigte, auch nicht im *Tanta's*, wo die Pizzas den perfekten, besonders dünnen Teig hatten. Er wählte den Crêpe-Stand an der Hafenmauer. Dort saßen wir dann zu viert und aßen Pfannkuchen zum Abendbrot und ließen die Füße überm Wasser baumeln, lachten und waren glücklich mit unserem Leben.

«Wirst du mich denn dann vermissen?», fragte ich.

Mikey rieb mit der linken Hand an seinem rechten Daumen, was er immer tat, wenn Gefühle ins Spiel kamen.

«Ja», sagte er und wandte sich ab, um aus dem Seitenfenster auf drei Kühe zu schauen, deren Köpfe über eine Hecke ragten. «Und Niall. Und Arthur. Aber wir werden ab und zu nach Hause kommen. Dad hat das versprochen.» Er nickte zur Bestätigung und auch den Kühen zu, vermutete ich. «Ich überlege, ob ich meine ganze Sammlung auftrennen könnte.» Jetzt waren wir zurück auf dem festen Grund der Kriegsführung, und so wandte er den Blick wieder zur Windschutzscheibe, und das Daumenreiben ließ nach, obwohl er ihn für alle Fälle immer noch festhielt. «Ich könnte in den verschiedenen Häusern verschiedene historische Epochen unterbringen. Ich könnte mir vielleicht noch andere Lieferanten anschauen, um meine Sammlung zu erweitern. *Beauford's* sollen auch gut sein. Colm benutzt die die ganze Zeit. Aber ich weiß nicht, ob ich der Sache gewachsen bin.»

Colm war Mikeys Online-Kumpel, sein Sammlerkollege, was Militärgeschichte anbelangte, und ebenso Spieler von PS4-Spielen, bei denen es immer um mittelalterliche Kämpfe ging. Colm und Mikey hatten sich noch nie getroffen und zeigten auch keinerlei Neigung, das irgendwann zu tun. Für Mikey war das Internet, weil es keine echte Interaktion erforderte, ein Segen, und meine Eltern hatten es anders als die meisten begrüßt, als es kam und mein Bruder sich begeistert darauf stürzte. Seine Welt hatte sich, als er fünfzehn war, einfach in eine bessere verwandelt.

Als ich klein war und mir allmählich bewusst wurde, dass Mikey keinen Freund hatte, der ihn besuchte wie Peanut mich, bestand ich darauf, mit meinen Spielsachen in seinem Zimmer zu spielen, während er mit seinen spielte. Wir waren beide glücklich mit unserer stillen und getrennten Kameradschaft. Als die Computerspiele auftauchten und er mit unsichtbaren Freunden kommunizierte, schien es allerdings, als brauche er meine Anwesenheit nicht mehr so sehr, dennoch saß ich eine Weile immer noch bei ihm, bemühte mich eifrig, Interesse an dieser neuen Welt vorzutäuschen, schließlich aber gab ich auf und überließ ihn dieser Welt, in der es ihm glänzend ging.

«Hmm. Hört sich an, als könnte das schwierig werden, oder? Aber du hast doch noch jede Menge Zeit, bevor du irgendetwas entscheiden musst. Es dauert mindestens noch sechs Monate, bevor du auch nur packen musst.»

«Ja. Packen. Darauf freue ich mich nicht, Jeanie. Wird mir Niall helfen? Er ist sehr gut in solchen Dingen. Er denkt sehr logisch. Du fragst ihn, ja?»

«Natürlich, aber du kannst ihn doch auch fragen.»

«Es ist das Beste, wenn wir ihn beide fragen. Dann merkt er, dass es wichtig ist.»

«Okay. Kein Problem. Du weißt, wir werden alles für dich tun, was wir können. Und wir werden auch darauf achten, dass die Heizung an ist, wenn du nicht hier bist, damit keine Feuchtigkeit reinkommt, wenn du beschließt, manches hierzulassen.»

«Ich muss vielleicht mit Dad über ein mögliches weiteres Abo sprechen. Ich bin mir nicht sicher, wie er darauf reagiert.»

Ich sah, dass er wieder begonnen hatte, seinen Daumen zu reiben.

«Na, Mikey, was habe ich dir denn immer gesagt?» Ich grinste.

«Ach ja. Wenn es ums Geldausgeben geht, geh nie zuerst zu Dad, geh stattdessen zu Mum.» Er kicherte.

«Ich werde dich vermissen, Mikey. Ohne dich wird es nicht dasselbe sein. Ich glaube, es wird sehr einsam werden.» Ich hatte nicht vorgehabt, ihn gleich wieder mit Gefühlen zu konfrontieren, aber es brach einfach aus mir heraus, bevor ich mich zügeln konnte. Ich musste gar nicht hinschauen, um zu wissen, dass sein armer Daumen jetzt wahrscheinlich knallrot war.

«Tut mir leid, ich hätte das nicht sagen sollen. Ich meine, so schlimm wird es schließlich nicht sein. Ich werde immer noch Niall haben und Harry.»

«Und Arthur», fügte er hinzu.

«Ja», sagte ich, «und Arthur.»

Als wir zurück waren und Mikey seine Schuppentür hinter sich geschlossen hatte, war noch ein Anruf gekommen. Niall war wieder in Alltagsklamotten, hatte aber bereits einen Arm im Jackettärmel und die Autoschlüssel in der Hand, als ich hereinkam.

«Wer ist es?», fragte ich.

«Timothy Lennon.»

«Tiny? Großartig. Das wird Arthur mir für den Rest meines Lebens aufs Butterbrot schmieren.» Niall sah mich fragend an. «Tiny stand auf Arthurs Liste von diesem Wochenende.»

«Ah.»

«Möchtest du, dass ich mit dir mitkomme?»

«Nein. Ich fahre nicht.» Beide Arme waren jetzt im Jackett, und er schüttelte seinen linken Arm, um das Innenfutter freizukriegen. «David fährt. Harry und er schaffen das sehr gut allein.»

«Wo willst du denn dann hin?»

«Ich habe auf dich gewartet. Wir müssen mal raus hier.» Niall hatte die Hoffnung aufgegeben, dass sich der Ärmel von allein sortieren würde. Seine rechte Hand suchte nun in dem linken Innenfutter herum und löste mit einem Ruck das Problem.

«Müssen wir? Warum?»

«Wir müssen hier mal raus. Diese ganze Situation mit dem Ruhestand durchsprechen.»

Ich konnte mich nur an ganze wenige Situationen erinnern, in denen Niall einen derart entschlossenen Gesichtsausdruck gezeigt hatte, einen, der nicht nach Kompromissbereitschaft aussah.

«Gut, okay, kann ich mich nur eben umziehen?»

«In Ordnung, aber mach bitte nicht so lange. Ich warte im Auto.»

KAPITEL 9

Verglichen mit der Grundschule schien es auf dem *Community College* ein bisschen unbeschwerter zu werden, immerhin waren wir jetzt eine Vierergang. Wir waren wie die Isolierung eines Heißwasserboilers, an uns prallte alles ab. Wir beschützten einander vor dem, was der Rest über uns zu sagen hatte. Meine Schulkameraden hatten sich nicht verändert, waren nicht so schnell reifer geworden, wie ich es mir gewünscht hätte, und immer noch jederzeit bereit, irgendwelche geistreichen Kommentare über mein Leben abzugeben.

«Hallo, Bestatternatter, hältst du eigentlich auch Séancen ab?»

Ich ließ ihre Sprüche an mir abprallen, als wären sie nie geäußert worden. Ging einfach weiter, die anderen an meiner Seite, und wandte nicht einmal den Kopf. Aber wenn sie Mikey erwähnten: «Dein Bruder ist doch völlig durchgeknallt, weißt du das?», stellte ich mich ihnen mit meinen eins vierundsechzig in den Weg und drohte: «Sag das noch ein einziges Scheiß-Mal.»

Aber sie lachten bloß und gingen um mich herum und um Peanut, Ruth und Niall, die mich davon abhielten, einen Fehler zu machen.

Für die Grundschulzeit war Mikey auf eine Förderschule gegangen, aber seine überdurchschnittliche Intelligenz führte dazu, dass meinen Eltern geraten wurde, ihn anschließend auf eine normale höhere Schule zu schicken. Er war im *Community College* zwei Klassen über mir, als ich dort hinkam.

Jeden Tag in der Mittagspause ging ich zu ihm, um nach ihm zu sehen. Einen Teil der Zeit hatte er einen Betreuer für Jugendliche mit besonderen Bedürfnissen, aber in der Mittagspause war er allein. Und so verbrachten wir diese Zeit gemeinsam, und ich passte auf, dass er etwas aß, denn manchmal, wenn sie eine besonders interessante Geschichtsstunde gehabt hatten, las er in seinem Schulbuch weiter und vergaß, dass er Hunger hatte. Oder ich vergewisserte mich, ob er Hilfe brauchte, um die richtigen Bücher für den Nachmittagsunterricht bereitzuhalten.

Die anderen wussten, dass sie mich dort finden konnten. Es war Niall, der am meisten Kontakt zu Mikey hatte und mit ihm über die neuesten PlayStation-Spiele redete. Manchmal, wenn Niall und ich vor der Mittagspause in verschiedenen Klassen gewesen waren, fand ich ihn, wenn ich in die Pause kam, schon mit meinem Bruder ins Gespräch versunken vor. Dann blieb ich stehen, schaute dieser wachsenden Freundschaft zu und musste lächeln. Irgendwann bemerkte mich Niall dann, wurde rot und grinste, bevor er sich wieder auf das konzentrierte, was Mikey gerade sagte, während ich meine Pflichten wahrnahm und in Mikeys Tasche griff, um die Brotdose herauszuholen, die ich ihm unter die Nase hielt.

«Schaust du nach deinem bekloppten Bruder, Dorothy?» Das war Damien Rath, ein echtes Arschloch in unserem Jahrgang. Im dritten Jahr hatte er angefangen, mich Dorothy zu nennen, nach *Der Zauberer von Oz*. Ich machte mir nicht die Mühe, ihn zu fragen, warum ausgerechnet sie und nicht die Böse Hexe des Westens. An diesem Tag tauchte er hinter uns vieren auf, als die Klingel ertönte und ich Mikey zum Abschied winkte.

«Halt die Klappe, Rath.» Ich werde nie erfahren, was es war, das Niall dazu brachte, sich mit ihm an diesem Tag anzulegen. Ich blickte mich um und musterte Niall erstaunt, fragte mich, warum er nicht, wie wir es sonst zu tun pflegten, Damien einfach ignorierte, in der Hoffnung, dass er irgendwann die Lust verlor und wegging.

«Das geht dich einen Scheiß an, Longley. Ich habe mit ihr geredet.»

Niall schob erbittert das Kinn vor und stellte sich Damien in den Weg.

«Das geht mich sehr wohl etwas an, weil du nämlich eine Freundin beleidigst.»

«Ooooh. Der große Mann jetzt, was, Nialler?» Ein Grinsen breitete sich auf Damiens dicken Wangen aus, und seine Augen weiteten sich, als er enthusiastisch auf Niall zu zeigen begann. «Du findest die Schwester dieser Missgeburt gut, oder?»

«Du bist so eine Arschgeige.»

«Ich hab doch recht, oder was? Das wär mal was Neues für sie, jemanden zu vögeln, der tatsächlich lebendig ist.»

Niall hob die Faust, um Damien eine zu verpassen, aber Ruth packte ihn gerade noch rechtzeitig am Arm. Damien zeigte immer noch weiter auf Niall und lachte, als er an uns vorbeiging.

«Arschloch», rief Ruth hinter ihm her, während er ihr den Finger zeigte und sie Nialls Arm losließ,

«Danke», sagte ich zu Niall, der seine Verlegenheit abschüttelte und vor mir in Raum C12 schlenderte.

Meistens hingen wir bei mir ab. Da Mikey fast nur in seinem Zimmer blieb und meine Eltern bei der Arbeit waren, wirkte es so, als wäre ich das einzige Kind und hätte sturmfreie

Bude. In späteren Jahren schmuggelten wir Alkohol herein oder klauten ihn aus Dads Hausbar, aber bis zum dritten Jahr im *Community College* lümmelten wir nur im Wohnzimmer herum, aßen Süßkram und redeten über unsere kleine Welt. Es war perfekt.

Am meisten redeten wir über die Leute in unserer Klasse. Auch Lehrer waren immer ein Riesenthema. Jedes Bröckchen interessanter Information, aufgelesen durch das Mithören von Gesprächen anderer, drehten und wendeten wir von allen Seiten, bis wir alles herausgequetscht hatten, was irgendwie brauchbar war, und wenn das Thema durch war, sprachen wir über Peanuts neuesten Tierfimmel oder Ruths aktuellen Hairstyle, den sie vielleicht an mir demonstrieren könnte. Von uns vieren war Niall am zurückhaltendsten mit seinen Neuigkeiten, die meist mit seinem Gaelic Football und Fußball zu tun hatten. Wir hätten beinahe gar nicht mitgekriegt, dass er das Siegtor bei den Bezirksmeisterschaften geschossen hatte, ich hatte nur eine kleine Veränderung an dem besagten Freitagabend an ihm bemerkt, eine ungewohnte Leichtigkeit, ein gelöstes Lachen, das mir den Eindruck vermittelte, es müsste etwas passiert sein. Als ich es schließlich herausfand, malte ich ihm eine ziemlich peinliche Gratulationskarte mit einem Kleeblatt und einem Fußball. Kunst war noch nie meine Stärke gewesen.

Einzig wenn das Thema wir Mastersons waren, legte Niall seine Zurückhaltung ab. Wenn nur wir beide allein herumhingen, bat er manchmal um eine Tour durch das Bestattungsinstitut. Ich versicherte mich, dass niemand, tot oder lebendig, da war. Dann spazierte ich mit ihm durch den Verabschiedungsraum oder zeigte ihm die ganze Palette von Särgen in unserem Ausstellungsraum oder strich mit dem Finger über den Schreibtisch meines Vaters und erzählte

Niall, wen wir in dieser Woche alles versorgt und was diejenigen gesagt hatten.

«Ich versteh's nicht so ganz, Niall», forderte ich ihn eines Tages heraus, als ich auf dem Stuhl im Vorbereitungsraum saß, wo die Kleider der Toten normalerweise darauf warteten, dass man sie ihnen anzog. Ich glaube, damals waren wir fünfzehn. Ich hatte bereits seit einem Jahr in Teilzeit für Dad gearbeitet. Eine offizielle Angestellte mit einem richtigen Gehalt, nicht länger nur eine begeisterte freiwillige Helferin. Er bilde mich schon mal aus, sagte er, für die Zeit nach der Schule, wenn ich Vollzeit arbeiten könnte. «Niemand, der nicht schon in diesem Geschäft verwurzelt ist, ist jemals *derart* interessiert. Ich meine, ja, alle wollen die Schauergeschichten hören, aber deine Neugierde ist echt ein bisschen ungewöhnlich. Vielleicht sollte ich Damien Rath erzählen, dass du die Missgeburt bist und nicht ich», scherzte ich.

«Ich kann's eigentlich auch nicht erklären. Es fasziniert mich einfach. *Du* faszinierst mich.» Niall blickte auf die Balsamierflüssigkeit, stand mit dem Rücken zu mir, beide Hände auf den Griffen der offenen Schranktüren, und hatte wohl noch nicht ganz begriffen, was er da gesagt hatte. Dann dämmerte es ihm, er schloss schnell die Türen und drehte sich um. «Ich meine, was du machst, dass du mit den Toten sprichst und so, *das* fasziniert mich.»

Es war das erste Mal, dass ich es fühlte, so meine Erinnerung, diesen kleinen Sprung, den mein Herz da tat. Wir alle sagten mal, diese oder jenen «mochten» wir, zumindest Ruth sagte das ziemlich oft, aber bis dahin hatte ich das nie selbst erlebt oder war die Empfängerin einer solchen Äußerung gewesen. Es fühlte sich wahnsinnig toll an, dass jemand mehr in mir zu sehen schien als bloß den Tod. Eine Sekunde lang lächelte ich über das Kompliment, dann saugte ich die Unterlippe ein. Niall und ich standen stumm da, und unsere Wangen brannten in beiderseitiger Verlegenheit.

«Wie ist das genau?», fragte er schließlich, kam herüber und lehnte sich an den Vorbereitungstisch. «Also, mit ihnen zu reden, meine ich.»

Und obwohl wir uns schon früher darüber unterhalten hatten, fühlte es sich in diesem Moment so anders an, als wäre es unser erstes Mal.

«Also wie gesagt, es ist nicht beängstigend. Es fühlt sich genauso an wie unser Gespräch jetzt.»

«Nur dass sie tot sind.»

«Genau. Aber meistens mag ich das. Manchmal mache ich es allerdings total falsch, wenn ich weitergebe, was sie gesagt haben.»

«Wie meinst du das?»

Ich ruckelte auf meinen Stuhl herum, ich war unsicher, ob ich mit irgendjemand außer Dad überhaupt über diese Sachen reden sollte, aber mit Niall fühlte es sich genauso sicher und vertraut an.

«Na ja, ungefähr vor einem Monat lag ein Mann namens John Kavanagh hier, und der bat mich, seinem Bruder Noel zu sagen, dass er seinen Anteil an der Farm ihrem Neffen Eamon hinterlassen habe, weil Eamon der viel bessere Farmer sei, als Noel es je werden würde. Ich weiß nicht, was zwischen den beiden vorgefallen war oder warum er mir das erzählte, einer Fünfzehnjährigen, aber ich hatte keine Zeit, ihn zu fragen, und hätte es auch nicht getan, weil das nicht mein Job ist, meine eigene Neugier zu befriedigen. Es geht um sie, nicht mich, auch nicht um ihre Familie, obwohl Dad an dem Punkt anderer Ansicht ist, er sagt, es sei das Beste, immer das Glück der Lebenden im Blick zu haben.»

«Verstehst du, genau das ist es, was mich so fasziniert.» Niall zeigte jetzt aufgeregt auf mich. «Wenn du so etwas sagst, das ist absolut ungewöhnlich. Schon als wir noch klein waren, warst du irgendwie so ... keine Ahnung ... tiefgründig. Ich wünschte, diese Arschlöcher in der Schule könnten dich hören.»

«Ja sicher. Die würden denken, dass ich sogar eine noch größere Idiotin bin, als sie eh schon vermuten.»

«Was hast du dem Bruder erzählt?»

«Ich sollte mit dir über diese ganzen Sachen eigentlich gar nicht reden, Dad würde mich umbringen, aber verstehst du, mir gefällt das nicht, wenn er sagt, wir sollten manchmal schummeln, nicht immer alles genau wiedergeben.»

Zu dem Zeitpunkt fing ich an, die Regeln infrage zu stellen, wie es alle Fünfzehnjährigen tun sollten. Mir kam diese «Lügen wenn nötig»-Haltung von Dad unfair den Toten gegenüber vor. Das diente nur dazu, uns Lebende zu schützen, und darum sollte es doch sicher nicht gehen, argumentierte ich in jenem Jahr beinahe jeden Abend beim Essen, so kommt es mir heute vor. «Ich halte mich da raus», sagte Mum, wenn ich sie auffordernd ansah, damit sie mich unterstützte. Sie sagte es wie eine Frau, die schon vor längerer Zeit aufgegeben hatte.

«Ich hielt mich wohl für schlau», fuhr ich zu Niall gewandt fort. «Dad stand außer Hörweite, also dachte ich, dies wäre meine Chance, ihm zu beweisen, dass Lügen nicht die beste Strategie wäre. Ich erzählte Noel alles. Ich sagte, die Farm geht an den Neffen. ‹John sagt, Eamon ist ein besserer Farmer, als Sie es je sein werden.›»

«Scheiße, das hast du echt gesagt?»

«Und ob. Meine Zehen verkrampften sich total in meinen Schuhen, und ich zitterte, aber ich war entschlossen, das

Richtige zu tun. Und Noel, der ein Riesenkerl war und breit wie die Tür da, wurde knallrot im Gesicht. Ich war mir sicher, der dreht gleich total durch. Dad kam reingerannt und stellte sich direkt vor mich, für den Fall, dass das wirklich passierte.»

«Himmel, und was hat er dann gemacht?»

«Er weinte, sank auf dem Stuhl in sich zusammen und war untröstlich. Ich fühlte mich so schlecht, als wäre ich diejenige gewesen, die das gesagt hatte, was in gewisser Weise ja auch stimmte. Ewig brachte er kein Wort heraus, saß bloß da, mit seinen schaufelgroßen Händen über den Augen. Und dann stand er auf und ging, schaute nicht zurück, kam nicht mal zur Beerdigung am nächsten Tag. Zwei Tage später fanden sie ihn auf der Farm. Er war betrunken und drohte sich zu erschießen.»

«Gott im Himmel.»

«Ich war am Boden zerstört, als ich das hörte. Ich wollte hinfahren und sagen, wie leid mir das Ganze tat, aber Dad sagte Nein, lass es. Irgendwie ist dieser Job auch unmöglich. Du bist angeschissen, wenn du es tust, und angeschissen, wenn du es nicht tust – irgendjemand wird immer hängen gelassen.»

«Hat dein Dad dich ausgeschimpft?»

«Na ja, anfangs schon ein bisschen. Aber später sagte er dann bloß, dass er lange genug in dem Geschäft wäre, um zu wissen, dass die Lebenden nicht alles wissen müssen. Obwohl in diesem Fall, räumte er ein, hätte Noel es ohnehin irgendwann herausgefunden, und genau das war dann auch sein Argument, ich hätte mich gar nicht in diese ganze Bredouille bringen müssen, da der Testamentsvollstrecker es Noel sowieso schon bald eröffnet hätte. Er hat mich dann bloß umarmt und gesagt, ich würde mit der Zeit selbst meinen Weg finden, mit alldem umzugehen, so wie es bei ihm auch gewesen war.»

Meine Finger verschränkten und lösten sich wieder, während ich über die Katastrophe nachdachte, die ich verursacht hatte. Mum hatte sich auch ziemlich aufgeregt. Von meinem Zimmer aus hatte ich in jener Woche mindestens zweimal gehört, wie hinter der Schlafzimmertür ihre Stimme laut wurde vor Wut und Erbitterung darüber, dass mein Vater mich all dem ausgesetzt hatte. Ich hatte sogar einen Tag in der Schule verpasst, weil so viel gestritten und geredet werden musste.

«Du bist der mutigste Mensch, den ich kenne.»

«Wirklich?» Ich rümpfte die Nase angesichts einer solch grandiosen und sicherlich lächerlichen Behauptung.

«Wirklich.» Er nickte und sah dann weg und brachte uns wieder in dieselbe Lage wie am Anfang – wir waren total verlegen. Es fühlte sich an, als kämpfte er noch mit etwas anderem, das er sagen wollte. Ich schlug die Beine übereinander und setzte mich aufrecht, um mich für die Beichte von etwas noch Tieferem und Persönlicherem zu wappnen. Was dann kam, war allerdings nicht genau das, was ich erwartet hatte.

«Glaubst du, ich kann vielleicht eines Tages mal dabei sein, wenn es passiert?»

«Wenn was passiert?»

«Wenn jemand stirbt und du mit ihm redest.»

«Oh ... also, das ist nichts, was man so in einen Kalender eintragen kann. Sie sterben nicht, wenn es einem gerade passt. Und außerdem achten Dad und Harry sehr darauf, diese Räume und unsere Kunden zu schützen. Wenn sie wüssten, dass wir jetzt hier drin sind, würden sie mich umbringen.»

«Aber was ist, wenn ich Thanatopraktiker werden will

wie Harry? Glaubst du, sie hätten dann immer noch was dagegen? Wäre das nicht schon so was wie ein Teil der Ausbildung?»

«Du willst Thanatopraktiker werden?», fragte ich geschockt und war jetzt genau eine dieser Ungläubigen, die normalerweise mich mit offenem Mund anstarrten.

«Ja, warum nicht?»

«Weil du ein Leben lang ertragen müsstest, dass ignorante Leute dir ans Bein pinkeln, darum nicht! Mir bleibt nichts anderes übrig, aber du hast die Wahl. Du könntest alles Mögliche werden. Miss McEntee sagt, du bist Klassenbester in technischem Zeichnen. ‹Ein geborener Ingenieur.›»

«Ja, vielleicht, aber ... keine Ahnung. Ich mag diesen Ort einfach.»

Er deutete quer durch den Raum, konnte mich aber nicht ansehen, sondern blickte auf die Wand vor ihm und dann auf den Schrank. «Ich spüre da einfach etwas.»

Wenn ich so mutig gewesen wäre, wie er keine zwei Sekunden vorher verkündet hatte, hätte ich ihn vielleicht fragen sollen: bei dem Raum oder bei mir?

«Meinst du das wirklich?», sagte ich stattdessen. «Das ist nicht irgendein Scherz oder so was?»

«Kennst du mich nicht inzwischen, Jeanie? Ich würde dich doch nie auf so eine Art vorführen, oder? Niemals.»

«Okay, gut, also dann werde ich sie fragen.»

«Danke. Wirklich, ich meine das so.» Er sah mich ernst an, und ich wusste, er würde das so lange tun, wie wir beide es ertrugen, ohne komplett in Verlegenheit zu versinken, und in dieser Gesprächspause begann ich mich zu fragen, ob *wir beide zusammen* nicht tatsächlich eine ziemlich gute Idee wäre.

KAPITEL 10

Als ich es schließlich zu Niall hinunterschaffte, der nach Bernadettes Beerdigung im Auto wartete, war eine halbe Stunde vergangen. Verärgert, dass ich so lange gebraucht hatte, fuhr er rückwärts durchs Tor und machte sich gar nicht erst die Mühe, es hinter uns zu schließen.

«Mikey sagt, er macht das dann.» Er starrte geradeaus und ignorierte meinen kurzen fragenden Blick.

Während wir warteten, um von der Church Street auf die Hauptstraße abzubiegen, winkte Ciara Considine, die Apothekerin, uns zu, Miles Walker von der Autowerkstatt auf der Dublin Bridge hupte, und Ursula Martin klopfte ans Seitenfenster, um uns zu fragen, ob wir schon wüssten, wie die Beerdigung von Tiny ablaufen sollte. Manchmal wünschte ich, in Kilcross eine Unbekannte zu sein, eine, die hier nur zufällig gelandet war. Denn wenn man sich als Zugezogener nicht allzu weit aus dem Fenster lehnte, weil man zum Beispiel, keine Ahnung, etwas bekam, das offensichtlich jemandem aus der lokalen Bevölkerung zugestanden hätte, kümmerten sich die Leute im Allgemeinen nicht um einen. Man konnte vollkommen irre sein, und im Supermarkt würde die gesamte Diskussion letztlich nur darauf hinauslaufen, dass das ja keine Überraschung sei, weil man nun mal nicht hier geboren und gesäugt worden war. Man hatte die Lizenz, anders zu sein und völlig unterm Radar zu bleiben. Und auch niemandem zuwinken zu müssen.

Niall fuhr bis tief in die Midlands. Wir sprachen wenig, und ich nutzte die Gelegenheit, um meine Augen zu schließen, mich auszuruhen und darüber zu meditieren, dass keine Pflichten riefen. Und die Ausläufer seines Ärgers über meine Verspätung verfliegen zu lassen.

Eine Stunde später fuhren wir auf den Parkplatz der *Woodstown Lodge*, eines unfassbar teuren Hotels im skandinavischen Stil in Lochinver. Ich sah zu Niall hinüber und lächelte, als wir aus dem Wagen stiegen.

«Wir haben eine Reservierung zum Lunch», sagte er, «oder zumindest hatten wir die. Möglicherweise haben sie den Tisch inzwischen vergeben.»

«Wie zum Teufel hast du das geschafft? Hast du das schon vor Wochen geplant?»

«Nein», sagte er und sah mich über die Motorhaube hinweg an. «Ich habe heute Morgen angerufen und am Telefon herumgeschrien, bis sie nachgegeben haben.» In seinem flapsigen Ton lag ein Hauch von Ernst, als ob er immer noch nicht über meine anfängliche Trödelei hinweg wäre, oder vielleicht war da ja noch mehr.

«Funktioniert das tatsächlich so?»

«Nein», erwiderte er. «Es hatte gerade jemand abgesagt.»

Ich stützte mich aufs Autodach, bettete den Kopf auf meine verschränkten Arme, blickte auf das aus Holz gebaute Hotel und den See, der ruhig dazuliegen schien, aber als ich ein Auge zusammenkniff und schärfer hinsah, konnte ich sehen, dass das Wasser ein wenig aufgewühlt war, seine Wellen kräuselten sich wie das nervöse Zucken an einer Schläfe, das zu seinem ganz eigenen, leicht asynchronen Rhythmus pulsierte.

«Können wir hier einfach einziehen?», fragte ich und dachte an die luxuriösen Suiten, in denen ich nie gewesen war, die ich mir aber oft genug in der Broschüre sehnsüchtig angeschaut hatte.

Niall kam um den Wagen herum, legte mir den Arm um die Taille, um mich dezent anzutreiben. «Komm schon», sagte er, «oder wir können niemals zu diesem Preis essen, geschweige denn hier übernachten.»

«Ich verdiene dich nicht», sagte ich schwärmerisch, als ich mich an den mit weißem Leinen gedeckten Tisch am Fenster setzte, das vom Boden bis zur Decke reichte und den Blick aufs Wasser freigab.

«Ich weiß», er lächelte, zum ersten Mal richtig an diesem Tag. Es fühlte sich so an, als sei sein Ärger nun tatsächlich endlich verflogen.

Der Kellner kam mit unseren Speisekarten und etwas Eiswasser, das er uns unter unseren Blicken eingoss. Er verschwand und tauchte beinahe augenblicklich mit einem Korb warmem Brot und zwei kleinen Portionen einer Butter auf, die in meiner Vorstellung erst an diesem Morgen hinterm Haus frisch hergestellt worden war.

«Es wird schon alles gut werden, Jeanie, diese Sache mit ihrem Ruhestand», sagte Niall und schenkte mir ein einfühlsames Lächeln, während die Butter in seinem aufgeschnittenen Brötchen schmolz.

«Ja, das sagen alle andauernd.» Es kam sarkastischer heraus, als ich es gemeint hatte, sorgte gleich wieder für dicke Luft und trieb uns zurück an jenen Ort, an dem er sich meiner nicht sicher war. Tatsächlich war solch schwankender Boden uns nicht fremd. Dieser Wechsel zwischen Hinwendung zum anderen und Frustration über den anderen passierte seit Jahren regelmäßig und manchmal sekundenschnell zwischen uns.

«Aber siehst du denn nicht, Jeanie», er lachte ungläubig

auf, «dass dies die Gelegenheit ist, endlich so zu leben, wie wir wollen. Hier geht es nicht bloß ums Geschäft, hier geht es auch um uns. Ein Zuhause, das nur uns gehört, ganz zu schweigen von der Zeit und dem Raum, unser Ding machen zu können, ohne dass wir uns fragen müssten, ob vielleicht jemand an der Tür lauscht. Wobei deine Leute nicht so sind.» Er streckte die Hand aus, um zu unterstreichen, dass er niemanden kritisieren wollte. «Es fühlt sich an, als wäre das hier genau das, was wir jetzt brauchen. Tatsächlich hätte man kaum um einen besseren Zeitpunkt bitten können, oder was meinst du?»

Ist es nicht erstaunlich, dass zwei Menschen so unterschiedlich auf dieselbe Sache reagieren können? Ich, die ich diese Veränderung als Bedrohung betrachtete, während sie für Niall ein Segen war.

«Na ja ...» Ich brachte ein schmales, schuldiges Lächeln zustande und sah auf meine Hände herunter, die nur Augenblicke früher noch nach einer Tomate und einem Fenchelbrötchen gegriffen hatten, auf das ich gar keinen Appetit mehr verspürte. «So habe ich das einfach noch nicht gesehen.»

«Du musst Vertrauen haben, Jeanie, in dich selbst und in uns, dass wir das schaffen können. Wenn wir uns öffnen und ehrlich miteinander sein können, könnte dies unser nächstes Kapitel werden.»

«Du musst ja denken, dass ich die undankbarste Frau auf der ganzen Welt bin. Uns werden gerade ein Haus und eine eigene Firma angeboten, und ich stampfe mit den Füßen auf.»

«Du stampfst nicht mit den Füßen auf.»

«Na ja, überglücklich bin ich nicht gerade.»

«Nein, aber das verstehe ich, ich weiß, was dieser Ort dir

abverlangt. Ich weiß, dass du ihn liebst, aber er fordert auch seinen Tribut. Nur weil man seinen Beruf liebt, heißt das nicht, dass er nicht auch eine Last ist. Man würde denken, dass Obama jeden Morgen aufwacht und denkt: ‹Was bin ich froh, der Präsident von Amerika zu sein.›»

«Ich bin kaum der Präsident von Amerika.»

«Nun, wie wär's dann damit: Du liebst mich, aber das heißt nicht, dass du mich jede Minute des Tages liebst.»

Scheinbar eine harmlose Analogie, nichts Verdächtiges eigentlich. Und doch ging kein schelmisches Lächeln damit einher, sondern mir gegenüber saß ein Mann, der sich meiner Liebe unsicher war. Er nippte von seinem stillen Wasser, und seine Blicke huschten für einen Moment zu mir herüber, bevor sie wieder dem Glas folgten, das er auf dem Tischtuch absetzte, und anschließend seiner Hand, die es hin und her schob, bis es seinen perfekten Platz gefunden hatte. War es das, fragte ich mich. Ging es bei diesem Ausflug in Wirklichkeit darum, wer *wir* waren, und überhaupt nicht um die Firma?

Der Kellner kam, um unsere Bestellung aufzunehmen. Wir hatten kaum auf die Speisekarte geguckt, trafen aber trotzdem unsere Wahl. Wir lächelten, beantworteten seine Frage danach, wie wir unseren Thunfisch und unser Steak wollten. Als er ging, blieben wir für einen Moment schweigend zurück, wobei ich mir nicht sicher war, wie ich auf das reagieren sollte, was Niall gesagt hatte, oder ob es überhaupt eine Antwort erforderte.

«Kann ich dich etwas fragen, Jeanie?» Seine Worte erlösten mich von meinem Dilemma. Ich sah, wie sich seine Stirn kräuselte, während seine Finger das Tischtuch glätteten. «Und bitte sei ehrlich. Ich muss das wissen, bevor wir weitermachen und für die Zukunft planen.»

«Okay?», sagte ich zögernd, jetzt ernsthaft besorgt.

«Hängt es mit uns zusammen?»

Etwas in mir schien zu rutschen, sich zu verschieben. Wir hatten dieses Thema mehrfach diskutiert; ich wollte nicht schon wieder darüber reden, jedenfalls nicht an diesem Ort.

«Was meinst du?», fragte ich leise.

«Na ja, wir hatten in letzter Zeit zu kämpfen, oder?» Ich konnte sehen, welche Mühe es ihm bereitete, das auszusprechen. Er hatte immer noch nicht den Blick gehoben; schaute stattdessen auf seine Finger, die das Tischtuch glatt strichen. «Und verstehst du ...» Er rutschte auf dem Stuhl herum. «Na ja, ich habe mich nur gefragt, ob der Entschluss von deinem Dad und deiner Mum schlicht die Balance zerstört und dich zur Einsicht bringt, dass wir allein – oder eher *ich* – nicht genug sind.»

Er griff wieder nach seinem Wasserglas und nahm einen Schluck, einen etwas größeren, bevor er es wieder genau da hinstellte, wo es vorher gestanden hatte.

«Aber das ist doch lächerlich, Niall», protestierte ich, als ob mir nichts dergleichen jemals in den Sinn gekommen wäre.

«Wirklich?»

«Aber ja. Ich meine, warum sagst du so etwas überhaupt?»

«Keine Ahnung, vielleicht weil du keine Kinder willst. Weil du nicht einmal daran gedacht hast, wir könnten unser eigenes Heim haben. Als ob du lieber stecken bliebst in dieser Welt, die du immer schon hattest, aus lauter Angst, einen Schritt heraus zu machen, aus irgendeinem unbegreiflichen Grund, der meiner Meinung nach nur mit mir zusammenhängen kann.» Er hob die Faust an den Mund, als wollte er den Versuch machen, alles Weitere, was da noch kommen könnte, daran zu hindern, ausgesprochen zu werden, und sah sich nach den anderen Gästen um.

«Ah», sagte ich. «Wieder die Sache mit den Kindern.»

«Nein, und verharmlose das bitte nicht dauernd, als würden wir uns nur darüber streiten, wie man den Geschirrspüler füllt. Und da hängt ja auch mehr dran, Jeanie. Ich meine, ernsthaft, warum bewohnen wir auch nach vier Jahren immer noch das übrig gebliebene Zimmer deiner Eltern?»

«Man könnte sogar drei Familien in dem Haus unterbringen.»

«Das habe ich schon kapiert. Aber darum geht's hier gerade nicht.»

«Hör mal, ich weiß, dass du immer schon von einem Haus am Meer geträumt hast, aber ich dachte, das hätte noch viele Jahre Zeit. Ich dachte ehrlich, dass du gern mit ihnen zusammenlebst. Dass du meine Familie magst.»

«Nein, Jeanie, ich *liebe* deine Familie. Und ich habe das alles mitgemacht, weil sie es mir leicht machen. Aber als dein Dad sagte, dass sie wegziehen und alles dir überlassen, dachte ich, das ist es jetzt, das ist der Beginn von uns beiden. Endlich, mit zweiunddreißig, sind es nur wir beide allein. Und kein Mikey mehr, um den du dir dauernd Sorgen machen musst. Wir könnten das Haus renovieren, wie wir es gern hätten. All das geht mir durch den Kopf, und dann schaue ich dich an, und du siehst total verängstigt aus, Jeanie. Und ich frage mich, liegt es an *mir*? Hat sie Angst, mit mir allein zu sein?»

«Nein, das ist es nicht ...»

Unsere Vorspeisen, Krabbenpfannkuchen und marinierte Jakobsmuscheln, wurden uns vorgesetzt und raubten mir die Chance, einen weiteren, schwachen Protest einzulegen. Ich glaube, ich brachte nicht einmal ein Lächeln für den Kellner zustande. Aber ich sah ihm nach, als er sich entfernte, um die Weingläser von zwei älteren Leutchen am anderen Ende des Raums nachzufüllen, die komplett vernarrt ineinander wirkten.

«Wie wär's, wenn wir auch etwas trinken?», fragte ich und dachte, das könnte vielleicht helfen.

«Ich kann nicht, ich muss fahren, aber du kannst doch etwas trinken, wenn du willst. Willst du?»

«Nein, eigentlich nicht», sagte ich traurig, als würde ich ihn auch hier wieder nur enttäuschen. Ich hob meine Gabel, um sie auf die Krabbe niedergehen zu lassen, legte sie dann aber wieder ab, weil mir übel war. Niall hatte nicht einmal nach seinem Besteck gegriffen.

«Es reicht mir allmählich, Jeanie. Ich hab genug davon, so zu leben, wie du das willst. Dass es immer nur nach deinen Vorstellungen geht.»

«Niall, ich ...»

«Nein, hör mir zu», sagte er, seufzte jetzt und rieb sich die Stirn. «Ich bin ja selbst schuld. Ich habe alles einfach hingenommen, nicht den Mut aufgebracht, etwas einzufordern.»

«Niall, bitte, können wir nicht ...?»

«Also hier kommt, was ich will: Kinder, ein Haus am Meer ...»

«Das weiß ich, Niall, ich will das nur einfach nicht hier besprechen.»

«Außerdem», fuhr er fort, als hätte ich nichts gesagt, und zählte an seinen Fingern auf: «den größten Smart-Fernseher in der ganzen Welt, einen, der die komplette Wohnzimmerwand einnimmt. Und einen Hund. Ich will einen verdammten Hund.» Dann senkte er den Kopf, aus Verlegenheit oder weil er verletzt war, ich war mir nicht sicher. «Mist», sagte er, und seine Finger strichen hektisch über seine Nasenwurzel. «Jetzt habe ich überhaupt keinen Hunger mehr. Wir schaffen es endlich mal in dieses Restaurant, und dann streiten wir uns bloß. So sollte das eigentlich nicht laufen.»

Ich sah zu, wie er hörbar ausatmete und den Kopf senkte. Ich verspürte Schuldgefühle wegen seiner Erbitterung über mich, über uns.

«Ich wusste nicht, dass du Hunde magst», sagte ich leise.

Er sah jetzt völlig fertig aus. «Wie kannst du nicht wissen, dass ich Hunde mag? Ich gerate doch bei jedem, der mir über den Weg läuft, total aus dem Häuschen.»

«Nein, entschuldige, ich wusste nicht, dass du einen haben wolltest.»

«Na ja ... jetzt weißt du es.»

«Was für einen denn? Wenn wir uns einen besorgen würden, meine ich, was für einer sollte es sein?»

«Ein Rauhaardackel», sagte er leise.

«Wow, du hast dir wirklich schon Gedanken darüber gemacht.»

«Habe ich. Die sind wirklich nett.» Er nippte wieder an seinem Wasserglas. «Sie erinnern mich an dich, klein und still. Allerdings weniger Haare.»

«Danke.» Ich versuchte es mit einem Lächeln, aber es wurde nicht erwidert. «Wir können uns doch einen holen, weißt du, einen Hund», fügte ich verzweifelt hinzu.

«Super. Klasse.» Seinen Worten fehlte jede Begeisterung. Selbst wenn ich jetzt und hier einen Hund hervorgezaubert hätte, hätte er, glaube ich, kein Lächeln zustande gebracht. Er sah weg.

«Und wir können doch das Haus renovieren. Ein schwacher Trost, verglichen mit einem Cottage am Meer, ich weiß, aber ich kann mir nicht vorstellen, dass wir das hinkriegen und gleichzeitig noch eine Firma in den Midlands betreiben sollen.»

Ich lächelte wieder in der Hoffnung, dass er es sehen würde, aber er rieb sich stattdessen das rechte Auge. Und ich wollte ihm sagen, dass er damit aufhören sollte, dass er sich nicht verletzten sollte. Augen waren zu empfindlich, um mit solch einer Heftigkeit gerieben zu werden.

«Wir sollten jetzt essen», sagte er. «Schneller, als wir ahnen können, sind wir wieder mitten im Stress und können uns keine solche Auszeit leisten.» Dann sah er aufs Wasser hinaus.

Das war vermutlich der letzte vollständige Satz, den er an jenem Tag herausbrachte. Was danach kam, waren nur noch einsilbige Antworten auf meine Versuche, den Tag noch zu retten. Seichte Konversation, die sich so weit wie möglich von *uns* entfernte und sich stattdessen auf das Leben anderer Leute richtete, die regionale Fußballliga, selbst die Wettervorhersage; die Diskussion unserer Probleme wurde auf einen anderen Tag verschoben, einen Tag, an dem wir vielleicht eher in der Lage oder bereit wären zu den richtigen Antworten, unserer Beständigkeit sicherer, einem Tag, der gar nicht so weit entfernt war, was ich damals, als ich um Redestoff rang, allerdings nicht wusste.

KAPITEL 11

Im Sommer 2003, im Alter von sechzehn, wurde Niall Harrys Wochenendassistent. Dad hätte gar nicht glücklicher sein können. Er mochte Niall vom ersten Augenblick an, in dem er unser Haus betrat – ein junger Mann, der nichts als Respekt für unsere Arbeit zeigte, war eine Seltenheit. Aber was den Bund endgültig besiegelte, war Nialls Fürsorge für Mikey. Wenn Peanut, Ruth und ich im Wohnzimmer saßen und uns unterhielten, ging Niall oft zu Mikey hoch, um FIFA mit ihm zu spielen, ein Spiel, das Mikey gar nicht so besonders gemocht hatte, das er sich aber dennoch zugelegt hatte, weil Niall es hatte. In den Augen meiner Mutter gab es keine großartigere oder freundlichere Person als unseren neuen Assistenz-Thanatopraktiker.

Zwei Wochen später kehrten wir in die Schule zurück, und zwar in die elfte Klasse. Mikey war fertig mit der Schule und war froh, zu Hause ein geschütztes Leben in seinem Zimmer führen zu können, während Niall und ich nun als Arbeitskollegen durch diese Korridore liefen, als Hüter der Toten. Wir waren nach wie vor bloß Freunde, und obwohl wir uns über den Vorbereitungstisch hinweg inzwischen mehr Blicke zuwarfen als zuvor, war unser Moment noch nicht kommen. Als es sich herumsprach, dass Niall jetzt für uns arbeitete, ließ er die Gehässigkeiten an sich abtropfen. Mit solch einer Selbstbeherrschung zog er Aufmerksamkeit auf sich. Das und die Tatsache, dass er sich im Laufe des Sommers mächtig gestreckt und sich Muskeln zugelegt hatte. Er hatte die Durchschnittsgröße hinter sich gelassen und zog mit seinen eins achtzig und seinen kantigen Gesichtszügen die Blicke auf sich. Hinter ihm hörte man auf den Korridoren immer wieder ein geflüstertes «Der sieht toll aus» und «Sexy». Peanut, Ruth und ich waren uns einig, dass Niall unser gut aussehender großer Bruder war, mit dem jeder gern zusammen war.

Doch dann tauchte ein Neuankömmling auf.

«Fionn Cassin, Fotograf», sagte er mit der ganzen Selbstsicherheit eines Erwachsenen, als er eines Tages im Spindraum der elften Klasse seine Hand zur Begrüßung ausstreckte.

«Oh. Hi», antwortete ich, schob die Bücher, die ich hatte sortieren wollen, zurück in meinen Spind und schüttelte ihm die Hand. Biologie und Geografie, meine beiden nächsten Fächer, waren nicht mehr meine unmittelbare Sorge. Stattdessen machte ich mir Gedanken über den Pickel auf meinem Kinn und ob mein Abdeckstift ihn gut genug vor den Blicken verbarg, ob mein Blusenkragen richtig saß und nicht, was andauernd passierte, auf der linken Seite unter meinen Pullover rutschte. «Ich bin Jeanie, Jeanie Masterson.»

Wochen später erzählte er mir, dass er sich durch die Menge geschoben hatte, um zu mir zu gelangen, unbekümmert darüber, dass alle ihn taxierten, diesen Fremden. Ich versuchte, in meinem Spindspiegel zu erkennen, was an mir ihn angezogen haben mochte. Aber alles, was ich da sehen konnte, war dieses Mädchen mit den Wuschelhaaren, klein, zart, hellhäutig – das, was meine Mutter zusammenfassend «unser gutes Aussehen» nannte.

Niall hatte neben mir gestanden und Fionn misstrauisch gemustert.

«Niall Longley», sagte er, streckte seine Hand aus und unterbrach unseren Augenblick gegenseitiger Wertschätzung.

«Longley? Es gibt einen Dichter mit dem Namen Longley. Seid ihr vielleicht verwandt?» Fionn sah mir weiter unverwandt in die Augen. Sein Dubliner Akzent, der normalerweise im ländlichen Irland Bitterkeit hochkochen ließ, weil man immer nur die zweite Geige spielte neben der Metropole, klang wie Sirenengesang, von dem ich gar nicht genug kriegen konnte.

«Nein», Niall lachte, als wäre dieser Bursche eine besondere Art von Dublin-Trottel. «Keine Dichter in meiner Familie. Wir haben es eher mit Fußball als mit Worten.»

«Schade. Ich mag die Dichter lieber.» Erst da wandte sich Fionn von meinem Anblick ab und Niall zu, um ihm die Hand zu schütteln.

Oh Gott, Fionn war so großartig, mit seinen Wolfsaugen und seinem schiefen Lächeln, das seinen etwas schräg stehenden linken Schneidezahn entblößte, und mit seinen schwarzen Haaren, die so lang waren, dass er sie sich hin und wieder aus dem Gesicht pusten musste. Er war nicht auf eine klassische Weise gut aussehend, aber hatte etwas ganz Eigenes, Kantiges, wirkte in sich ruhend, und doch konnte ich eine Spur von Verletzlichkeit bei ihm ausmachen, die mein Herz betrübte, sodass ich ihm unbedingt sagen wollte, dass es keinen Grund gäbe, sich zu sorgen, dass wir von nun an auf ihn achten würden.

Dann tauchten Peanut und Ruth auf, um dieses ungewöhnliche Exemplar in Augenschein zu nehmen. Sie begrüßten ihn und fragten, wieso er ausgerechnet Teufel noch mal in Kilcross gelandet war.

«Warum nicht?», lachte er glücklich. «Bin ich nicht ein Glückspilz? Ich meine: Was für ein Empfangskomitee!» Er deutete auf uns alle, aber seine Blicke ruhten eine Sekunde länger auf mir als auf den anderen.

Von dem Tag an wurden Peanut, Ruth und ich Fionns selbst ernannte Schulpatroninnen, zeigten ihm, wen er meiden musste, mit welchen Lehrern er sich nicht anlegen sollte und welche Fish-und-Chips-Bude die besten Lunch-Specials anbot. Wir erfuhren so viel von ihm, wie er herausließ, aber warum genau er Dublin verlassen hatte, darüber äußerte er sich erratischer, als uns lieb war.

Ich merkte, dass Peanut Fionn vom ersten Moment an mochte. Aber ich war mir nicht sicher, ob sie wirklich auf ihn stand. In dem Fall hätte ich mich sofort zurückgezogen. Das war ich ihr schon allein wegen der Jahre, in denen sie mich beschützt hatte, einfach schuldig. Fionn war noch nicht einmal eine Woche auf unserer Schule, da fragte ich sie ganz direkt, während wir eines Nachmittags die Dublin Road zu ihrem Haus entlanggingen.

«Oh nein, ich mag ihn», protestierte sie, «aber nicht auf die Art. Sein strubbeliges Haar erinnert mich zu sehr an das von Fred.» Fred war Peanuts älterer Bruder, der eigentlich Tom hieß, aber ihr Vater hatte ihm den Spitznamen Fred gegeben, weil Tom ihn an den vertrauensseligen Star der *Familie Feuerstein* erinnerte. Fred war der Leadsänger in einer Band namens Damage, die ganz groß herauskommen würde, so jedenfalls Fred. Im Laufe der Jahre gingen wir manchmal zu einem ihrer Auftritte im Hinterzimmer von *Fitzer's Pub*, bis sich die Band auflöste wegen eines Streits über den Mikrofonständer, den Fred bei den Auftritten unbedingt herumschleudern musste, wobei er schließlich dem Bassisten einen Arm brach.

Peanut betrachtete Fionn als Seelenverwandten, so wie einst auch mich – einen, der an ein Leben jenseits von Kilcross glaubte. Fionn war ein neuer Verbündeter auf ihrer Suche nach Freiheit und auch in ihrer Entschlossenheit, mich davon zu überzeugen, dass mein Schicksal oder, besser gesagt, meine Gabe nicht bedeutete, dass ich hierbleiben musste.

«Und er wird nach London gehen», fuhr Peanut fort. «Er hat alles schon geplant, auf welches College er will und so weiter.»

«Aber umso weniger verstehe ich das, Pea, warum zieht er dann nach Kilcross? London ist doch die ganz andere Richtung.»

«Ich denke, es lag an seinen Eltern.»

Al und Jess. So nannte Fionn sie. (Mum hasste, dass er seine Eltern bei ihren Vornamen nannte – das war so typisch Dublin und trug diesen Hippie-Liberalismus der *Irish Times* so dermaßen vor sich her.) Sie waren aufs Land gezogen, genauer gesagt nach Drumsnaught, ein kleines Sprengel von ein paar Häusern ungefähr fünf Kilometer außerhalb von Kilcross, weil seine Eltern unbedingt die frische Luft auf ihrer Haut spüren wollten, erklärte Fionn. Al war Grafikdesigner und konnte von zu Hause aus arbeiten, Jess arbeitete in der Stadtentwicklung und pendelte mit dem Zug in die Stadt.

«Ich glaube, ich werde auch nach London gehen», sagte Peanut. «Wenn ich mit dem Studium fertig bin, meine ich. Sie werden eine Veterinärin wie mich dort brauchen. Du solltest auch mitkommen. Wir drei könnten eine WG gründen. Das wäre doch großartig.»

«Das solltest du morgen zu Fionn sagen. Der wird dich bestimmt nicht für verrückt halten, weil wir uns ja alle schon volle fünf Minuten lang kennen.»

«Ja, vielleicht hebe ich mir diesen grandiosen Vorschlag auf. Vielleicht für wenn ihr verheiratet seid.»

«Was? Ich hab den Typ doch gerade erst kennengelernt.»

«Ach, komm schon. Die ganze Art, wie du, sobald er auftaucht, nur noch schweigst, verrät alles.»

«Tu ich doch gar nicht», ich errötete und lachte und bewies ihr in aller Deutlichkeit, dass sie mich voll erwischt hatte.

Aber Peanut lächelte keineswegs so breit, wie ich angenommen hatte.

«Und was ist mit Niall, Jeanie? Ich dachte, ihr beide seid, du weißt schon, ‹kurz davor›? Hast du das Interesse an ihm verloren?»

Plötzlich von Schuldgefühlen erfasst, blieb ich stehen und seufzte tief. «Ich ... ich weiß es nicht, Pea. Es ist bloß, seit Fionn ... Ich denke, ich verstehe jetzt irgendwie, was die Leute meinen, wenn sie sagen, man weiß es auf Anhieb. Oh Gott, keine Ahnung, was ich machen soll. Ich meine, Fionn mag mich vielleicht nicht mal, und in der Zwischenzeit breche ich Niall das Herz.»

Und ich fing schon an damit. Fionn hatte ein paar seiner Fotos mitgebracht, um sie uns zu zeigen. Das eines alten Mannes, der über einem Laden aus dem Fenster guckt, bei dessen Anblick ich mich einsamer fühlte, als ich mir je hätte vorstellen können. Ein schwarz-weißes mit einem Spielzeug, das auf einer Parkbank liegen gelassen worden war, dessen Besitzer schon lange fort ist und vielleicht irgendwo Tränen vergießt wegen seines Verlusts. Dann ein Mädchen, das an einer Bushaltestelle steht und liest, während die Menschen einen Schlenker um sie machen, um einen Zusammenstoß zu vermeiden. Jemand anderes, der an jenem Tag diese Szene beobachtet hätte, wäre vielleicht nur das Gewühl um sie herum aufgefallen, aber nicht so Fionn, er hatte die Schönheit ihrer stillen Versunkenheit wahrgenommen.

«Wow», hatte ich zu Niall gesagt, als wir danach zu Englisch gingen. «Er ist, also ... echt talentiert.»

«Ich wusste gar nicht, dass du Fotos gut findest, Jeanie.»

«Oh doch, Dad ist bei uns so ein bisschen der Amateurfotograf. Die Bilder im Flur über den Sitzbänken, weißt du – der Schwan auf dem Kanal und die Frau, die mit ihrem Kind die Mary Street entlanggeht –, die sind von ihm. Das Leben in einem Augenblick eingefangen. Dafür braucht man echtes Geschick.»

«Die sind mir gar nicht groß aufgefallen. Vielleicht gucke ich mir die bei Gelegenheit an.»

Ich wusste, dass er unbedingt wollte, dass ich ihn wirklich wahrnahm, so wie früher, aber das konnte ich nicht. Jetzt nicht mehr, nachdem ich Fionn kennengelernt hatte.

«Klar», sagte ich, mied seinen unverwandten Blick und nutzte das Gedränge der Elftklässler, die sich in den Raum A23 zu schieben versuchten, während ein Strom von Achtklässlern versuchte herauszukommen, als Vorwand für mein Schweigen.

Peanut neigte konzentriert ihren Kopf und suchte im Straßenpflaster nach einer Antwort.

«Na ja, du kannst ja nichts für deine Gefühle», sagte sie nach einem Moment. «Man kann sich nicht zwingen, jemanden nur aus lauter Schuldgefühlen zu mögen», tröstete sie mich, hakte sich bei mir unter und zog mich mit sich. «Niall kommt schon klar. Ruth und ich werden auf ihn aufpassen. Und außerdem möchte inzwischen die Hälfte der Mädchen ein Date mit ihm, also einsam wird er bestimmt nicht sein. Und wegen Fionn würde ich mir auch keine Sorgen machen. Hast du gemerkt, wie er dich ansieht? Ihr würdet auch wirklich gut zusammenpassen, seid beide kreativ.»

«Ich bin nicht kreativ.»

«Das sehe ich aber anders. Für dein Shortbread könnte ich sterben. Und außerdem bist du weit schlauer als der Durchschnitt, das zählt doch auch.» Sie hielt für eine Sekunde inne, bevor sie weitersprach, und ihr Ton war jetzt ernster geworden. «Ich verstehe immer noch nicht, warum du nicht weg von hier willst, fort von dem ganzen Mist, mit dem du dich herumschlagen musst. Die dauernden Blicke, dieses Angestarrtwerden Tag für Tag. Ich mache mir Sorgen um dich, Jeanie.»

«Mir geht's gut.»

«Du musst nicht bleiben, um bei deinen Leuten mitzuarbeiten. Das weißt du schon, oder?»

Ich erwiderte nichts. Mein Dad konnte es kaum erwarten, dass ich Vollzeit in unsere Firma einstieg, sobald ich mit der Schule fertig war. Im Grunde war niemand anders für diese Entscheidung verantwortlich als ich selbst. Aber wegen meiner Gabe waren alle davon überzeugt, dass es überhaupt keine Frage war, womit ich mein Leben verbringen würde. Das war übrigens, lange bevor ich ganz begriffen hatte, wie schwierig diese Arbeit werden konnte.

«Ein dritter Mann an Bord», sagte Dad immer. «Nicht mehr nur zweieinhalb, weil du ja auch noch Hausaufgaben zu machen hast. Wir warten schon die ganze Zeit auf dich, Jeanie. Wir sind ein echtes Familienunternehmen.»

«Oh, lass das arme Mädchen doch in Ruhe», sagte Mum dann und klopfte mir auf die Schulter.

Meist war ich auch davon überzeugt, dass ich genau das wollte, aber manchmal fragte ich mich schon, ob das stimmte. War Dad noch der unvoreingenommene Vater, der einmal gesagt hatte, ich könnte alles werden, was ich nur wollte? War ich noch das kleine Mädchen, das immer bloß im Vorbereitungsraum sein wollte und nirgends sonst? Und seit Niall dazugestoßen war, war Dad gar nicht mehr zu bremsen, wie perfekt doch unser Leben sein würde, und fand sich selbst rasend komisch, wenn er beim Abendessen erklärte, welche Erleichterung es war, dass er keinen Heiratsvermittler bezahlen müsse, weil ich schon von selbst den richtigen Mann angeschleppt hätte. Und Mum, die Niall anbetete, lachte entzückt, während ich bloß mit den Augen rollte.

«Ich sehe schon, wie schwer das alles für dich ist, Jeanie», fuhr Peanut fort, während meine Schritte bei ihren Worten wieder langsamer wurden. «Die Verantwortung, der du gerecht werden willst. Und dann ist da auch diese Stadt. Sie ist zu klein, alle kennen eure Firma. Das würde jeden fertigmachen. Manchmal fürchte ich, deine Gabe ist eher ein Fluch. In London könntest du doch auch bei einem Bestatter arbeiten, aber du könntest deine Gabe geheim halten, wenn du willst.»

«Aber die Toten würden es merken. Sie würden es merken, wenn ich ihnen nicht helfe.»

Und Mikey, hatte ich sagen wollen, was ist mit ihm? Ich war mir nicht sicher, ob er mit der Aufregung zurechtkäme, die entstehen würde, wenn einer von uns fortginge. Doch das behielt ich für mich, da ich genau wusste, dass Peanut dann sagen würde, dass dies hier mein Leben war und nicht seins, und ich wollte das einfach nicht mehr hören. Stattdessen blickte ich über die Straße auf einen Wohnblock, wo ein kleines Mädchen vom Rücksitz eines Wagens kletterte und umstandslos einen Handstand machte. Ich beneidete sie um ihre Freiheit, dass sie mit den Beinen wackelte und sich überhaupt keine Gedanken darüber machte, was die Welt über sie dachte.

«Also, vielleicht gibt es ja auch noch etwas anderes, das du mit deinem Leben anfangen willst? London wäre gut für dich. Du könntest alles Mögliche tun. Stell dir das nur mal vor, keinerlei Druck.»

Ich blieb abrupt stehen, und ein Junge, den ich als einen der Neuen auf dem *Community College* erkannte, wich auf die Straße aus, damit er nicht mit uns zusammenstieß. Ich entschuldigte mich bei ihm.

«Ist schon okay», sagte er und sah mich mit dieser typischen Mischung aus Ehrfurcht und Begeisterung an, die die Kleinen uns gegenüber oft an den Tag legten. Ich sah zu, wie er sich mit dem schweren Schulranzen auf dem Rücken vorankämpfte. Der Hänfling drohte fast darunter zusammenzubrechen, sodass ich mich fragte, ob ich ihm anbieten sollte, ihm den Ranzen zu tragen. Aber er war so schnell weitergegangen, dass der Moment verstrichen war.

«Ich verstehe deine Besorgnis, Pea.» Meine Aufmerksamkeit richtete sich schließlich wieder auf sie. «Aber mir geht es gut, ich schwöre.»

«Tut mir leid, Jeanie. Ich mache mir bloß Sorgen, das ist alles.» Sie drückte meine Schulter. Ich nickte und setzte mich wieder in Bewegung. «Dann also zurück zu deiner Hochzeit. Falls ich Brautjungfer sein soll, behalt bitte im Hinterkopf, dass Blau mir gut steht.»

Ich lachte, erleichtert über diese Atempause und glücklich über die Liebe, die ich für dieses Mädchen verspürte.

«Aber, weißt du», sagte sie, als sie sich bei mir einhakte und wir die Garage passierten und auf ihr Grundstück einbogen, «du wirst Fionn rechtzeitig vor eurer Hochzeit sagen müssen, was du da genau machst. Und ich rate dir, das lieber früher als später zu tun, nicht dass er es von jemand anderem hört.»

Es muss am nächsten Tag gewesen sein, jedenfalls nicht lange danach, dass Peanut angesichts meiner Verzagtheit, die Sache einfach in die Hand nahm. Peanut, Fionn und ich saßen gegenüber den Schließfächern auf dem Boden, Peanut saß zwischen ihm und mir, und wir hatten die Beine ausgestreckt, zogen sie an und streckten sie wieder aus, wie Kolben, während die Kids an uns vorbeiströmten, und redeten darüber, warum sich die anderen immer noch, zwei Wochen nach seiner Ankunft, derart das Maul über Fionn zerrissen. Fionn hatte gerade registriert, wie Jasmine Daly ihn zum wiederholten Male anstarrte.

«Das wird noch eine Weile dauern, eh die sich beruhigen», antwortete Peanut, leckte ihren Joghurtlöffel ab und wedelte wichtigtuerisch damit herum. «Verstehst du, für die Jasmine Dalys dieser Welt hast du so ein Bad-Boy-Image.»

«Bad Boy? So bin ich noch nie genannt worden.»

«Was erwartest du, du bist aus Dublin.»

«Aha.»

«Wenn du bloß von hier wärst und von der *Saint Ciarán* kämst und dich für Chemie interessiertest wie ich, dann wärst du längst vergessen. Aber mit deiner Fotografiererei bist du ein Exot, dann noch Dublin. *Und* diese Wangenknochen.» Ihr Löffel zeigte nun auf sein Gesicht.

«Oh.» Vorsichtig berührte Fionn die besagten Wangenknochen. «Danke, meine ich.»

«Versteh mich nicht falsch, mein Fall bist du nicht. Nein, ich mag so einen eher engagierten Ausdruck, nicht so ...», sie leckte wieder an ihrem Löffel und ließ ihre Zunge für einen Moment in der Wölbung ruhen, während sie in die Ferne starrte und zu bestimmen versuchte, was genau sie eigentlich an Fionns Ausdruck störte, «...grungy. Nimm's mir nicht übel.»

Fionn lachte ein bisschen. «Wow, du weißt wirklich, wie man ein Kompliment macht! Also, eigentlich habe ich mich nie für grungy gehalten. Ich finde eher, dass ich meinen ganz eigenen Stil habe. Wobei diese großartige Schuluniform nicht gerade viel individuellen Stil erlaubt.»

«Aber Jeanie hier, der geht es vielleicht ganz anders.»

«Ist das so?» Fionn beugte sich vor und sah mich lächelnd an.

«Kümmere dich gar nicht um sie», antwortete ich, total beschämt.

«Hör mal zu, mein Hübscher», fuhr Peanut fort, als hätte ich ihr nicht gerade eben noch in ihren linken Oberschenkel gekniffen, «wenn ich du wäre, würde ich mich beeilen. Sie ist eine vermögende Frau, weißt du. Sie ist nämlich Bestatterin.»

«Ah, ja. Jemand hat es gestern erwähnt.»

Bei dieser Neuigkeit schloss ich die Augen, ich wollte gar nicht hören, was da wieder geredet worden war.

«Dachte mir schon, dass sie bestimmt schleunigst darauf zu sprechen kommen.» Peanut musterte den Rest der Elftklässler, die gegenüber an ihren Spinden standen, misstrauisch. «Und was hatten sie so zu sagen? Irgendwelche Schimpfworte, irgendwelche Gerüchte?»

«Eigentlich nichts. Jedenfalls nichts, mit dem ich irgendetwas anfangen konnte. Und außerdem hast du mich ja schon vorgewarnt, also habe ich bloß höflich gelächelt und bin gegangen.»

«Sehr weise. Es ist das Beste, du hörst es von uns, damit du das große Ganze siehst.»

«Jetzt bin aber *wirklich* gespannt.»

«Gut, also wenn ich dir das erzähle, und du kommst ihr jemals – und ich meine *jemals* – blöd deswegen, dann kriegst du es mit mir zu tun, okay? Ich werde Tierärztin, also weiß ich demnächst ziemlich genau, wie man einem Lebewesen wirklich, wirklich schaden kann.»

«Pea, vielleicht ist das jetzt nicht der richtige Moment?» Ich sah mich um und hoffte, dass uns niemand Beachtung schenkte, und stellte fest, dass zumindest Jasmine Daley schon mal ihren Posten verlassen hatte.

«Sie hat eine besondere Gabe», sagte Peanut, als hätte ich nichts gesagt. «Sie kann mit den Toten sprechen. Nur für kurze Zeit, direkt nachdem sie gestorben sind. Sie regelt ihre Probleme, bevor sie endgültig verschwinden. Zum Beispiel Eheringe, die verloren gegangen sind, oder den Verwandten zu sagen, dass sie sie lieben. Solche Sachen eben.» Sie wandte sich um Bestätigung heischend an mich, aber ich tat und sagte nichts. Zu ängstlich, um Fionn anzusehen, starrte ich nur geradeaus.

«Wirklich? Du willst mir sagen, dass Jeanie die Toten hören kann?» Ich konnte mir Fionns armes, perplexes Gesicht nur zu gut vorstellen.

«Genau. Ihr Dad kann das auch. Es hat sich vererbt. Wie die Sache mit dem siebten Sohn oder so.»

«Dem siebten Sohn?»

«Oh richtig, ja. Ich habe vergessen, dass du so eine begrenzte Welterfahrung hast, weil du ja aus Dublin bist. Also, in dieser Gegend hier kann der siebte Sohn eines siebten Sohns Warzen besprechen oder andere körperliche Leiden heilen.»

«Verstehe», sagte er und klang noch verwirrter als vorher. «Aber ... Jeanie hat bloß einen Bruder, und außerdem, was noch wichtiger ist, sie ist kein Junge.»

«Nein, offensichtlich nicht. Ich versuche nur zu erklären, dass solche besonderen Fähigkeiten in dieser Gegend eben weitergegeben werden.»

Ich rieb mir unbehaglich über meine Polyesterhose und wollte bloß noch weglaufen.

«Und das stimmt auch wirklich? Ihr macht euch hier nicht bloß lustig auf Kosten eines armen Typen aus Dublin?»

«Ist alles komplett wahr. Niall arbeitet auch dort. Du kannst ja ihn fragen.»

Die Klingel ertönte, und ich stand sofort auf und sah keinen der beiden an. Mein Plan war, so schnell wie möglich so weit wie möglich wegzukommen, und im Bewusstsein, dass ich die Bücher für die nächste Stunde gar nicht dabeihatte, begann ich, mir den Weg durch das Gewühl zu bahnen. Die Toiletten, da wollte ich jetzt hin. In den zweiten Stock hoch, wo es eine kleine Toilette am Ende des Korridors gab. Sie war eigentlich nur für die Lehrer gedacht, aber das war mir jetzt egal. Wenn ich bloß dahin gelangen und die Tür hinter mir zumachen könnte, dann wäre alles besser.

Mit gesenktem Kopf lief ich entgegen dem Strom die erste Treppe hinauf, dann die zweite, bis ich endlich oben war und die Toilettentür schon sehen konnte, nun musste ich nur noch den Korridor hinunter. Aber gerade als sich Erleichterung in mir auszubreiten begann, packte mich eine Hand am Arm und zog mich aus dem Strom der Leiber hinaus in eine kleine Nische, die zu einem leeren Büro führte.

«Alles in Ordnung, Jeanie? Ich habe ewig gebraucht, um dich einzuholen.»

Es war Fionn.

Ich weigerte mich, ihn anzusehen, zuckte bloß mit den Schultern, halb aufgeregt und halb verängstigt, während ich durch die Glasscheibe in der Bürotür auf einen verlassenen Schreibtisch blickte. Ein Bic-Stift lag neben dem Telefon, etwas, das hinzugekommen war, seit ich das letzte Mal hineingespäht hatte, jemand hatte Leben in die Einsamkeit gebracht.

Er ließ meinen Arm los, und ich konnte aus dem Augenwinkel sehen, wie er sich an die Wand gegenüber lehnte, wobei sich seine Blicke nur kurz von mir lösten, als er zusah, wie die letzten Schüler vorbeieilten. Die Türen zu den Klassenzimmern schlossen sich überall um uns herum, dann fing er an zu sprechen.

«Ich wusste es vom ersten Augenblick an, als ich dich gesehen habe. Ich wusste, dass du etwas Besonderes an dir hast.» Sein linker Daumen hakte sich in seiner Tasche ein, und seine Finger krümmten und entspannten sich wieder und unterstrichen, was er sagte. «Weißt du, du hast manchmal so einen Ausdruck auf deinem Gesicht, wenn die anderen reden, und es ist, und ich kann das nicht so gut erklären, ehrlich, es ist, als würdest du Dinge sehen, die wir nicht sehen können.»

«Ich sehe keine Gespenster. So ist es nicht.» Ich schlang meine Arme um meinen Leib und blickte auf den Fußboden, und mir dämmerte, dass dieser Junge, in den ich schon halbwegs verliebt war, das vielleicht nie ganz verstehen könnte.

«Nein. Nein. Das meine ich auch gar nicht. Siehst du, wie schlecht ich in so was bin? Nein, es ist, als hättest du einen zusätzlichen Sinn, den wir nicht haben. Irgendetwas Telepathisches, Empathisches.» Als ich nicht reagierte, beugte er sich vor, um meine Blicke aufzufangen. «Das ist besonders. Das weißt du, oder?»

Ich zuckte wieder mit den Schultern und betrachtete seine Schuhe.

«Hör mal, ich bin jemand, der sich auf seine Sinne, seine Instinkte verlässt, und hier bist du mit einer Gabe, von der ich nur träumen kann. Du kannst mir vertrauen, Jeanie. Ich bin kein Arschloch. Ich bin höchstens neidisch.»

«Das wärst du bestimmt nicht, wenn du groß ‹Spast› auf deinem Spind stehen hättest.» Ich hielt weiter den Blick gesenkt, gleichzeitig verlegen, weil ich mich als verletzlich gezeigt hatte, und angstvoll, weil ich so ehrlich gewesen war.

«Dann passiert so ein Scheiß hier also auch. Ich habe auch schon meinen Teil davon gehabt.»

Das hatte ich nicht erwartet. Dass dieser Junge, dessen Selbstvertrauen mit meiner Schüchternheit nur insofern vergleichbar war, als dass beide das extreme Gegenteil des jeweils anderen bildeten, tatsächlich wissen konnte, was es bedeutete, gemobbt zu werden.

«Es ging nicht nur darum, dass meine Eltern die gute Luft hier unten genießen wollten. Sie wollten mir eine Pause verschaffen.» Jetzt war er es, der wegsah, hochblickte, zur Decke, sodass ich die Chance hatte, ihn anzusehen, den Schwung seiner Kinnpartie, seinen langen Hals, und ich wurde angesichts meiner Sehnsucht, die Hand auszustrecken und ihn zu berühren, ganz rot. «Ich bin einfach immer schon aufgefallen. Ein Kid mit einer Kamera in der Hand, das keine Angst hat zu sagen, was es denkt, zieht ziemlich viel Aufmerksamkeit auf sich. In meiner letzten Schule mussten mir Al und Jess gleich zweimal die Kamera ersetzen.»

«Oh», sagte ich leise, «das wusste ich nicht.»

«Hör mal, ich will das gar nicht mit dem vergleichen, was du offensichtlich durchgemacht hast, aber ich habe auch ein bisschen Ahnung davon. Ich verstehe es.»

Jetzt lächelte er wieder, ich war kurz vor einer Ohnmacht, dann reckte er den Kopf, blickte nach rechts und links, prüfte, ob die Luft rein war. «Also», sagte er, als er zufrieden feststellte, dass nur noch wir zwei da waren, «wie wär's, wenn wir von hier verschwinden? Blaumachen für heute.»

«Schwänzen, meinst du?» Mir drehte sich der Magen um vor Aufregung und vor Angst, die Regeln zu brechen.

«Ja. Ich denke doch, von Jeanie Masterson gibt es noch viel mehr zu erfahren.»

Ich senkte den Kopf und versuchte, die Röte zu verbergen,

die mir auf die Wangen gekrochen war. «Dann hatte Peanut also doch recht, und du bist wirklich ein Bad Boy?»

«Eigentlich nicht. Ich habe noch nie in meinem Leben geschwänzt.»

Da lachte ich, und mitgerissen von Aufregung und Lust am Risiko, die ich so noch nie empfunden hatte, nickte ich. Bald darauf stiegen wir auf Zehenspitzen die Feuertreppe hinunter.

KAPITEL 12

In einer Kleinstadt auf dem Land die Schule zu schwänzen, birgt ein gewisses Risiko. Um elf Uhr vormittags musste die Schuluniform die Aufmerksamkeit all der beflissenen Gutmenschen auf sich ziehen, die es als ihre Pflicht ansahen, die Schule anzurufen, aus lauter «Sorge um das Kind», und natürlich nicht wegen des Gefühls von Macht, das ihnen diese Aktion verlieh. Falls nicht sie einen sahen, dann ein Lehrer, der in einer Freistunde einen Abstecher nach Dunnes machte, einen erblickte und die Schulsekretärin anrief. Und natürlich wurden Fionn und ich gesehen, sodass ich später am Küchentisch meinen enttäuschten Eltern gegenübersaß, die protestierten: «Das bist doch nicht du!», «Was in Gottes Namen hast du dir dabei gedacht?» und «Wer zum Teufel ist dieser Cassin?». Aber ich konnte sie einfach nur ausdruckslos anstarren, im Wissen, dass ich niemals die Tiefen meiner Gefühle mit Worten hätte ausloten können, und so antwortete ich bloß mit einem lahmen «Ich weiß es nicht». Wenn ich doch eigentlich den Ausruf «Es ist *Liebe*!» hätte herausschmettern müssen.

Und dann musste ich auch noch den nächsten Tag ertragen, als ich aus der Klasse geholt und zum Direktor gerufen wurde, um mein Verhalten zu erklären, wobei Fionn schon draußen vor der Tür darauf wartete, dass er drankam, aber all das war es mir wert wegen der Zeit, die ich mit ihm zusammen verbracht hatte.

Wir waren ins Kino gegangen, mitten am Tag, in *Lilo &* *Stitch*. Wir saßen zwischen lärmigen Kleinkindern und ihren Muttis, sahen zu, wie sie den ausgetretenen Pfad zur Toilette hin und her marschierten, und ich glaube nicht, dass ich je in meinem ganzen Leben so aufgedreht gewesen war. Oder so losgelöst von allem. Ohne jeden Gedanken daran, was andere sagen könnten. Schreibt doch, was ihr wollt auf meinen Spind oder auf die Klotüren, dachte ich, es ist mir vollkommen egal. Wir lachten in unser Popcorn und bewarfen uns damit, tauschten unsere Getränke hin und zurück und aßen uns gegenseitig die Süßigkeiten weg. Danach liefen wir in unseren Uniformen triumphierend durch den Ort und kamen schließlich zum Park, wo wir uns unter meine Weide stellten.

Er wurde ernst, sah zu Boden, rieb mit seiner Schuhsohle über das Gras, sodass sich in mir die Sorge breitmachte, dass unser ganzer Spaß womöglich zu einem abrupten Ende kommen könnte.

«Du», setzte er an, «ich möchte hier niemandem auf die Füße treten. Ich meine, ich bin gerade erst hergezogen, und ich möchte absolut nicht für irgendwelchen Ärger zwischen dir und deinen Freunden sorgen, aber ...» Ich schloss für einen Moment meine Augen, um mich zu wappnen, und wartete darauf, dass er beichtete, dass er auf Peanut oder Ruth stand. «Ist da etwas zwischen dir und Niall?»

Ich lächelte und hob erleichtert den Blick zu den Zweigen, in denen schon der Herbst sich einzunisten begann.

Ich würde lieber sagen, dass meine Antwort «Möglich» gewesen wäre oder «Vielleicht» oder sogar ein riskantes «Ja». Irgendetwas, in den Baumstamm geritzt, zum Zeichen, dass ich Niall nicht so schnell vergessen hatte. Loyalität dem Freund gegenüber und nicht, wie es jetzt aussieht, Verrat.

«Warum?» Das war tatsächlich meine Antwort. Ein Wort, das von einem neckischen Lächeln der sonst so Schüchternen begleitet wurde. Und doch, was hätte ich denn anderes tun sollen angesichts der Art, wie mein Herz schlug vor lauter Sehnsucht nach diesem Jungen, dessen Blicke jeden Zentimeter von mir aufsaugten!

«Weil ich dachte ...» Und dann verklangen seine Worte, während seine Lippen sich zu einem Lächeln weiteten. Ohne einen Hauch von Zögern trat er einen Schritt vor, legte mir eine Hand in den Nacken und zog mich an sich. Gibt es ein Wort für das Gefühl, wenn sich Lippen zum ersten Mal berühren? Falls nicht, dann sollte es das aber geben. Eins, das den Übermut eines Handstands auf dem Parkplatz, die Euphorie, wenn man auf seinem Fahrrad einen Hügel hinunterrast, mit der Köstlichkeit des ersten Schlucks Bier an einem brütend heißen Sommertag verbindet. Es war großartig und vielleicht etwas unbeholfen und ein wenig mangelhaft, was den Rhythmus und die Ausdauer anbelangte, aber das war mir egal und ihm, glaube ich, auch. Wir lachten, als wir uns kurz voneinander lösten, keiner von uns beiden wollte irgendetwas sagen, sondern wir begehrten nur wieder die Hitze und die hingebungsvolle Nachgiebigkeit des anderen.

«Nein», sagte ich schließlich, «da ist nichts zwischen Niall und mir.»

Sobald ich nach Hause gekommen war, hatte ich Peanut eine Nachricht geschickt. Sie hatte darauf bestanden, dass wir am nächsten Tag zusammen zur Schule gingen, damit ich ihr unterwegs alles erzählen konnte. Wir bahnten uns unseren Weg durch das morgendliche Gedränge; pressten uns gegen die Wände, um Schülern auszuweichen, die rückwärtsgingen und dem Pulk ihrer Freunde irgendeine Geschichte erzählten, oder stießen aneinander, wenn jemand von der Seite in die Flut der Schüler hineingeschubst wurde. Immer wieder gab es Geschrei, wenn jemand sich über das Tohuwabohu von Worten, Liedern und Witzen hinweg Gehör verschaffen wollte.

Ich konnte Fionn sehen, der am Ende des Korridors genau an der Stelle stand, wo sich unsere Truppe üblicherweise traf, direkt neben einem großen Fenster mit einem Sims, auf den drei Hintern passten, wenn man zusammenrückte. Und als Peanut und ich uns näherten, fing Fionn meinen Blick auf und grinste leicht, mit dieser vorsichtigen, behutsamen, kaum merklichen Bewegung der Lippen. Mein Mund zuckte, weil ich versuchte, dem Drang, einfach loszulachen, zu widerstehen. Peanut sagte gerade etwas, das mir vollkommen entging.

Im Näherkommen glomm mein Gesicht vor Freude. Ich sah, wie Fionn sich von der Wand abstieß, um meine rechte Hand zu ergreifen und mich in einer anmutigen Bewegung zu drehen, bis ich schließlich an ihn geschmiegt dastand, während er die linke Hand auf meine Taille legte. Perfekt zusammenpassend, die Blicke ineinander vertieft. Das Ganze dauerte zwei Sekunden, nicht länger. Doch das genügte, um meinem Körper ein Gefühl zu vermitteln, als wäre ich am kältesten Tag des Winters in den Lough Saor gesprungen – keuchend und ausgeliefert an etwas, das alles in allem viel mächtiger war als ich selbst. Dann schob er mich sanft wieder in den Strom von Schülern zurück, die vorbeizogen, aber es kam mir vor, als wären nur er und ich da und dieser Augenblick purer Freude.

Ruth und Niall tauchten zwei Minuten später auf. Inzwischen war Peanut auf den Fenstersims gehüpft und hatte Ruth und mir zugewunken, damit wir uns zu ihr gesellten, während Fionn neben mir stand. Ruth winkte Niall zu sich und versuchte, ihn in ein Gespräch zu verwickeln, aber ich konnte seine Verstörtheit sehen, als er zusah, wie ich den alten Walkman meines Vaters und eine Nick-Cave-CD herausholte, die ich Harry gestohlen hatte, und Fionn einen meiner Kopfhörer anbot. Wir spielten wiederholt «The Mercy Seat» und nickten uns angesichts von Nicks Rechtschaffenheit und Wahrheitsliebe anerkennend zu.

Pea hatte ihren Kopf schon in ein Buch über Frösche gesteckt, das sie sich am vorigen Tag aus der Bibliothek ausgeliehen hatte. Ruth betrachtete ihre kürzlich lackierten Fingernägel und hatte schon länger aufgegeben, mit Niall reden zu wollen, der weiterhin Fionn und mich anstarrte.

«Ich mag Ansel Adams», sagte Niall völlig unvermittelt und zwang Fionn damit, seinen Kopfhörer herauszunehmen. Ich begriff, dass er sich tatsächlich die Mühe gemacht hatte, sich über Fotografie zu informieren.

«Adams, echt?», schwärmte Fionn, der sich über jede Gelegenheit freute, über Fotografie zu sprechen. «Für meinen Geschmack ist er ein bisschen kommerziell, aber ja, ich versteh das. Und, was ist es, das dir an ihm so gut gefällt?»

«Keine Ahnung. Er fängt etwas ein, das schwer in Worte zu fassen ist.» Nialls Blicke wanderten in meine Richtung, und ich wünschte, er würde das lassen, diesen Versuch, meine Aufmerksamkeit auf sich zu ziehen. Was sah er in meinem Gesicht? Ich hoffte, dass es Güte und Verzeihen waren und nicht das schamvolle Mitleid, das ich tatsächlich empfand.

«Versuch es», sagte Fionn, der die mögliche Debatte genoss.

«Es ist wohl das Licht. Er geht so gut mit dem Licht um.»

«Offensichtlich. Aber sind seine Sachen tatsächlich besser als das, was Willy Ronis in den Vierzigern und Fünfzigern gemacht hat – wie er die Menschen festgehalten, sich der Frage zugewandt hat, was es heißt, Mensch zu sein? Du kennst Ronis, oder?»

Niall zuckte mit den Schultern und verlor zusehends das Interesse, während klar war, dass Fionn gerade erst angefangen hatte.

«Also, da gibt es dieses eine Foto, erinnerst du dich? Eine nackte Frau, die sich in einem ziemlich einfachen Zimmer über ein Waschbecken beugt und sich zu waschen beginnt, und man kann sie nur von hinten sehen. Und das Zimmer ist so karg. Es gibt einen Stuhl, aber wenig mehr, und wenn ich mir das Foto anschaue, sehe ich die reine, nackte, menschliche Natur. Warte mal, ich habe es hier irgendwo.» Fionn begann in seiner Tasche zu suchen, während er weiterredete. «Ich meine, sicher, Landschaften sind wunderschön, und ich verstehe, warum Leute Adams mögen, aber was Ronis einfängt, ist unsere Verletzlichkeit, was für mich der wahre Ausdruck von Schönheit ist. Ich wünschte, ich könnte es finden, du würdest sofort begreifen, worüber ich rede.»

«Mach dir keinen Kopf», sagte Niall, dem sichtlich unangenehm wurde, was er da losgetreten hatte.

«Warte, vielleicht habe ich es zu Hause gelassen.» Fionn sah von seiner Tasche auf und überlegte. «Nein, ich hab's ganz sicher hier drin.»

Während Fionn weiter mit seinen Papieren raschelte und seufzte, legte ich ihm eine Hand sanft auf die Schulter in der Hoffnung, ihn bremsen zu können. «Es ist gut, Fionn, lass es», flüsterte ich. In dem Moment hörte er auf, drehte sich zu mir um und küsste mich. In jedem anderen Moment hätte ich ihn länger festgehalten, ihm meine Sehnsucht und mein Verlangen vermittelt. Aber angesichts der Situation wandte ich mich ab, unfähig, Niall anzusehen und seine Enttäuschung zu registrieren, die ich ihm nicht länger ersparen konnte.

«Lass es einfach, Cassin, ist doch scheißegal!» Nialls Ausbruch brachte alles zum Erliegen. Alle Augen wandten sich jetzt ihm zu, außer meine. Sie schlossen sich angesichts seiner Gekränktheit, und ich wünschte jetzt, ich wäre wieder im Verabschiedungsraum neben einer toten Seele, die ich tröstete, statt meinen Freund leiden zu hören, und ich war schuld.

«Niall», brachte ich heraus und knetete meine Hände, die auf meinen Schenkeln lagen. Ein leiser Ausruf in der Hoffnung, dass er ihn beruhigen und wieder den friedlichen Menschen aus ihm machen könnte, den wir alle kannten.

«Was?» Niall sah mich an. «Ich habe ihm gesagt, er soll es verdammt noch mal sein lassen, aber er hört einfach nicht auf.»

«Ich wollte es dir doch bloß zeigen», verteidigte sich Fionn, dessen Hand immer noch in seiner Tasche wühlte.

Und da ging Niall auf ihn los, sein Gesicht nur Zentimeter von Fionns entfernt, packte seine Tasche und warf sie fest gegen die Wand.

«Was soll der Scheiß, Mann?» Fionn drehte sich um, wollte seine Habseligkeiten retten, aber Niall nahm ihn beim Arm, und sie starrten sich an.

«Der Scheiß interessiert mich null, Cassin. Du hast gewonnen, okay. Alles, du hast den Scheiß-Hauptgewinn geholt.»

Und dann ließ er ihn los und wandte sich ab, während alle Elftklässler hörbar die Luft einsogen und ihn anstarrten und der Schlachtruf «Kloppt euch, kloppt euch, kloppt euch» immer lauter wurde, während sich die Tür zum Lehrerzimmer weiter oben am Korridor öffnete und Lehrer herausströmten, die, was immer sich da zusammenbraute, sofort einzudämmen beabsichtigten.

KAPITEL 13

Unsere Rückfahrt von der *Woodstown Lodge* nach Hause war schweigend verlaufen. Was immer Niall und ich beim Essen an Konversation noch zustande gebracht hatten, war jetzt verebbt. Nichts, was ich sagte, konnte ihm mehr als einsilbige Antworten entlocken. Nachdem wir auf den Hof gefahren waren, begann er, sein Handy zu checken, als hätte er in den fünfzig Minuten tausend Nachrichten und Anrufe verpasst, die auf der Stelle und dringend seine Aufmerksamkeit verlangten.

Da es so schien, als würde ich nicht mehr gebraucht, ging ich gleich hinein und stieß in der Küche bereits auf Arthur, der mit Dad plauderte, so wie ich es schon erwartet hatte. Er hätte den ganzen Tag auf mich gewartet, um wegen Tiny Lennons Tod seinen Gewinn einzufordern.

«Hatte ich recht, oder hatte ich recht?» Er strahlte mich von der anderen Seite des Küchentisches an.

Ich zog das Twix aus meiner Tasche, das ich auf dem Nachhauseweg gekauft hatte – dafür hatten wir extra angehalten –, und warf es ihm zu. «Dachte mir schon, dass du hier sein könntest.»

Er wedelte mit dem Twix, das er gekonnt aufgefangen hatte, und starrte es an, als wäre es ein Goldpokal, für den er jahrelang trainiert hatte.

«Ich bin sicher, Tiny wird sich freuen zu hören, wie glücklich du darüber bist, dass er endlich gestorben ist.»

«Ach was, Jeanie. Tiny war ein guter Mann. Ich habe ihn tatsächlich außerordentlich gerngehabt. Und auf seine ganz eigene Art war er sehr freundlich zu mir.»

«Was hatte er denn zu sagen, Dad?»

«Tiny? Oh, richtig, ja, ich wollte gerade runtergehen.»

«Noch bist du nicht im Ruhestand, weißt du, Dad. Du hättest schon eher runtergehen sollen. Was, wenn er auf dich gewartet hat und inzwischen fort ist?»

«Na ja», begann Dad abwehrend, sah zuerst Arthur, dann mich an, als könnte er auf unseren Gesichtern das perfekte Alibi entdecken, «Arthur platzte gerade herein, als ich runtergehen wollte, und dann sind wir ins Plaudern geraten.»

«Mit mir hat das nichts zu tun. Also wirklich, es ist völlig unnötig, einen unschuldigen Unbeteiligten hier mit reinzuziehen.» Armer Arthur, er steckte wie üblich mitten in einem Masterson-Streit.

«Ich gehe schon», sagte ich mit einem märtyrerhaften Seufzen. Und dann fühlte ich mich auf der Stelle schuldig und fragte mich, ob ich meine Zeit nicht besser mit Niall verbringen und versuchen sollte, die Nähte wieder auszubessern, die sich aufgetrennt und uns dieses unerwartete zerfaserte Schweigen eingebrockt hatten.

Hinter mir hörte ich, wie sich die Haustür schloss und Nialls Schritte, langsamer als sonst, den Korridor entlangkamen. Er drückte die Küchentür auf, steckte den Kopf herein und sagte: «Ich gehe nach oben, um das Spiel zu schauen, Jeanie.»

Wenn mein Vater und Arthur nicht da gewesen wären, hätte ich ihn vielleicht sofort angesprochen, aber gehemmt von ihrer Anwesenheit sagte ich: «Sicher, wenn es das ist, was du willst.»

Er ging an mir vorbei, gebeugt und traurig, um den Kühlschrank zu öffnen.

«Wie geht's euch Jungs?», brachte er heraus.

«Sehr gut, Niall, und dir?» Das war Arthur.

«War das Essen gut da unten?», warf Dad ein. «Ich fahre vielleicht mal mit Gráinne hin, und wir feiern den bevorstehenden Ruhestand so richtig.»

Wenn die Kühle zwischen uns ihnen unbehaglich war, so ließen sie sich jedenfalls nichts anmerken.

«Ja, es war sehr gut.» Niall hielt eine Flasche Bier hoch, für den Fall, dass sie auch eins wollten.

«Nein, lass mal, danke. Wir haben uns heute für die harten Sachen entschieden.» Arthur hob zum Beweis seine Teetasse.

Normalerweise hätte sich Niall eine Weile zu ihnen gesetzt. Vielleicht wäre er sogar mit ihnen für ein Pint zu *McCaffrey's* gegangen, wenn ihnen allen danach gewesen wäre. Aber ich sah, wie er die kalte Flasche nahm und gebeugt zur Flurtür ging und all das, was zwischen uns ungesagt geblieben war, auf ihm lastete. Ich folgte ihm und erwischte ihn noch, als er schon halb die Treppe hoch war.

«Ich komme vielleicht nach, wenn ich mit Tiny gesprochen habe», sagte ich vom Fuß der Treppe aus. «Vielleicht können wir noch ein bisschen reden.»

«Klar», antwortete er, aber es klang lahm, als hätte ich ihm all seine Energie geraubt.

Ich überlegte, was ich noch sagen könnte, doch dann lauschte ich nur darauf, wie er mit seinen langen Beinen immer zwei Stufen auf einmal nahm, und stellte mir vor, wie er seinen Mantel in unserem Zimmer auf den Boden warf und sich dann auf unser Bett legte, seine Schuhe so laut wie möglich fortschleuderte und sich mit zusammengebissenen Zähnen anschaute, was auch immer gerade für ein Spiel lief.

Dad und Arthur wechselten einen Blick, als ich zurück-kehrte, den ich geflissentlich ignorierte. «Ich schau mal, ob Tiny noch da ist», sagte ich leise.

«Das ist recht, Liebes. Ich komme dann nach.» Dads Worte erreichten mich gerade noch, als ich die Tür hinter mir schloss.

Harry hatte den Vorbereitungsraum schon fertig. Er war makellos. Sauber für das Auge und frisch für die Nase, genau wie Harry es mochte. Ihre Liebe zu Sauberkeit und Ordnung galt nicht allein für ihren Beruf. Ihre Wohnung, die sich viele womöglich voller Katzen, Traumfänger und Duftlampen vorstellten, war karg möbliert, Chrom und Weiß dominierten, beinahe die einzigen Farbtupfer waren ihre königsblauen Geschirrhandtücher mit einer Limone in der Mitte und die moosgrünen Kissen auf ihrer hellgrauen Couch, die ohne Zweifel in einem Cottage in Donegal handgewebt und mit den Daunen der Familiengans gestopft worden waren. Sie hatte Stil, oh ja, den hatte sie, unsere Harry.

«Hey», rief ich und versuchte, so viel falsche Freude in meine Stimme fließen zu lassen wie möglich. Sie stand über Tiny gebeugt da, der bereits in seinem Sarg im Verabschiedungsraum lag.

«Oh!» Sie machte einen Satz zurück, die Hand an der Brust, als sie sich zu mir umdrehte, während ich noch auf der Schwelle stand. «Du bist aber früh zurück.»

«Das stimmt», räumte ich ein. «Entschuldige, ich wollte dich nicht erschrecken.»

«Nein, nein, hast du nicht», protestierte sie, aber sie konnte mir nicht in die Augen schauen. Sie wandte sich von Tiny ab und ging zurück durch den Raum, tätschelte ihren schwarzen Bubikopf. «Schönes Mittagessen?»

«Großartig, ja.»

«Gut.» Das Wort kam gedehnt und langsam heraus und begleitete ihren letzten Schritt, bevor sie bei mir war. Ihre Ernsthaftigkeit reizte meine ohnehin empfindlichen Tränenkanäle. «Ich hoffe, es hat geholfen.»

Ah. Ich erriet, warum sie sich unwohl fühlte. Sie, wie alle anderen auch, mich selbst eingeschlossen, machte sich Sorgen, wie ich mit den Neuigkeiten meiner Eltern zurechtkam.

«Tatsächlich wollte ich mit dir reden, Jeanie», fuhr sie fort. «Es geht um die Zukunft. Ich bin weit entfernt von einem Ruhestand, also plane ich, so lange wie möglich als deine rechte Hand weiterzumachen. Ich hoffe, für dich ist das in Ordnung.»

«Natürlich ist das für mich in Ordnung! Das ist doch keine feindliche Übernahme hier, Harry», lachte ich. «Ohne dich käme ich gar nicht zurecht.»

«Doch, kämst du», sagte sie mit so viel Wärme, dass ich wusste, wenn ich nur einen Moment länger mit ihr redete, würde ich anfangen zu weinen.

«Ich sollte wirklich schauen, ob dieser Mann etwas zu sagen hat.» Ich deutete auf Tiny und ging rüber zu Dads Büro, um meinen Hocker zu holen. «Ich hoffe, mein Vater ist zumindest runtergekommen, um dir zu helfen, Tiny in den Sarg zu legen», rief ich ihr zu.

«Natürlich.» Harry nahm Dad immer in Schutz.

«Man sollte doch meinen, dass er dann auch eine Weile dableiben würde, für den Fall, dass Tiny etwas zu sagen hätte?»

«Das wollte er auch, aber Arthur rief nach ihm. Ich wollte tatsächlich gerade hochgehen, um ihn zu holen, als du kamst.»

Jetzt war ich wieder bei ihr, trug meinen Hocker vor mir her.

«Es fühlt sich an, als wäre Dad schon auf dem Absprung.» Meine Finger strichen über das weiße Leder des Sitzes. «Warum, glaubst du, geht er wirklich in den Ruhestand, Harry?» Und da war es, dieses Misstrauen, von dem ich gar nicht gewusst hatte, dass ich es hegte, ehe ich die Frage ausgesprochen hatte und auf eine Antwort wartete.

«Er ist bloß müde. Er braucht eine Pause.» Aber sie sah mich weiterhin nicht direkt an.

«War es ein Schock, als er es dir gesagt hat?»

«Nein, eigentlich nicht. Wenn es eine Wette gegeben hätte, wann Dave Masterson in Rente geht, hätte ich womöglich ein paar Schillinge gewonnen.»

Unwillkürlich fragte ich mich, wie es sich vor all diesen Jahren wohl für sie angefühlt hatte, als ihr Vater entschied, dass nur der Name seines Sohnes auf all den Urkunden stehen sollte. Ob sie jetzt das Gefühl hatte, wieder übergangen zu werden?

«Ruth ist vor einer Weile vorbeigekommen.» Harry wechselte nicht so sehr das Thema, als dass sie es eher links liegen ließ. «Sie möchte den Salon von deiner Mutter übernehmen.» Ted Masterson hatte Harry damals etwas hinterlassen: das Haus nebenan mit dem Friseursalon im Erdgeschoss und der Wohnung darüber. Harry war die Vermieterin meiner Mutter.

«Schön, dann hat sie dich erreicht. Ich hatte ihr gesagt, sie soll vorbeikommen.» Während ich an dem Morgen im Bad herumgetrödelt hatte, hatte Ruth mich angerufen, die ihre Aufregung nicht im Zaum halten konnte, dass sie nun endlich Mums Salon in die Finger kriegen könnte, in dem sie tätig war, seit sie die Schule beendet hatte. «Wir werden es krachen lassen, Jeanie. Du als Bestatterin und ich mit dem Friseursalon. Wir könnten doch ein Rundum-Paket anbieten. Ich mache den Trauergästen die Haare zum halben

Preis, und du kannst für meine Kunden Tarotkarten lesen oder so etwas.»

«Ich bin keine Hellseherin, Ruth, und die Leute wollen sich eigentlich auch nicht die Haare machen lassen, als wäre Silvester, wenn gerade ein lieber Angehöriger gestorben ist.» Aber nichts konnte sie bremsen. Sie sagte, alle diese Anzugträger würden uns zu ihren großen Unternehmer-Preisverleihungen einladen wollen. «Wir werden Unternehmerinnen des Jahres und kriegen nicht bloß den *Sonderpreis für Unternehmerinnen*. Wir gewinnen alles. Wir werden über diese Stadt herrschen.» Sie brachte mich zum Lachen, was an dem Tag wirklich einen Preis verdient hatte.

«Wirst du ihn ihr vermieten?», fragte ich Harry.

«Warum nicht? Ich mag Ruth.» Sie lächelte. Harry schien überhaupt nicht zu altern. Sie sah immer noch so aus wie damals, als ich fünf Jahre alt war.

«Wir kommen doch gut aus, oder, Harry?» Ich hatte das dringende Bedürfnis, mich der Liebe und Güte dieser Frau zu versichern. «Du hast doch nichts dagegen, dass Dad mir das Geschäft überlässt?»

«Diesen Traum habe ich vor langer Zeit aufgegeben, mein Liebes. Und ein echter Traum war es wohl auch nie. Dein Großvater war seiner Zeit nicht gerade voraus. Es war immer klar, dass Dave das Geschäft übernehmen würde. Und dass es jetzt an dich geht, ist ganz richtig, das hast du verdient. Wir», sie deutete auf uns beide, «werden immer gut miteinander auskommen, meine Liebe.» Sie umarmte mich, und ich umklammerte sie regelrecht. «Gut», sagte sie und schob mich weg, «die Kavallerie ist eingetroffen, und ich lass dich jetzt mal machen.» Sie küsste mich auf die Wange, bevor sie nach ihrem Regenschirm griff, obwohl es ein wolkenloser Tag war, und den Raum verließ.

Ich setzte mich neben Tiny. Es war nicht nötig, das Seidenfutter des Sargs weiter über die Leiche zu ziehen, es gab nichts zu verbergen, keine Flecken, keine schlecht sitzenden Kleider. Manchmal gaben uns die Lebenden Kleidung, die nicht saß, besonders wenn die Toten lange krank gewesen waren. Tiny sah perfekt aus.

«Timothy», rief ich. «Sind Sie noch da?»

Einen Moment herrschte Stille, bevor seine Worte stockend und rau herauskamen wie früh am Morgen, wenn man erst ins Sprechen finden muss.

«Bist du das, David?»

«Nein, Jeanie, Timothy. Seine Tochter.»

«Aber ich habe auf ihn gewartet», sagte er verärgert.

«Ich kann ihn holen, wenn Sie möchten?»

«Nein, nein. Ich ...» Er seufzte. «Jetzt ist es zu spät. Ich denke, ich kann es auch stattdessen Ihnen erzählen. Aber nennen Sie mich Tiny. Meine Mutter hat mir den Spitznamen bei meiner Geburt gegeben, als sie sah, wie winzig ich war.»

«Wie geht es Ihnen, Tiny? Alles in Ordnung?»

«Ging mir schon mal besser.» Ich musste kurz grinsen. «Na ja, ich wusste schon seit einer Weile, dass der Tod nahe ist, also hätte ich auch nicht überrascht sein sollen, als er dann wirklich kam. Aber es gibt dennoch keine Worte für die grässliche Erkenntnis, dass man nicht mehr zurückkommt. Dass die Tasse Tee, die man sich gerade gemacht hat, nie mehr getrunken werden wird, und dass alles, was man in seinem Leben getan hat, jetzt deine Lebensgeschichte ist, definiert, wer du bist, wie man sich an dich erinnern wird. Und da ist es dann so ... dass du dir verdammt noch mal wünschst, manches anders gemacht zu haben.»

Ich legte ihm die Hand auf die Schulter. «Sterben ist etwas jenseits aller Angst. Hat das Ihnen schon mal jemand gesagt?»

«Die Leute haben schon so viel gesagt übers ...»

Es ist, als hätte Gott selbst eine ganz neue Emotion erschaffen, ausschließlich für den Augenblick des Todes. Als ich klein war, hat sich ein Pferd vor mir aufgebäumt. Ich war vielleicht vier und schlotterte vor Angst, noch nie hatte ich mich so verloren und allein gefühlt, und ich dachte, ich wäre erledigt, und ich wollte bloß noch zu meiner Mami, aber ich war ganz allein, spürte eine Leere in meinem Herzen; nein, es war schlimmer, es war ein tiefer Abgrund von Einsamkeit. Genauso war das Sterben, nur noch hundertmal schlimmer. Was konnte ich diesem Mann sagen, der alles verloren hatte, was ich noch immer besaß? Schuldgefühle, weil ich noch atmen konnte, ließen mich schlucken. «Es tut mir so leid, Tiny.» Meine Worte waren schwach und nutzlos wie meine Hand, mit der ich ihm jetzt die Schulter drückte.

«Immerhin, ich bin noch da, in diesem letzten Moment mit den Lebenden. Den sollte ich nicht vergeuden.»

«Gibt es etwas, das Sie noch aufhält, Tiny? Etwas, das ich für Sie tun soll?»

«Ja», sagte er mit einer Entschlossenheit, die, hätte er noch gelebt, wohl von so einer Bewegung begleitet gewesen wäre, mit der Männer sich üblicherweise die Krawatte richteten und über dem Kragen den Kopf reckten und drehten. «Es geht um Arthur Aherne.»

Dem folgte nichts. Keine Einzelheiten. Nur sein Schweigen, das meiner Frage harrte.

«Unseren Arthur, den Briefträger?»

«Ich habe etwas von ihm. Seinen Stift.»

Es dauerte einen Moment, bis ich begriff. «Seinen Stift?»

Ich wusste nicht, ob ich erleichtert lachen oder auf der Stelle eine Erklärung fordern sollte.

«Ja.»

Und dann begann ich, mich ein bisschen dümmlich zu fragen, ob Tiny womöglich einen gewöhnlichen Kugelschreiber meinte, einen Bic, den Arthur ihm vielleicht geliehen hatte. Aber ich wusste schon, wie lächerlich es wäre, dass ein Toter die Energie aufbrachte, sich Gehör zu verschaffen, damit er einen Bic-Kugelschreiber zurückgeben konnte.

«Sie meinen den silbernen, den er immer in seiner Brusttasche hat, der, der seiner Mutter gehört hat?»

«Ich weiß, wem der gehört hat.» Er hielt wieder inne, als überlegte er, ob er weiterreden sollte. Oder ob ich vertrauenswürdig genug war. Aber nach einem Augenblick gab er sich einen Ruck und begann zu sprechen. «Ich habe ihm den weggenommen beziehungsweise aus seiner Jacketttasche stibitzt, als das Jackett an einem heißen Tag über dem Küchenstuhl hing. Er war auf die Toilette gegangen, und da habe ich den Stift genommen.»

An Diebstahl dachte ich nicht, selbst in jenem Moment noch, nahm vielmehr an, dass er Arthur zufällig aus der Tasche gefallen und unter Tinys Küchentisch gerollt war oder dass Arthur vergessen hatte, ihn mitzunehmen, nachdem er ihn aus irgendeinem Grund benutzt hatte, aber Raub, das konnte ich mir nicht vorstellen.

Hinter mir hörte ich leise Schritte, ein Gang, der nicht zu stören wünschte. Ich sah mich um und erblickte Dad, der in den Verabschiedungsraum kam, einen Finger an seinen Lippen, und auf Zehenspitzen zum nächsten Stuhl ging. Es machte mich glücklich, dass er dort war, diese Last mit mir gemeinsam trug.

«Darf ich Sie fragen, warum Sie Arthurs Füller genommen

haben, Tiny?» Meine Frage war absichtlich so gestellt, dass Dad auf dem Laufenden war. Seine Augenbrauen hoben sich bei dieser bizarren Frage.

«Er hat einmal mir gehört, müssen Sie wissen. Ich hatte ihn, als ich vierundzwanzig war, für mich selbst gekauft, und zwar von meinem ersten überaus eindrucksvollen Gehalt als Handelsreisender. Ich lehnte gerade am Tresen in *Hickey's Hardware*, da kam sie herein, Bess Aherne. Als sie an mir vorbeiging, bewunderte sie ihn, wie er da in meiner Brusttasche steckte. Mein Gott, sie war wirklich überwältigend.»

Arthur redete oft von seiner Mutter. Sie war gestorben, als er fünf Jahre alt war, und so hatte er nur wenige Erinnerungen an sie. Manchmal sagte er, er wäre sich gar nicht sicher, ob er wirklich gesehen hätte, wie sie sich am Spülbecken in der Küche zu ihm heruntergebeugt, oder gefühlt, wie sie ihn in ihren Armen hochgehoben hatte. Er fragte sich, ob er diese Erinnerungen aus den Erzählungen seines Vaters über ihre einstige kleine Familie geliehen und zu seinen eigenen gemacht hatte. Außer dem Füller hatte Arthur stets ein Bild von ihr in seiner Brusttasche und eines von seinem Dad.

«Ich wusste damals nicht, dass sie verheiratet war», fuhr Tiny fort. «Sie trug nie irgendwelche Ringe, sagte, das Metall reize ihre Haut, das hätte mich allerdings auch nicht aufgehalten. Ich hätte sie trotzdem geliebt – was denn sonst? Sie hatte eine Macht über mich wie keine Frau vor oder nach ihr. Ich habe ihre wahren Lebensumstände nur zufällig herausgefunden, als ich sie mit ihm zusammen sah – Nathaniel.»

«Arthurs Vater?» Ich kannte die Geschichte vom stillen Nathaniel sehr gut. Ein Mann, der sein einziges Kind hingebungsvoll großzog und liebte, nachdem seine Frau so jung verstorben war. Er arbeitete bei der Post und verschaffte Arthur dort einen Job, als der vierzehn war.

«Ihr Ehemann. Sie hat es nicht geleugnet, als ich sie danach fragte. Genauso wie ich nicht leugnen konnte, dass ich sie liebte. Ich gab ihr den Füller, einen Monat nachdem wir zusammengekommen waren. Einen Monat, in dem sie in meinem Bett gelegen und wir uns geliebt hatten. Neun Monate später kam Arthur auf die Welt. Ich sah, wie Bess ihn als Nathaniels Sohn aufzog. Sie hat mir nie direkt gesagt, dass er mein Sohn ist, aber ich wusste es, so sicher, wie ich weiß, dass ich es war, der vor drei Wochen jenen Füller an sich genommen hat. Es ist die römische Nase, wir alle hatten sie: mein Vater, sein Vater vor ihm und jetzt mein Sohn.»

Ich wandte ruckartig den Kopf, um Dad anzusehen, und blickte dann nach links und sah durch die Wände hindurch, stellte mir Arthur vor, wie er sein Twix aß und völlig ahnungslos war, dass die Geschichte seines Lebens gerade von dem Mann neu geschrieben wurde, der ihm wochenlang die Tür vor der Nase zugeschlagen hatte. Meine Augen füllten sich mit Tränen.

«Die Affäre ging weiter, bis sie eines Tages aufhörte zu kommen und ich wieder allein war. Ich hätte gar nicht erfahren, dass sie gestorben war, wenn ich es nicht im *The Kilcross Herald* gelesen hätte. Ich hätte sonst angenommen, dass sie einfach aufgehört hatte, mich zu lieben.»

Er hielt inne, und ich musterte in dieser Zeitspanne sein Profil und versuchte, mir den jungen Mann vorzustellen, in den sie sich verliebt haben könnte. Tiny war dünn, und ich konnte jetzt sehen, was für eine Statur er wohl gehabt hatte. Ich stellte mir vor, dass er braune Augen hatte, tief und seelenvoll, die etwas Geheimnisvolles vermittelten oder vielleicht auch Verletzungen, die Bess womöglich heilen wollte.

«Am Tag ihrer Beerdigung stand ich hinten in der Kirche und sah zu, wie jener Mann Arthur auf seinem Arm hinter dem Sarg hertrug, und ich dachte, lieber Gott, du kannst mich gern auch gleich zu dir nehmen. Ich dachte, mein Herz würde einfach stehen bleiben, aber Er ließ mich weiterhin für meine Sünden bezahlen. Ich dachte, ich müsste die Sache selbst in die Hand nehmen, wenn Sie verstehen, was ich meine. Aber ich war so verdammt schwach und selbstsüchtig und dachte gar nicht an den Jungen, der meiner war, so in Anspruch genommen war ich von meinem eigenen gebrochenen Herzen. Siebzehn Jahre lang ging mir das so, dass ich sterben wollte, aber nicht den Mut dazu hatte, es selbst zu tun. Und dann fängt eines Tages dieser junge Mann an, die Post auszutragen, und ich wusste, dass er es war. Er muss damals Anfang zwanzig gewesen sein. Obwohl ich so weltabgewandt war, öffnete ich die Tür, um meine Briefe direkt von ihm entgegenzunehmen. Und danach wartete ich jeden Tag auf ihn, sah es schon vom Fenster aus, wenn er kam. Ich tat so, als wäre ich gerade auf dem Weg nach draußen oder wollte nach dem Wetter sehen, und so begann unsere Freundschaft. Manchmal kam er auf eine Tasse Tee herein; obwohl ich wusste, dass er unter Zeitdruck stand, fragte ich ihn immer wieder, und er sagte kein einziges Mal Nein. Er redete von seiner Mam und seinem Dad, damals war Nathaniel schon tot. Einmal zeigte er mir den Füller, so stolz darauf, dass er ihm im Testament vermacht worden war. Mehr oder weniger vierzig Jahre lang habe ich mir diesen Füller in seiner Brusttasche angesehen, ließ das heimliche Leben, das seine Mutter und ich gehabt hatten, immer wieder aufleben und mir nie etwas von dem anmerken, was mir durch den Kopf ging.

Und dann wurde ich krank. Zwei Jahre später lag ich im Sterben, und Arthur war mein einziger Besucher. Der Einzige, den ich hereinließ, außer Essen auf Rädern. Oh, sie haben versucht, mir einen Pfleger zu besorgen, aber ich sagte denen, sie sollten gleich wieder gehen. Er musste mich ja gar nicht besuchen, wissen Sie, er hatte keine Ahnung von unserer Verbindung. Er kannte mich nur als den schrulligen alten Mann, den niemand in der Stadt besonders mochte, und doch klopfte er ein paarmal die Woche bei mir, um sicherzugehen, dass es mir gut ging. Und dann steht er eines Tages auf, wie schon gesagt, und geht zur Toilette und lässt sein Jackett überm Stuhl hängen, und ich beugte mich bloß vor, als wäre es das Normalste von der Welt, diesen Füller an mich zu nehmen, den sie einst gehalten hatte, den Füller, der uns zusammengeführt hat. Danach wollte ich ihn nicht mehr sehen. Wollte meinem Sohn nicht in die Augen schauen, weil ich wusste, dass ich ihm etwas Kostbares gestohlen hatte, aber zurückgeben wollte ich es eben auch nicht.» Daraufhin verstummte er.

«Tiny?», flüsterte ich panisch in der Hoffnung, dass er noch nicht fort war.

«Aber ich möchte, dass Sie ihm den Füller jetzt zurückgeben.» Von irgendwoher hatte er noch die Kraft genommen, um fortzufahren. «Und sagen Sie ihm, dass es mir leidtut, ihn an mich genommen und ihn angelogen zu haben. Er ist in meiner Innentasche. Nehmen Sie ihn.»

Ich blickte wieder kurz zu Dad hinüber, der mir zusah, wie ich Tinys Anzugjacke aufknöpfte, sodass ich mit der linken Hand hineingreifen konnte, um den kalten Füller zu nehmen. Als ich ihn herauszog, musterte ich ihn auf meinem Handteller – solch ein feiner Gegenstand – und schloss die Augen, um die Fassung zu bewahren.

«Ich habe ihn, Tiny.»

«Werden Sie ihm alles erzählen?»

Ich sah mich automatisch nach Dad um, dem Mann, der so bereitwillig die Wahrheit verbog.

Die Last dieser Beichte kam mir viel zu schwer vor, besonders an jenem Tag, an dem Niall kaum noch mit mir redete. Ich wollte den Schmerz nicht, den diese Wahrheit mit sich bringen würde und den ich nun Arthur aufbürden sollte, einem Mann, der mir Twix-Riegel schenkte und mich zum Lachen brachte, der mir wichtig war. Ich wollte nicht, dass er litt. Aber wie hätte ich ihm das verschweigen können?

«Natürlich», sagte ich, und meine Worte kamen so leise und zögerlich heraus, dass ich mich fragte, ob er sie überhaupt gehört hatte.

«Ich habe ihm alles hinterlassen, das Haus, das Geld. Alles gehört jetzt ihm. Er wird es sowieso erfahren, wenn der Testamentsvollstrecker Kontakt zu ihm aufnimmt. Aber ich möchte, dass er es vorher erfährt, nicht auf diese Art. Am liebsten wäre mir, wenn Ihr Vater es ihm erzählt, deshalb habe ich auf ihn gewartet. Ich weiß, dass sie sich nahestehen. Arthur hat viel über ihn geredet.»

«Dad ist jetzt hier bei mir. Er hatte alles mit angehört», sagte ich, mit einer gewissen egoistischen Erleichterung, dass mir diese Last von den Schultern genommen wurde. Ich sah auf Dad hinter mir, dessen sanftes Lächeln nun verloren und leer wirkte.

«Gut», sagte Tiny mit einem Zittern in der Stimme, das seinen Abschied ankündigte. «Ich glaube, ich mache mich jetzt auf, wenn Sie nichts dagegen haben.»

Ich nickte und wischte mir die Augen, wartete darauf, dass sich mein Atem beruhigte. «Ruhen Sie jetzt in Frieden, Tiny.» Es kam kräftiger heraus, als ich mir zugetraut hätte. Ich berührte ihn wieder an der Schulter und sah dann Dad an.

«Du wirst es ihm doch sagen, oder?», fragte ich, als er sich neben mich stellte und ich ihm den Füller gab.

Er nickte mit gesenktem Kopf. «Also», sagte er ungläubig und ein wenig verschnupft. «Den Tag werde ich mir im Kalender rot anstreichen.»

«Hattest du irgendeine Ahnung von alldem?»

«Ich? Nein.»

«Entschuldigung, das war nicht als Vorwurf gemeint, es ist nur so …»

«Traurig», schloss er. Und dazu nickte ich. In dem Moment setzte ein heftiges Pochen gegen meine Schläfen ein. «Tut mir leid, dass du das alles anhören musstest, mein Schatz, wo es doch eigentlich ich hätte sein sollen. Das war sicher nicht leicht für dich, besonders die Geschichte über …» Seine Hand zuckte in der Luft, während er mich ansah, unfähig, dachte ich, die Worte auszusprechen.

«Alles war schrecklich, wirklich. Aber ich kann einfach nicht glauben, dass Tiny gesagt hat, er wäre …» Ich brach ab. Eine neue Kopfschmerzattacke. Ich massierte meinen Kopf mit den Fingern, während um mich herum wegen all dem, was mir erzählt worden war, und all dem, das Niall vorher gesagt und auch nicht gesagt hatte, die Wände näher rückten. «Ich glaube, ich brauche frische Luft. Aber du wirst Arthur alles erzählen, wie Tiny sich das erbeten hat, oder, Dad?» Ich war schon auf dem Weg nach draußen.

«Oh, ja. Ich werde ihm sagen, dass es Tiny war, der den Füller genommen hat, und …» Und dann hielt er einen Moment inne, als wäre das Ganze zu herzzerreißend, um es in Worte zu fassen. «…und den Rest», schloss er traurig.

Ich blieb vor der schon geöffneten Tür stehen, besorgt, dass Dad beschließen könnte, so wie er es früher schon all die vielen Male getan hatte, die Lebenden zu schonen.

«Ja, aber sag ihm *alles*, Dad», drängte ich, begierig nach der Luft, die ich schon auf meiner Hand spüren konnte. «Keine

Schönfärberei. Wir reden hier jetzt über Arthur, nicht über irgendeinen Kunden.»

Er sah auf den Füller hinunter, als wüsste er nicht, wo der herkam.

«Okay», sagte er, leise, verwirrt und ängstlich, dachte ich, wegen all dem, was er seinem Freund nun zu vermitteln hatte.

Ich schloss die Tür hinter mir und schnitt ihm die Worte ab, seinen Ruf: «Aber, Jeanie …» Noch konnte ich nicht in die überwältigende Enge jenes Raums zurückkehren. Ich sog die Luft ein, während ich davoneilte und mich an meinen Glauben klammerte, dass er diesmal die ganze Wahrheit sagen würde.

KAPITEL 14

Fionn und ich waren schon seit fast einem Jahr ein Paar, als Al und Jess eine Weide in ihrem Garten pflanzten.

«Ihr kommt gerade rechtzeitig», hatte Jess fröhlich gerufen, als wir eines Freitagabends bei ihnen aufschlugen. «Gleich gibt's Abendessen.»

Fionn hatte dennoch zwei Scheiben Brot aus dem Brotkasten genommen, von denen er mir eine hinhielt, aber ich wollte nicht. Er begann, sie so zu essen, ohne Butter, während er über seine Mutter gebeugt dastand, ihre Gartenbaupläne wohlwollend musterte und vorschlug, dass sie, wenn sie Bäume pflanzen wollten, auch eine Weide dazunehmen sollten, weil sie mein Lieblingsbaum sei. Jess kaufte eine für mich oder besser gesagt für Fionn, weil sie alles für ihren Sohn tun würde. Und der kleine Baum hatte immerhin genügend Blätter für mich und Fionn, um darunter zu sitzen, wenn die Sonne die Erde auszutrocknen schien, und zu reden und zu lachen und Musik von einem Paar Kopfhörer zu hören, während wir auf ihr Haus blickten.

Abendessen bei den Cassins bedeuteten unweigerlich neue Erfahrungen für mich: Halloumi oder Süßkartoffelstampf, der sich in meinem Mund wie Seide anfühlte, oder Gespräche über die Umwelt oder welche Ausstellungen gerade in der *Royal Hibernian Society* liefen. Es gefiel ihnen, dass ich eine leere Leinwand war, auf die sie ihre Farben auftragen konnten. Sie waren freundliche und fürsorgliche Menschen.

Menschen, die ihren Plastikverbrauch einschränkten, indem sie handgemachte Seife aus der Region kauften, die nach Rosengärten duftete, die nachfüllbare Waschmittel benutzten und Weichspülerbehälter aus dem Bioladen, bevor andere auch nur daran dachten. Sie kauften die *Irish Times* und den *Observer* an den Wochenenden und den *The Kilcross Herald* an Dienstagen, sodass sie mit ihrer neuen Gemeinde Kontakt hielten und verstanden, was die Leute vor Ort so umtrieb. Dafür müssten sie keine Zeitung lesen, erklärte ich ihnen, die Leute mochten Gaelic Football, Country Music und die *The Late Late Show*. Daraufhin gab es herzliches Gelächter am Tisch.

Sie nahmen Fionn und mich mit zu Theaterstücken im Arts Centre, wo auswärtige Ensembles Stücke von Oscar Wilde, Frank McGuiness und Edna O'Brien aufführten. Ich war dort immer nur zur Weihnachtsshow gewesen und hatte gar nicht mitbekommen, dass diese andere Welt auch noch existierte. Wir gingen zu Kunstausstellungen in die Gemeindehalle und standen vor Gemälden, die mir nichts sagten, aber Fionns Aufmerksamkeit minutenlang fesseln konnten. Wir fuhren nach Dublin und besuchten eine Fotogalerie und betrachteten schweigend die Arbeiten von Colman Doyle, Elizabeth Hawkins-Whitshed oder Greenshed, wie ich immer sagte, weil ich mir ihren Namen falsch gemerkt hatte.

«Ist dies in etwa so, wie wenn du mit den Toten redest?», fragte mich Fionn eines Samstags, nachdem ich Dad um einen freien Tag angebettelt hatte. Wir waren früh mit dem Bus nach Dublin gefahren, um in der Stadthalle eine Ausstellung von vielversprechenden neuen irischen Fotografen anzuschauen. Um die Zeit waren wir dort die einzigen Besucher und konnten uns ungeniert austauschen. «Weißt du, was ich meine: nur du und sie und diese ... Verbindung?» Er legte eine Hand aufs Herz und blickte auf das Schwarz-Weiß-Foto von einem ungefähr achtjährigen Jungen, der sich eine Kamera ans Auge hielt und seinerseits den Fotografen musterte.

«Ja», sagte ich und nickte enthusiastisch, voller Stolz, dass unsere Welten durch die spirituelle Verbindung, die wir bei der Arbeit verspürten, verknüpft waren.

«Nicht alle verstehen das, weißt du. Nicht jeder kann diese Dimension begreifen. Wie viel größer das ist als wir.» Er betrachtete weiter das Foto. «Deswegen passen wir perfekt zusammen. Wir beide.» Ohne mich anzusehen, nahm er meine Hand und brachte sie zum Kuss an seine Lippen. «Wir verstehen einander, das Bedürfnis nach Schweigen und Kontemplation und danach, den Menschen direkt in ihre Seelen schauen zu können.»

Wie sehr wünschte ich mir seine Sprachgewalt. Mit ihm zusammen fühlte ich mich wertvoll und einzigartig, jeden Augenblick der Sehnsucht wert, die er für mich empfunden hatte. Ich war so berauscht von ihm: wie sich seine Finger krümmten, bevor er seine Kamera ergriff, oder wie sich seine Augen bewegte, wenn er etwas zu erklären versuchte, den richtigen Winkel bei einer Aufnahme etwa. Ich liebte ihn so dermaßen in diesem Moment, dass ich nach ihm griff und sein Gesicht zu mir drehte, damit ich seine Lippen küssen konnte, die immer leicht geöffnet zu sein schienen, als bekundeten sie seine Ehrfurcht vor dem Leben.

«Ich liebe dich», sagte ich ihm, der mich besser kannte als alle anderen.

«Ich habe darauf gewartet, dass du das sagst, seit ich dich kennengelernt habe.»

Ich betrachtete seine Augen, sein Lächeln. Seine Haut schien zu leuchten angesichts des Wunders, das ich für ihn darstellte. «Dann hättest du es als Erster sagen sollen», lachte ich.

«Nein, ich wollte warten.»

«Also, dann sag es jetzt.» Ich fasste nach seinem Arm, drückte ihn, so dringend, wie ich jetzt sein Geständnis brauchte.

«Ich liebe dich, Jeanie Masterson. Immer schon. Für immer.»

An jenem Abend schliefen wir zum ersten Mal miteinander. Wir waren zum Lough Fen gefahren, um das besondere Licht da zu nutzen. Er machte endlos Fotos von mir. Irgendwo habe ich noch eins davon. Vor nicht allzu langer Zeit habe ich es hervorgekramt, darauf neige ich den Kopf zum Himmel, meine Augen sind geschlossen, während ich auf einem Felsen sitze, der so kalt wie Eis ist. Irgendwann hörte er einfach auf, ließ die Kamera an ihrem Band um seinen Hals baumeln und sah mich an. Ich wollte ihn schon fragen, was los war, als er aufstand und zu mir kam und meine Hand nahm. Er führte mich tief in den Wald, am Wanderweg vorbei, um mich an einen Baum gelehnt zu küssen. Dort wanden wir uns und bebten, sein Schweißgeruch stieg mir in die Nase, und meine Jeansjacke wurde ganz dunkel und bekam Flecken von der feuchten Borke, aber das war egal.

Mit Fionn zusammen lernte ich in diesen entscheidenden Jahren, worum es in Beziehungen ging, was mich auch von Niall und *was daraus hätte werden können,* wegführte. Küssen und fummeln und streiten und versöhnen und sich in einer Wahnsinnsgeschwindigkeit zu lieben an lauter beengten Orten wie den Toiletten im Untergeschoss oder manchmal auf einem Bett, wenn gerade niemand zu Hause war. Auf Nachrichten zu warten, die nicht kamen, und Anrufe, die zu spät kamen. An den Fingernägeln zu kauen und an nichts anderes denken zu können, nicht mitzubekommen, was der Lehrer gerade sagte, und erst recht nicht, was die Toten sagten, vollkommen beherrscht von dem Bild seines Gesichts und dem Gefühl von seiner Hand in meiner, während ich zur Schule ging. Wunderschöne Zeiten. Der Stoff für schlechte Gedichte und Erinnerungen, die auf ewig für Schmerz sorgten, selbst in einem neunundachtzigjährigen Herzen noch.

All das geschah, während Niall immer noch am Rande zu unserer Gruppe gehörte, allerdings nicht mehr so viel Zeit mit uns verbrachte wie früher, obwohl Ruth und er Vertraute blieben. Aber dann hatte er gut zu tun mit all den Mädchen, mit denen er ausging, wobei es nie lange hielt. Ich hatte angenommen, dass er wegen dem, was geschehen war, die Arbeit sein lassen würde. Aber sein Interesse an den Toten überwog alles andere. Jeden Samstag arbeitete er weiterhin mit Harry, sah ihr zu und lernte, wie man die Toten wusch, ihnen die Haare kämmte und Make-up auftrug. Sie behauptete, er sei eine Naturbegabung, und begutachtete seine Arbeit stets nickend und lächelnd. War kein Kunde da, wischte er die Böden, wusch Handtücher und Laken, füllte die Regale auf und trank Tee mit Dad oder spielte PlayStation mit Mikey. Aber wenn wir zusammenarbeiteten, konnte ich es fühlen, diese Anspannung zwischen uns, die wir beide mühsam lächelnd übergingen. Da wir einander nie mehr so nah waren wie zuvor, waren unsere Gespräche nur noch die von Bekannten. Und obwohl ich vermisste, was verschwunden war, gestand ich mir nicht zu, mehr von diesem Jungen zu wollen, den ich so enttäuscht hatte.

Als der Januar unseres letzten Schuljahrs kam, schien die Zukunft besiegelt zu sein: Peanut würde nach Dublin gehen, um Tierärztin zu werden, Ruth würde in Kilcross bleiben, um Kosmetikerin oder Friseurin zu werden, da war sie sich noch nicht ganz sicher, und Niall würde sich bei uns zum Thanatopraktiker ausbilden lassen. Auch ich würde bleiben, um Vollzeit als Bestatterin zu arbeiten.

Ein paar Monate zuvor war Mum allerdings in eine Phase panischer Aktivität geraten und hatte diverse Collegeprospekte besorgt und Architektur, Drehbuchschreiben und Animation umkringelt; Dinge, für die ich mich nie auch nur im Entferntesten interessiert hatte. Aber mein Interesse an Catering hatte sie wirklich geweckt. Ich stellte mir vor, wie ich glücklich Scones machte, sah mich in einer leuchtend gelben Schürze in einem kleinen Café stehen, das himmelblau gestrichen war und an einer Straßenecke irgendwo in einer exotischen Stadt lag.

«Ich wäre deine beste Kundin», sagte sie, als ich es blöderweise erwähnte.

«Nicht wenn es in Paris wäre. Wär ein bisschen weit entfernt von Kilcross, um mal eben vorbeizukommen.»

«Paris. Stell dir das bloß mal vor. Alles ist möglich, mein Schatz, das weißt du. Wenn Paris das ist, was du willst, dann unterstützen wir dich.»

«Ich mache kein Café in Paris auf, Mum. Ich bleibe hier.»

«Bist du sicher, Liebling? Vielleicht wäre noch ein Termin bei Miss Curtis eine gute Idee.»

Miss Curtis war die Lehrerin, die für Berufsberatung zuständig war.

«Sie hat bereits jeden nur möglichen verdammten psychometrischen Test bei mir angewendet, den sie überhaupt auftreiben konnte. Etwas mit sozialer Arbeit, das war überall dasselbe Ergebnis. Also denke ich doch, das hier ist perfekt, ich werde mich um Leute kümmern, nur dass sie eben tot sind.»

«Ich mache mir Sorgen um dich, das ist alles, Liebes.»

«Mir geht's gut, Mum, ehrlich.»

Und wirklich, in den Monaten, die folgen sollten, mit den Träumen, die ich zu träumen begann, hätte ich sicher auf ihre Unterstützung zählen können.

Fionns Pläne hatten sich vom ersten Moment unseres Kennenlernens an nie verändert: Er wollte weiterhin nach London gehen. Als er ein Junge war, waren seine Eltern mit ihm einmal dorthin gefahren und zufällig auf eine Fotoausstellung gestoßen, die die Arbeit von Absolventen des *London College of Art* zeigten.

«Er war vollkommen hin und weg», erzählte mir Jess. «Wir mussten ihn mit allen möglichen Versprechungen locken, seine erste Kamera und so, bevor er bereit war, wieder da rauszugehen. Stell dir vor, er war erst neun. Wir hatten gehofft, Pizza würde schon genügen, aber nein, wir haben für diese Canon zweihundert Pfund ausgegeben. Seitdem hat er nicht mehr zurückgeschaut, was, Lieber?» Sie streckte ihre Hand über den Tisch aus, zu ihrem Sohn, der lächelnd dasaß und von ihr zu mir blickte, zwei Frauen, die wussten, dass er sich nicht mehr umorientieren würde.

Für die Mappe, die er einreichen musste, wollte er gern ein Projekt über einen Bestatter machen. Auch wenn meine Familie ihr anfängliches Misstrauen diesem Jungen gegenüber aufgegeben hatte, der ihre Tochter zum Schwänzen verleitet hatte, war ihnen doch nie gänzlich wohl in seiner Gesellschaft. Mum hegte ein Misstrauen gegen jeden, der aus Dublin kam, besonders jemanden, der permanent eine Kamera in der Hand hatte und oft damit auf sie zielte, irgendwann hatte sie genug und sagte, dass sie ihn, wenn er das noch einmal täte, hinauswerfen würde. Und Dad, nun ja, es war, als hätte er vom ersten Augenblick an gewusst, wenn irgendjemand seine Zukunftspläne für *Masterson Bestattungen* und die Rolle, die ich dabei spielen sollte, gefährden könnte, würde das Fionn Cassin sein. Obwohl sie nie etwas sagten, war ich mir ihrer Enttäuschung darüber sehr bewusst, dass es mit mir und Niall nichts geworden war.

«Also, ich nehme an, Sie wollen nach London gehen, junger Mann», sagte Dad eines Nachmittags im Januar hinter seinem *Sunday Independent* hervor, während Mum ihren berühmten Sonntagsbraten zubereitete.

Das erste Mal, als Fionn vor einem Jahr mit uns zusammen gegessen hatte, hatte er einen fatalen Fehler gemacht. Mum hatte uns bereits an den Tisch gerufen, und wir setzten uns schweigend hin, wie es unsere Gepflogenheit war, wenn Mum kochte, aus Angst, das kleinste Geräusch könnte sie noch mehr unter Stress setzen als sowieso schon. Er aber hatte gesagt: «Kann ich irgendetwas tun, Gráinne? Jess sagt immer, ich bin in der Küche in meinem Element.»

«Nein», antwortete Mum, ein Schweißfilm auf der Stirn und die Hand ausgestreckt, als könnte er versuchen, das Rindfleisch aus dem Bräter zu stehlen. «Und ich bin Mrs Masterson.»

Mum war nicht die sicherste aller Köchinnen. Sie war einfach zu ungeduldig und staunte immer über meine Fähigkeiten beim Backen. Aber jeden Sonntag kämpfte sie mit einem Braten, darauf bestand sie einfach.

«Ja», antwortete Fionn auf die Bemerkung meines Vaters, so enthusiastisch wie immer, wenn es um seine Zukunft als Fotograf ging. «Ich gehe ans *London College of Art*, ich hab den Prospekt dabei. Wenn Sie mal reinschauen wollen.» Er wollte aufstehen und zu seiner Kameratasche gehen, die im Wohnzimmer lag, außer Sichtweite von Mum, aber Dad hob die Hand, woraufhin eine Seite seiner Zeitung sanft einknickte.

«Das ist nicht nötig, mein Junge.»

«Was, Dad?», fragte Mikey und hob den Kopf von seinem Heft *Feldzüge im Mahdi-Aufstand*.

«Nein, nicht du, Junge, ich meinte Fionn hier.»

«Oh», Mikey senkte erleichtert den Kopf und nahm einen Schluck von seiner Miwadi-Limonade, seinem Lieblingsgetränk für alle Gelegenheiten.

Ich starrte Dad wütend an und fragte mich, warum er Fionn nicht wenigstens gestatten konnte, ihm den Prospekt zu zeigen. Es hätte ihn doch nichts gekostet, aber er weigerte sich, auch nur seine Blickrichtung zu ändern, obwohl ich wusste, dass er wusste, dass ich ihn beobachtete.

«Und wann fängst du da an?»

«Ende des Sommers. Das heißt, wenn sie mich nehmen, natürlich. Zunächst muss ich eine Mappe einreichen. Das war übrigens etwas, das ich Sie fragen wollte. Darf ich vielleicht eine Serie über Sie und Ihr Unternehmen machen?»

Dad nahm seine Brille ab und legte die Zeitung vor sich auf den Tisch.

«Was stellst du dir da vor?»

«Na ja, ich dachte, ich könnte Fotos machen von Ihnen und Jeanie und Harry bei der Arbeit. Und auch von Niall, wenn er einverstanden ist, um die Schönheit dessen, was Sie hier machen, festzuhalten.»

«Die Schönheit, ha!, wenige würden das so nennen», lachte Dad. Er hatte die Ellbogen jetzt aufgestützt, zerknitterte die Zeitung, tippte mit der Spitze eines Brillenbügels an seine Lippen, während er den Jungen ihm gegenüber neugierig musterte. Ein Außenstehender hätte diese Bemerkung vielleicht als meisterhaften Zug Fionns angesehen, aber er war überhaupt nicht manipulativ. Es wäre ihm nie eingefallen, sich aufzuspielen. Fionn wollte nur einfach seine bestmögliche Mappe abliefern.

«Ach, verdammter Mist.» Das war Mum im Hintergrund. «Dass das immer klumpig sein muss.» Ich sah hinüber und lächelte sie aufmunternd an, aber sie merkte es nicht, weil sie hoch konzentriert in der Bratensoße rührte.

«Nun, warum nicht», sagte Dad. «Solange du nicht fotografierst, wenn Kunden da sind.»

«Oh, natürlich. Ich meine, selbstverständlich. Ich richte mich da ganz nach Ihnen.»

«Dann geht das in Ordnung.»

«Kann ich diese Woche anfangen? Ich muss meine Mappe Anfang März einreichen.»

«Ich wüsste nicht, was dagegen spricht.»

«Großartig.»

«Aber jetzt sag mal, du hast doch nicht vor, meine Tochter mitzunehmen, wenn du nach Lóndon gehst, oder?»

Fionn sah mich an, dann wieder Dad.

«Denn sonst kannst du deine Bestatterserie vergessen.»

In dem Moment wollte ich an Ort und Stelle sterben. Und mich Mrs Swarbrigg anschließen, die in unserem Verabschiedungsraum lag und die mir vor nicht einmal einer Stunde erzählt hatte, dass sie wünschte, sie wäre ihrem Traum gefolgt und Tänzerin geworden und nicht einundfünfzig Jahre lang im familieneigenen Ausstattergeschäft geblieben, oben an der Mary Street.

«Nein. Daran haben wir noch nicht mal gedacht», protestierte Fionn, vielleicht ein bisschen entschiedener als unbedingt nötig, woraufhin ich mich fragte, ob er sich vorgestellt hatte, wie es wäre. Ich hatte schon davon geträumt. Sah uns durch die Straßen Londons gehen und in einer Wohnung mit hohen Decken leben, von der aus man direkt auf die Themse sah. Und Kinder, wir hätten Kinder, einen Jungen und ein Mädchen. Ich konnte sie ganz klar vor mir sehen, ihr schwarzes Lockenhaar und Fionns spektakuläre Augen. Ich liebte ihre schlagenden Herzen schon. Dinge, die, so oft, wie ich sie mir beim Einschlafen ausgemalt hatte, doch unmöglich schienen. Mein Leben war hier, ich musste tun, wofür ich geboren war.

«Na, dann ist ja alles gut.» Dad faltete seine Zeitung nun sauber zusammen.

«Es geht los, Roastbeef für alle.» Mum stellte den ersten Teller vor Dad. «Papiere, Bücher und Kameras weggelegt. Esst, solange es heiß ist», sagte sie, gefolgt von einem leiseren und enttäuschteren, «und verbrannt.»

Die Schwarz-Weiß-Fotos von seinem Projekt, das Fionn *Für die Toten sorgen* nannte, zeigten Dad, der vor einem leeren Sarg im Vorbereitungsraum mit Harry redete; Dad an seinem Schreibtisch, den Blick rechts neben das Bürofenster gerichtet – ganz Clark Gable, wie Mum sagte; Dad in der offenen Tür des Bestattungsunternehmens, wie er sehr ernst in die Kamera schaute; Mum, die an jenem Tag darauf bestanden hatte, dabei zu sein, mit einem Make-up-Pinsel eine Grundierung auftragend. Und ich, eine Aufnahme seitlich von unten, wie ich ein Laken ausschüttele, das wir für das Bedecken der Leichen benutzt hatten. Ich hatte das Knistern der Baumwolle noch in den Ohren, so wie er mich erwischte, das Laken noch in der Luft, aufgebläht in der Mitte, bevor es sich schließlich auf den Vorbereitungstisch senkte. Niall lehnte es ab, bei dem Projekt mitzumachen.

Die Fotos waren wunderschön und ernst und respektvoll. Mum und Dad erröteten, und ich strahlte an dem Tag, als Fionn uns an den Küchentisch bat, um uns die Abzüge zu zeigen. Mikey wurde auch gebeten dazuzukommen, war aber wieder einmal zu ehrlich, um Interesse zu heucheln, und setzte sich also bloß hin, um in einem Katalog von *Osman's* zu lesen.

«Die sind großartig, Fionn. Schlicht großartig», sagte Dad voller Bewunderung.

«Ich bin so froh, dass sie Ihnen gefallen. Ich habe das Gefühl, ich habe das Friedliche dieses Ortes eingefangen.»

«Nun, wir geben uns Bestes», zwitscherte Mum, während sie über Dads Schulter hinweg die Fotos betrachtete und Harry über das plötzliche Interesse ihrer Schwägerin an einem Geschäft schmunzelte, von dem sie sich sonst möglichst fernhielt. Ich konnte sehen, dass Fionn sich ein paar Grad auf dem «Wen Mum mag»-Barometer hatte hocharbeiten können, wenn auch nicht so weit wie Niall. Genau an dem Tag hatte sie gerade noch gesagt, dass Niall das gesündeste und dickste Haar hätte, dass sie je gesehen hatte, immer ein Pluspunkt bei Mum, obwohl es, über das hinaus, was ohnehin schon für ihn sprach, kaum mehr bedurft hätte.

«Können wir vielleicht ein paar Abzüge davon haben?», fragte Dad. «Wir bezahlen die natürlich. Ich denke, die wären großartig für die Website oder einen Prospekt.»

«Die müssen Sie nicht bezahlen; Sie waren so freundlich, sich von mir bei der Arbeit stören zu lassen.»

«Ich bestehe darauf.» Dad musterte Fionn über seine Brillengläser hinweg und machte klar, dass darüber mit ihm nicht zu streiten war.

«Okay, gut, wenn Sie mir sagen, welche Sie möchten, lasse ich sie anfertigen. Ich bitte Sie nur darum, bei denen, die Sie benutzen, mein Copyright zu vermerken.»

Diese Bilder blieben eine ganze Weile auf unserer Website und nahmen auch später noch gerahmt einen Ehrenplatz in Dads Büro ein. Das Foto, das ihn an seinem Schreibtisch zeigt, wurde sein Profilbild auf Facebook. Aber als Niall in späteren Jahren die Verantwortung für unsere Internetpräsenz übernahm, meinte er, sie wären veraltet, und beschloss, uns Mastersons durch Lilien und eine gekräuselte Wasseroberfläche zu repräsentieren.

«Du könntest wirklich mitkommen», sagte Fionn später zu mir an jenem Abend, nachdem alle anderen weg waren und wir die Reste der Fish and Chips wegräumten, die Dad besorgt hatte. «Nach London, meine ich.»

In den Monaten, in denen er seine Mappe fertiggestellt hatte, hatten wir nicht ein Mal darüber gesprochen; waren vielleicht beide zu ängstlich, was der andere wohl sagen würde, und doch stand das Thema zwischen uns wie ein Schlagloch.

«Oh», antwortete ich, als der Moment, von dem ich geträumt hatte, wahr wurde, und doch drehte sich mir vor Panik der Magen um.

«Schau mal, Jeanie.» Fionn klappte den Geschirrspüler zu und nahm mir das Mayonnaiseglas aus der Hand, um es auf den Küchentresen zu stellen, damit er meine Hand nehmen konnte. «Peanut und ich haben darüber gesprochen und fanden beide, dass es gut für dich sein könnte.»

«Ihr habt geredet?», fragte ich überrascht und zog langsam meine Hand weg, verletzt, dass ich zur gefährdeten Freundin geworden war, über die man heimlich Gespräche führte.

«Ich wollte ihr bloß auf den Zahn fühlen, was du sagen würdest, wenn ich dich frage.»

«*Ich* hätte dir genau sagen können, was *sie* sagen würde. Sie findet, dass ich gerettet werden muss.» Trauer überwältigte mich, und ich begriff, dass er vielleicht genauso dachte, nämlich dass ich in der Falle saß und er mich retten musste. Ich sackte auf einen Stuhl, meine schlaffen Hände im Schoß.

«Glaubst du das denn auch? Fragst du mich das deshalb? Ist das der Plan, den ihr ausgeheckt habt, um mich vor mir selbst zu retten?» Er kam und hockte sich vor mich hin, seine Hände griffen wieder nach meinen, und er sah ernst zu mir auf. «Weil», fuhr ich fort und kämpfte gegen die Tränen an, «nämlich niemand mich retten muss. Mir geht es hier sehr gut. Ich habe einen Job, den ich wirklich mag. Ich habe ein Leben. Du brauchst mich nicht in deins mit reinzupacken, als wäre ich ein Sozialfall.»

«Nein, nein, Jeanie ... du hast das komplett in den falschen Hals gekriegt. Du bist überhaupt nicht mein Sozialfall. Was du und ich haben, ist gut. Und wirklich, ich denke schon lange über uns und London nach.» Er zögerte einen Moment. «Ich denke, ich brauchte wohl nur ein bisschen Unterstützung, vielleicht auch einen Ratschlag, von der Person, die dich am besten kennt.» Er lächelte und versuchte, mir ebenfalls ein Lächeln zu entlocken. «Ich wollte einfach nur sichergehen, dass ich das nicht verbocke. Weil es hier um etwas Großes geht, weißt du. Bitte bestraf mich nicht dafür, dass ich versucht habe, es richtig zu machen.»

Ich sah ihn an, las seine Ernsthaftigkeit aus jeder Pore seines wunderschönen Gesichts und schmolz dahin, als nun dieser schiefe Schneidezahn auftauchte, weil er wieder lächelte.

Ich gab mit einem Nicken nach, zog die Oberlippe ein, konzentrierte mich auf unsere verschlungenen Hände, die immer noch auf meinen Knien lagen, war aber unfähig, etwas zu sagen, aus Angst, meine Stimme könnte brechen.

«Du weißt, dass Al und Jess mit mir kommen, ja? Wir ziehen als Familie um. Und also, ich ... ich hoffe, du hast nichts dagegen, aber ich habe sie gefragt, wie sie es fänden, wenn du mitkommst, und sie sagten Ja.» Er beugte sich noch näher zu mir vor. «Ich glaube wirklich, dass da noch etwas viel Größeres auf dich wartet, als diese Stadt hier zu bieten hat, Jeanie.»

«Was denn zum Beispiel?», krächzte ich voller Angst, weil ich wusste, wie sehr es Dad verletzen würde, wenn ich ging, und in Wahrheit auch, weil ich mich vielleicht verloren fühlen würde ohne Dad an meiner Seite. Vielleicht brauchte ich meine Familie und die Toten genauso sehr, wie sie mich brauchten, dachte ich.

«Ich rede hier von London, Jeanie, mit seinem Schwung, seiner Lebendigkeit und dem Gefühl, dass alles möglich ist, an jeder Straßenecke.»

Es war, als würde er sich gerade selbst beschreiben. Ich hatte ihn immer für eine leichte weiße Feder gehalten, die durch das graue Kilcross geweht wurde und sich weigerte, irgendwo zu landen. Die dahinhüpfte und in noch so winzigen Details Aufregendes entdecken konnte: in einem Unkraut, das durch die Risse in den Gehwegplatten auf der Mary Street emporwuchs, in der Rundung der Wange eines Passanten, im Lächeln der Tochter des Bestatters. Es machte mir Angst. Ich begriff, dass ich das Gefühl hatte, nie ganz seinen Erwartungen an mich gerecht werden zu können, und etwas in mir verschob sich, trübte jene Träume von einem Leben woanders.

«Ich kann nicht weg, Fionn, selbst wenn ich wollte», protestierte ich. «Da ist unser Geschäft.»

«Genau, das Geschäft, immer das Geschäft.»

«Sie brauchen mich. Dad verlässt sich auf mich. Er wartet schon so lange darauf, dass ich Vollzeit mit ihm zusammenarbeite. Und da sind die Toten, und wir beide zusammen werden noch viel mehr versorgen können. Und dann ist da noch Mikey.»

Er nickte nach dem Motto, hier haben wir sie ja wieder,

die alte Leier. «Aber sie können dich doch nicht physisch hier festhalten, Jeanie, die Lebenden oder die Toten, wenn du das nicht willst. Du hast die Kontrolle über dein eigenes Leben.»

Vielleicht hätte ich bloß diese Worte sagen sollen: «Ich habe zu viel Angst», und dann hätte ich es hinter mir gehabt. Und außerdem, ganz gleich, wie ich es auch betrachtete, ganz gleich, wie sehr ich mit der Last der Toten und der Familie zu kämpfen hatte, ich wusste, wer ich hier war und dass meine Gabe etwas bedeutete – mir, der Gemeinde und den Toten selbst. Hier in Kilcross, da war ich etwas Besonderes. Aber drüben in London würde all das wegfallen, und ich wäre ein Niemand, der im Schatten von jemandes anderen Karriere leben würde. Ich hatte zu viel Angst davor, das zu verlieren, was mich hier ausmachte. Aber dieser Mann, den ich liebte, bat mich inständig, es zu versuchen.

«Können wir das Thema einstweilen sein lassen?», fragte ich. In meinem Kopf rannte ich immer weiter fort von ihm, aber war unfähig, ihn zu enttäuschen, jetzt noch nicht.

«Okay, gut», seufzte er und gewährte mir widerstrebend einen Aufschub. «Aber denk darüber nach.»

«Als hätte ich das nicht jede Minute getan, seit ich dich kennengelernt habe.» Diese geflüsterten Worte schlüpften mir ebenso schnell aus dem Mund, wie ich mich in ihn verliebt hatte.

«Warum dann nicht? Warum machst du es dann nicht einfach?» Sein Enthusiasmus flammte wieder auf, und jetzt sank er auch noch vor mir auf die Knie.

«Weil ich nicht du bin», rief ich aus. «Für mich ist nicht alles schwarz oder weiß, weißt du.» Und da brach ich schließlich doch noch in Tränen aus.

«Nein, nein, nein», sagte er sanft, kam hoch, um mich in die Arme zu nehmen und mich zu wiegen. «So sollte das wirklich nicht laufen. Schau, es tut mir leid. Wir lassen das Thema einstweilen. Es ist ja noch genug Zeit, okay?»

Ich nickte an seiner Brust, hatte den Kopf an sein Herz gelegt, das ich mit jedem kurzen, keuchenden Atemzug liebte.

KAPITEL 15

Ich habe nie Nein zu Fionn gesagt. Ich konnte die Vorstellung nicht ertragen, hören zu müssen, wie dieses Wort aus meinem Mund kommt. Aber nachdem er mich das erste Mal gefragt hatte, brachte er alle paar Wochen das Gespräch wieder darauf, und meine Antwort war immer dieselbe: dass ich noch darüber nachdenken müsse. Ich dachte den ganzen Juni darüber nach, während unserer Abiturprüfungen, bei denen wir, hundert Schülerinnen und Schüler, in Reihen von jeweils zehn in der Turnhalle saßen, die Köpfe in angespanntem, fleißigem Schweigen gesenkt. Und den ganzen erhabenen Juli über, in dem wir unsere Freiheit feierten und im Lough Saor schwammen. Und im August, während ich ihm dabei zusah, wie er seine Sachen packte und mir Seitenblicke zuwarf und sich wohl fragte, ob ich überhaupt je etwas sagen würde.

Harry fand mich eines Samstagnachmittags allein im Verabschiedungsraum sitzend vor. Zu dem Zeitpunkt lag dort kein Klient aufgebahrt, nur ich saß da und dachte nach und versuchte, Klarheit darüber zu gewinnen, was ich denn nun tun sollte.

«Alles in Ordnung, Jeanie?», fragte sie und setzte sich neben mich.

«Oh, ja, natürlich.» Ich versuchte, harmlos zu lächeln. «Brauchst du mich bei irgendwas?» Ich wollte schon aufstehen, aber sie hielt mich zurück.

«Dich bedrückt doch etwas. Kannst du darüber reden, oder ...?»

Ich fragte mich, warum ich nicht schon viel früher an sie gedacht hatte, an diese Frau, der ich blind vertraute. «Es geht um Fionn», sagte ich leise und vertraute ihr schließlich an, was mich belastete. «Er hat mich gebeten, mit ihm nach London zu gehen.»

«Oh, ich verstehe.» Ihre Augen weiteten sich. «Und ... was hast du gesagt?»

«Nichts.» Meine Stirn legte sich in Falten. «Ich liebe ihn, das tue ich wirklich, aber ich habe Angst.»

«Oh, Jeanie, du armes Ding.» Sie rieb mir den Arm. «Wissen deine Mum und dein Dad davon?»

«Nein! Und bitte sag ihnen nichts.»

«Okay. Ist schon okay.» Sie machte eine beschwichtigende Geste, versuchte, mich zu beruhigen. «In deinem Alter wollte ich übrigens selbst nach London gehen.»

«Wirklich?», fragte ich verblüfft.

«Ich bin dann aber doch nicht gegangen.» Ich sah, wie es auf ihrem Gesicht zuckte, bevor sie es abwandte.

«Warum nicht?»

«Dieser Ort hier.» Sie blickte auf die Wände des Verabschiedungsraums, als hätten sie ihre steinernen Hände ausgestreckt und sie all die Jahre über hier festgehalten. «Ich war in solch einem Dilemma, wartete immer darauf, dass ich eines Tages aufwache und hundertprozentig sicher weiß, London oder hierbleiben, hierbleiben oder London. Dass die Antwort einfach vor mir stünde, klar und eindeutig.»

«Bei mir ist es genauso.» Ich konnte kaum glauben, dass ich jemanden gefunden hatte, der verstand, wie es mir ging. Doch gleich darauf war ich wieder genauso mutlos wie zuvor. «Aber ich muss ihm bald Bescheid sagen.»

«Ach, Mäuschen.» Sie nahm mich in den Arm, und meine Augen füllten sich mit Tränen. «Du wirst deinen Weg finden. Etwas wird passieren, das dir die Richtung weist, das verspreche ich dir.»

«War das bei dir denn auch so?», fragte ich und entzog mich ihr, damit ich ihr in die Augen schauen konnte.

«Also, ja, ich glaube, so war das. Je länger ich so unsicher war, desto mehr kam es mir so vor, als sollte ich wirklich nicht gehen, sonst hätte ich es doch gewusst, oder?, sagte ich mir immer wieder. Also bin ich geblieben. Ich bin froh, dass ich so entschieden habe. Hier ist es gar nicht so schlecht.» Sie blinzelte zögerlich und machte den Eindruck, dass es zu dem Thema noch viel mehr zu sagen gäbe, sie es aber nicht wagte. Beinahe panisch griff sie nach meiner Hand. «Wir würden dich sehr vermissen, wenn du gehst.»

«Ich weiß», flüsterte ich, als ich ihr in ihre traurigen, sorgenvollen, beredten Augen sah.

Schnell stand sie auf, schüttelte ab, was immer sie belastet hatte. «Ignorier mich einfach, Jeanie», verkündete sie. «Du brauchst eine Pro-und-kontra-Liste. Ich bin für heute hier durch, also wie wär's, wenn ich dich in *Kate's Kitchen* einlade, wir das Kalorienreichste auf der ganzen Speisekarte bestellen und genau das machen?»

«Okay», ich lächelte erleichtert und ermutigt.

Die Liste vermittelte mir nichts, was ich nicht schon gewusst hätte, doch immerhin fühlte ich mich nicht mehr so allein.

Am Ende war es Mikey, der mich rettete. Ein Jahr zuvor, als Mikey neunzehn geworden war, hatte Arthur ihm einen Job besorgt. Zu jedermanns Freude und Mikeys Beklommenheit hatte Arthur ein Wort bei Brian Fitzgerald von *Fitzer's Pub* eingelegt und ihn davon überzeugt, dass er für tagsüber einen Barkeeper brauchte. Wie sich herausstellte, liebte Mikey die Arbeit, besonders die Annahme der Lieferungen und das Austauschen der Fässer. Er genoss es, den Keller sauber und ordentlich zu halten. Ein ganzes Jahr lang umwehte ihn eine Aura des Stolzes, besonders erkennbar daran, wie er jeden Schritt voller Selbstbewusstsein vor den anderen setzte, wenn er fünf Tage die Woche in den Pub ging, jetzt, wo er seinen festen Platz in der Welt gefunden hatte, etwas, das er nie für möglich gehalten hätte.

Aber ein Jahr danach, Ende August, ging alles in die Brüche. Mehr als einmal hatte Geld in der Kasse gefehlt, und obwohl Arthur argumentiert hatte, dass Mikey genauso wenig zu so etwas in der Lage wäre wie Brian selbst, war Mikey entlassen worden. Es war eine Zeit größten Kummers bei uns zu Hause, schweigender Abendessen und verschlossener Schuppentüren und endloser Besuche von Arthur. Aber nichts, weder Dads aufmunternde Worte noch Mums flammende Reden über Ungerechtigkeiten und Vergeltung noch Arthurs moderatere Versprechungen, Brian zur Vernunft zu bringen, konnten die Kränkung mildern, die mein Bruder erlitten hatte. Ich war die Einzige, die Mikey zu sich ließ, sodass ich Abend für Abend neben ihm saß und endlose Kriegsdokus anschaute, während mir das Herz wehtat, wenn ich sah, wie traurig er darüber war, seinen Daseinszweck verloren zu haben. Einmal griff er sogar nach meinem Ärmelsaum, wie er es sonst nur getan hatte, als er klein gewesen war, und das Einzige, was ich tun konnte, war, nicht zu weinen. Ich konnte ihn einfach nicht alleinlassen. Selbst wenn meine Gabe in dem Moment beschlossen hätte, mich von jetzt auf gleich zu verlassen, und Dad von mir verlangt hätte, meine Sachen für London zu packen, wäre ich nicht gefahren.

Fionn hörte schließlich auf, mich zu fragen. Peanut hörte auf, mich zu beschwatzen, niemand fragte mich je wieder, ob ich Kilcross verlassen würde. Aber immer noch, in der hintersten Ecke meiner Seele, fragte ich mich, ob ich nicht etwas Großartiges an mir vorüberziehen ließ.

Anfang Dezember hielt ich meinen Hoodie fest um meine Hüfte geschlungen, während sich Fionn auf den Rücksitz des Wagens seiner Eltern setzte, um für immer fortzufahren. Ich hatte ihm gesagt, dass ich nachkommen würde. Nicht jetzt, nicht, wo Mikey unbedingt Sicherheit brauchte. Aber in sechs Monaten, höchstens in einem Jahr. Und außerdem bräuchten er und seine Eltern erst mal Raum für sich allein, um sich in ihrem neuen Leben in Kennington einzugewöhnen, sagte ich. Und er käme doch hin und wieder vorbei, oder? Sie wollten das Haus nicht verkaufen, sondern es an Feriengäste vermieten, hatten sie beschlossen, sodass sie sicher immer mal wieder zurückkämen. Und ich würde ihn ohnehin bald besuchen.

Und das tat ich. Viele Male.

Bei meinem ersten Besuch gingen wir fast die ganze Themse entlang, so kam es mir jedenfalls vor, an der South Bank entlang und an *Shakespeare's Globe* vorbei, wobei es mich nicht scherte, dass ich am linken Fuß eine Blase hatte. Ich hielt seine Hand, während er erzählte und lachte und dann einfach so mitten auf dem Bürgersteig stehen blieb, bloß um mich zu küssen, während Passanten um uns herumgehen mussten. Und dann kam bald danach der Besuch, wo wir uns auf dem Teppich im Wohnzimmer ihres Apartments in Kennington liebten, sobald seine Eltern aus der Tür waren. Drei Monate später, als er mich mit zu einer Ausstellung in seinem College nahm, bei der er mithelfen musste, saß ich auf einem Gesteinsbrocken, den ich für einen Sitzplatz hielt, der sich dann aber als ein Teil der Ausstellung herausstellte, während Fionn alle fünf Minuten an mir vorbeikam und mir zuzwinkerte. Ich hatte zwei Stunden allein an die Wand gelehnt dagestanden und lauwarmen Weißwein getrunken, bis er wieder mit mir nach Hause fuhr, wo er in voller Kleidung auf seinem Bett einschlief. Und einen Monat danach, als wir uns mit seinen neuen Freunden trafen, Marko und Ellie und Tyrone, und sie sich völlig betranken, schlüpfte ich hinaus und überließ sie ihren Gesprächen über Leute, die ich nicht kannte, um Peanut anzurufen, die jetzt, glücklich mit ihrem Leben als Veterinärstudentin, auf dem Campus in Dublin wohnte.

«Ist es immer noch Liebe?», fragte sie, während sich hinter ihr eine Tür schloss und das Stimmengewirr abbrach.

«Natürlich.»

«Warum rufst du mich dann Samstagabend um elf Uhr an, noch dazu, wo das so irrsinnig teuer ist?»

«Weil ich dich vermisse?»

«Genau, sicher, du hast mich ja erst letztes Wochenende gesehen, als ich zu Hause war. Wo bist du?»

«Irgend so ein Pub, der heißt *The Dog and ...* irgendwas, mit seinen Collegekumpeln.»

«Duck. Ich wette, der heißt *The Dog and Duck*. Hört sich sehr englisch an.»

«Er ist so glücklich, Pea.»

«Das ist doch gut, oder?»

«Aber er ist glücklich *hier*, in dieser Welt, wo ich nicht bin.»

«Wie sind denn seine Freunde?»

«Wirklich nett.»

«Aaaaber?»

«Das hört sich bestimmt blöd an, aber er hat den ganzen Abend lang nicht meine Hand genommen. Irgendwann greift er immer unter dem Tisch nach meiner Hand, aber heute Abend nicht.» Ich kam mir schlecht dabei vor, als ich das sagte, unfair, auch nur anzunehmen, dass seine Freunde mich in seinem Herzen ersetzt haben konnten, und doch wollte ich es jemandem anvertrauen, um es herauszulassen, und vielleicht auch, damit sie mir sagte, dass ich wieder meinen Grips einschalten solle.

«Ist das nicht typisch für eine junge Liebe, die allmählich erwachsen wird? Das heißt doch nicht, dass er dich nicht mehr liebt.»

«Nein. Das weiß ich. Aber ich habe das Gefühl, ich bin nicht mehr der Mittelpunkt seiner Welt. Das ist jetzt dieser Ort hier.» Das Gefühl hatte mich schon seit einigen Wochen gequält. Ich wusste, dass das unvermeidlich war, diese Ablenkung von unserer reinen Zweierbeziehung.

«Er muss sich sein Leben dort neu aufbauen, Jeanie, und das ist Arbeit. Außerdem bleibt die Liebe nicht ewig so obsessiv; sie verändert sich, aber das heißt doch nicht automatisch, zum Schlechteren.»

«Du klingst wie eine sehr weltgewandte Frau, Pea.»

«Na ja, eine Beziehung mit einem narzisstischen Mann hilft da schon.»

«Wie geht's Rob?»

«Er ist so verliebt in sich selbst wie immer, doch ich kann dem Mann weiterhin einfach nicht widerstehen.» Rob war ein Arschloch aus Kildare, das unbedingt den Akzent eines Dubliner Nobelviertels pflegen musste. Pea wusste, dass er ein Idiot war, und doch schien sie unfähig, sich von ihm zu trennen, sooft wir das auch schon diskutiert hatten. «Hör mal, Jeanie, dieses Arrangement zwischen dir und Fionn, dass das nicht leicht werden würde, war doch klar, oder? So getrennt zu leben. Du kannst nicht erwarten, dass ihr jedes

Mal, wenn ihr euch seht, völlig synchron seid. Das sind zu hohe Erwartungen an ihn *und* an dich.»

«Ich weiß, aber ich habe nicht erwartet, dass es *so* schwer wird.»

«Oh, Jeanie, ich wünschte, ich könnte dich in den Arm nehmen. Es wird schon alles gut werden. Denk einfach nicht zu viel darüber nach. Geh wieder rein und bestell dir einen Cocktail oder so und nimm *selbst* seine Hand und warte nicht darauf, dass er es tut. Er ist ein guter Typ, Jeanie. Versuch einfach, dich zu entspannen, und lass dich darauf ein. In Ordnung?»

«Okay. Du hast recht.»

«Gut. Und falls dich die Toten nächstes Wochenende entbehren können, kommst du nach Dublin?»

«Sicher.»

«Okay. Ich denke, ich sollte wieder zurück zu seiner Lordschaft. Aber bist du sicher, dass du klarkommst, Jeanie?»

«Absolut», log ich und versuchte, mich genau wie sie davon zu überzeugen, dass es die Wahrheit war. «Und danke, Pea. Und Rob alles Liebe.»

«Nein, das sage ich ihm lieber nicht, sonst denkt er wirklich, du *liebst* ihn. Geh und sei glücklich.»

Zu meiner Freude sah Fionn, als ich wieder reinging, erleichtert aus, als hätte er mich seit Stunden vermisst, und nahm sofort meine Hand und küsste mich auf die Wange. Und doch wusste ich, dass die Fahrerei und die Unterbrechungen in unseren jeweiligen Leben alles nicht leichter machten und dass irgendetwas an irgendeiner Stelle nachlassen würde.

Eine Woche später, als hätte er meine Gedanken gelesen, rief er mich an, um mir zu sagen, dass er nicht in drei Wochen, wie wir ursprünglich vereinbart hatten, nach Hause käme. Dass er darüber nachgedacht hätte und dass es für uns beide einfach nicht richtig wäre, diese ständige Anstrengung, und dass wir es vielleicht einstweilen sein lassen und uns eine Pause gönnen und unsere Leben sich neu ordnen lassen sollten. Es sei denn, ich hätte es mir vielleicht doch anders überlegt und zöge zu ihm?

«Nein, das habe ich auch nicht erwartet», antwortete er auf mein panisches Schweigen, das wiedergekehrt war, so mächtig wie eh und je. «Also, was denkst du? Sollen wir für den Moment eine Pause einlegen?»

«Klar», stimmte ich zu, dankbar, dass er gerade nicht vor mir stand und sehen konnte, wie am Boden zerstört ich war. «Ich verstehe das.»

«Dann war es das also?», sagte er, und seine Selbstsicherheit war plötzlich verflogen, während sich unser Telefonat unaufhaltsam seinem Ende näherte.

«Ich denke, ja?», antwortete ich und bot ihm noch mal mein ganz eigenes Fragezeichen an.

Anschließend musste meine Familie wochenlanges Schweigen und Tränen ertragen. Dad redete ganz allein mit den Toten, statt die Last mit mir teilen zu können; Harry umarmte mich jedes Mal, wenn ich hereinkam, um mich im Lotussitz auf den Stuhl mit den Kleidern für den jeweiligen Toten zu setzen. Mum gab Ruth ein paar Stunden frei, damit sie mir die Haare machen konnte. Und Mikey klopfte an meine Zimmertür, etwas, das so selten geschah, dass ich ihn reinließ, damit er sich neben mich setzen und in völligem Schweigen eine seiner neuesten Zeitschriften lesen konnte.

Und dann war da noch Niall, der mir, die im Pyjama am Küchentisch saß, einen Tee nach dem anderen kochte und das schreckliche Loch meiner Trauer mit Geschichten füllte, die er von den anderen Thanatopraxie-Lehrlingen aus seinem Diplomkurs in Dublin gehört hatte. Etwa die von der rätselhaften Whiskeyflasche, die jedes Jahr an seinem Geburtstag auf dem Grab eines Mannes hinterlassen wurde und die seine Frau sich absolut nicht erklären konnte, wobei sie die Flasche aber jedes Mal für den Weihnachtskuchen mit nach Hause nahm. Und die fünfzig Briefe, die sich in den Taschen der Strickjacke einer Frau gefunden hatten, die seit deren Tod jede Woche an ihre Zwillingsschwester geschrieben hatte. Und das Baby, das so klein gewesen war, dass eigens ein Spezialsarg angefertigt werden musste, der, die Mutter bestand darauf, gelb zu sein hatte.

Alle ertrugen sie mein Stöhnen, meine Tränen, mein Stirnrunzeln, bis es eines Freitagabends, einen Monat nach Fionns Anruf, an der Haustür klingelte. Und dann kamen eilige Schritte die Treppe herauf, Harry klopfte an meine Zimmertür und sagte mir, ich solle mich anziehen. Unten erblickte ich Fionn, der nervös in unserem Flur auf und ab ging, bis ich vor ihm stand, völlig verwirrt, und er mein Gesicht zwischen seine Hände nahm und mich so innig küsste, dass Harry in die Küche floh und die Tür hinter sich zuzog. Er sagte nichts, nahm bloß meine Hand und rief ein Taxi, das uns zu ihrem Haus brachte, das Al und Jess nicht verkauft hatten und auch nicht verkaufen sollten, ließ seinen beinahe leeren Rucksack auf den Boden fallen und zog mich zu seinem Bett.

«Ich weiß nicht, was ich mir dabei gedacht habe», sagte er, als wir hinterher beide keuchend dalagen. «Das Ganze kam mir einfach sinnlos vor, ich war so dermaßen am Boden, dass ich dachte, es gäbe keinen anderen Ausweg, als es zu beenden. Aber wir schaffen das, Jeanie, oder?»

«Ja», hatte ich gesagt, hielt den Blick auf diese kristallklaren Augen gerichtet und glaubte an diese Version unserer Zukunft.

Wir hielten uns die restliche Nacht und den nächsten Tag in den Armen und wollten nicht zugeben, dass wir uns selbst belogen, dass sich bereits gezeigt hatte, wie schwierig und herzzerreißend es war, die Beziehung so weiterzuführen. Was wir tatsächlich in diesen kostbaren Stunden taten, war, uns zu verabschieden, uns gegenseitig freizulassen, damit wir unser Leben unbelastet von dieser Liebe weiterführen konnten.

Und doch waren wir echte Süchtige, kamen in den folgenden Jahren immer wieder auf uns zurück und schlüpften einander in die Arme, ganz gleich, mit wem wir gerade zusammen waren. Bei ihm war es Sophie gewesen, oder doch Amber? Bei mir waren es Aaron und Paul, den ich in einem ziemlichen Alkoholdunst kennengelernt und gemocht hatte und sogar wiedertraf, wenn ich nicht alkoholisiert war – Beziehungen, die mir die Zeit vertrieben, aber nie an die Wucht und die Leuchtkraft dessen heranreichen konnten, was zwischen Fionn und mir gewesen war.

Unsere Sucht wütete in uns, bis ich eines Tages, ich war zweiundzwanzig, nach London fuhr, um ihn zu überraschen. Ich bog in der Methley Street gerade um die Ecke, eine Flasche zollfreien Champagners in meiner Tasche, und blieb abrupt stehen, als ich erkannte, dass er eben eine andere Frau auf seiner Türschwelle küsste. Sie war wunderschön. Schwarz und geschmeidig und absolut bezaubernd. Ich sah, wie er sie umarmt hielt, während sie versuchte, sich ihm zu entwinden und zu gehen. Seine Hand legte sich sanft um ihren Hals, und er zog sie mit dieser Gier an sich, die ich so gut kannte und die mich an unseren ersten Kuss erinnerte. Und da standen sie nun eng umschlungen auf der Türschwelle, bis sie schließlich nachgab und wieder eintrat und die Tür sich hinter ihnen schloss. Mir drehte sich der Magen um, mein Herz zog sich zusammen, damit ich nicht den Schmerz über das fühlen musste, was ich da erkannt hatte: Liebe.

Ich rannte weg.

Laut weinend, mich nicht darum scherend, was andere dachten, bis ich an einer Mauer heruntersank und da hocken blieb, wo meine verschleierten Augen Pisseflecken und breit getretenen Kaugummi sahen. Ich blickte zu der von Menschen wimmelnden Stadt hoch, mit ihren roten Bussen und Hochhäusern und Rufen und Hupen und Musik, und diesmal war ich froh, dass ich nicht hierhergezogen war. Ich wollte nur noch nach Hause: nach Kilcross und zu den Toten.

Hiermit war ich durch, dachte ich. Fionn Cassin und ich, das war Geschichte.

KAPITEL 16

Nach Tinys Geständnis über Arthur ging ich ein Stück, ließ mich ordentlich durchpusten und hoffte, dadurch den pochenden Schmerz in meinem Kopf loszuwerden. Ich lief am *SuperValu* vorbei, wo die Kunden, die nach der Arbeit noch Einkäufe machten, ein und aus gingen, und hielt den Kopf gesenkt, um nicht mit irgendjemanden Blicke tauschen zu müssen. Ich kam an Pubs vorbei, aus denen Musik drang, an lange schon geschlossenen Läden, Schulen, die im Dunkel lagen. Ich eilte über Kanalbrücken. Ich ging, ohne aufzublicken, über die Straße, umrundete Autos, die auf dem Gehweg standen, schob mich an Leuten vorbei, die im Weg standen, und Fahrrädern, die an Straßenlaternen gekettet waren, bis ich sie alle hinter mir gelassen hatte und ganz allein war.

Aber es wollte sich keine Ruhe einstellen, Bilder von all den Dingen, die ich nicht geregelt bekam, auf die ich keine Antworten hatte, flackerten auf, kamen mir in den Kopf und verschwanden wieder. Je schneller ich ging, in desto schnellerer Abfolge tauchten sie auf. Bis ich schließlich vor der niedrigen Mauer des Denkmals stehen blieb, das sie vor drei Jahren in Erinnerung an den Aufstand von 1916 aufgestellt hatten. Da stand ich nun, schwer atmend, und las die Namen auf dem Granitblock: Dan O'Loughlin, Patsy O'Loughlin, Cáit McNamara, Eamonn Kelly; zwölf insgesamt, die dem Ruf zu den Waffen nach Dublin gefolgt und dort gestorben waren. Und wer hatte mit ihnen gesprochen, fragte ich mich, als sie sterbend auf der Straße lagen oder hinter den Barrikaden im Postamt, wo der Aufstand begonnen hatte? Wer hatte sich angehört, was sie den Menschen, die sie liebten, noch mitteilen wollten? Sie hatten niemanden gehabt, und die Welt war unnachgiebig. Man lebte, man starb. Dass diese Menschen keine Jeanie Masterson an ihrer Seite gehabt hatten, die ihr letztes Flüstern hörte, machte allerdings keinen großen Unterschied für sie an dem Tag, an dem sie auf der O'Connell Street verbluteten, oder?

Ich sah auf und beobachtete die Stare, die von einer Seite des Abendhimmels auf die andere schwärmten, von unsichtbaren Winden hin und her getrieben. Ich konnte wie Mum und Dad abreisen und alles einfach vergessen. Niall und ich konnten endlich das Haus am Meer kaufen, wie er es sich wünschte, und uns einen Hund anschaffen und die Toten vergessen und vielleicht sogar, ja vielleicht sogar an Kinder denken.

Ich rief Peanut an, die beim zweiten Klingeln abnahm.

«Ich habe gerade an dich gedacht.»

«Störe ich?»

«Nein. Die Kinder sind im Bett. Anders schläft auf der Couch, und ich sitze hier neben ihm und versuche, mich an den Namen von dem Jungen zu erinnern, der in Englisch immer hinter uns saß. Rote Haare.»

Nachdem Peanut ihren Abschluss gemacht hatte, war sie nach London gezogen, um in einer Tierarztpraxis zu arbeiten, die einem gut aussehenden, wohlhabenden Norweger namens Anders gehörte. Prompt verliebten sie sich, und Narzisst Rob verschwand schließlich doch noch in jenem Areal unseres Gehirns, in dem wir unsere peinlichen Erinnerungen verstauen. Nicht lange danach, mit fünfundzwanzig, stellte Peanut fest, dass sie schwanger war, mit Zwillingen,

Oskar und Elsa, und sie zogen nach Oslo, um sie dort auf-
zuziehen.

«Liam Conway?»

«Ja, genau der. Fährt er Ski?»

«Keine Ahnung, aber ich kann ihn das nächste Mal fragen,
wenn ich ihn im *Casey's* sehe, wo er seinen Bierbauch auf den
Tresen stemmt und sein siebtes Pint runterschüttet.»

«Ah, dann wohnt er immer noch dort. Es ist nur so, dass
ich heute Morgen Anders beim Skilaufen zugesehen habe,
und ich schwöre, da war dieser Mann auf der Piste, der Liam
wie aus dem Gesicht gegriffen war.»

«Geschnitten.»

«Was?»

«Geschnitten, nicht gegriffen.»

«Oh. Aber schade, dass es nicht er war; es war irgendwie
schön, jemanden hier zu sehen, den ich mal kannte.»

«Liam war ein Idiot, Pea. Weißt du nicht mehr, dass er uns
immer unsere Bücher aus der Hand geschlagen hat, wenn wir
an ihm vorbeigegangen sind?»

«Ah, ja, der war das. Ist es nicht seltsam, woran sich der
Verstand erinnert und woran nicht? Also, was gibt's Neues?»

«Oh, eigentlich nichts. Nur dass bei mir alles auseinander-
fällt. Mum und Dad hören auf und ziehen weg. Niall will
jetzt einen Hund und auch Kinder. Und ich weiß gerade einfach nicht mehr, warum ich diesen Job mache. Kurz gesagt:
nichts als Chaos und Ärger.»

In den nächsten Minuten brachte ich sie auf den neuesten
Stand, während Anders neben ihr so laut schnarchte, dass
sie ins Schlafzimmer umziehen musste, um mich richtig verstehen zu können.

«Hunde sind wirklich sehr gut zu haben, Jeanie. Das
könnte tatsächlich helfen.»

«Echt jetzt, das ist deine Antwort, kauf dir einen Hund?»

«Denkst du denn ernsthaft darüber nach, alles hinzuschmeißen? Ich meine, nach all den Jahren?»

«Manchmal ist es so schwer, und ich frage mich, spielt es wirklich eine Rolle, ob ich die Toten höre oder nicht? Ist es wirklich wichtig, dass jemand erfährt, dass sein Vater nicht sein richtiger Vater ist? Ich meine, welchen Sinn soll das haben?»

«Ich verstehe nicht, wovon du sprichst, Jeanie, aber ja, ich denke, jeder möchte wissen, ob sein Vater vielleicht nicht sein richtiger Vater ist. Oh, warte, bleib dran, das könnte Oskar sein – aus irgendeinem Grund schläft er neuerdings nicht gut. Er hat dauernd Albträume. Warte einen Moment.» Ich lauschte auf das Rascheln ihrer Bewegungen, dann herrschte Stille, und dann wieder Rascheln, als sie zurückkehrte. «Nein, alles in Ordnung. Aber, Jeanie, ich habe dich noch nie so reden gehört.»

«Ich weiß, es fühlt sich gerade alles so konfus an. Als hätte ich völlig die Kontrolle verloren.»

«Jetzt mache ich mir aber wirklich Sorgen. Du lädst dir zu viel auf, oder? Ich meine, denk an das kleine Mädchen, wie hieß sie noch? Anne oder...»

Ich brauchte keinen weiteren Hinweis, um mich an Anna-Lisa McGarry zu erinnern, zwölf Jahre alt, vergraben auf einem Feld knapp einen Kilometer von dort entfernt, wo ich gerade an der kalten Mauer lehnte. Ich antwortete nicht, aber ich spürte sofort das vertraute Brennen in meinen Augen.

«Oh Mist», sagte Pea. «Das ist wirklich Oskar jetzt. Ich muss aufhören. Tut mir sehr leid, Jeanie.»

«Kein Problem. Geh schon. Gib ihm einen Kuss von mir.»

«Entschuldige. Ich ruf dich wieder an, okay?»

«Okay.»

«Tschüs. Ich hab dich lieb.»

Ich hob die Hand an die Augen, als könnte ich so die Tränen aufhalten, die immer flossen, wenn ich an Anna-Lisa dachte. Diesmal waren es nicht viele, aber genug, um mich daran zu erinnern, dass für Menschen wie sie meine Anwesenheit und was ich tat, einen ganz erheblichen Sinn hatte.

Dads eherner Grundsatz lautete: Wann immer die Polizei oder jemand anderes vorbeikam, um bei der Suche nach vermissten Personen unsere besondere Hilfe zu erbitten, lehnten wir höflich ab. Dafür waren wir nun mal nicht da. Es war schon ermüdend genug, mit den Toten, die vor uns lagen, umgehen zu müssen, wir wollten nicht auch noch am Kanal entlang oder durch die Wälder hasten, in der Hoffnung, sie rufen zu hören. Und außerdem, sagte er, brauchten wir wirklich nicht noch mehr Beachtung durch die Medien. Wir hatten über die Jahre hinreichend Schlagzeilen in den Lokalblättern gehabt und ein oder zwei in den nationalen Medien – meistens gute, muss man sagen –, aber dennoch, Dad hätte es vorgezogen, wenn man uns einfach nur das hätte tun lassen, wozu wir da waren, und wir nicht auch noch nach irgendjemandes Pfeife tanzen mussten.

Aber eines Abends kam Keith Hanley zu uns. Keith war in der Schule ein Jahr unter mir gewesen. Er war einer von den Guten. Hauptsächlich, weil er mich nie runtergemacht hatte, mich nie Bestatternatter genannt hatte oder so. Wenn jemand sich dafür entschied, nicht mit den Wölfen zu heulen, dann merkte man sich das. Man dachte, da ist auch mal jemand anständig, jemand, dem man eines Tages, wenn er je darum bitten würde, sogar einen Gefallen tun würde.

Das Ganze war jetzt drei Jahre her. Niall und ich waren zu unserem Einjährigen für eine Nacht weggefahren, und ich war in jenem angenehmen Rausch, der manchmal mit dem Verreisen einhergeht. Wir waren nach Westen ans Meer gefahren, immer Nialls erste Wahl, wegen der Weite, der wilden Landschaft. Er stand schon eine Weile länger am Ufer, als meine Geduld vertrug, und starrte auf den Horizont. Ich trat zu ihm und wollte ihm eigentlich sagen, dass er sich beeilen solle, wir müssten jetzt heimfahren, aber stattdessen lächelte ich, stolz darauf, dass dieser kräftige, hochgewachsene Mann mit seinem kurz geschnittenen Haar und seinem gestutzten Bart meiner war.

«Komm schon», hatte ich gerufen, nachdem ich eine Weile dieses Gefühl genossen hatte, «oder ich kann für das, was ich dir versprochen habe, nicht mehr garantieren.»

Daraufhin war er hinter mir hergerannt. Er hatte mich um die Taille gefasst und mich intensiv geküsst und mich so sehr gekitzelt, dass ich tatsächlich in den Sand gefallen war. Er zog mich wieder hoch, zog mich an sich für einen letzten Kuss, bevor er seine Hand in meine Gesäßtasche schob und wir weitergingen.

Ich hörte das Klingeln an der Eingangstür. Niall war damals immer noch etwas zurückhaltend, wenn es darum ging, an die Tür zu gehen. Er wohnte erst seit einem Jahr bei uns und war stets bemüht, nur ja nicht irgendwelche Grenzen zu überschreiten. Ich habe ihm nie meine Anerkennung dafür ausgesprochen, wie schwierig es für ihn gewesen sein muss, als neues Mitglied ins Haus einer Familie einzuziehen, deren Alltag und Regeln längst feststanden. Ich weiß gar nicht genau, wie lange es gedauert hat, bis er schließlich das Gefühl hatte, an die Tür gehen zu können. Er weiß es vielleicht selbst nicht mehr. Aber ich wette, er kann sich sehr gut an diese Phase erinnern, in der er noch am Rand dieses neuen Lebens verharrte, immer noch nicht ganz dazugehörte.

«Jeanie, wie sie leibt und lebt.» Keith blickte mir entgegen, als ich die Tür öffnete. Nach der Schule war er zur Polizei gegangen. Seit seinem Abschluss war er in Dublin stationiert gewesen, aber im letzten Jahr hatte er sich wieder nach Hause versetzen lassen können. Er sah in seiner Uniform immer noch wie dreizehn aus, obwohl er achtundzwanzig war, mit diesem Lächeln, das nie altern würde. «Kann ich dich mal sprechen?»

Ich nahm ihn mit in die Küche, bot ihm einen Stuhl an. Eine Tasse Tee lehnte er ab und widerstand auch Arthurs Twix-Riegeln.

«Hör mal, ich weiß, dass dies nicht das Übliche ist, und ich würde auch nicht bitten, wenn ich nicht eine bestimmte Ahnung hätte.» Er unterbrach sich und sah mich ernst an, fragte sich wohl, ob ich vielleicht von vornherein Einspruch erheben würde, aber als ich das nicht tat, fuhr er fort. «Ein Mädchen wird vermisst.»

«Ah, Keith ...»

«Nein, nein, warte, Jeanie, hör mir erst mal zu. Niemand weiß, dass ich hier bin. Dies ist keine offizielle Anfrage. Es ist nur so, dass sie erst zwölf Jahre alt ist und niemanden hat. Du solltest sie mal sehen. Nur Haut und Knochen. Geht jeden Tag zur Schule, weil sie es einfach liebt. Aber im Laufe der Jahre gab es dauernd blaue Flecken, Brüche und alles Mögliche. Und ich beobachte dieses üble Arschloch seit, keine Ahnung, einem Jahr oder so, und ich glaube, er hat ihr etwas angetan.»

«Wer?»

«Der Vater. Ein schäbiger Säufer. Aber nicht so betrunken, dass er nicht genau wüsste, was er zu tun hat. Er ist ein cleverer Typ. Weiß genau, was er sagen muss und zu wem. Wie auch immer, ihre Tante Kay, die Schwester der Mutter, der toten Mutter», er sah mir in die Augen, um die Tragik zu unterstreichen, «kam auf die Wache, um zu melden, dass das Mädchen vermisst wird. Jetzt sind Polizisten bei denen zu Hause und befragen den Vater.»

«Schau, Keith, ich würde gern helfen, aber ich …»

«Nein, hör mir zu, sie läuft weg von ihm, wenn er in einer seiner ‹Stimmungen› ist, das hat ihre Tante Kay mir erzählt. Sie schlüpft durch ein Loch in der Mauer in ihrem Garten und versteckt sich auf dem Feld, bis er sich wieder beruhigt hat. Aber die Tante sagt, sie ist nicht im Haus, nicht auf dem Feld, sie ist nirgendwo. Sie wird seit einem Tag vermisst, und er hat es nicht gemeldet. Und warum hat er das wohl unterlassen, Jeanie?»

Ich zuckte mit den Schultern.

«Weil *er* verdammt noch mal genau weiß, wo sie ist.» Keith stieß mit seinem Zeigefinger auf die Tischplatte. «Alles, was ich von dir möchte, ist, dass du mal dort in der Siedlung einen Spaziergang machst. Du und Niall. Ich kann das nicht. Ich bin im Moment außer Dienst. Und, tja, ich bin verwarnt worden, dass ich aufhören soll herumzuschnüffeln.»

«Oh?»

«Es hat mich einfach übermannt. Sie haben mich von dem Fall abgezogen, weil ich angeblich zu sehr herumgestochert habe und emotional zu beteiligt bin. Ich glaube nicht, dass man, wenn es um ein gefährdetes Kind geht, zu viel herumstochern kann, aber anscheinend irre ich mich. Ich fahre Niall und dich hin. Ich halte mich im Hintergrund. Ihr seid einfach nur zwei Leute, die einen Spaziergang machen, okay? Es ist das letzte Haus in der Siedlung, ihr geht daran vorbei, dann springt ihr über das Gatter aufs Feld und lauft jeden Zentimeter ab. Wenn sie lebt, hört ihr sie wahrscheinlich beide, aber wenn sie tot ist, dann … nun ja, dann hörst du sie.» Er sah mich an, und seine Augenbrauen hoben sich ein wenig. Er setzte all seine Hoffnung in mich.

«Aber wenn die Polizei dort schon ist, glaubst du nicht, sie finden es ein bisschen seltsam, wenn die Bestatter zufällig auch auf dem Feld hinterm Haus herumlaufen? Am Ende werden wir noch verhaftet. Es wäre nicht das erste Mal, dass es Missverständnisse zwischen der Polizei und den Mastersons gäbe.»

«Bitte, Jeanie. Ich würde gar nicht darum bitten, aber ich weiß einfach, dass sie dort ist. Und ich weiß, dass man die Toten nur für kurze Zeit hören kann, deshalb muss das jetzt passieren. Sie ist seit einem Tag fort. Bitte, Jeanie, ich schwöre bei Gott, ich werde dich nie wieder um so etwas bitten.»

Ich rief Niall herunter und erklärte ihm alles auf dem Flur, dann ging er in die Küche und ließ es sich auch noch mal von Keith erzählen. Ich stand solange an der Wohnzimmertür. Dad und Mum sahen fern. Ich fragte mich, ob ich klopfen und es Dad erzählen sollte, ob er dieses eine Mal seine Regel brechen und mit mir mitkommen würde, um sie zu finden. Aber statt zu ihm ging ich zu Niall, sah ihm in die Augen und war bereit, ihn entscheiden zu lassen.

«Wenn wir da hinkommen und feststellen, dass alles voller Polizei ist, machen wir es nicht, okay?»

«Okay, Niall», sagte Keith. «Sie sind wahrscheinlich jetzt ohnehin schon weg. Ich weiß nicht, wie der Mann das hinkriegt, aber sie sehen einfach nicht, was ich sehe.»

«Vielleicht wollen sie es nicht sehen», sagte Niall, und wir machten uns auf den Weg.

Keith hatte recht gehabt: Die Polizei war fort. Nur ein Licht brannte, und oben im Haus war die Jalousie heruntergelassen, aber sonst war es vollkommen still. Keith wartete außer Sichtweite im Wagen, als Niall und ich über das Gatter kletterten.

Sobald mein Fuß auf den Boden traf, hörte ich sie schon.

«Hallo», rief sie vom anderen Ende des Feldes her. «Ich bin hier.»

Ich sah Niall an, aber als ich begriff, dass er nichts gehört hatte, wusste ich, dass wir zu spät gekommen waren.

Ihre Stimme war entschlossen, wenn auch schwach. Von diesem einen Ausruf her verstand ich, dass Keith recht gehabt hatte. Hier war ein Mädchen, das trotz allem wusste, was es wollte, und im Moment wollte es gefunden werden.

«Gehen Sie in Richtung Hügelspitze. Nehmen Sie den Pfad. So weit, wie man kommt.»

In der Abenddämmerung steuerten wir den Hang über den Bäumen an, oben angekommen, gingen wir seitlich daran entlang, bis wir einen Erdhügel entdeckten, der von Zweigen bedeckt war.

«Anna-Lisa», rief ich, kniete mich hin, und Niall lief im selben Moment los, um Keith zu sagen, dass seine Ahnung ihn nicht getrogen hatte, «bist du hier?»

«Ja», antwortete sie.

«Sie kommen jetzt, Anna-Lisa. Hilfe kommt.»

«Jetzt kann mir niemand mehr helfen.» Obwohl ihre Stimme fest blieb, konnte ich doch ihre Verletzlichkeit fühlen. «Daddy sagt, dass er manchmal selbst nicht weiß, wie stark er ist. Aber so wie gestern Abend hat er mir noch nie wehgetan.» Sie hielt inne, versuchte, ihren Mut zu sammeln. «Es gefiel ihm nicht, dass der Polizist immer wieder vorbeikam, um nachzusehen, ob mit mir alles in Ordnung war. Ich sagte ihm, dass das nicht meine Schuld sei, aber er wollte mir nicht glauben und schlug mich und trat immer weiter auf mich ein. Ich habe gespürt, wie mein Herz stehen blieb.» In dem Moment gab sie ihren Gefühlen nach, und ihre Stimme brach unter der Last ihrer eigenen Tragödie.

Ich begann, mit meinen bloßen Händen zu graben, und die Erde klebte an meinen Fingernägeln, während ich versuchte, sie zu erreichen und sie wissen zu lassen, dass sie nicht allein war. Aber sie war zu tief vergraben worden.

«Ich ... ich wusste, diesmal hatte er es geschafft», sagte sie leise. «Und ich versuchte, ihm zu sagen ... dass es diesmal nicht wieder ausheilen würde wie die anderen Male. Aber er konnte mich nicht hören ... nicht wie Sie.»

«Warum hat er dich geschlagen, Anna-Lisa?», fragte ich, atemlos, versuchte weiter, zu ihr zu gelangen.

«Er sagte, davon geht der Schmerz weg.»

Ich senkte den Kopf, bis meine Stirn die Erde berührte, und schloss die Augen.

«Welcher Schmerz?», flüsterte ich und versuchte, sie nicht hören zu lassen, dass ich weinte, und sehen zu lassen, wie meine Hände die Erde streichelten, als wäre sie es.

«Der Schmerz über den Tod von Mummy. Vor vier Jahren, vier Monaten und vier Tagen. Er mochte es auch nicht, wenn ich ihn daran erinnerte. Ich wusste, dass es ihm dann noch schlechter ging. Aber ich sagte es trotzdem, war die kleine Fotze, als die er mich immer bezeichnet hat.»

Ich erhob mein Gesicht zum Abendhimmel, und Tränen liefen mir über die Wangen. Graue Wolken zogen über das Abendleuchten, verdunkelten das Land und brachten eine plötzliche Kälte mit sich.

«Oh, Anna-Lisa, es tut mir so leid.» Meine Hand zitterte, als ich sie mir an den Mund hielt, mit all dem Schmutz daran, und ich dachte an die Grausamkeit, die dieser Mann diesem unschuldigen Mädchen hatte zukommen lassen. «Das ist nicht recht, dass er dich so genannt hat. Und es ist nicht recht, was er getan hat.»

Hinter mir hörte ich Nialls und Keiths Füße auf die feste Sommererde trommeln, als sie kamen. Sie atmeten schwer vor Anstrengung.

«Auf», rief Keith. «Steh auf, Jeanie. Das gibt sonst Spuren. Tritt zurück.»

«Aber wir haben doch gerade gesprochen», sagte ich, wandte mich ihm zu, noch nicht bereit, mich von ihr wegziehen zu lassen.

«Du musst, Jeanie.» Seine Hand lag schon auf meinem Arm, und er zog mich hoch. «Hat er es getan, Jeanie, hat sie gesagt, dass er es getan hat?» Keith mit seinem sanften Lächeln und seiner Güte drückte mir den Arm, sodass sich meine Hand hob, nicht so sehr, um ihn abzuschütteln, sondern weil ich nicht glauben konnte, dass er überhaupt dazu fähig war, jemandem Schmerz zuzufügen. Seine Blicke flehten um Bestätigung seiner Vermutung.

«Ja», sagte ich, und er hielt die Handrücken an seine Augen und sagte: «Scheiße, scheiße, scheiße.»

Ich sah Niall an, der mich an sich zog. Wir betrachteten Keith, bis er schließlich sein Handy herauszog und sich wegdrehte, um Meldung zu machen.

«Anna-Lisa?» Ich trat wieder auf sie zu, aber nicht zu nahe. «Keith ist jetzt hier. Der Polizist, der versucht hat, dir zu helfen. Wir werden dich hier herausholen. Und ich werde dich noch ein bisschen bei mir zu Hause zurechtmachen.» Ich brachte es nicht über mich, «bei mir im Bestattungsunternehmen» zu sagen. Es war nicht so, dass sie nicht gewusst hätte, dass sie tot war, und doch waren diese Worte zu harsch für so ein kleines Mädchen. «Es tut mir leid. Es tut mir alles so leid, was mit dir passiert ist.»

Sie antwortete nicht. Da musste ich wie manchmal schon um die Worte ringen, die ich als Nächstes sagen sollte.

«Gibt es irgendetwas, das ich für dich tun soll, Anna-Lisa? Etwas, das ich jemandem sagen soll, oder etwas, was ich machen soll?»

«Können Sie mir bitte mein Federmäppchen besorgen?» Solch unerwartete, unschuldige Worte entwaffneten mich, sodass ich wieder auf die Knie fiel und Keiths Warnung ganz vergaß, weil ich versuchte, jedes Wort von ihrer Anweisung zu verstehen. «Tante Kay hat mir neue Stifte gekauft. Einer davon ist violett, und ich konnte ihn noch nie benutzen. Vielleicht kann ich es dort, wo ich hingehe.»

«Natürlich, Anna-Lisa, natürlich. Ich bitte Keith, sie zu holen.»

«Und außerdem», fuhr sie fort, während ich wartete, bereit, alles für dieses Mädchen zu tun, «können Sie nachfragen, ob Daddy inzwischen auch tot ist?»

«Was meinst du damit, Anna-Lisa?»

«Er sagte, er weiß, dass ich ihn irgendwann noch dazu bringe.»

«Oh.» Ich war mir zunächst nicht sicher, was sie meinte, doch dann verstand ich. «Oh Gott», flüsterte ich, stand auf und rannte zu Keith. «Du solltest vielleicht mal im Haus nachschauen», sagte ich zu ihm.

Im Hintergrund kündigten die Sirenen die Ankunft der Polizei an, bis sie dann da waren und Keith auf sie zulief, stehen blieb, auf uns und dann zum Fenster des Hauses hochzeigte.

«Keith schaut jetzt nach deinem Dad, Anna-Lisa, mach dir keine Sorgen.» Es kam mir absurd vor, so etwas zu sagen, zumal ich gar nicht wissen konnte, was sie tatsächlich für diesen Mann empfand, der sie so misshandelt hatte, aber es war aus meinem Mund gekommen, bevor ich überhaupt nachdenken konnte.

«Okay.» Ihre Stimme war inzwischen schwächer geworden, kam mir jetzt löchrig vor.

Zwei Polizisten rannten über das Feld, riefen und gaben uns Zeichen, dass wir weggehen sollten.

«Ich muss jetzt los, Anna-Lisa. Es tut mir leid, ich wünschte, ich könnte länger bleiben. Aber ich sehe dich später noch.» Es kam keine Antwort mehr, und Niall zog mich weg, bevor sie uns erreichten.

Ich habe ihre Stimme nicht noch einmal gehört, auch nicht, als ihr mit Wunden und Verletzungen übersäter, kaputter Körper Tage später auf unserem Vorbereitungstisch lag. Ich hatte noch nie so sehr über einen der Toten geweint wie über sie.

Nachdem die Autopsie erledigt war, nachdem alle Beweise gesammelt worden waren, wurde Anna-Lisa schließlich im Grab ihrer Mutter beigesetzt. Die Beerdigung musste allerdings ein wenig verschoben werden, bis die Polizisten sicher waren, dass sie das Federmäppchen nicht mehr brauchten. Als Keith es schließlich brachte, sah er zu, wie ich es ihr unter ihre kalten Hände schob. Niall hatte wieder einmal Wunder bewirkt. Sie sah, auch wenn sie nicht wie das lächelnde Mädchen auf dem Foto wirkte, das ihre Tante Kay ihm mitgegeben hatte, zumindest friedlich aus, trug keinen Ausdruck des Schmerzes, der Verletzung, der Zerstörung mehr. Niall hatte alles überdeckt.

Nur Keith, Kay, Niall und ich nahmen an der kleinen privaten Trauerzeremonie teil, die Father Dempsey abhielt, bevor der Sarg geschlossen wurde und Anna-Lisa von uns vieren durch das Ehrenspalier ihrer Klassenkameraden, die am Wegesrand standen, in die voll besetzte Kirche getragen wurde, wo Kinder sangen und die Lehrer weinten, um das kleine Mädchen, das sie nicht hatten retten können.

Keith sah sich danach nach einer neuen Dienststelle um. Cork City wurde es, glaube ich. Und er hielt Wort und bat mich nie wieder um meine Hilfe.

KAPITEL 17

Am Morgen, nachdem ich Dad allein gelassen hatte, damit er mit Arthur redete, fuhr ich erschrocken aus dem Schlaf hoch, meine Blicke flogen im dunklen Zimmer hin und her, und mir wurde bewusst, wie zerfasert mein Schlaf gewesen und dass ich allein war. Nialls Kissen wies keinen Abdruck seines Kopfes auf. Und doch hatte er dort schlafend gelegen, als ich spät am vorigen Abend ins Bett gekommen war. Es hatte keine Möglichkeit mehr gegeben, noch miteinander zu reden – sehr zu meiner Erleichterung. Aber früh am Morgen musste er aufgestanden sein. Vielleicht hatte mein unruhiger Schlaf ihn gestört.

Er war nicht in der Küche, als ich herunterkam, aber ich konnte sehen, dass Mikeys Schuppentür offen stand. Die Uhr zeigte an, dass es halb sieben war. Wie lange war Mikey schon auf?, fragte ich mich. Hatte er wach gelegen, weil er sich Sorgen machte, wie er die Aufgabe, seine neuen Regale zu bestücken, angehen sollte?

Ich klopfte an das Küchenfenster, bis sein Gesicht in meinem Blickfeld auftauchte. Ich hob einen Becher und zeigte darauf, aber er schüttelte nur den Kopf und verschwand wieder. Immer noch benommen und beschwert vom vorigen Tag, saß ich am Küchentisch und fragte mich, ob ich wieder ins Bett gehen sollte. Aber dann beschloss ich stattdessen, Mikey trotzdem einen Kaffee zu machen.

Augenblicke später stand ich in seiner Tür und erkannte, dass es drinnen nicht nur gar keinen Platz mehr für uns gab – alle Flächen, auch der Fußboden, waren von Zeitschriften bedeckt –, sondern dass auch Niall nicht da war, wie ich eigentlich angenommen hatte.

«Wow, hier sind ja größere Umwälzungen in Gang, Mikey.»

«Ja. Ich habe mich zu einer Expansion *und* zu einer Reorganisation entschlossen. Anstatt in der Abfolge von Militäreinsätzen habe ich angefangen in Regionen zu denken. Auf diese Weise kann ich problemlos einzelne Teile der Welt mitnehmen, wenn wir umziehen. Allerdings wurde es sehr kompliziert, als ich zu den Invasionen von Großreichen kam – kategorisiere ich die anhand der Kriegsregion oder der Herkunft der Invasionsarmee?»

«Wie lange bist du schon auf und versuchst, das hier hinzukriegen?»

«Wie spät ist es denn jetzt?»

«Halb sieben.»

«Am Morgen?»

Ich nickte und fürchtete mich schon vor dem, was er sagen würde.

«Also, dann bin ich jetzt seit dreizehn Stunden bei der Arbeit.»

«Mikey!»

«Ich bin durcheinandergeraten. Auf halbem Wege bin ich zum Schluss gekommen, dass es doch keine gute Idee wäre, also habe ich begonnen, alles wieder so zu ordnen, wie es vorher war, also chronologisch, und damit habe ich dort drüben angefangen.» Er deutete auf eine lange Reihe von Stapeln seiner Zeitschriften auf dem Boden hinter der Couch. «Ich rücke von Stapel zu Stapel vor; aber es ist einfach zu viel, und ich vergesse immer wieder, bei welchem Jahr ich gerade bin.»

«Kann ich dir helfen? Wie wär's, wenn ich dir sage, bei

welchem Jahr wir sind, dann kannst du deine verschiedenen regionalen Stapel durchgehen und die raussuchen, die dazugehören, und ich kann sie dann aneinanderreihen? Vielleicht kommst du, wenn du jeweils zehn Stapel sortiert hast, zu mir und prüfst nach, ob ich sie richtig eingeordnet habe. Was meinst du?»

Ich verstand, dass dies erforderte, dass andere Menschen seine Zeitschriften anfassten. Andere, mich eingeschlossen, behandelten sie anscheinend zu grob. Daher durften sie nur in fremde Hände, wenn er dabei war, um sie zu schützen. Zu jeder anderen Zeit standen sie in Regalen und so weit wie möglich von ignoranten Laien entfernt.

«Ich bin ganz vorsichtig.»

«Keine Fingerabdrücke.»

«Kein einziger», antwortete ich, unsicher, wie ich das wohl bewerkstelligen sollte. «Aber wie wär's, wenn du das hier erst mal trinkst und vielleicht auch etwas isst? Wir können das nicht mit leerem Magen angehen. Also ich zumindest nicht. Komm schon. Lass uns reingehen.»

Ich ging voraus und passte auf, dass er mir folgte, für den Fall, dass er plötzlich, was durchaus schon vorgekommen war, seine Meinung änderte. Wir setzten uns an den Küchentisch und aßen jeder eine Schüssel *Crunchy Nut Cornflakes*. Als wir klein waren, durften wir nur sonntags etwas Süßes frühstücken. An allen anderen Tagen bestand Mum auf simplen Cornflakes, Haferflocken oder Haferbrei, was unseligerweise – weil sie ihn zubereitete – mit viel Hektik, Geseufze und Klumpenbildung einherging.

«Mikey», fragte ich, «hast du gestern Abend Arthur noch gesehen, bevor er gegangen ist?»

«Arthur?» Ein Milchfaden lief ihm aus dem Mund und blieb in dem Grübchen an seinem Kinn hängen. Ich wollte schon hingreifen und ihm die Milch abwischen, wie Mum es tausendmal gemacht hatte. Später hatte ich angefangen, es ihr nachzumachen, hatte ihn aber jedes Mal vorgewarnt, da ich meinen älteren Bruder schließlich kannte.

«Ich habe mich nur gefragt, ob bei ihm alles in Ordnung war. Wirkte er vielleicht aufgebracht?»

«Warum sollte er?» Mikey stand auf, griff nach der Küchenrolle und benutzte einen Bogen davon, um das Rinnsal zu stoppen.

«Nur so, Dad wollte ihm etwas sagen.»

«Geht es darum, dass er zu uns kommen will, wenn wir umziehen?» Er setzte sich wieder an seine Frühstücksflakes. «Weil er mir schon vorher erzählt hat, dass er uns jeden Monat besuchen kommen will, dass Teresa und er es wirklich schön in Baltimore finden. Er sagt, sie werden im Garten zelten.»

«Da erzählt er Unsinn, glaube ich. Das Haus ist nun wirklich groß genug. Und Teresa im Zelt kann ich mir auch nicht gerade vorstellen», lachte ich.

«Er sagt, sie würden nach seiner Freitagspostrunde losfahren und wären rechtzeitig zu einem Nachmittags-Pint im *Cotters* da. Und natürlich werden wir auch immer mal hierherkommen. So wie ich das sehe, muss ich ihn nicht vermissen, weil er so oft da sein wird.»

Die Liebe, die ich in diesem Moment für meinen Bruder empfand, war so stark, dass sie sich in einer unwillkürlichen Umarmung äußern wollte, aber ich widerstand dem Drang. Ich fragte mich, wie gut ich ohne ihn auskommen würde. Ich hatte das Gefühl, beim bloßen Gedanken an seinen Schuppen, in dem seine prachtvolle Präsenz fehlte, auf der Stelle in Tränen ausbrechen zu müssen. Ich legte meinen Löffel ab, blickte auf das feuchte Chaos in meiner Schüssel und verspürte keinen Appetit mehr auf diese zuckrige Köstlichkeit, die mir gerade eben noch ein kindisches Grinsen aufs Gesicht gezaubert hatte.

«Weißt du noch, wie Arthur ins *Fitzer's* marschiert ist, um Brian zu sagen, dass es Ernie gewesen war, der das Geld gestohlen hatte, und nicht du? Er sagte, er wäre versucht gewesen, Danny Tiernan das Mikrofon aus der Hand zu nehmen, der gerade ‹Brown Eyed Girl› sang, und die Wahrheit vor allen Gästen lautstark zu verkünden. Das hätte ich wahnsinnig gern gesehen.»

«Ja», antwortete Mikey. «Er hat meine Ehre verteidigt wie alle echten Kameraden.»

Wir hatten die Wahrheit über das gestohlene Geld erfahren, als Ernie Grace vor zwei Jahren an Lungenentzündung gestorben war. Er war dement geworden und war schon eine Weile in Langzeitpflege gewesen.

Sobald ich Hallo zu Ernie gesagt hatte, wie er da friedlich in seinem Sarg lag, sprudelten die Sätze nur so aus ihm heraus, er hatte eine ganze Menge zu sagen.

«Ich war von Anfang an ein zwanghafter Kleptomane. Erst waren es die rosa Bonbons meiner Mutter, die ich klaute, als ich klein war. Dann ihre Zigaretten. Dann das Geld. Möge Gott mir vergeben.»

«Okay, Ernie», unterbrach ich seinen Redeschwall, legte die Hand auf seine Hand und hoffte, ihn so zu beruhigen. «Wir können uns ruhig etwas Zeit lassen.» Ich fragte mich, ob seine Erregung Teil seiner Demenz war. Aber nein, wie sich herausstellte, hatte der Tod ihn kuriert, und Ernie war jetzt vollkommen zurechnungsfähig. Hier ging es um etwas völlig anderes.

«Ich hätte das nicht tun sollen. Ich wusste, es war nicht fair. Nicht bei einem solchen Mann. Aber es war das Glücksspiel, verstehen Sie. Und die Fitzgeralds hatten genug, sodass ihnen die paar Schillinge nicht fehlen würden, jedenfalls am Anfang.»

Ich hielt den Atem an, da mir allmählich dämmerte, wovon er sprach. Mit weit aufgerissenen Augen blickte ich auf diesen Mann mit den eingesunkenen Wangen hinab, lehnte mich zurück, brauchte einen Moment, dann beugte ich mich wieder vor, um etwas zu sagen, aber er kam mir zuvor.

«Ich war es», stellte er ungeduldig klar. «*Ich* habe vor all den Jahren das Geld gestohlen, als ich mit Ihrem Bruder zusammengearbeitet habe. Ich habe die Chance gesehen, es dem Neuen anzuhängen. Glücksspiel ist etwas Furchtbares. Es bringt einen dazu, einfach alles zu machen. Einfach jeden zu verletzen. Es ist einem schlicht egal. Verstehen Sie mich jetzt?»

«Lassen Sie mich das ganz klarstellen, Ernie», begann ich. «Sie wollen mir sagen, dass Sie diesen Diebstahl meinem Bruder angehängt haben?»

«Ja», antwortete er eindringlich.

«Meinem Bruder, der in seinem ganzen Leben nie etwas Unrechtes getan hat, der, als er klein war, meinen Vater gezwungen hat, ihn zurück zu *Frayne's Newsagent* zu bringen, weil die ihm beim Bezahlen einen Penny zu viel rausgegeben hatten? Diesem Menschen haben Sie das angehängt? Ausgerechnet den mussten Sie anschwärzen?»

«Ja», flüsterte er beschämt. «So tief war ich gesunken.»

«Oh Gott.» Ich erinnerte mich an die Monate, in denen mein Bruder voller Trauer gewesen war. An sein Gesicht, das nicht mehr lächeln konnte, diese gequälte Seele, die eine Welt, die so grausam war, weder verstehen noch ihr jemals vergeben konnte. «Mein Bruder», fuhr ich wütend fort, «hat sich, seit er gefeuert wurde, geweigert, jemals auch nur über irgendeinen anderen Job in dieser Stadt nachzudenken, wussten Sie das? Jobs, die er perfekt hätte erledigen können, die ihn glücklich gemacht hätten, die ihm eine gewisse Normalität verschafft hätten. Aber er ging nicht darauf ein, weil er Angst hatte, jemand könnte ihn noch einmal etwas bezichtigen, das er nicht getan hat. Er wohnt jetzt in einem Schuppen, wussten Sie das? Er kommt nur raus, wenn wir ihn praktisch dazu zwingen. Seit drei Jahren versteckt er sich darin.»

«Wie ich», kam das schwache Angebot von Ernie mitten hinein in meinen stürmischen Gegenwind. «Ich habe mich versteckt hinter der Wut und Verwirrung eines Geistes, der nicht mehr wusste, zu wem er eigentlich gehörte.»

Es war nicht so, dass mir das bei den Toten völlig neu gewesen wäre – Menschen, die im Leben nicht besonders nett gewesen waren, wurden nicht auf einmal zu Heiligen, bloß weil sie gestorben waren. Sie wurden hauptsächlich larmoyant und konnten gar nicht glauben, dass ihr Leben so geendet hatte. Sie erwarteten Mitgefühl. Wie Anna-Lisas Vater, der auf unserem Vorbereitungstisch hemmungslos geweint hatte, während Dad und ich ihm, Seite an Seite, zugehört hatten. Dieser Mann fragte kein einziges Mal nach seiner Tochter; stattdessen weinte er nur über sich selbst, über seinen Tod, dass es für ihn keine andere Wahl gegeben hätte.

Dad sagte immer, dass es nicht an uns wäre, über diejenigen, die da vor uns lägen, zu richten und zu urteilen, aber bei diesen beiden Männern fand ich das schwierig. Auch wenn Ernie meinem Bruder keinen körperlichen Schaden zugefügt hatte, so hatte er diesen wehrlosen Mann, der zu sehr viel mehr fähig gewesen wäre, als nur seine Zeitschriften zu ordnen, zu einem Leben in Einsamkeit verdammt. Und ich hatte auch nicht vergessen, wie diese Katastrophe meine Entscheidung, was London anbelangte, beeinflusst hatte.

Nur zu gern hätte ich den Mann auf der Trage über die Straße gerollt und ihn ohne weitere Zeremonie an Ort und Stelle Father Dempsey übergeben.

Als ich begriff, dass ich nicht sehr viel länger mit ihm würde reden können, ohne dass meine Verstimmung offenkundig geworden wäre, versuchte ich, das Gespräch zu einem Ende zu bringen.

«Ist das alles, Ernie?», fragte ich. «Gibt es noch etwas, das Sie zu sagen haben?»

«Nein», antwortete er leise wie ein gemaßregeltes Kind.

Das genügte, um mich versöhnlicher zu stimmen, meinem Gewissen einzuschärfen, dass selbst er es verdiente, dass ich ihm mein Ohr lieh, bis seine letzten Worte gesprochen waren.

«Nun», sagte ich etwas sanfter, «ich bin hier, falls Sie Ihre Meinung noch ändern wollen.»

«Nur dass Sie ihm bitte sagen, dass es mir leidtut, ja?» Seine anfängliche Panik war jetzt verflogen, und an ihre Stelle trat ein sanftes Flehen. «Sagen Sie Ihrem Bruder, er war einer der besten Mitarbeiter, die es je dort gegeben hat. Ein guter Barkeeper – auf jeden Fall viel besser als ich. Ich habe nie einen anderen Menschen erlebt, der einen Ort so auf Vordermann bringen konnte. Er hat ein Faible für Ordnung, oder? War immer am Saubermachen. Und er hat wirklich versucht, mit den Leuten zu reden. Das war nicht seine Stärke, aber er hat es versucht. Ich habe gesehen, dass er am Tresen immer die Sportergebnisse las, damit er mitreden konnte.»

Mikey, der die Sportseiten las, damit er in Kontakt mit Leuten kommen konnte? Davon wusste ich nichts. Ich wurde von Trauer überwältigt und begriff einmal mehr, dass die Anstrengung, die mein Bruder gemacht hatte, um einen Platz in der Gesellschaft zu finden, vergeblich gewesen war.

«Ich habe es wirklich bereut. Ich habe oft daran gedacht, reinen Tisch zu machen. In meinen hellen Momenten, bevor diese Krankheit meinen Verstand vollkommen zerrüttet hat, habe ich meine Anweisungen aufgeschrieben, eine Art Testament, denke ich, in dem steht, dass sie mich hierherbringen sollten, wenn ich gestorben bin, damit ich Ihnen alles sagen kann. Ich hoffte, dass ich im Tod wieder klar wäre, wieder im Vollbesitz meiner Verstandeskräfte, um es mal so zu sagen. Und ich habe für meinen Bruder die Anweisung hinterlassen, dass er nach der Beerdigung bei Ihnen nachfragen soll, um zu hören, ob ich mit Ihnen habe reden können. Er hat einen Brief, in dem alles drinsteht für den Fall, dass es nicht so gewesen ist. Es gibt jetzt nichts mehr, was ich sonst noch anbieten könnte, nach all der Zeit; nur die Wahrheit, um die Sache besser zu machen.»

«Warum haben Sie damals, nachdem Sie ihn geschrieben hatten, den Brief nicht einfach abgeschickt?»

«Weil ich ein feiger Dieb war. Voller Angst, dass Sie vorbeikämen, um an meine Haustür zu hämmern.»

«Sie hatten recht. Das hätte ich getan.» Genau wie Mum und Dad, ganz zu schweigen von Arthur.

«Werden Sie es ihm erzählen, Ihrem Bruder?»

«Natürlich werde ich es ihm erzählen. Aber, Ernie», fragte ich, wieder mit wachsendem Misstrauen, «suchen Sie bloß meine Absolution, sodass Ihr Gewissen rein ist, falls es doch einen Gott gibt?»

«Ha, Sie haben meine gewieften Pläne durchschaut. Aber spielt es denn jetzt wirklich noch eine Rolle, ob ich Ihnen die Wahrheit aus lauter Egoismus gesagt habe oder nicht? Tatsache ist, dass Sie jetzt Bescheid wissen und Mikey bald auch.»

In gewisser Weise hatte er recht, selbst wenn er sich nur Sorgen um seine Bilanz machte, die er vor den Himmelstoren vorlegen müsste: Alles, was zählte, war die Wahrheit. Danach blieb er nicht mehr lange, höchstens ein oder zwei Sekunden, bevor ich ihn noch einmal rief und feststellte, dass sein Licht endgültig verloschen war.

Am nächsten Tag bei der Beerdigung war die Menge der Gäste klein. Eine Handvoll Menschen. Aber hinten in der Kirche saßen Arthur und Mikey. Sie gingen nicht mit zum Grab, aber sie bekreuzigten sich, als wir Ernie in seinem Sarg den Gang hinunter zum Altar schoben.

Dad hatte heimlich Mikey und Arthur zugenickt, als er an ihnen vorbeigegangen war.

«Dad sagte zu mir, es sei wichtig zu verzeihen», sagte Mikey, als ich ihn später fragte, warum er dort gewesen war. «Doch ich habe ihm nicht verziehen. Sag das nicht Dad, aber ich bin bloß hingegangen, weil Arthur gesagt hat, dass er auch geht.»

Ernies Bruder, ein kleiner gedrungener Mann in einem schlecht sitzenden Anzug, lauerte mir nach dem Begräbnis auf. Er gab mir den Brief, obwohl ich ihm sagte, dass Ernie alles gestanden hatte. Ich machte eine flüchtige Bemerkung darüber, dass er wohl seine Rechnung mit Gott begleichen wollte, und der Bruder lachte und sagte, dass er in seinem ganzen Leben niemanden getroffen habe, der so wenig religiös war.

«Ernie wollte nur ein kirchliches Begräbnis, weil Mam so dermaßen gläubig war. Eine Art Wiedergutmachung, denke ich, für all das, was sie wegen ihm durchgemacht hat.» Er schniefte, beschämt wegen der Taten seines Bruders, nahm ich an, wischte sich seine wässrigen Augen, bevor er mit Schlagseite davonschwankte. Offenbar hatte er irgendeine Krankheit, und mir wurde klar, dass Ernie die Wahrheit tatsächlich um Mikeys willen gesagt hatte und ganz und gar nicht, um sein Seelenheil zu retten.

In dem Brief stand nichts Neues, und doch fand ich es wichtig, ihn Mikey aushändigen zu können als Beweis für seine Unschuld.

Aber das änderte nichts mehr für ihn. Er saß weiterhin in seinem Schuppen und lehnte jedes Jobangebot ab, von denen es nun einige gab, wiederum dank Arthur. Briefe sortieren im Postamt, was wirklich passend war, wenn man an Mikeys Liebe zu Ordnungskategorien dachte. Oder die zweistündige Aushilfe beim Wareneingang in *Billy's Books* jeden Freitag, obwohl Billy selbst gar nicht sicher war, dass er diese Hilfe wirklich brauchte. Aber Mikey sagte jedes Mal wieder zu Arthurs eifriger und liebevoller Ermunterung Nein.

An jenem Morgen arbeiteten wir hart, Mikey und ich, sortierten und stellten sicher, dass die Zeitschriften wieder in die rechte Reihenfolge kamen. Ich dachte mir nichts dabei, dass Niall noch nicht wiederaufgetaucht war, nahm an, dass er bloß im Gästezimmer geschlafen hatte. Aber als Dad um Viertel nach acht auf der Suche nach ihm vorbeikam und sagte, dass er nirgendwo zu finden wäre, ging ich nachsehen und stellte fest, dass im Gästezimmer niemand geschlafen hatte und dass seine Laufschuhe da waren. Ich rief ihn auf seinem Handy an und hörte es sechsmal klingeln, bevor die Voicemail ansprang. Ich rief noch einmal an. Diesmal klingelte es nur zweimal, bevor die Mailbox anging, was hieß, dass er mich absichtlich weggedrückt hatte. Ich rief ein drittes Mal an und erhielt die Mitteilung, dass er vorübergehend nicht erreichbar wäre. Wo auch immer er war, das war nicht gut.

«Und du bist sicher, er geht nicht ans Telefon, Jeanie?»

Dad wurde allmählich panisch, wie er so mitten in Mikeys Schuppen stand. Mikey schnaufte und keuchte um ihn herum, aber Dad nahm überhaupt nicht zur Kenntnis, wie störend seine Anwesenheit dort für Mikey war.

«Versuch es doch selbst, Dad, wenn du mir nicht glaubst.»

«Das ist gar nicht typisch für ihn, Jeanie. Ist was zwischen euch beiden vorgefallen?»

«Nein, Dad, alles gut.» Ich griff an ihm vorbei nach dem Stapel, den Mikey mir hinstreckte.

«In welchem Jahr sind wir jetzt, Jeanie?»

«1874.»

«Der Red-River-Krieg. Das hätte ich jetzt bei Nordamerika einsortiert.»

«Bist du sicher, Jeanie? Gestern, als ihr von eurem Mittagessen zurückkamt, schien nicht alles so großartig zu sein.»

Ich ignorierte seine Besorgnis und steuerte uns sicher von meinen Eheproblemen weg. «Da fällt mir ein, wie hat Arthur denn die Neuigkeiten aufgenommen, Dad?» Ich hatte meine Stimme ein wenig gesenkt, in der Hoffnung, Mikey nicht zu alarmieren, aber natürlich konnte sowieso nichts seine Aufräumwut stoppen.

«Nun, ich habe ihm den Stift zurückgegeben, aber ich war nicht in der Lage, ihm zu erzählen, dass ... was Tiny gesagt hatte.»

«Ah, Dad, hättest du nicht ein Mal die Wahrheit sagen können?» Ich ließ verärgert eine Zeitschrift fallen, woraufhin Mikey den Kopf hob.

«Es ist nicht so, dass ich nicht gewollt hätte, Jeanie, es ist, also ...» Er zupfte an seinem Hemdsärmel, dann sah er weg und seufzte. «Es ist ...», begann er erneut, stockte erneut. «Wir haben einen Anruf bekommen», brachte er schließlich heraus, «Andrew ist gestorben.» Das reichte, um mich abrupt innehalten zu lassen.

Andrew Devlin war fünfundvierzig und litt an Herzinsuffienz. Er war immer wieder ins Krankenhaus gekommen, hatte verschiedene Operationen über sich ergehen lassen, in der Hoffnung auf einen Durchbruch, aber seit Jahren ohne Erfolg. Er hatte seine letzten Monate im Kilcross-Hospiz verbracht. Dad hatte die Familie nicht gekannt, bis sie ihn vor sechs Monaten angerufen hatten, um mitzuteilen, dass sie, zusammen mit Andrew, jetzt so weit wären, um über seine Bestattung nachzudenken. Dad hatte sie an jenem ersten Tag in Empfang genommen und zwei Stunden mit ihnen zusammengesessen und die verschiedenen Möglichkeiten durchgesprochen. Einen Moment, erzählte er, hatte er noch über ihre Scherze gelacht, und im nächsten ihr Schweigen geteilt, wenn ihnen der Ernst der Lage aufs Gemüt schlug. Er hatte die Hand zurückgezogen, als Andrews Mutter Sophie sich geweigert hatte, das Foto für das Gedenkbuch zu spenden, und es sich an die Brust presste. Es war Andrew gewesen, der danach gegriffen und es sanft aus ihrem Griff entwunden hatte. Als er es an meinen Vater weiterreichte, schob er die andere Hand in die seiner Mutter.

Dad hatte sie an jenem Tag nicht zu weiteren Verfügungen gedrängt. Er hatte ihnen gesagt, er werde wiederkommen und sich mit ihnen Gedanken machen. Er kam Woche für Woche wieder, auch nachdem die Entscheidungen längst getroffen waren, saß mit Andrew zusammen, lachte mit ihm, brachte ihm die *Irish Times*, die Zeitung seiner Wahl, oder ein Buch, von dem er dachte, es könnte Andrew gefallen. Manchmal kam er, um mit ihm zusammen ein Spiel im Fernsehen zu sehen oder um einfach nur an seinem Hospizbett zu sitzen, wenn er schlief. Etwas Mächtiges zog ihn zu diesem Mann hin, zu diesem Jungen, wie er ihn nannte. Das Leben war gut darin, uns unerwartete Schützlinge zu schenken. Das war für Dad der härteste Fall, eine Freundschaft, die gewachsen war, als der Tod schon vor der Tür stand.

«Oh, Dad, das tut mir leid, das wusste ich nicht», sagte ich und bereute auf der Stelle meine frühere Verärgerung.

«Ja, das ist traurig, Liebes.»

Ich umarmte ihn und spürte, wie sich seine Arme um mich schlossen.

«Ich möchte für eine Weile zu Sophie und Donal fahren, seinen Eltern, weißt du, deshalb hoffte ich, Niall könnte Andrew um zehn abholen.»

«Ich kann zur Not auch fahren», sagte ich und ließ ihn los. «Falls er um halb nicht da ist, fange ich an rumzutelefonieren.»

«Ich bin jetzt bei 1875 bis 1876, Jeanie.» Mikey brachte einen Stapel Zeitschriften herbei und ging mit größter Vorsicht um Dad herum, um sich neben mich zu stellen. «Ich glaube, es ist Zeit für einen erneuten Check.»

«Okay, Mikey.» Ich sah ihm zu, wie er die Ergänzungen durchging, die ich zuletzt vorgenommen hatte.

«Kann ich anfangen rumzutelefonieren, Jeanie? Vielleicht Arthur anrufen? Er kann seine Fühler ausstrecken und die Leute in der Stadt bitten, die Augen aufzuhalten.» Dad hatte schon sein Handy aus der Tasche gezogen.

«Okay, aber, Dad, mach dir keine Sorgen, Niall wird nicht vermisst. Ich bin sicher, er ist … bloß spazieren gegangen oder so etwas.»

In diesem Moment öffnete sich quietschend das Tor. Dad flitzte hinaus, und Mikey nahm schnell seinen Platz ein, für den Fall, dass er wiederkäme. Ich hielt den Atem an, während ich Dad sagen hörte: «Da bist du ja, Niall. Wir haben uns

Sorgen um dich gemacht. Ich wollte schon Arthur anrufen, um zu hören, ob er dich bei seinen Runden vielleicht gesehen hat.»

Erst als mich Erleichterung überschwemmte, merkte ich, wie besorgt ich gewesen war. Ich ging zur offenen Schuppentür und lehnte mich an, um zuzusehen, wie Niall ins Haus ging.

«Hi», rief ich ihm leichthin zu.

Er drehte sich um und nickte mir zu, ohne zu lächeln. Er wandte den Blick beinahe sofort wieder ab, als er hineinging, Dad ihm unmittelbar auf den Fersen.

«Gut, Jeanie, ich denke, wir können weitermachen. Also 1877, Russisch-Osmanischer Krieg.»

Ich fand Niall zehn Minuten später, wie er in der Küche stand, schon in seinem Anzug, und sich die Krawatte richtete, die Autoschlüssel vor ihm auf dem Tisch. Dad war losgefahren, um Andrews Eltern aufzusuchen. Niall drehte sich nicht zu mir um, als ich eintrat. Er kannte meine Schritte, er musste nicht den Blick heben, um zu wissen, dass seine Frau den Raum betreten hatte und der Zeitpunkt gekommen war, um sein Verschwinden zu erklären.

«Dad hat sich Sorgen gemacht.» Ich stand mit dem Rücken zur inzwischen geschlossenen Tür.

«Das sagte er.»

«Er hat dir wegen Andrew Bescheid gesagt?»

«Ja.» Mehr sagte er nicht, was gar nicht typisch für ihn war. Niall war nicht herzlos.

«Was ist los, Niall? Eben schläfst du noch neben mir, und dann bist du weg. Wo bist du gewesen?» Ich trat in den Raum hinein.

«Bei Ruth.» Er hatte mich immer noch nicht angesehen.

«Bei Ruth? Du bist mitten in der Nacht aufgestanden und zu Ruth gegangen?» Ruth und Derry wohnten in einem wuchtigen Haus am anderen Ende der Stadt. «Was ist denn mit den Kindern, du hättest sie wecken können.»

«Tja, hab ich aber nicht. Und es war auch nicht mitten in der Nacht, es war ein Uhr. Wie auch immer, sie hat mir gestern, als ich ihr eine SMS geschickt habe, das Gästezimmer angeboten. Sagte, ich könnte es jederzeit haben.» Er steckte die Autoschlüssel in die Tasche.

«Was meinst du mit: Du hast ihr eine Nachricht geschickt?»

«Sie wusste, dass wir essen fahren, und sie hat nur gefragt, wie es war, und na ja … am Ende habe ich ihr alles erzählt.»

«Alles? Und was heißt alles?»

Er zuckte mit den Schultern.

«Lieber Gott, Niall, du bist doch nicht fünfzehn.» Ich war laut geworden. «Ich bin deine Frau, nicht deine Mutter. Jetzt hör mal mit diesem Getue auf!»

«Aha, dir ist also doch klar geworden, dass du meine *Frau* bist?»

«Was soll denn das heißen?»

«Oh, also weißt du, Ehemänner und Ehefrauen und dass sie ehrlich zueinander sein sollen. Anscheinend siehst du das nicht ganz so. Oder nur, wenn es dir in den Kram passt. Verstehst du, Jeanie, ich habe absolut keine Ahnung, was im Moment eigentlich mit dir los ist. Dieses Theater mit deinen Eltern und deine ganzen Erklärungen, warum du gerade keine Kinder willst, während ich allmählich denke, du wirst nie welche wollen. Du behältst das alles wie immer für dich. Und als du nach dem Mittagessen nicht zu mir gekommen bist, um mit mir zu reden, wie du gesagt hattest, habe ich bloß gedacht, nein, das tue ich mir einfach nicht mehr an.»

«Aber als ich vorgeschlagen habe, dass wir reden, schienst du auch nicht allzu interessiert.»

«Ja, entschuldige, dass ich nicht vor Begeisterung darüber herumgehüpft bin, dass ich meiner Frau tatsächlich nicht völlig am Arsch vorbeigehe.»

«Und deshalb bist du einfach abgehauen?»

«Ja.»

«Das ist wirklich hilfreich.»

«Na, dann sag mir mal, Jeanie, inwieweit sich das von deinem Verhalten unterscheidet? Du bist die ganze Zeit emotional abwesend.»

«Emotional abwesend?», schnaubte ich. «Kommt das von Derry?»

Derry war einer von diesen *neuen Männern* und mit seinen Gefühlen und seinem inneren Selbst sehr verbunden. Andauernd hielt er Ruth vor, sie sei mal wieder emotional abwesend, worüber wir drei uns normalerweise vor Lachen bepissten.

«Außerdem stimmt es nicht, Niall.»

«Jetzt hör aber auf, Jeanie, natürlich stimmt das.»

«Ich rede jetzt gerade mit dir, oder?»

Er musterte mich, seine Ehefrau, mit einem misstrauischen Blick. Während ich auf sein Urteil wartete, verstrichen die Sekunden, wobei ich an all die Ausreden dachte, die ich noch in petto hatte, wie den Hund, den wir kaufen könnten, das Haus, in das wir uns zurückziehen könnten.

«Du hast dich verändert, Jeanie. Du warst nicht immer so, weißt du. Als wir zusammenkamen, dachte ich, ich kriege alles mit, was in deinem Kopf vorgeht. Alles und jedes, und ich war verdammt dankbar dafür. Wie blöd ist das denn? Aber so war es. Ich war dankbar, dass du mich endlich liebtest und mir vertrautest, nachdem es vorher die ganze Zeit um Fionnkack-Cassin gegangen war. Endlich fühlte das zwischen uns sich richtig und gut und ehrlich an. Und jetzt, jetzt weiß ich nicht mehr, wo wir überhaupt stehen.»

Jegliche Ausrede und jegliche Rechtfertigung lösten sich in Luft auf, als er diesen Namen nannte. Diesen Namen, der in den Zellen und Poren meines Körpers nistete, der sich manchmal in den seltsamsten Augenblicken flüsternd manifestierte, etwa wenn ich die Haustür öffnete oder mir die Schuhe zuband oder an einem dunklen, kalten Wintermorgen erwachte.

«Mach mal halblang, Niall, das ist Jahre her.»

«Du vergisst, dass ich dich gesehen habe, nachdem er gegangen war. Total am Boden und nur noch am Hungern. Nur noch Haut und Knochen.»

«Niall, ich war jung. Das ist doch lächerlich.»

«Du weißt, ich habe gewartet, ich habe auf den Tag gewartet, an dem du sagen würdest, jetzt sind wir da durch, aber der Tag ist nie gekommen. Ich glaube, ich habe mich erst entspannt, als wir geheiratet haben. Und dennoch gibt es immer wieder diesen kleinen, nagenden Zweifel in meinem Hinterkopf, diese Stimme, die sagt, nee, nee, mein Lieber, das ist noch nicht ausgestanden. Du bist wie ein nasser Aal, Jeanie, den ich zu fangen und festzuhalten versuche, und lange Zeit hatte ich einen einigermaßen festen Griff, aber jetzt entschlüpfst du mir. Ich meine, ich habe es wirklich versucht. Oder etwa nicht? Du kannst nicht behaupten, dass ich nicht mein Bestes gegeben hätte, damit du dich öffnest, aber jedes Mal, wenn ich mit dir über unsere Zukunft reden will, findest du einen Weg, mich zum Schweigen zu bringen und den Raum zwischen uns mit irgendeinem anderen Scheiß zu füllen wie so einem verdammten Hund.»

«Stopp mal, du warst schließlich derjenige, der von einem Hund angefangen hat, nicht ich.»

«Aber in den letzten Jahren ist es schlimmer geworden. Seit wir über Babys reden ...»

«Herrgott noch mal, bist du völlig übergeschnappt? *Du* hast angefangen, über Babys zu reden.»

«Okay, also gut, von mir aus. Seit *ich* angefangen habe, über Babys zu reden, hast du dich immer weiter von mir entfernt. Mit jeder Ausflucht rückst du mehr von mir ab. Sag mir, dass ich unrecht habe.»

«Ich kann dieses Scheißgespräch nicht mehr ertragen.» Wütend schlug ich die Hände über dem Kopf zusammen und drehte mich um, wollte gehen, aber bei seinen nächsten Worten blieb ich abrupt stehen.

«Was meinst du, soll ich das Thema für in fünf Jahren vormerken oder für in zehn oder vielleicht wenn du in die Menopause kommst? Wir sind zweiunddreißig, so viel Zeit haben wir nicht mehr.»

«Du Arsch», sagte ich, drehte mich wieder um und starrte ihn wütend an.

«Weißt du was, Jeanie, vergiss es! Ich hab's satt, so satt. Du willst das Leben hier so führen, dass du an einem Ort bist und ich woanders und wir gelegentlich mal zum Ficken zusammenkommen, wenn es dir gerade passt, wobei du dann immer gleich die doppelte Dosis von der Pille nimmst. Du hast gewonnen. Ich bin nicht mehr interessiert.»

«Was soll das heißen?» Bei seinen Worten geriet ich in Panik. Noch nie hatte er so endgültig, so gleichgültig geklungen. Ich hatte das Gefühl, ich wüsste nicht mehr, wer dieser Mann war.

«Genau das, was ich gesagt habe. Ich glaube, wir müssen uns eine Auszeit nehmen, und du musst herausfinden, was du willst, und ich muss herausfinden, was ich will. Ruth sagt, ich kann das Gästezimmer so lange haben, wie ich möchte.

Ich werde also für eine Zeit lang zu denen ziehen. Vielleicht mache ich das gleich noch, bevor ich Andrew abhole.»

«Was? Das meinst du nicht ernst, Niall, oder?» Waren wir wirklich schon da angelangt, dass er uns aufgeben wollte? «So schlecht war das mit uns doch gar nicht. So scheußlich ist es doch nicht, mit mir zusammen zu sein. Ich meine, ja, ich habe zu kämpfen, mit ihrem Ruhestand und alldem, aber willst du jetzt wirklich gehen?»

«Ich habe versucht zu helfen. Aber es ist so, als hättest du keinen Platz für mich.»

«Das stimmt nicht. Bleib einfach, und wir klären das alles, okay?»

«Nein. Ich habe mich entschieden. Ich brauche Abstand, nehme mir ein Beispiel an dir. Hier ist einfach alles zu viel. Wir können nicht frei und ehrlich miteinander sein, wenn alle anderen dabei zusehen und alles mithören.»

«Aber was soll ich ihnen denn sagen?», flehte ich, weil mir der Gedanke an die Sorge in ihren Gesichtern unerträglich schien, Mums, Dads und Mikeys, wenn ich es ihnen sagte. Ganz zu schweigen von den Fragen, den Hilfsangeboten, sogar einer Art von Mediation. Nein, nein, das durfte nicht geschehen.

«Vielleicht sagst du ihnen ja mal die Wahrheit? Versuch das doch mal zur Abwechslung. Sag ihnen, dass wir zu kämpfen haben.»

Darauf konnte ich nichts antworten. Ich kriegte kein Wort heraus, war verstummt durch das, was da gerade geschah.

Er klopfte noch einmal auf den Tisch und blickte kurz in meine Richtung, bevor er raus in den Flur ging, von wo aus er die Treppe zu unserem Zimmer nahm. Ich folgte ihm nicht. Vielleicht hätte ich stärker protestieren sollen, aber stattdessen setzte ich mich an den Tisch, perplex und traurig, lauschte auf seine Bewegungen, das Öffnen von Schubladen, die Schritte vom Badezimmer zum Schlafzimmer und zurück. Und dann kam er wieder herunter, blieb am Fuß der Treppe stehen und sah zu mir herein, die ich verloren in der Küche saß.

«Ich bring die Sachen eben rüber zu Ruth. Danach komme ich wieder zurück, um zum Hospiz zu fahren.»

Ich nickte nicht, ich konnte das nicht. Er sah mich einen Moment lang an, bevor er aus dem Haus ging. Da rannte ich zum Wohnzimmer, um durch das Erkerfenster zu beobachten, wie er die Reisetasche über die Schulter schwang und die Water Lane überquerte, wobei er dem Fahrer des Wagens zuwinkte, der langsamer fuhr, um ihn passieren zu lassen. Er lief mit diesem entschlossenen Gang weiter, der so typisch für ihn war, bevor er schließlich auf die Mary Street bog und aus meinem Blickfeld verschwand.

KAPITEL 18

Nach meinem letzten Besuch in London rief Fionn nicht mehr an. Keine dramatischen Heimflüge mehr, um mich zu schnappen und mir zu schwören, dass es für immer und ewig nur ich sein würde. Mein Instinkt hatte mich nicht getrogen, dass diese Frau, die er an jenem Tag auf seiner Türschwelle geküsst hatte, meinen Zauberbann gebrochen hatte.

Ich weigerte mich aufzustehen, zog mich nicht an, duschte nicht, aß nicht. Dad, Harry und Niall legten längere Schichten ein, um mich zu ersetzen. Ich saß in meinem Zimmer, hoffte darauf, dass mein Telefon klingeln würde, während ich selbst mich umgekehrt zwang, ihn nicht anzurufen. Stattdessen rief ich Pea an, manchmal zweimal am Tag, und weinte. Ruth kam mindestens dreimal die Woche mit haufenweise Schokolade und ihren Frisierutensilien vorbei. Wenigstens meine Haare und Fingernägel sahen in dieser grässlichen Phase immer schön aus.

«Du solltest mit Niall und mir ausgehen, das würde dir guttun», sagte Ruth wiederholt zu mir.

Aber ich wies sie jedes Mal ab.

Niall schickte mir witzige SMS – heute kann ich mich allerdings nur noch an «Veganer sterben nicht, sie beißen ins Gras» erinnern – und Bilder von Ruth und ihm unterwegs in der Stadt, und ihr Lächeln darauf sollte mich dazu bringen, mein Gefühlschaos und meine Trauer abzuschütteln und wieder ins Leben zurückzufinden.

Aber der einzige Ort, an den es mich damals zog, war Mikeys Schuppen. Unsere Rollen hatten sich verkehrt, und jetzt war ich auf seine Fürsorge angewiesen. Er war der Einzige, der nie vorschlug, statt meines Pyjamas etwas Richtiges anzuziehen, spazieren zu gehen oder mal zu lächeln. Das Einzige, was er wollte, war, dass ich mir gelegentlich seine spannenden militärischen Fakten anhörte.

Eines Morgens, ungefähr vier Monate nach der Trennung, als ich schließlich so weit wiederhergestellt war, dass ich mich richtig anzog, saß ich bei ihm und lauschte seiner Erklärung, dass der Krimkrieg nicht nur wegen der postindustriellen Vorzüge der Waffenproduktion als erster moderner Krieg angesehen wurde, sondern offenkundig auch, weil er der erste Krieg war, der konsequent von den Medien begleitet wurde.

«Du kapierst es nicht, Jeanie», sagte Mikey, als ich nicht enthusiastisch genug reagierte. «Was ich sagen will, ist, dass diese Berichterstattung von der Krim wie ihr Twitter und Facebook war. Das war total spektakulär.»

Wäre ich durch den Verlust Fionns nicht vollkommen niedergeschlagen gewesen, hätte ich vielleicht Besuche bei meinem Bruder direkt nach der vierteljährlichen Lieferung von *Osman's* unterlassen. Aber ich mochte die Ablenkung, selbst wenn ich eine zweistündige Erörterung der Inhalte über mich ergehen lassen musste, *plus* was im nächsten Quartal anstände, da *Osman's* mit jeder Lieferung freundlicherweise einen Newsletter verschickte, der die guten Aussichten verkündete.

«Doch, doch, das verstehe ich schon, ganz bestimmt.» Ich versuchte, etwas überzeugender zu klingen.

«Und das Beste ist …»

«Was, das war noch nicht das Beste?»

Er zuckte nicht einmal zusammen oder warf einen empörten Blick in meine Richtung, er holte einfach nur Luft, um weiterzusprechen.

«Was ist denn das da?», fragte ich und hob vorsichtig, um Mikey nicht zu erschrecken, den Finger und deutete auf eine rote Zeitschrift in seinem Stapel von Novitäten.

«Wo?»

«Die rote Zeitschrift da. Deine sind normalerweise weiß, oder?»

«Ja, stimmt.» Mikey folgte meinem Finger mit den Blicken, eifrig darauf bedacht, den Eindringling am Boden seines Novitätenstapels auszumerzen. «Die ist ganz und gar unnormal. Die ist mir noch gar nicht aufgefallen.» Er hob vorsichtig seine Zeitschriften von dem ekelhaften Ding weg. «Oh ja, jetzt fällt es mir wieder ein. Sie weiten ihre Themen aus. Der Verlag. Versuchen, ihre Basis zu verbreitern. Gehen in die Sozialgeschichte hinein. Ich hatte ihnen eine Mail geschrieben. Hatte geschrieben, dass ich das nicht wolle. Nicht mal ein Freiexemplar. Aber trotzdem, hier ist es.» Er wedelte angewidert damit in meine Richtung.

«Kann ich mal schauen?»

«Nimm es. Ich will es nicht. Wie du genau weißt, Jeanie, bin ich ausschließlich ein Mann des Militärs. Was haben die sich dabei gedacht? Mein Einkaufsverhalten belegt doch ganz eindeutig, dass mich bloß ein Thema interessiert.»

Ich begann, die Zeitschrift durchzublättern, und hielt mich nicht damit auf, ihn darauf hinzuweisen, dass *Osman's*, da sie bislang überhaupt nur zur Militärgeschichte publiziert hatten, Mikeys Verkaufshistorie gar nicht entnehmen konnten, ob er auch noch andere Interessen hatte. Während er noch weiter über ihren grässlichen Fehler nachsann und sich laut fragte, ob eine weitere Mail die beste Möglichkeit wäre, seine Enttäuschung zu artikulieren, genoss ich die zeitweilige Ablenkung durch Geschichten von Menschen, die geisterhaft wirkten, wenn ihr Lächeln auf den Fotos dazu in Schwarz-Weiß an mir vorbeizog, bis sich die Seiten schließlich bei dem Farbfoto einer Frau öffneten, die in ihren Sechzigern zu sein schien, gegenüber einem Artikel mit der Überschrift: *Mit den Toten reden: Eine Geschichte der Bestattung in Südfrankreich,* von Marielle Vincent. Ich überflog den Artikel, während Mikey sich weiter empörte.

Als ich begriff, dass sie sie tatsächlich hören konnte und dies nicht bloß eine raffinierte Überschrift war, um Leser anzulocken, sprang ich von meinem Stuhl auf, meine erste dynamische Tat seit Monaten, und wedelte mit dem Artikel vor ihm herum. «Oh mein Gott, es gibt noch jemanden, Mikey. Noch jemanden, der sie hören kann!»

Seine Augen verengten sich zu Schlitzen.

«Bitte wedele nicht und schrei nicht, Jeanie. Du weißt, ich mag es nicht, wenn Leute schreien. Also mach das bitte nicht oder geh raus.»

«Ja, ja, okay. Tut mir leid. Ich kann es bloß einfach nicht glauben. Ich muss Dad finden.»

Ich blätterte wieder den Artikel durch, während ich zurück ins Haus ging, prüfte nach, ob ich richtig gelesen hatte, auch wenn ich wusste, dass dem so war, aber dennoch, manchmal liest man, was man lesen möchte, und nicht das, was tatsächlich dasteht. Aber nichts hatte sich geändert. Marielle Vincent war wirklich eine von uns.

«Dad», rief ich, steckte meinen Kopf in jedes Zimmer, bis ich ihn in der Küche fand, wo er sich gerade einen Kaffee machte. «Dad, du wirst es nicht glauben.»

«Jeanie!», lachte er. «Gut, dich mal wieder so glücklich zu sehen. Dieses Lächeln hat mir gefehlt.»

Aber auch wenn Dad sich über den Artikel freute, war er nicht regelrecht geplättet. Er musste sich nicht hinsetzen. Er ging nicht gleich auf *Google Images*, um mehr Fotos von dieser Wunderfrau zu finden. Er beugte sich nur über mich, als ich den Artikel auf den Küchentisch legte, kicherte und sagte: «Ja, ist es denn die Möglichkeit?»

«Sie redet mit ihnen wie wir», bekräftigte ich, falls er es immer noch nicht verstanden hatte. «Und auch schon seit ihrer Kindheit. Das Beste aber ist, dass sie Einbalsamiererin war, das aber nicht mehr praktiziert. Sie weigert sich. Ihr Mann Bernard starb vor drei Jahren, und sie konnte ihre Chemikalien bei ihm einfach nicht einsetzen. Also wäscht und kleidet sie die Toten in ihrem Bestattungsinstitut einfach nur an, wie Mrs Simmons es früher in ihrem Laden immer getan hat. Nachdem sie mit ihnen geredet hat, beerdigt sie sie auf ihrer Wiese, ihrer ‹Gedenkwiese›, wie sie sie nennt.» Ich sah ihn erwartungsvoll an.

«Tja, das ist wirklich etwas anderes.»

«Aber bist du denn überhaupt nicht neugierig? Wie es bei ihr angefangen hat und wie sie damit umgeht, wenn alle Welt bei ihr für ihren Service Schlange steht wie bei uns?»

«Ich freue mich für dich, mein Schatz, wirklich. Es wäre schön, die französische Sicht darauf zu bekommen. Große Philosophen, die Franzosen. Sehr tief.»

«Also, ich werde ihr mailen.»

«Gute Idee.»

«Und, gibt es da etwas, das ich sie für dich fragen soll?»

«Où est la gare?» Er lachte angesichts des einzigen französischen Satzes, an den er sich aus seiner Schulzeit noch erinnern konnte. «Nein, du machst das sicher sehr gut. Ach, nein, warte mal …»

Endlich, dachte ich, wenigstens ein bisschen Interesse.

Dad nahm mir die Zeitschrift aus der Hand und blätterte zurück zur Titelseite.

«Ist das eine neue Zeitschrift, die die bei *Osman* herausbringen?» Er sah mich an, als wäre *ich* das Kind, das ihn alle drei Monate ausnahm. «Ich hoffe bei Gott dem Allmächtigen, dass dies nicht zu einem weiteren Abonnement führt.»

«Aber all die Jahre, Dad», sagte ich, immer noch ungläubig darüber, dass er auf diese neue Entwicklung so gleichgültig reagierte, «haben wir das als Einzige gemacht, und jetzt gibt es da jemanden, mit dem wir reden können und uns austauschen!»

«Also, Jeanie, ich mache das jetzt schon sehr lange, und ich weiß, was ich tue, und muss wirklich keine Zeit damit verschwenden, das mit jemand anderem zu analysieren. Aber setze dich gern mit ihr in Verbindung, wenn du möchtest. Ich freue mich sehr für dich, wirklich.»

Dann ließ er mich in der Küche stehen, und ich kam mir total albern vor. Die ständig Besorgte, die sich permanent den Kopf darüber zerbrach, was sie den Toten denn sagen sollte, ganz anders als Mr Supercool, der sich regelmäßig etwas einfallen ließ, was die Lebenden vielleicht gerne hören wollten.

«Alles klar, Jeanie?» Keine zwei Sekunden später kam Harry durch die Korridortür.

«Oh, hallo.» Ich blickte auf den Artikel hinunter. «Hast du je gedacht, du bist deinem Job nicht gewachsen, Harry? Dass alle anderen um dich herum supereffizient und gut beieinander sind, während du ... ein hoffnungsloser Fall bist?»

«Manchmal beschämen mich Niall und sein jugendlicher Enthusiasmus ein wenig, weil ich nicht jeden Morgen begeistert aus dem Bett springe, weil wieder ein Tag ansteht, an dem ich tote Menschen waschen kann, aber ich rechne das meinem Alter an.» Sie setzte sich mir gegenüber und wartete auf mehr. «Warum, was ist passiert?»

Ich deutete mit einem Nicken auf die Zeitschrift.

Sie drehte sie zu sich um, um die Überschrift zu lesen.

«Ist das wahr?» Sie löste den Blick nicht mehr von der Seite, las weiter.

«Ja, scheint wahr zu sein.»

«Wow.»

«Oh ja. Selbst du verstehst es. Aber Dad scheint es überhaupt nicht zu interessieren. Er kann das alles so viel besser als ich. Denn jedes Mal, wenn wieder ein Toter reinkommt, kriege ich dieses Angstgefühl im Bauch, was sie wohl wieder zu mir sagen werden und was ich dann für sie tun soll. Er aber nicht.»

«Ich wär mir da nicht so sicher, Jeanie. Ich denke schon, dass ihn das berührt, aber ...»

«Aber was? Er ist besser darin, es nicht zu zeigen?»

«Vielleicht.»

«Du hast keine Ahnung, Harry, wie oft ich mich mit alldem allein fühle. Ich weiß, das hört sich wahrscheinlich lächerlich an, aber manchmal kommt es mir so vor, als trüge ich das Ganze hier allein auf meinen Schultern.»

«Oh, Jeanie, Liebes, so ist es nicht. Ich bin doch hier.»

«Aber du kannst einfach nicht verstehen, wie sich das anfühlt. Die Sorge, es falsch zu machen. Und die Lügen, Harry, Dinge zu vertuschen und die Wahrheit zu verdrehen, sodass es für alle Beteiligten etwas leichter wird. Das kannst du gar nicht verstehen.»

Ich sah, wie sie zusammenzuckte, wie verletzt sie von meinen Worten war.

«Nein, wahrscheinlich nicht.» Schließlich legte sie die

Zeitschrift weg und ließ ihre Hände in den Schoß sinken. «Als du klein warst, hast du immer mit mir geredet, besonders über die Toten. Ich mochte das. Ich vermisse es.» Da sah sie mich direkt an. «Weißt du, ich finde nichts, was du über den Ort hier sagst, unpassend oder würde auf dich einreden, dass du darüber hinwegkommen sollst! Ich weiß, wie schwer es ist, ich sehe es dir jeden Tag am Gesicht an.»

Da fragte ich mich, wann es eingetreten war und wie es geschehen konnte, dass ich aufgehört hatte, mit dieser gütigen Frau zu reden, die so ein wichtiger Teil unseres Lebens war und sich dennoch nie in den Vordergrund gespielt hatte, nie laut wurde und nie mehr von uns verlangte, als sie für angemessen hielt.

«Es tut mir so leid, Harry. Ich hätte das nicht sagen sollen. Ich bräuchte einfach nur jemanden, der das alles wirklich verstehen kann, weißt du.»

«Natürlich.» Sie winkte bei meiner Entschuldigung ab. «Ich verstehe doch. Ich bin froh, dass du auf die Frau gestoßen bist. Auf jemanden, der dich wieder glücklich machen kann, nach all dem, was du durchgemacht hast.» Dann erhob sie sich, um den Kessel für ihren morgendlichen Becher heißes Wasser mit einem Spritzer Zitrone aufzusetzen.

Marielle Vincent war nicht in den sozialen Medien aktiv, und die bei *Osman's* weigerten sich, mir irgendwelche Kontaktdaten zu übermitteln, boten aber an, einen Brief weiterzuleiten – einen *richtigen* Brief, keine E-Mail.

Ich wartete auf eine Antwort. Doch jeden Tag kam Arthur ohne Brief vorbei. Versicherte mir, dass eine Sendung von ihr auf keinen Fall auf irischer Seite verloren gegangen sein könnte.

«Die bloße Andeutung ist schon ein Affront, Jeanie.»

«Du willst mir wirklich sagen, Arthur, dass unsere Post noch nie einen Brief verloren hat?»

«Das müssen die Engländer gewesen sein. Alles hinterhältige Leute, denk an die große Hungersnot.»

«Ich höre dir gar nicht mehr zu.»

«Oder die Franzosen? Immer am Streiken. Man hört nichts dergleichen von den Iren derzeit, oder?»

Vier Monate später, als ich schon beinahe vergessen hatte, dass ich ihr einen Brief geschickt hatte, kam eine E-Mail. Mariella begann damit, dass sie die lange Zeit ansprach, die bis zu ihrer Antwort verstrichen war, entschuldigte sich aber nicht. Ihre Worte waren beflissen und sachlich. Ich war mir unschlüssig, ob es an ihrem Englisch lag oder ob das die Art von Antwort war, die jemand gab, der zweifellos schon ein oder zwei unschöne Reaktionen auf diesen Artikel erhalten hatte. Aber sie wollte mehr über uns Mastersons wissen und darüber, was genau wir taten. Ich antwortete ihr vier Tage später, Zeit genug, dachte ich, um ihr zu zeigen, dass ich mir über ihre Nachricht Gedanken gemacht hatte, eine Reife, die sie vielleicht zu schätzen wusste und die ihr auch deutlich machen würde, dass ich sie, anders als viele, die ihr sonst geschrieben hatten, weder verletzen noch ins Lächerliche ziehen wollte. Als sie zum dritten Mal reagierte, schien es, als würde Mariella Vincent mir nun tatsächlich glauben.

Danach schrieben wir uns ungefähr einmal die Woche – lange Mails, die in allen Einzelheiten ausführten, was seither geschehen war, manchmal unterbrochen durch Telefonate, besonders wenn eine von uns die andere nicht richtig verstanden hatte.

«Manchmal sind die Toten feige und benutzen uns, um die Drecksarbeit für sie zu machen», schrieb Marielle einmal als Reaktion auf mein Lieblingsthema, was wir Mastersons so alles verschwiegen. «Aber wer könnte es ihnen verdenken? Würden wir es nicht vielleicht auch so machen? Es macht mir nichts aus. Ich erzähle der Familie, was sie tatsächlich gesagt haben. Das sind nun mal die Bedingungen, unter denen die Hinterbliebenen zu mir kommen dürfen. ‹Vielleicht sagen sie etwas, das Ihnen nicht gefallen wird›, erkläre ich ihnen, wenn sie bei mir anrufen. ‹Sie entscheiden, ob Sie das hören wollen. Sie können mich jederzeit unterbrechen.› Aber ich habe mich daran gewöhnt: die Tränen, die roten Gesichter, die Wut. Ich habe nicht viele Kunden, vielleicht deswegen. Viele Familien entscheiden sich stattdessen für den örtlichen Bestatter. Das ist schon in Ordnung, nicht alle sind so mutig.»

«Ich schon mal nicht», antwortete ich.

«Nur weil ich mich für diesen Weg entschieden habe, heißt das nicht, dass es der einzig richtige ist. Außerdem sind die Toten überwiegend freundlich und sagen tröstliche Dinge, und das ist es, was diese Arbeit ausmacht. Nicht zuletzt daran musst du dich halten, Jeanie.»

«*Nischt sületzt*», ich konnte beinahe hören, wie sie diese Worte aussprach. Wenn wir miteinander telefonierten, klang ihre Stimme so prächtig und weich wie ein Samtkissen.

Zum ersten Mal hatte ich wirklich das Gefühl, dass wir Mastersons nicht allein waren.

Ich hatte schon mehrere Monate lang mit Marielle korrespondiert, als Niall an Dads Computer auf mich stieß, wie ich gerade ihre jüngste Mail las. Niall und ich waren uns wieder nähergekommen, der Abstand hatte sich immer weiter verringert, seit Fionn aus meinem Leben verschwunden war, unsere Freundschaft entwickelte sich, war gereift wie wir selbst mit unseren mittlerweile dreiundzwanzig Jahren. Ruths und Nialls Beharrlichkeit hatte schließlich Wirkung gezeigt, und sie hatten mich nach draußen gelockt. Während wir im Dämmerlicht des städtischen Kinos Popcorn aßen und auf Barhockern und an Restauranttischen saßen und das Weltgeschehen kommentierten, ging es mir besser und besser.

«Sie balsamiert sie also wirklich nicht ein?», fragte Niall, der sich seitlich an den Tisch setzte, einen Kugelschreiber griff und ihn in der linken Hand zwirbelte wie eine Cheerleaderin ihren Stab.

«Nein, sie hat damit aufgehört.»

«Dann hat sie also höchstens vierundzwanzig Stunden Zeit, bevor sie sie beerdigen muss?»

«So ungefähr, was, wie sie sagt, oft schwierig werden kann, wenn sie ein oder zwei Stunden entfernt wohnen. Manchmal sagt sie einfach Nein.»

«Also keine Sklavin des Geldes?»

«Ich habe das Gefühl, Marielle ist von nichts und niemandem eine Sklavin.»

«Kann ich vielleicht mal mit ihr über ihre Entscheidung, das Einbalsamieren aufzugeben, sprechen? Ihr vielleicht eine E-Mail schicken? Ich würde so gern mehr darüber wissen.»

«Ich kann sie fragen. Ich glaube nicht, dass sie was dagegen hat.»

«Ich meine, ich will nicht kaputtmachen, was ihr zwei da am Laufen habt, also wenn sie nicht allzu begeistert reagiert, mach ihr bitte keinen Druck.»

«Ich frag mal. Das bin ich dir schuldig für all das, was du auszuhalten hattest wegen mir und meinen ... du weißt schon, Tränen.»

«Welche Tränen? Ist mir gar nicht aufgefallen», grinste er.

«Ja, genau. Aber ernsthaft, Ruth und du, ihr wart richtig

lieb, dass ihr mich die ganze Zeit mitgeschleppt habt und versucht habt, mich aufzuheitern.»

«Im Grunde bist du gar nicht so schlimm. Jedenfalls wenn du dann beim dritten Mojito bist.» Er lächelte und fügte hinzu: «Scheint dir besser zu gehen, Jeanie. Richtig schön, das zu sehen.» Er sah mich lange an und sagte dann: «Ich habe dich vermisst.»

Und da passierte es, dass sich dieser kleine Attraktionsschalter in mir umstellte. Unter der dünnen Haut meiner Handgelenke puckerte mein Pulsschlag, auch in meiner Nackenbeuge, in meinem Mittelohr, und setzte etwas in Gang, was anscheinend darin bestand, dass ich ein Brennen von meinen Zehen bis in die Wangen verspürte, mir das Haar aus den Augen strich und irgendwohin schaute, nur nicht zu ihm. Aber er wusste es. Ich sah ihn erröten. Jene erfolgreichen Jahre des Feldspiels hatten ihn gelehrt, sein Gegenüber zu deuten. Er lächelte und ließ aus Versehen den Kuli fallen.

«Auf geht's», sagte Dad, der quer durch den Vorbereitungsraum auf uns zugestürzt kam. «Wir haben einen komplizierten Fall, Leute. Eine junge Frau, zweiundzwanzig. Von einem Brotlaster im Rückwärtsgang drüben im Gewerbegebiet in Ashdown überfahren. War sofort tot. Ich kenne die Familie flüchtig, Howard, aus der neuen Siedlung, Greenlands. Alannah Howard.»

«Oh», sagte ich, «es gab eine Alannah Howard ein Jahr unter uns in der Schule, oder, Niall?»

Niall lächelte nicht mehr. Stattdessen wurde er kreideweiß. Er starrte Dad mit offenem Mund an.

«Ich kann Harry hinzubitten, wenn dir das zu viel wird, Niall», versicherte ihm Dad. «Das wird nicht leicht, wenn ihr sie beide gekannt habt.»

«Alles in Ordnung mit dir, Niall?», fragte ich, als er immer noch vor sich hin starrte.

«Sie war Samstagabend auch unterwegs.» Seine Worte fielen in diesen Raum, dieses Niemandsland zwischen Dad und mir.

«Was, bei *McCaffrey's*?»

Er nickte.

«Oh.»

«Ich rufe Harry an. Das ist wahrscheinlich das Beste.» Dad holte schon sein Handy heraus. «Obwohl», er hielt inne, «es da eine Kopfverletzung gibt.»

Wir beide sahen Niall an, da wir ganz genau wussten, dass er für so etwas nun wirklich der Beste war.

«Niall?», fragte ich sanft. «Fühlst du dich dem gewachsen?»

Er sah auf den Kugelschreiber auf dem Tisch, dann sah er mich an, dann Dad.

«Ja», sagte er und fügte leise ein kaum hörbares «sicher» hinzu, bevor er aufstand und das Büro verließ, um auf den Hof zu gehen.

Die Verletzung am Hinterkopf Alannahs verhinderte nicht ihre Aufbahrung im offenen Sarg, wie sie sich die Familie gewünscht hatte. Das meiste konnte mithilfe ihres Haars und der durchdachten Platzierung des Seitenfutters verdeckt werden. Und doch wusste ich, dass das für Niall nicht gut genug war. Niall war zu dem Zeitpunkt bereits ein Meister der Rekonstruktion geworden. Auch wenn er erst dreiundzwanzig war, hatte er sich damit bereits einen Namen gemacht. Er hatte eine Reihe Kurse zu dem Thema in Dublin besucht und unzählige Clips auf *YouTube* von den Besten der Zunft mit ihren neuesten Tipps angesehen. Es gab Tage, an denen er von morgens bis abends über nichts anderes als Füllkörper, Wachs und Abdeckstifte redete. Selbst die bei Doyle's wussten, dass sie diese Fertigkeiten nicht besaßen, und fragten gelegentlich an, ob sie eine Leiche zu uns rüberschicken dürften. Mit einer Kopfverletzung wie der von Alannah musste man umgehen können.

«Was, wenn ihre Mutter oder ihr Vater sich zu ihr hinunterbeugt, um sie zu küssen, und dann die Hand an ihren Kopf legt und dieses Loch spürt, das wäre doch schlimm», erklärte er, als ich vorschlug, dass er es diesmal vielleicht nicht ganz so gründlich machen müsste, wenn es ihm zu viel wurde. «Ich habe ihnen gegenüber doch eine Verpflichtung. Ich werde sie perfekt zurechtmachen, als hätte sie keinen einzigen Kratzer abgekriegt.»

Und obwohl ich mit diesen Worten gerechnet hatte, hatte ich überhaupt nicht erwartet, dass er derart aufgewühlt sein würde.

«Bist du sicher, dass du das packst, Niall?»

Er antwortete nicht sofort, sondern sah sie weiter an, bis er schließlich sehr leise sagte: «Sie hat mich am Samstag angeschaut. Du weißt schon, einer dieser sehr langen Blicke.»

«Ah ja», nickte ich. Und da war er schon, ein kleiner Stich von Eifersucht.

«Ruth und du habt gerade wieder über Derry geredet.» Derry hatte Ruth inzwischen mindestens dreimal um ein Date gebeten, aber an jenem Abend hatte sie sich schließlich überreden lassen.

«Hat sie schon irgendetwas gesagt?», fragte Niall, während er auf Alannah hinuntersah.

«Nein, sie ist still. Sagte kein Wort, als sie reingebracht wurde, und seitdem war auch nichts.»

Er nickte.

«Ich habe mit ihr geredet. Sie hat mir sogar ihre Handynummer gegeben. Ich hab sie in meiner Jacketttasche.» Wir blickten beide auf sein marineblaues Jackett, das an dem Haken neben der Tür hing. «Ich kann einfach nicht glauben, dass sie ...»

«Oh, Niall.» Ich streckte die Hand aus und berührte ihn am Arm. Er starrte so lange darauf, dass ich mich zu fragen begann, ob er es anstößig fand, solch eine persönliche Geste an einem Ort, der eigentlich heilig sein sollte. Oder schlimmer noch, sah er das vielleicht sogar als eine unwillkommene Anmache angesichts dessen, was er mir gerade erzählt hatte?

Er rückte von mir ab, außerhalb meiner Reichweite.

«Meinst du, du kannst ihr sagen, dass ich mich für einen Moment zurückziehen muss?»

«Sicher, natürlich, aber sie spricht nicht, also glaub ich nicht ...»

«Sag es ihr einfach», befahl er unwirsch.

«Okay.» Ich sah ihm nach, als er sich entfernte, und legte meine Hand auf Alannahs Schulter.

Nach einer Weile, als er nicht zurückkehrte, folgte ich ihm in den Verabschiedungsraum, wo ich, um ihn nicht noch mehr zu erschrecken, die Tür behutsam hinter mir schloss.

«Es tut mir leid, Niall, wenn das vorhin, als ich dich berührt habe, unpassend war. Ich wollte nur versuchen, dir ... Ich wollte gar nichts damit sagen.»

Er drehte sich um, musterte mich, wie ich da in der Tür stand.

«Es ist lange her, dass du mich berührt hast.» Auf seinem Gesicht lag immer noch der leicht verblüffte Gesichtsausdruck von vorhin.

«Das stimmt wohl.»

«Du warst ein bisschen beschäftigt. Mit einem gewissen Mr Cassin.»

Seine Blicke hefteten sich an meine, so wie vor nicht einmal fünf Abenden Alannahs an seine.

«Ah, der.»

«Ja, der.»

Er blickte mich einen Moment lang an und holte dann tief Luft, so wie man es vielleicht tat, bevor man ins Wasser sprang, sah dann schnell wieder weg, als wollte er sich selbst davon abhalten, etwas zu tun oder zu sagen, was er später bereuen könnte; vielleicht einen peinlichen Annäherungsversuch oder eine verletzende Zurückweisung? Und da konnte ich es nicht mehr ertragen. Konnte es nicht ertragen, nicht einen Moment länger, dass dieser wunderbare Mann sich nach mir verzehrte oder um meinetwillen litt. Und so war ich es diesmal, die die Kluft überwand. Ich, die ich, als ich bei ihm war, spüren konnte, wie sich sein Atem beschleunigte. Ich, die ich in jene sanften braunen Augen blickte, deren Traurigkeit ich auslöschen wollte. Ich, die ich den Finger hob, um ihn an seiner linken Schläfe zu berühren.

«Es tut mir leid», flüsterte ich.

Überrascht zog er die Stirn kraus. «Was denn?»

«Das mit Alannah. Und dass ich dich all die Jahre nicht so wahrgenommen habe, wie ich das eigentlich hätte tun sollen.»

Und dann berührte ich seine Lippen mit meinen, weil ich ihm diesen ersten Kuss schuldete. Mein Herz erhielt eine Art Stromstoß, der ihm das Leben zurückgab, auf das es so lange hatten verzichten müssen. Als wir uns voneinander lösten, lachte er scheu, dann nickte er, sah auf meine Hände hinunter, die er dann ergriff.

«Heißt das jetzt ...», er sah auf, hatte das eine Auge geschlossen und ein Grinsen auf seinen wunderschönen Lippen, «dass du tatsächlich mit mir ausgehen wirst?»

«Ja», sagte ich glücklich, zutiefst glücklich. «Wenn du mich fragst, werde ich Ja sagen.»

«Na, dann sollte ich vielleicht fragen.»

«Vielleicht solltest du.»

«Vielleicht mache ich das.»

«Also, dann freue ich mich darauf.»

«Gut», sagte er, bevor er mich an sich zog, um mich wieder zu küssen.

KAPITEL 19

Im Laufe der Jahre hörte ich gelegentlich über Peanut von Fionn. In der Zeit, in der sie in London in Anders' Praxis gearbeitet hatte, hatte sie sich ein paarmal mit ihm getroffen, aber nachdem sie nach Oslo gezogen war, hatten sie den Kontakt verloren. Ich fragte nie groß nach, obwohl es mich meine ganze Kraft kostete, nicht in Erfahrung zu bringen, ob er immer noch *sie* traf. Und außerdem gab es jetzt Niall, und es ging uns gut.

Aber dann lief ich eines Tages die Mary Street entlang und sah, wie sich mir ein Mann mit einem vertrauten Gang näherte. Ich war siebenundzwanzig; in den fünf Jahren, seit wir uns zuletzt gesehen hatten, hatten wir nichts voneinander gehört, es hatte keine Telefonate, keine SMS gegeben, keine Heimatbesuche. Und doch war er jetzt hier, sein Haar trug er kürzer, er hatte einen Bart und den Riemen seiner Kameratasche über seine linke Schulter und die Taille geschlungen. Er sah älter aus, müde. Aber trotz all dieser Veränderungen, dieser Distanz zwischen uns, war ich augenblicklich wieder in seinem Bann, plötzlich unsicher darüber, wie einfachste Bewegungen zu bewerkstelligen waren, Gehen zum Beispiel, welcher Fuß kam eigentlich als nächster, war es der linke oder der rechte? Und die ganze Zeit klopfte mein Herz wie verrückt, und ich hörte es in meinem Ohr puckern.

«Hey», sagte er einfach, blieb vor mir stehen, so beiläufig, als ob wir uns jeden Donnerstag über den Weg liefen, wenn ich zur Bank ging, um Geld einzuzahlen.

«Hey.» Ich versuchte, seine Lässigkeit nachzuahmen, und doch schien jeder meiner Körperteile mich desavouieren zu wollen, so kratzte ich mich linkisch an der Stirn und versuchte vergeblich, ein paar Strähnen hinter mein Ohr zu schieben. «Du bist also nach Hause gekommen?»

«Nur für ein, zwei Tage. Nicht lange. Du siehst gut aus.»

«Du auch.» Ich sah zur Fensterfront von *Kate's Kitchen* auf der gegenüberliegenden Straßenseite hinüber, um den Anblick dieses Lächelns und des schiefen Schneidezahns zu meiden.

«Wie geht es dir, Jeanie? Ist eine Weile her, dass wir uns gesehen haben.» Seine Worte waren bedachtsam gesprochen, mit einer Betonung auf dem «dir», als wollte er mich wissen lassen, dass mein Zustand, meine Empfindungen ihm wirklich etwas bedeuteten.

«Mir geht's gut, doch. Und dir?» Vielleicht keine Antwort, die seiner Mühe entsprach, aber ich war zu nervös, um irgendetwas Tiefschürfenderes zu sagen.

«Ja, bestens. Ich wohne in unserem alten Haus. Eine seltene Lücke zwischen all den Vermietungen … Wer hätte geahnt, dass so viele ausgerechnet in Drumsnough wohnen wollen», lachte er. «Ich bin eigentlich hier, weil ich mich ein bisschen ausruhen will. Jess sagt, das liegt an meiner ganzen Reiserei. Ich fotografiere für Musikfestivals in UK und Europa. Das ging ohne Pause immer so weiter.»

«Hört sich schön an. Also das Reisen, meine ich.»

«Na ja, nicht so glamourös, wie man annehmen könnte, aber, weißt du, es hält mich auf Trab. Zahlt meine Miete. Und ich kann in meiner Freizeit das fotografieren, worauf ich Lust habe.»

«Dann wohnst du nicht mehr in der Methley Street, bei Al und Jess?»

«Nein. Ich bin jetzt richtig erwachsen und habe meine eigene Wohnung. Ich habe eine Zweizimmerwohnung in Brixton. Ist ein bisschen weiter draußen, aber ich mag das.»

«Oh, schön.»

«Ich habe ab und zu Peanut getroffen. Aber jetzt, wo sie nach Oslo gezogen ist, haben wir nicht mehr viel Kontakt. Ab und an mal 'ne Nachricht.»

«Ja, das hat sie mir erzählt.»

Er sah auf meinen Verlobungsring, der keck auf meinem Ringfinger funkelte, und war konsterniert. «Wow. Sie hat mir von Niall und dir erzählt. Aber mir war nicht klar, dass das *so* ernst war.»

«Oh, das, ja.» Vier Monate früher, am ersten Weihnachtstag, gerade als wir nach dem Abendessen eine Partie *Cluedo* anfangen wollten, war Niall vorbeigekommen, hatte sich vor der ganzen Familie vor mir hingekniet und den Ring hervorgeholt. Bevor ich überhaupt meine Stimme wiedererlangt hatte, blickte ich in ihre Gesichter – Dads, Mums, Harrys und sogar Mikeys – und sah ihr breites Lächeln. Dad war aufgestanden, um Niall zu umarmen, bevor ich überhaupt «Ja» gesagt hatte. Was ich tat. Und ich meinte es auch, selbst wenn ich – während alle uns gratulierten – in Gedanken für eine Sekunde zu einer Straße in London zurückgekehrt war. Meine Mutter brachte sogar Mikey dazu, uns beim Gratulieren die Hände zu schütteln.

Ich steckte meine Hand in die Tasche und verbarg das Funkeln.

«Habt ihr schon ein Datum vereinbart?»

«Juni, nächstes Jahr.»

«Verheiratet mit achtundzwanzig.» In seiner Stimme

klang keine amüsierte Ungläubigkeit an, als er das sagte. Stattdessen wirkte er überraschend traurig.

Hilflos angesichts seines schmerzhaften Gesichtsausdrucks lachte ich seine Bemerkung einfach weg. «So jung ist das nun auch wieder nicht, wir sind ja nicht achtzehn oder so.»

«Nein, das wohl nicht», räumte er ein, seine Stimme war jetzt leiser, sein Blick gesenkt. «Das hätten auch wir sein können, weißt du, wenn die Dinge sich ...»

Bei diesen Worten dachte ich, wie recht Fionn hatte: Wenn ich bloß den Mut gehabt hätte, nach London zu gehen, und er nicht jemand anders kennengelernt hätte, dann hätten das ganz gewiss auch wir sein können. Aber wir wurden plötzlich unterbrochen.

«Jeanie», rief Miles Mercier rüber, ohne stehen zu bleiben, und hob grüßend die Hand.

«Geht's dir gut, Miles?», rief ich zurück und wollte nun keinen weiteren Gedanken an Fionn verschwenden, wie er vor langer Zeit eine andere auf seiner Schwelle in den Armen gehalten hatte.

«Keinerlei Beschwerden.» Miles ging weiter.

«Dann bist du glücklich, Jeanie?» Inzwischen hatte Fionn seine Fassung wiedererlangt.

«Absolut.» Ich lachte ein bisschen, als wäre seine Frage absurd.

«Gut.» Er nickte wieder dem Boden zu. Und lächelte ein Lächeln, das niemand für sehr glücklich gehalten hätte. Resigniert vielleicht; ja, eher resigniert.

«Also, ich sollte jetzt besser ...» Ich deutete auf das Bankgebäude und wollte, dass dies so schnell wie möglich endete, weil ich keinen Moment länger fähig war, zu ertragen, was dieser Mann bei mir bewirkte, einfach indem er auf derselben Straße stand. Das war das erste Mal, dass ich uns als eine Art Klettverschluss betrachtete. Fähig, getrennt zu existieren, aber wenn wir zusammenkamen, klebten wir aneinander, verzweifelt und bedürftig, fast gierig. Riss man uns mit aller Kraft auseinander, kam Haut zu Schaden.

«Hör mal, Jeanie ...» Er zögerte für einen Moment, sah einen Augenblick zum Himmel hinauf. «Können wir, äh, reden? Nicht hier. Später vielleicht. Ein Drink?»

«Ich weiß nicht.»

«Es wäre wirklich wichtig.» Sein Gesicht war so ernst, erlaubte mir nicht, Nein zu sagen. «Bitte, Jeanie, ich schwöre, ich werde dich nie wieder um irgendetwas bitten, nur dieses eine Mal jetzt.»

Die Versuchung, alles fallen zu lassen für einen Augenblick allein mit ihm, wenn alles passieren konnte, war sehr stark. Und doch wusste ich, es war das Gefährlichste, was ich tun könnte. Und ich würde das Niall nicht antun, nicht, nachdem wir schon so weit miteinander gekommen waren, nach der Heilungsarbeit, die wir geleistet, der Liebe, die wir füreinander entwickelt hatten.

«Ich weiß nicht, Fionn. Weißt du, wir haben gerade sehr viel zu tun.»

Und da entrang er seinem sorgenvollen Gesicht ein kleines Lächeln, und es war so entzückend, und ich wollte diesen Mund küssen, als hätte ich immer noch das Recht darauf. Es erschreckte mich so sehr, diese absolute, vollkommene Macht, die er über mich hatte.

«Klar. Ich verstehe. Ich wollte bloß ...» Er seufzte und sah wieder zum Himmel hinauf. Dann schüttelte er den Kopf. «Ignorier mich einfach, ich hätte gar nicht fragen sollen, alles gut.»

«Es tut mir leid», sagte ich.

«Nein, ehrlich. Ich verstehe das.»

«Ich sollte jetzt wirklich weiter.»

«Oh natürlich, ja.» Er trat zur Seite, sodass ich weitergehen konnte, mit meinem klopfenden Herzen und, da war ich mir sicher, knallroten Wangen. «Ich bin ein paar Tage hier, also wenn du, weißt du, zufällig in der Gegend bist ...» Die Welt um mich herum blieb stehen, während ich in den Bannkreis seiner Augen geriet. Ich konnte das Flehen in ihnen sehen, den Appell an mein Herz, es doch bitte zu tun, nur dieses eine letzte Mal zu ihm zu kommen.

«Ich ... ich muss wirklich jetzt gehen.» Ich schaute weg, brach seinen Bann und eilte davon. Den Kopf gesenkt, auf den Bürgersteig konzentriert und darauf, einen Fuß vor den anderen zu setzen, bis ich außer Sichtweite war und in die Bank kam, wo ich mich gleich hinter dem Eingang mit dem Rücken an die kalte Wand lehnte und die Augen schloss.

Zu meiner Schande hatte ich überlegt, Niall anzulügen und ihm nicht zu sagen, dass ich Fionn getroffen hatte. Was würde das schon bringen, sagte ich mir auf dem Heimweg. Es war nicht nötig, alte Wunden aufzureißen. Aber als ich nach Hause kam, hatte sich die Nachricht schon verbreitet. Niall war im Vorbereitungsraum und wartete auf mich, als ich vorbeiging, um die Geldtasche wieder in Dads Schublade zu tun.

«Ich hab gehört, er ist wieder da», rief er. «Ihr seid gesehen worden.»

«Na dann», lachte ich übertrieben laut. «Arthur, nehme ich an.»

«Wie geht's ihm?»

«Ja. Geht ihm gut.» Ich blieb noch einen Moment länger an Dads Schreibtisch stehen, bevor ich meinen Mut zusammennahm und zur Tür ging. Vielleicht hätte ich das Nächste nicht sagen sollen, aber ich glaube, ich wollte Niall wissen lassen, was er mir bedeutete. «Er wollte sich heute Abend mit mir treffen ...»

Und schon stieg die Temperatur, während ich begriff, dass das zwischen Fionn und mir und was es Niall zugemutet hatte, immer noch in ihm weiterlebte wie eine Herzrhythmusstörung.

«Meinst du das ernst, Jeanie?», protestierte er, bevor ich mich noch erklären konnte.

«Niall, es ist alles in Ordnung. Ich ...»

«Hast du wirklich diese Jahre vergessen, in denen es zwischen euch hin und her ging und es euch ganz egal war, mit wem der andere sonst zusammen war? Glaubst du, ich finde es in Ordnung, wenn du ihn heute Abend triffst?»

«Nein, lass mich doch mal ausreden.» Ich trat zu ihm, um seine Hand zu nehmen, aber er zog sie weg, sodass ich ins Leere griff. «Ich habe Nein gesagt. Wirklich, Niall, das ist Jahre her. Seitdem haben sich die Dinge verändert. Ich bin jetzt mit dir zusammen. Es gibt keinen Grund zur Sorge.»

Und obwohl Nialls Wut beinahe so schnell verflog, wie sie gekommen war, hatte er noch etwas zu sagen.

«Ich mache mir aber Sorgen. Ich habe Jahre damit zugebracht, euch dabei zuzusehen, wie vernarrt ihr ineinander wart. Und nun, nun, wo wir endlich zusammen sind, taucht er wieder auf und glaubt, er kann dich mir einfach wegnehmen.»

«Das ist nicht das, was hier gerade läuft, Niall, das verspreche ich dir.» In Wahrheit wusste ich nicht, was Fionn vorgehabt hatte. Vielleicht hatte Niall sogar recht. Vielleicht war das exakt das, was passiert wäre, wenn ich mich mit Fionn getroffen hätte. Er hätte nach mir gegriffen, und ich hätte es ihm gestattet, weil ich die Macht und diesen kostbaren

Liebesrausch jenseits aller Loyalität und Verpflichtung und Dankbarkeit noch einmal hätte spüren wollen. «Ich treffe mich nicht mit ihm. Was Fionn Cassin zu sagen hat, spielt keine Rolle. Er könnte mich anflehen, mit ihm durchzubrennen, und es hätte keinerlei Bedeutung, weil ich mich für dich entschieden habe, oder?» Ich hielt den Ring hoch, der sich manchmal als Zeichen meines Versprechens, das ich diesem Mann gegeben hatte, der mich gerettet, geerdet und mich an diesem Ort wieder glücklich gemacht hatte, zu klein anfühlte. «Du bist es, den ich liebe», sagte ich, und ich meinte jedes Wort.

Und doch fuhr ich am nächsten Tag zu Fionns Haus und blieb mit laufendem Motor eine Weile vor der Einfahrt stehen. Und als sich die Tür öffnete und Fionn dastand und mich ansah, begegnete ich einen Moment lang, in dem ich aussteigen, zu ihm laufen und ihn so intensiv küssen wollte wie er mich vor all den Jahren in unserem Hausflur, seinem Blick, aber ich tat es nicht. Stattdessen senkte ich den Kopf, legte den Gang ein und fuhr weg.

Später im selben Jahr versorgten Niall und ich einen Mann namens Maurice Hannigan.

Er war uns aus Meath überstellt worden, dem Nachbarcounty. Hatte um die Überführung zu uns gebeten, nicht etwa wegen unserer besonderen Fähigkeiten, sondern einzig und allein, weil wir nicht aus seiner Gegend waren. So etwas wie ihn hatte ich noch nie erlebt, einen Mann, der sich mit Vierundachtzig das Leben nimmt. Ich betrachtete ihn, als er vor mir auf dem Vorbereitungstisch lag, und fragte mich, warum er wohl sein Leben auf diese Art in einem Hotelzimmer beendet hatte.

Fälschlicherweise nahm ich an, er würde reden, sodass

ich seine Botschaft an seinen Sohn weitergeben könnte, der mit dem Flugzeug aus den USA angereist war. Aber der alte Mann schwieg beharrlich.

Niall und ich entkleideten ihn, falteten seinen Anzug zusammen, seinen Pullover und sein Hemd und legten alles sorgfältig auf den Stuhl unter den frischen Anzug, den sein Sohn Kevin vorbeigebracht hatte.

«Also, der sagt nichts?», fragte Niall.

«Nein, er ist still. Nicht ein Wort.»

Maurice' Gesicht trug einen Ausdruck undurchdringlichen Trotzes. Als hätte man ihn in seinem ganzen Leben nie zu etwas zwingen können, das er nicht wollte. «Vielleicht ist er einer von den Glücklichen und hat alles gesagt, bevor er diese Welt verlassen hat.»

«Ich bin mir nicht sicher, ob bei Selbstmord Glück das richtige Wort ist.»

«Nein», sagte ich, bemerkte Maurice' Ringfinger und den roten, glänzenden Striemen, den der Ring hinterlassen hatte, als Niall ihn abgestreift hatte. «Natürlich nicht.»

Schweigend begannen wir, ihn zu waschen.

Ohne eine Ahnung, wie die Stimme des Toten klang, stellte ich sie mir am nächsten Tag unweigerlich vor, als sein Sohn eintraf. Kevins Stimme erinnerte mich an Marielles tröstliches Timbre. Er saß beim Sarg, rieb sich die Hände, sah auf den Boden, dann zu seinem Vater hoch und wieder nach unten und wiederholte das Ganze endlos.

Als ich mich neben ihn setzte, sah er mich an. War es Furcht, die ich da sah, oder Trauer, oder wusste er vielleicht einfach nicht, was er sagen sollte? Aber bevor ich ihm die Last abnehmen konnte, sagte er: «Ich hab gehört, Sie sprechen mit ihnen.»

«Manchmal reden sie mit mir. Aber er schweigt die ganze Zeit, fürchte ich.»

«Ja, das konnte er gut.» Er sah wieder zu seinem Vater.

«Ich wünschte, er hätte etwas gesagt, sodass ich Ihnen etwas mitteilen könnte. Das vielleicht erklären ...»

«Nicht nötig. Er hat eine Nachricht hinterlassen. Er vermisste meine Mutter. Einsamkeit. So kann man es letztlich zusammenfassen.»

«Oh, da bin ich aber froh. Es ist so schwer, wenn sie einem kein Wort hinterlassen.»

«Wenn er bloß früher etwas zu mir gesagt hätte, dann hätte ich etwas tun können, ihn vielleicht zu uns in die Staaten holen, obwohl er das auch gehasst hätte.»

Mir tat der Mann leid, der jetzt ganz allein mit der Last seines Schuldgefühls zurechtkommen musste.

«Haben Sie Familie hier in der Gegend?», fragte ich.

«Ich bin ein Einzelkind. Ich habe Cousinen in England. Bristol und Cheltenham. Doch wir kennen uns nicht sehr gut. Meine Frau ist aber mit den Kindern auf dem Weg hierher. Wir haben zwei. Junge und Mädchen.»

«Schön, dass sie kommen können.»

Im Hintergrund hörte ich, wie sich im Haus die Küchentür schloss.

«Was sage ich denn meinen Kindern? Sie sind alt genug, um die Dinge zu verstehen, aber ich weiß nicht, was ich sagen soll.» Er verbarg sein Gesicht hinter seinen langen, schmalen Fingern und begann, leise zu schluchzen. «Er war die meiste Zeit ein grantiger alter Bock. Aber er war *mein* grantiger alter Bock. Und ich hätte mehr hier sein sollen.»

«Nein, hätten Sie nicht.» Und das ist das Seltsame, ich sagte diese Worte, als hätte ich jedes Recht dazu, den absoluten Glauben, dass sie völlig richtig waren. Ich kann mir bis heute nicht erklären, wo das herkam und warum ich sie mit einer solchen Autorität sagte, als hätte Maurice selbst sie ausgesprochen. «Was ich meine, ist», setzte ich an und versuchte, mich zu erklären, ohne noch verrückter zu klingen, «wir haben unsere Leben, und wir tun alle unser Bestes. Sie, da bin ich mir sicher, haben Ihr Bestes getan.»

Kevin ließ die Hände sinken und wandte sich mir mit einem Lächeln zu.

«Das ist genau das, was er gesagt haben würde. Sind Sie sicher, dass er nicht mit Ihnen gesprochen hat?» Er lachte leise. «Sie hätten ihn gemocht. Leute mochten ihn. Er war so ein alter Kauz – Geld hatte er auch ohne Ende, aber er hatte etwas an sich, dass die Leute nicht genug von ihm kriegen konnten. Ich wünschte, ich hätte das auch, was immer es war. Er war Legastheniker, sagte, er hätte keine Ahnung, woher ich mein Talent zu schreiben hatte. Aber ich hätte so gern nur für einen Tag mal seinen Charme für meine Worte eingetauscht, um zu sehen, wie das Leben für ihn war.»

Er senkte den Kopf, in Gedanken an seinen Vater verloren.

«Was werden Sie Ihren Kindern also sagen, was denken Sie?»

«Die Wahrheit, glaube ich. Was habe ich denn sonst? Ich werde ihnen sagen, dass ihr Opa sie geliebt hat. Und dass sein Herz gebrochen war und er deshalb nicht weiterleben konnte.»

Ich nickte und lächelte, beeindruckt von diesem erschütterten Mann.

«Ist es nicht erstaunlich, dass wir unser Leben mit jemanden verbringen und glauben können, wir kennen ihn? Dass wir denken, wir wüssten genau, was er in jeder denkbaren Situation tun würde. Aber in tausend Jahren hätte ich nicht gedacht, dass mein Vater so enden würde. Und doch, jetzt, wo ich hier bin und gehört habe, was er zu sagen hatte, verstehe ich es. Genau so ist er. Die Menschen sind ein ewiges Rätsel, oder?»

«Das sind sie ganz gewiss.»

«Nun, ja, ich meine, Sie wissen ganz sicher, wovon ich rede. Sie müssen ja alle möglichen Leute hier angeliefert bekommen.» Er musterte mich neugierig: «Also wie funktioniert, was Sie da machen, also das Reden mit den Toten, eigentlich?»

«Sie sprechen, wenn sie wollen, und ich höre sie. An sich nichts furchtbar Kompliziertes.»

«Und was sagen sie so?»

«Alles Mögliche. Manchmal ist das, was sie zu sagen haben, tröstlich, und manchmal ist es schrecklich traurig.»

«Und dann müssen Sie das Leuten wie mir sagen, die am Boden zerstört sind?»

«So ungefähr.»

«Wow. Ich sollte eine Geschichte über Sie schreiben.»

Ich lachte verlegen auf und wusste nicht so recht, wie ich das finden sollte. Und dann dachte ich an Marielle und wie sehr der Artikel mein Leben verändert hatte.

«Tatsächlich gibt es eine Frau in Frankreich namens Marielle Vincent, die viel besser geeignet ist als ich, vielleicht sollten Sie mal mit der reden.»

Er drehte sich wieder weg, um seinen Vater zu betrachten.

«Ich weiß nicht, ob ich das wollte – die Last der Wahrheit stemmen.»

«Es gibt immer wieder auch denkwürdige Momente.»

«Und man kann das nicht ab- und dann wieder anstellen?»

«Nein. Es ist immer da, sieben Tage, vierundzwanzig Stunden. Wenn sie sprechen wollen, werde ich sie hören.»

«Also, bis *Sie* sterben, ist es das, was Sie hören werden,

selbst wenn sie versuchen, es aufzugeben oder in den Ruhestand zu gehen, die Toten werden weiterreden.»

«Ja, das nehme ich an.»

«Und wer wird Ihnen zuhören, wenn Sie sterben? Haben Sie Kinder, an die Sie diese Fähigkeit weitergegeben haben?»

«Nein.» Ich lächelte diesem Mann, den ich nicht kannte, beinahe entschuldigend zu. Niall und ich hatten zu dem Zeitpunkt noch nicht über Kinder geredet. Ich wusste nicht mehr, was ich eigentlich darüber denken sollte. Einst war ich mir so sicher gewesen, dass es einmal Kinder in meinem Leben geben würde, aber jetzt war ich ganz verwirrt. Und hier war ein Fremder, der einer Furcht Ausdruck verlieh, die seit Jahren still und heimlich an mir nagte: dass, wenn ich meine Gabe weitergab, ein unschuldiges Kind den ganzen Druck und die Erwartungen ertragen müsste, ganz zu schweigen vom Gewicht der öffentlichen Meinung, genau wie ich das gemusst hatte. Das konnte doch nicht fair sein? «Keine Kinder», schloss ich, «bislang bin ich die Letzte in dieser Linie.»

KAPITEL 20

Für meinen Junggesellinnen-Abschied lud Peanut Ruth und mich nach London ein, um in ihrer Wohnung in St. John's Wood zu übernachten. Auch nach ihrem Umzug nach Norwegen hatte sie sie behalten, sodass Anders dort wohnen konnte, wenn er in seiner Londoner Praxis nach dem Rechten sehen musste. Aber jetzt verkauften sie sowohl die Praxis als auch die Wohnung. Dieser Besuch sollte ihr letzter in ihrem ersten Zuhause in London werden.

Ich hatte eigentlich gar keinen Junggesellinnen-Abschied feiern wollen, aber Ruth hatte mich ziemlich getriezt deswegen, und ich hatte schließlich nachgegeben. Ruth war im vierten Monat mit Amy schwanger und tat sich schwer, und so hatte Peanut gedacht, es wäre eine nette Geste, um sie aufzuheitern.

Obwohl ihr den ganzen Nachmittag über schlecht gewesen war und sie sich übergeben hatte, erst auf den Flughafentoiletten, dann im Flugzeug und dann noch mal, nachdem wir gelandet waren, war sie nicht zu bremsen in ihrer Begeisterung, mal zwei Nächte fort von Derry und Tom zu sein.

«Ich liebe die zwei wirklich sehr, aber Himmelherrgott, sie machen aus dem Haus unentwegt einen Saustall. Gerade habe ich alles sauber gemacht, da tauchen sie schon wieder neben mir auf und hinterlassen ihre Schokoladenpranken auf meinem weißen Sofa.»

«Ja, du solltest Derry wirklich mal sagen, dass damit

Schluss ist», lachte Peanut, während sie die erste Flasche Champagner köpfte.

«Und dass er vielleicht mal eine Ledercouch kaufen sollte.»

«Danke, Jeanie, aber ich könnte das Knarren und Quietschen nicht ertragen.»

«Oh ja, jetzt, wo du es sagst, das wäre wirklich furchtbar.»

Am nächsten Tag verbrachten wir den Nachmittag damit, auf der Oxford Street zu shoppen, was Ruth sich gewünscht hatte. Als wir schließlich wieder bei Peanut waren, legte sich Ruth auf deren gemütliches Bett und war augenblicklich eingeschlafen, immer noch voll bekleidet, sogar die Schuhe hatte sie an. Peanut deckte sie zu. Von der Schlafzimmertür aus sahen wir zu, wie sich ihr wunderschöner Babybauch hob und senkte.

«Hast du Niall schon gesagt, dass du dir, was Kinder anbelangt, noch nicht so sicher bist, Jeanie?» Ich hatte mit Peanut über meine Sorge gesprochen, die Gabe womöglich an ein Kind weiterzugeben.

«Noch nicht, nein.»

«Meinst du nicht, das solltest du, bevor ... weißt du, ihr euch aneinander bindet?»

«Ich mach's noch, habe nur noch nicht den richtigen Zeitpunkt gefunden.»

Sie nickte und ließ mich an meinem Junggesellinnen-Abschied noch mal vom Haken. Dann blickte sie auf Ruth und sagte: «Wirklich jammerschade.»

«Was, wegen mir und der Kinderfrage?»

«Nein, du dumme Trine, dass sie eingeschlafen ist. Ich hatte den ganzen Abend durchgeplant. Es gibt dieses tolle Sushi-Restaurant, wo ich mit euch hingehen wollte, und dann hatte ich diesen perfekten Jazzclub ausgesucht.»

«Jazz? Willst du mich verarschen?»

«Stimmt genau, aber dein Gesichtsausdruck war wirklich Gold wert!» Sie kniff mir in die Wange und lachte. «Nein, das ist ein ganz normaler Club. Eigentlich bloß eine Bar, in die Anders und ich immer spätabends gegangen sind, aber man kann auch tanzen, wenn man will.»

«Dann läuft es gut mit Anders?»

«Es läuft ganz wunderbar mit diesem Mann. Er hat sich tatsächlich darauf gefreut, Zeit mit den beiden Zwillingen allein verbringen zu können. Sosehr ich sie liebe, so anstrengend sind sie auch. Er nimmt sie mit in unsere Hütte. Du solltest das Ding mal sehen, das ist nur eine Bretterbude, kaum größer als der Schuppen im Garten, in dem sich mein Dad am Wochenende immer verkrochen hat, wenn er in Ruhe ein Spiel hören wollte.»

«Habt ihr denn in letzter Zeit übers Heiraten gesprochen?»

«Nein.»

«Aber du willst schon?»

«Ja», sagte sie, als wäre das eine blöde Frage. Ich konnte sehen, wie sie mich musterte, während ich noch etwas mehr Champagner kippte.

«Weißt du, wenn du dir bei Niall nicht so sicher bist, kannst du immer noch einen Rückzieher machen. Niemand würde dich dafür hassen.»

«Stimmt, außer Niall und Dad und Mum und Harry und auf jeden Fall Mikey.»

«Und was ist mit dir, was würdest du selbst denken?»

«Ich würde mich auch hassen. Und außerdem liebe ich ihn.»

«Sicher, aber im Rahmen deiner überaus erschöpfenden Antwort hast du vergessen, mir Schläge anzudrohen und empört zu sein, dass ich so etwas auch nur andeuten kann am Vorabend zu deinem großen Tag.»

«Können wir nicht zur Abwechslung mal über dich und Anders reden und deine süßen blonden Babys und wie stinkreich du bist?», lachte ich und versuchte, sie abzulenken.

«Wenn du darauf bestehst.» Wir tranken wieder und blickten zu unserer schnarchenden Freundin hinüber. «Ruth war doch so aufgeregt, oder? Nur allein den Ausdruck auf ihrem Gesicht zu sehen, wie sie uns in einen Laden nach dem anderen geschleppt hat, war die ganze Sache schon wert. Aber wie ist sie nur mit denen klargekommen?»

Peanut zeigte mit ihrem Champagnerglas auf Ruths High Heels.

«Ich hatte schon mit denen hier zu kämpfen, und ich bin nicht im vierten Monat schwanger.» Ich blickte auf meine hellblauen Laufschuhe mit ihren pinken Schnürsenkeln hinunter. «Wollen wir sie ihr ausziehen?»

«Sollten wir wohl. Bin mir nicht sicher, wie gut sie darin schlafen kann.»

Wir gingen ums Bettende herum, nahmen jede einen Fuß und versuchten, sie ihr vorsichtig auszuziehen. Ihre Füße schienen allerdings entschlossen, sie nicht loszulassen. Wir schoben, dann zogen wir vorne und hinten, dann von links nach rechts, ruckelten. Als alles nichts brachte, zählten wir bis drei, und dann zogen wir mit einem Ruck, federten gegen die Wand, wo wir einander, jede mit einem roten Schuh in der Hand, erschrocken musterten, aus Angst, sie geweckt zu haben.

«Danke, Mädels.» Ohne die Augen zu öffnen, lächelte Ruth, drehte sich auf die Seite, legte die Hände unter ihre rechte Wange und kuschelte sich mit einem zufriedenen Seufzer wieder ein.

«Meinst du, Ruth hat wirklich nichts dagegen, wenn wir

noch ausgehen?», flüsterte Peanut. «Da gibt es etwas, das ich dir wirklich gern zeigen möchte.»

«Hab nichts dagegen», kam es vom Bett. «Und jetzt haut ab, ich schlafe.»

«Okay, aber wir gehen wirklich, ja? Es macht dir nichts aus?»

Ruth wälzte sich auf die andere Seite und ignorierte uns.

Peanut weigerte sich, mir zu sagen, wohin wir gingen. Aber sie bestand darauf, dass ich mich ein bisschen netter zurechtmachte als bloß mit meinen Laufschuhen. Ich gab nach und nahm ein Upgrade vor mit meinen roten Plateaustiefeln, sehr Harry-mäßig, die ich für einen Fünfer bei *Oxfam* gekauft hatte, und bald darauf eilten wir zur Jubilee Line. Sie sah ständig auf die Uhr und zog mich weiter, wann immer ich stehen blieb, um in ein Restaurant zu schauen.

«Essen gibt's hinterher, das verspreche ich. Vielleicht haben sie da, wo wir hinwollen, sogar Häppchen.»

Wir überquerten Straßen, hüpften unter Bögen durch, die in Gässchen und kleine Seitenstraßen führten, gesäumt von weiß gestrichenen Gebäuden mit Panoramafenstern, in denen riesige Gemälde mit Schildern ausgestellt waren, auf denen Preise standen, für die man sich in Kilcross ein Haus kaufen konnte. Vor einem blieb sie stehen, das Raunen der Leute drinnen klang wie das geschäftige Summen aus den Bienenkörben, die Nialls Vater besaß.

«Warum sind wir hier?»

Ich blickte in das Fenster, hinter dem eine große Fotografie ausgestellt war. Ich brauchte einen Moment, um zu erkennen, was es war, aber dann begriff ich es – das Blähen eines Lakens, das den Raum füllte, sodass es aussah wie eine Woge oder eine Furche in einem weißen Rosenblatt, etwas Anmutiges und Wertvolles und Kostbares.

«Oh, das glaub ich jetzt nicht.» Ich hielt mir die Hand vor den Mund. Es war das Foto von mir, wie ich vor ungefähr zehn Jahren das Laken in unserem Vorbereitungsraum ausbreitete, nur dass ich nicht zu sehen war. Es war bloß das fliegende Laken zu sehen, die Farben und Schatten in einer Art Sepia remastert.

«Ich hab ihm gesagt, ich komme vielleicht. Es ist seine erste wirklich große Ausstellung seit Jahren.»

Ich sah immer noch auf das Foto und brachte kein Wort heraus.

«Wir sind ein bisschen spät dran. Ich glaube, wir haben seine Rede verpasst; die Engländer sind pünktlicher als wir.»

Peanut wandte sich um, aber ich rührte mich nicht. Ich stand weiter da und starrte darauf. Selbst als sie meine Hand nahm und versuchte, mich wegzuziehen, rührte ich mich nicht.

«Jeanie? Willst du nicht reingehen?»

«Du ... du hättest mir das sagen sollen, Peanut.»

«Ich weiß, aber manchmal müssen Freundinnen so etwas tun wie das hier.»

«Warum?», attackierte ich sie.

«Weil ich, Jeanie, was Niall anbelangt, wirklich möchte, dass du dir ganz sicher bist.»

«Und du dachtest, wenn du mich hierherschleppst, damit ich ausgerechnet Fionn Cassin treffe, dann bringt es das.»

«Irgendwie so, ja.»

Ich ging an der Galerie vorbei zu einem Hauseingang mit einer Treppe, wo ich mich hinsetzte, die Hand an der Stirn. Pea hockte sich zu mir.

«Ich liebe Niall, Pea. Das habe ich dir gesagt.»

«Ich weiß, dass du ihn liebst. Aber ist er wirklich *der Mann* für dich?»

«Ja, natürlich.»

«Okay, also gut. Wir müssen da nicht reingehen. Ich habe ihm nie gesagt, dass wir kommen. Ich glaube, er hat mir die Einladung nur aus Höflichkeit geschickt. Ich habe ihn seit Jahren nicht mehr gesehen. Ich mache mir nur Sorgen um dich, Jeanie.»

Ich sah meine Freundin an, die anscheinend permanent in Angst um mich war, und empfand Schuldgefühle, dass das zwischen uns nun mal so war, dass sie meine Verteidigerin sein musste, meine Vorkämpferin, mein Gewissen. Mein Ärger war im Nu verflogen.

«Ich schieb's auf den Champagner.» Ich stieß mit dem Knie an ihres und lächelte. «Eins sollst du wissen: Ich bin glücklich mit Niall, und es gibt überhaupt keinen Grund zur Sorge. Ich gehe da jetzt rein und beweise es dir. Ungefähr 'ne halbe Stunde bleiben wir und versuchen mal, alle Bilder von mir zu finden, davon wird es einen Haufen geben, weil er so verrückt nach mir war, und dann sind wir wieder draußen, zurück bei Ruth und haben was zu lachen. Deal?» Ich streckte ihr meine Hand hin.

«Bist du sicher?»

«Absolut.» Ich streckte wieder meine Hand aus, und sie schlug ein. Und als sie das tat, lachte sie, wie ich auch. Dann standen wir auf, gingen Arm in Arm zurück zur Galerie.

Wir sahen ihn nicht. Obwohl er hier irgendwo war. Ich konnte seine Anwesenheit spüren, verdeckt durch dieses Gewusel von Körpern. Peanut steuerte direkt die provisorische Bar und die lächelnde Bedienung an. Sie nahm zwei Gläser Weißwein und gab mir eins, während sie die Canapés musterte, auf die die Kellnerin gedeutet hatte. Ich hatte keinen Hunger mehr, mein Magen begnügte sich mit meiner Nervosität.

Peanut stapelte drei Cracker mit Leberpastete übereinander und schob sie sich in den Mund.

«Was?» Sie sah mich trotzig an und spuckte Krümel über sich und mich.

«Können wir, ähm …?» Ich zeigte mit meinem Weinglas auf die Fotos an der Wand.

«Ja, natürlich. Ich will mir bloß noch ein paar von diesen Dingern holen.» Peanut musterte ihren Wein und – da sie einsah, dass sie, wenn sie weiter das Glas mit sich führte, nur eine begrenzte Zahl Canapés tragen könnte – kippte den Wein herunter, stellte das Glas ab und stapelte dann zwei weitere dreilagige Erdnusscracker.

«Keine Sorge, ich komme gleich wieder und hol mir noch ein Glas», sagte sie zu der leicht genervten Bedienung, bevor wir begannen, die Wände abzulaufen. «Ich glaube, die mag mich. Wenn ich die entsprechende Neigung hätte, wär ich zu allen Schandtaten bereit», lachte sie.

Angesichts des beinahe hörbaren Pulsschlags in meinen Adern fragte ich mich, in welcher Ecke ich ihn finden oder wann seine Stimme endlich an mein Ohr dringen würde oder ob ich ihn an meiner Seite spüren würde, ohne ihn gesehen oder gehört zu haben. Die bloße Möglichkeit nahm mich völlig in Beschlag, führte meine vorgeschobene Aufmerksamkeit für sein Werk und seine Interpretation der Welt ad absurdum. Aber dennoch machte ich weiter, ging von einem Bild zum nächsten, nickte, ganz gleich, worauf Peanut jeweils deutete, dachte mir Beobachtungen aus mit Worten, die ich mir aus seinem Vokabular von vor langer Zeit stahl: Aspekt, Apex, Blende.

Bei vielen dieser Fotos nahm ich die Einzelheiten gar nicht richtig wahr. Nicht, dass sie nicht gut gewesen wären oder meiner Konzentration und meines Lobes nicht wert;

nichts hätte der Wahrheit ferner sein können. Jedes einzelne hatte die Kraft, mich wieder zu ihm zurückzubringen, jeden letzten Tropfen der fraglosen Liebe und Bewunderung, die ich für ihn empfunden hatte, aufzurühren. Alltagsmomente, in solchem Detailreichtum und solcher Tiefe von jenem mysteriösen Teil in ihm eingefangen, der immer genau wusste, wann der richtige Augenblick war, um auf den Auslöser zu drücken und diese schlichte Schönheit zu erzeugen – und die ganze Zeit verspürte ich nur den Wunsch zu weinen.

Vor den meisten Fotos schloss ich die Augen und eilte weiter, sodass Peanut Mühe hatte, mit mir Schritt zu halten, besonders bei ihrem dauernden Bedürfnis umzukehren, um sich mehr Essen und Wein zu besorgen. Aber bei einem Foto blieb ich abrupt in meinen roten Stiefeln stehen – eine schwarz-weiße Nahaufnahme eines Mädchens. Die obere linke Ecke einschließlich ihres Auges im Schatten, während über den Rest ihres Gesichts ein Streifen Licht fällt, schräg von ihrer rechten Schläfe bis zur Kieferpartie, und das tintige Dunkel ihres rechten Auges betont, die scharfe Wölbung ihrer Wangenknochen, ihre vollen Lippen. Ihr sichtbares Auge auf etwas außerhalb des Bildes gerichtet und davon gefesselt. Sie war wunderschön. Sie war ich. Ich konnte mich nicht an diese Aufnahme erinnern. Hatte keine Ahnung mehr, wo wir gewesen waren oder was es gewesen war, das dazu geführt hatte, dass dieser Lichtstreifen auf meine Haut fiel und meine Sommersprossen laut und üppig auf meiner blassen Haut aufleuchten ließ.

Ich hielt die Luft an, als Peanut sich auf meinem Arm abstützte und sagte: «Heiliger Bimbam!»

Schweigend standen wir da, unfähig, uns von diesem alle Aufmerksamkeit auf sich ziehenden Gesicht zu lösen, selbst als andere uns im Vorübergehen den Blick verstellten, wobei sich niemand umdrehte und die Verbindung herstellte zu dem Mädchen, das hinter ihnen stand, mit der schwarzen Mähne und dem offenen Mund. Wir starrten immer noch geradeaus, bis sie weitergingen und das Foto wieder in den Blick kam.

«Dann hast du es entdeckt?», sagte er. «Ich war mir nicht sicher, ob du es schaffst, Peanut, und mir war nicht klar, dass du solch einen wichtigen Gast mitbringen würdest.»

«Hallo, du.» Peanut drehte sich um, küsste ihn auf die Wange. «Ja, ich war mir auch nicht sicher, aber da sind wir nun. Ruth wäre auch beinahe mitgekommen, aber sie schläft friedlich im Schwangerschaftshimmel, drüben bei mir.» Sie nickte lächelnd. «Also, das ist wirklich schick hier», sagte sie und drehte sich einmal im Kreis, verschüttete etwas Wein aus ihrem frischen Glas, während sie auf den Raum zeigte, die Leute, die Fotos und natürlich auf die Bar. «Übrigens, großartige Canapés!»

«Oh gut, schön, dass du sie magst.»

Ich hatte mich nicht gerührt. Ich begriff, dass ich etwas sagen musste, aber mein Gehirn tat sich schwer, in die Gänge zu kommen.

«Also, Jeanie, schön, dich zu sehen. Danke, dass du gekommen bist.»

Er sah mich mit diesen Wolfsaugen an.

«Oh, ja, also ...» Ich musste schlucken, bevor meine Stimme schließlich wieder funktionierte. «Ich wusste gar nicht, dass ich komme, bis ich hier gelandet bin.»

«Ich verstehe.» Fionn lächelte Peanut an, die ihre Augenbrauen hob und ein freches «Mea culpa»-Lächeln aufsetzte.

«Entschuldige, das klang sehr unhöflich.»

«Ach was, alles gut. Ich kann mir schon vorstellen, dass

das ein Schock ist, in einem anderen Land in eine Galerie zu marschieren und dein eigenes Gesicht auf einem Bild an der Wand zu entdecken.»

Ich betrachtete es wieder, kniff die Augen zusammen und versuchte, mich daran zu erinnern, wann es aufgenommen worden war.

«Wo waren wir, als du das gemacht hast? Ich weiß es nicht mehr.»

«Bei mir zu Hause in Drumsnough. In meinem Zimmer.»

Da fiel es mir wieder ein, und ich hob die Hand an den Mund. Meine Augen wurden feucht, und ich blinzelte, als mir klar wurde, dass, hätte er den Winkel verbreitert, mein ganzer, vollkommen nackter Körper in den Blick gekommen wäre. Seine Eltern waren ausgegangen, und wir hatten die Gelegenheit genutzt und hatten uns unter seiner Decke gewunden, bis sich seine Augen geweitet und er im Orgasmus geseufzt hatte.

«*La petite mort*», hatte er mir ins Ohr geflüstert, als er auf dem Rücken neben mir lag und seine Augen für einen Moment geschlossen hielt.

Dann war er aufgestanden, um irgendetwas zu tun. Neugierig geworden von seinem Wühlen, hatte ich mich aufgesetzt. Genau in dem Moment hatte ich die Wärme der Sonne auf meiner rechten Gesichtshälfte gespürt, dort, wo das Dämmerlicht durch einen schmalen Spalt in seinen Vorhängen durchbrochen worden war.

«Stopp. Nicht bewegen», rief er. Er hatte die linke Hand warnend ausgestreckt, während er nach seiner Kamera griff. Er machte so viele Aufnahmen, dass ich, wie ich mich jetzt erinnerte, allmählich gereizt wurde.

«Nur noch eins, bitte. Schau jetzt bitte auf die Wand, vorbei an den Vorhängen. Ja. Das war's, perfekt.»

«Ich hör jetzt auf. Deine Eltern können jeden Moment kommen.»

«Es stört sie nicht. Ich hab's dir doch schon gesagt, sie sagen bloß, wir sollen verantwortungsbewusst sein und respektvoll und an Verhütung denken.»

Er kam und kniete sich vor mich, die Kamera immer noch in der Hand, machte noch ein oder zwei Aufnahmen und küsste mich wieder. Ich hatte diese Aufnahme nie gesehen, bis zu diesem Augenblick.

«Himmel», sagte ich, mitten in der Galerie stehend.

«Es tut mir leid. Ist das zu viel für dich? Du hattest gesagt, ich könnte die Aufnahmen, die ich von dir gemacht habe, benutzen. Es ist eines meiner absoluten Lieblingsbilder. Aber wenn du willst, kann ich es abhängen.»

«Nein, ist schon gut.» Ich sog tief die Luft ein. «Ich hatte vergessen ...» Ich versuchte erneut, etwas Zusammenhängendes zu sagen, brach aber ab, weil ich nach Atem rang. «Kann ich mich irgendwo ...?» Hinsetzen war das Wort, das ich suchte, aber stattdessen wedelte ich mit meiner Hand unter meinem Hintern herum in der Hoffnung, dass einer von ihnen mich verstehen würde.

«Oh, ähm, nein, fürchte ich ...»

«Ich geh mal rasch an die frische Luft.» Ich zeigte auf das Fenster, reichte Peanut mein schon lange geleertes Glas Wein und wandte mich ab, schob mich durch die Menge nach draußen, und dann, die Hand an der Mauer des Nebengebäudes, tastete ich mich vor, bis ich wieder bei der Treppe war, auf der wir vorhin schon gesessen hatten, wo ich heftig Luft einsaugte und sie wieder ausstieß.

«Also, das war ein wunderbar dramatischer Abgang.» Peanut erschien und setzte sich mit einem Glas Wasser und einem Glas Wein neben mich, beide Gläser in einer Hand, sodass beide überliefen, und ein paar weitere Canapés in der anderen. Sie bot mir alles an. Ich nahm das Wasser, sehr zu ihrer Erleichterung, während sie gierig aß und trank. «Ich habe mich wie in einem Roman von Jane Austen gefühlt, nur ohne die Kostüme.»

«Ja. Das habe ich alles nur für dich getan, Pea. Ich dachte, das rundet den Abend ab.»

«Er macht sich da drin in die Hose.»

«Was meinst du damit?»

«Er denkt, du wirst ihn verklagen.»

«Warum sollte ich das tun?»

«Du könntest ein Vermögen machen, sagen, dass du ihm keine schriftliche Genehmigung erteilt hast.»

«Ernsthaft, Pea, hast du heute irgendetwas genommen, als ich nicht hingeschaut habe?»

«Ich wünschte, ich hätte. Nein, das ist der Wein. Ich habe seit den Zwillingen nicht mehr so viel getrunken. Der ist sehr stark.»

«Oder vielleicht trinkst du ihn nur zu schnell.»

«Auch eine Möglichkeit. Wie auch immer, er wollte zu dir rauskommen, aber ich habe ihn davon abgehalten. ‹Mein Freund›, sagte ich, ‹ich regele das mit ihr.›»

«Mein Gott, du bist so betrunken!»

«Ich weiß.» Sie kicherte, trank dann den Rest ihres Weines aus und schmiegte sich an meine Schulter. «Ich denke, ich lehne mich mal für eine Weile hier an.»

«Na wunderbar.»

Während sie seufzte und beinahe sofort einschlief, fragte ich mich, wie ich mal wieder in dieses hoffnungslose Wirrwarr geraten war, in dem ich mich immer wiederfand, wenn ich es mit Fionn Cassin zu tun bekam.

«Alles in Ordnung?» Fionn näherte sich mir vorsichtig.

«Oh ja. Tut mir leid.» Ich lächelte. «Wie du sagtest, es war ein kleiner Schock für mich.»

«Dann hat sie dir wirklich nicht gesagt, wo ihr hingeht?»

«Nein.» Ich sah hinunter auf Peas Scheitel. «Man muss sie trotzdem einfach lieben.»

«Darf ich?» Fionn trat näher an die Treppe heran.

«Natürlich. Aber musst du nicht da drin sein, mit den Leuten reden und Bilder verkaufen?»

«Für ein paar Minuten werden sie ohne mich auskommen.»

Er setzte sich, und wir blickten auf die Straße in diesem flüchtigen Moment samstagabendlicher Stille, während wir in weiter Ferne aus geschäftigeren Ecken Musik und kreischendes Gelächter hören konnten.

«Ich bin froh, dass du gekommen bist.»

«Ja?»

«Dann bist du also noch nicht verheiratet?»

«In zwei Wochen.»

Ich sah, wie sich seine Augenbrauen hoben, bevor er zu Boden blickte.

«Ich hätte euch beide nie als ein Paar gesehen.»

«Nein. Scheint so, als wärst du da nicht der Einzige.» Ich blickte wieder auf Peanut. «Aber wir passen gut zusammen, weißt du.»

«Dann ist ja alles perfekt durchgeplant.»

«Ja. Perfekt.»

Ein Augenblick verlegenen Schweigens senkte sich auf uns herab.

«Und hast du dich in letzter Zeit mit irgendwelchen interessanten toten Leuten unterhalten?»

Seine Worte brachten uns auf sicheres Terrain.

«Oh ja», lachte ich und entspannte mich ein wenig. «Da gab es ein paar. Kürzlich eine von deinen Leuten.»

«Wer sind denn meine Leute?»

«Eine Londoner Irin.»

«Oh, bin ich das jetzt?»

«Annie Galvin. Fünfundachtzig. Sie ist hier in einem Altersheim gestorben. Hatte niemanden mehr. Niemanden, den sie kannte, außer dieser Samantha vom *London Irish Centre*, die sie alle paar Wochen besuchen kam. Jedes Mal sagte sie der Frau, sie solle dafür sorgen, dass sie nach Hause nach Kilcross kam, wenn sie starb. Sie wollte unbedingt bei ihren Eltern begraben werden. Aber sie besaß nicht einen Penny. Als also Annies Ende nahte, sammelte Samantha über *GoFundMe* ein bisschen Geld, und Annie lag zwei Tage nach ihrem Tod vor mir und sagte, sie wünschte, sie hätte den Ort nie verlassen. Wir beide redeten über das, woran sie sich noch von der Stadt erinnern konnte, und ich erzählte ihr, was sich alles verändert hatte. Sie war bezaubernd. Und als sie bereit war zu gehen, dankte sie mir wie eine echte Lady und sagte Adieu.»

«Wow. Siehst du, solche Geschichten sind es, die mir helfen zu verstehen, warum du geblieben bist.»

Es dauerte den Herzschlag einer Sekunde, bis ich wieder antwortete.

«Ja, sie war etwas ganz Besonderes.» Ich blickte zum Ende der Straße, wo ein Taxi vorfuhr, und ich beobachtete, wie ein Mann ausstieg, den Kragen seines Mantels hochstellte und in einem Gebäude verschwand, das in völliger Dunkelheit dalag. Dies war Annies Welt, eine Stadt, in der Mysteriöses und Einsamkeit nebeneinander hausten.

«Bist du froh, dass du nach London gezogen bist?», fragte ich, wandte mich ihm wieder zu, wollte alles wissen.

«Ja, es ist großartig. Die Möglichkeiten sind unerschöpflich. Ich mag es, Herr meines Schicksals zu sein.»

«Jagst du dann nicht dem Geld hinterher, wie all die anderen?»

«Geld ist wichtig, das stimmt, aber ich versuche, es in der richtigen Relation zu sehen. Doch ich habe Glück, die Leute mögen meine Sachen, und so kann ich mir aussuchen, was ich machen will. Jedenfalls im Moment. Bis ich passé bin.»

«Und wie sollte es dazu kommen?»

«Selbstgefälligkeit. Weißt du, Jeanie, der Schlüssel ist, nie zu glauben, dass man fertig ist, dass man es geschafft hat und dass es nichts mehr zu lernen gibt. Weil es immer noch etwas zu lernen gibt, immer.»

Darüber musste ich kichern.

«Was ist jetzt so komisch?»

«Oh, nichts. Das bist einfach nur du. Genau das ist es, was ich an dir so geliebt habe. Diese Begeisterung fürs Entdecken, Machen, Losstürmen. Ich war nie so wie du. Und ich konnte nie verstehen, was es war, das du in jemandem wie mir gesehen hast.»

Das war mir so rausgerutscht, und ich schämte mich unwillkürlich, so wie ich automatisch lächelte, wenn er neben mir saß.

«Du bist immer noch an demselben Punkt, Jeanie? Nach all den Jahren.»

Er wirkte jetzt beinahe wütend, als würde ich ihn hier ein weiteres Mal enttäuschen.

«Schaust du eigentlich mal in den Spiegel, Jeanie? Denkst du eigentlich mal darüber nach, was du da machst? Ich meine, hast du mal gehört, was du eben über Annie gesagt hast? Du bist die ungewöhnlichste Frau, die mir je begegnet ist. Und ich habe ein paar getroffen, die dir einen harten Wettkampf hätten liefern können. Aber keine ist auch nur in die Nähe dessen gekommen, was ich für dich empfunden habe.

Mir dir habe ich mich so lebendig gefühlt. Wie du mich angeguckt hast, gab mir das Gefühl, ich könnte einfach alles erreichen. Und es ist meine größte Enttäuschung, dass ich dir nie das gleiche Gefühl vermitteln konnte.»

Mir blieb die Luft weg, verlegen senkte ich den Blick auf meine Knie.

«Ich wollte so sehr, dass du mit mir kommst, Jeanie, als ich wegzog. Ich dachte, ich könnte dir diese Welt ein wenig nahebringen, und du würdest sehen, wie erstaunlich du bist und wie viel du erreichen könntest. Aber ich glaube, dass ich dich so bedrängt habe, hat mehr geschadet als genützt. Und so habe ich damit aufgehört.» Jetzt wandte er den Blick ab. «Du kannst dir gar nicht vorstellen, wie lange ich gebraucht habe, um dich zu vergessen, Jeanie. Wie schwer es war, keine Nachrichten zu schreiben und nicht anzurufen und dich anzuflehen, bitte das nächste Scheiß-Flugzeug zu nehmen und einfach hierherzukommen. Und dann hörte ich, dass du jetzt mit Niall zusammen bist, und ich dachte, ja, das ergibt einen Sinn. Das gibt ihr Sicherheit. Das macht ihr keine Angst. Aber ich hasste ihn. Wie bescheuert ist das bloß? Eigentlich, wenn man darüber nachdenkt, hätte ich ihn anrufen und ihm dafür danken sollen, dass er dir das gegeben hat, was du zu brauchen glaubtest, diesen Schutz.» Er lachte bitter auf. «Ich wünschte bloß ... Ich wünschte, du hättest mir eine Chance gegeben und dem hier, Jeanie, das ist alles. Ich bin sogar das eine Mal zurück nach Kilcross gefahren, um mich zu versichern, ob du ihn wirklich wolltest. Weißt du noch, wie du auf der Mary Street standst, und ich habe dich gebeten, mich zu besuchen, und du hast Nein gesagt? Und dann tauchtest du vor meinem Haus auf, und für einen Sekundenbruchteil dachte ich, okay, jetzt ist es so weit, der Augenblick, in dem wir schließlich alles hinter uns lassen und uns eine

Chance geben. Aber du bist weggefahren.» Wieder lachte er. «Und doch sitze ich jetzt hier und bin immer noch hoffnungslos an dich gebunden.»

Irgendwie gelang es mir, ihm in die Augen zu sehen, ohne das Gefühl haben zu müssen, ich könnte ersticken aus Angst davor, wer er war und was er da sagte. Und es war, als wären wir in diesem Moment wieder in seinem Zimmer wie damals, als wir einander wirklich sehen konnten. Er beugte sich vor, um mich zu küssen. Und es fühlte sich richtig an. Ich schloss dabei meine Augen, wollte an dieser Berührung festhalten, für immer. Eine Erinnerung, die außerhalb der Zeit bleiben konnte und die völlige Verletzlichkeit, Dummheit, Schwäche, Stärke und Liebe beschreiben konnte, die wir waren.

Seine Hand vergrub sich in meinem Haar, er packte es mit seiner Faust, zog mich näher zu sich heran, sodass Peanut stöhnend von meiner Schulter abrutschte und ich mich von ihm lösen musste, um ihren Kopf davor zu bewahren, auf der Stufe aufzuschlagen, und ihn in meinen Schoß zu betten.

«Fee-on?» Die Stimme eines Engländers, der seinen Namen rief und ihn dabei vollkommen falsch aussprach.

Es reichte aus, dass er seine Augen für einen Moment verärgert schloss, bevor er sie wieder öffnete und mich in seinen Blick nahm.

«Wenn du jemals», flüsterte er und legte seine Stirn an meine, «merkst, dass du die falsche Wahl getroffen hast, dann bin ich hier, genau hier, und warte. Ich liebe dich, Jeanie Masterson, und werde es, hoffnungslos, verzweifelt, immer tun.»

Ohne etwas anderes zu sagen oder auf eine Antwort zu warten, küsste er mich auf die Stirn, dann stand er auf und ging davon.

Ich habe nie jemandem erzählt, was er in jener Nacht gesagt hat. Nicht Peanut, die ich wecken musste, damit sie uns zurück in die Wohnung brachte. Nicht Ruth, die, als wir ankamen, erbost war, dass sie diese Wiederbegegnung verpasst hatte, und darauf bestand, jedes Wort zu erfahren, das er gesagt hatte. Auch Niall nicht, der uns bei unserer Rückkehr nach Dublin am Flughafen abholte, wo ich meine Arme um ihn schlang und ihn mit einer verzweifelten Leidenschaft küsste, die Ruth einen Pfiff entlockte, so entschlossen war ich, ihm zu zeigen, dass ich ihn liebte, und mich davon zu überzeugen, dass ich die richtige Wahl getroffen hatte. Niemand sollte es je erfahren, beschloss ich. Ich würde Fionns Versprechen tief in mir begraben, versteckt neben all den Geheimnissen, die mir die Toten erzählt hatten, für den Fall, dass ich es eines Tages brauchen würde.

KAPITEL 21

Das erste Mal, dass Niall und ich über Kinder sprachen, war zwei Wochen später, am Tag unserer Hochzeit, als wir am Kopf der Tafel saßen, unsere Gesichter vom Lächeln für die Kameras ganz verspannt.

Niall konnte seine Blicke gar nicht mehr von Ruth abwenden, die ihre Amy-Kugel stolz vor sich hertrug.

«Was?», hatte ich gefragt, als er ihr nachsah, wie sie vor der Tafel vorbeiging, wo wir den ersten Gang beendet hatten und Gareth, Nialls Bruder, sich gerade erheben wollte, um den Anfang mit den Reden zu machen. Ruth winkte uns zu, während sie mit der anderen Hand den Saum ihres orangefarbenen Kleids hochhielt, und ihre weichen Locken wippten, als sie versuchte, sich zu beeilen, damit sie rechtzeitig zurück vom Klo sein würde, wenn der Spaß begann.

Er lachte und griff nach meiner Hand. «Genauso stelle ich mir dich vor, wenn du erst schwanger bist, so strahlend.»

«Ich glaube nicht, dass sie sich besonders strahlend vorkommt. Sie hat mir vorhin gesagt, sie hat das Gefühl, eine ganze Fußballmannschaft dadrin zu haben.»

«Ich kann's trotzdem kaum erwarten, dass wir auch damit anfangen.»

«Was, Fußballmannschaften zu produzieren?»

«Na ja, wir sind achtundzwanzig, also vielleicht nicht die volle Mannschaftsstärke. Ein Mittelfeldspieler und ein paar Verteidiger wären perfekt.»

Er sah mich mit einem fragenden Lächeln an, als ich vielleicht etwas lauter lachte, als natürlich gewirkt hätte.

«Aber wir haben doch noch genug Zeit, Niall? Noch Jahre, bevor wir darüber ernsthaft nachdenken müssen.»

«Sicher», sagte er, und sein Lächeln wurde schmallippig – das war sein «Warte es ab»-Lächeln, wie ich immer dachte, das besagte, «das Thema ist noch nicht vom Tisch» –, und wandte sich von mir ab, während meine Hand immer noch in seiner lag und er mit Gareth zu reden begann, der sich zu ihm gebeugt hatte.

Peanut in ihrem selbst gewählten hellblauen Brautjungfernkleid fragte: «Glaubst du, ich sollte losgehen und Anders retten?»

Wir sahen da hin, wo er saß und Elsa davon abhalten wollte, dass sie ihre Fruchtgummis in ein Bassin auf ihrem Schoß tat, damit darin kleine Fische herum schwimmen konnten, während er gleichzeitig versuchte, Oskar davon abzuhalten, Tom, Ruths ältesten Sohn, durch den ganzen Raum zu jagen.

«Aber wenn ich so darüber nachdenke», sagte sie, «sieht es so aus, als ginge es ihm ganz prächtig.»

Ich brachte Niall erfolgreich immer wieder von dem Kinderthema ab, bis ich dreißig geworden war. Und dann hatte er den Druck erhöht, sagte mir, jetzt sei die Zeit dafür, wir wollten ja nicht bloß eins, wir müssten schließlich zwei haben, weil alles andere grausam für das Kind wäre. Es würde sich langweilen. Mit wem würde es spielen?

«Und mit wem streiten?», fügte ich hinzu, während wir am Küchentisch an einem unserer seltenen ruhigen Tage standen und frisch gewaschene Handtücher und Laken zusammenfalteten, die wir für die Toten benutzten. «Du und dein Bruder seid das Paradebeispiel.»

Gareth und Niall konnten sich nicht einmal darauf einigen, wie man Monopoly spielte. Jedes Weihnachten war es wieder dasselbe, wenn wir zu den Longleys fuhren. Die ersten zehn Minuten war alles in Ordnung, dann setzte ihr Platzhirschgerangel ein, und der eine belehrte den anderen darüber, dass es drei Pasche bei Monopoly waren, um direkt ins Gefängnis zu kommen, nicht zwei.

«Streiten gehört genauso zum Aufbau einer engen Beziehung, wie jemanden zu lieben», protestierte Niall. «Und du kannst auch deshalb nicht bloß eins haben, weil sich das dann allein um uns kümmern muss, wenn wir alt werden.»

«Ist das der Grund, warum die Leute Kinder haben, damit jemand sich um sie kümmert, wenn sie alt sind?»

«So ziemlich. Und wir müssen für Bevölkerungswachstum sorgen, damit sie die Steuern bezahlen, die wir für anständige Renten brauchen.»

«Ui, das ist wirklich enorm anrührend. Ich finde, du solltest mich gleich hier an Ort und Stelle schwängern.»

«Liebend gern.» Er ließ ein Handtuch fallen und kam auf mich zu, doch ich schob ihn lachend weg.

«Nicht alle haben Kinder, Niall. Arthur und Teresa sind ein typisches Beispiel.»

«Ich dachte, dass sie keine haben können.»

«Na ja, richtig, das stimmt.»

«Wir wissen ja nicht einmal, ob wir welche haben können oder nicht, wenn das so weitergeht.»

«Ich sage doch bloß, dass es Menschen gibt, die keine haben, und sie sind auch vollkommen glücklich», wich ich aus.

«Du willst aber schon auch Kinder, oder?» Niall hatte jetzt aufgehört, die Wäsche zusammenzufalten.

«Ja», sagte ich. Ich hatte auch aufgehört zu arbeiten und war damit beschäftigt, mir einen losen Faden, den ich in einem der Laken entdeckt hatte, so fest wie möglich um meinen kleinen Finger zu wickeln.

«Also, was ist dann das Problem?»

«Ich bin einfach noch nicht so weit. Es fühlt sich immer noch wie eine riesige Verantwortung an, weißt du. Alles würde sich ändern.»

«Aber du bist dreißig, Jeanie. Wenn du jetzt schwanger werden würdest, wärst du bei der Geburt einunddreißig. Und dann könntest du fünfunddreißig sein, wenn das Nächste kommt.»

«Wow, du hast dir das alles schon genau ausgerechnet.» Ich zog an dem Faden, den ich inzwischen von meinem kleinen Finger wieder abgewickelt hatte, fester und fester, bis er riss.

«Man will doch zwischen ihnen nicht zu viel Abstand haben.»

«Aber alle kriegen ihre Kinder heutzutage später.»

«Ruth und Peanut nicht.»

«Nein, die nicht. Andere Leute.»

«Ja, aber irgendwann kriegen sie welche. Wir versuchen es ja noch nicht mal.»

«Schau dir doch mal Ruth und Derry an. Sie sind die ganze Zeit erschöpft. Wir gehen mit ihnen aus, und sie müssen um zehn nach Hause.»

«Aber sie kommen zurecht. Sie sind glücklich, oder? Was ist denn das Problem, Jeanie? Ich verstehe dich nicht.»

«Also ...», begann ich nervös und begriff, dass es an der Zeit war, meine Ängste zu beichten, «was ist ... was ist, wenn er oder sie das hat, was ich habe?»

«Was meinst du damit?»

«Du weißt schon, das Reden mit den Toten.»

«Oh. Ist es das etwa, wovor du Angst hast?»

«Ich denke schon. Ich glaube nicht, dass das etwas ist, was ich mir für sie wünsche. Mum hatte schreckliche Angst um mich, als sie es herausfand. Sie wusste, was da auf mich zukam. Sie hatte gesehen, wie sehr Dad unter der Last all der Geständnisse der Toten zu leiden hatte, ganz zu schweigen von der Grausamkeit der Lebenden uns gegenüber.»

«Aber unsere Kinder wären auch zur Hälfte von mir, vergiss das nicht. Also kriegen sie vielleicht das ‹Wirklich geschickt mit seinen Händen›-Gen stattdessen.»

«Das ist nicht komisch, Niall.»

«Das sollte auch nicht komisch sein. Ich wusste bloß nicht, dass du solche Bedenken hast.»

«Jetzt weißt du's. Ich will nicht, dass sie es mit all diesen scheußlichen Kommentaren und Spitznamen zu tun bekommen. Du weißt doch noch, wie das war, Niall, du warst dabei. Ich könnte ihnen das nicht antun. Und es ist ja nicht bloß das, diese Arbeit ist hart, und es ist auch nicht so, dass du einfach kündigen kannst. Sie ist da, jede Minute des Tages, und verlangt unsere gesamte Aufmerksamkeit.»

«Okay», gab er nach. «So habe ich noch nie darüber nachgedacht. Aber ich verstehe, was du meinst. Trotzdem: Mikey hat die Gabe deines Vaters nicht geerbt. Und selbst wenn sie es erben, haben sie uns und deinen Vater. Wir würden ihnen beistehen. Sie wären nie allein.»

«Aber ich hatte Dad und habe mich trotzdem einsam gefühlt.»

«Wir werden aufpassen, dass sie nicht einsam sind.»

Er warf mir ein aufmunterndes Lächeln zu, worauf ich kleinlaut nickte. Dann umarmte er mich, küsste mich auf den Kopf und drückte mich an seine Brust.

KAPITEL 22

Am Tag der Aussegnung von Andrew Devlin, dem Freund meines Vaters, arbeiteten Niall und ich in relativem Schweigen Seite an Seite wie zwei übertrieben höfliche Fremde. Er sah mir hartnäckig nicht in die Augen, trotz all meiner Bemühungen. Ich war zunehmend erschöpft und achtete darauf, dass keine meiner Handlungen ihn noch weiter aufbringen könnte. Aber er ließ mich vollkommen hängen, gab mir nichts, an das ich mich hätte halten können, sah kein einziges Mal in meine Richtung, selbst wenn er sich nicht beobachtet fühlte; er trug sein Missfallen mit sich herum wie ein echter Profi.

Inzwischen hatte ich schon drei Anrufe von Ruth verpasst. Beim letzten Mal hinterließ sie eine Nachricht: «Jeanie, redest du nicht mehr mit mir? Ich wollte dir die Sache mit Niall erklären. Ich konnte wegen des Gästezimmers nicht Nein zu ihm sagen. Er ist mein ältester Freund. Ich hoffe, du verstehst das. Ich hasse das hier. Ich will mich nicht auf irgendjemandes Seite stellen. Ich bin auch für dich da, okay? Also, ruf mich verdammt noch mal zurück! Ruf an!»

Ich schickte ihr bloß eine Nachricht mit einem Herzchen, war aber unfähig, dem etwas hinzuzufügen, ich war noch nicht so weit.

Am späten Nachmittag waren wir fertig, und als Andrew angezogen und zurechtgemacht in seinem Sarg lag, steuerte Niall auf den Flur zu und sagte mir, dass er rauswollte, um etwas zu essen. Niall aß seinen Lunch aber immer in der Küche.

«Kannst du nicht warten, vielleicht noch eine Stunde oder so? Vielleicht sagt Andrew noch etwas, und es wäre schön, wenn du in der Nähe wärst, falls ich deine Hilfe brauche.»

«Es hat dich doch noch nie gestört, das allein zu machen.»

«Nein, aber du bist eben auch immer hier gewesen. Es hat mir etwas bedeutet zu wissen, dass du in der Küche oder im Büro bist.»

«Dann braucht Jeanie Masterson also tatsächlich meine Unterstützung?»

«Ist denn das so schwer zu glauben?»

«Ja, das ist es wirklich.»

«Okay, ich weiß, dass wir reden müssen über alles, was uns betrifft, und das möchte ich auch, das möchte ich wirklich. Aber nicht jetzt. Hier geht es gerade nur um Andrew, und ich brauche dich. Kannst du das bitte für mich tun? Ich fühlte mich so abgekämpft und ausgelaugt von allem.»

«Kannst du nicht Harry rufen?»

«Nein, Niall. Ich möchte, dass du hier bist. So haben wir es doch immer gehalten.»

Einen Moment lang dachte er über meine Worte nach. Ich war so unglaublich traurig, ihn um etwas bitten zu müssen, das immer eine Selbstverständlichkeit gewesen war.

«Und außerdem, sollte nicht dein Dad ihn hier übernehmen? Ich dachte, von all den Toten, mit denen wir es zu tun hatten, wäre Andrew derjenige, mit dem er nun wirklich reden will.»

«Es ist gerade dann nicht leicht, wenn man jemandem so nahesteht.»

Niall seufzte schwer, rieb sich das Gesicht mit der Hand, bevor er sich umdrehte und über den Flur zur Küche ging.

Nach zwanzig Minuten hatte Andrew immer noch kein Wort gesagt. Ich hatte schon angefangen, mich zu fragen, ob Niall vielleicht recht damit gehabt hatte, dass es Dad sein sollte, der hier saß, und nicht ich. Vielleicht war ich der Grund für Andrews Schweigen, aber dann fing er an, und bald darauf war er mittendrin und erzählte mir alles.

«Ich habe wirklich nicht sterben wollen, wissen Sie; aber am Ende habe ich beinahe begierig den Atem angehalten. Meine Herzschwäche war einfach zu groß. Und ich war bereit. *Sie* waren bereit: Mum und Dad und die Geschwister. Ich konnte es ihnen wirklich ansehen, das Bedürfnis, dass das hier endlich vorbei wäre. Diese graue Müdigkeit, diese traurigen Augen, diese besorgten Münder, die keine Worte mehr hatten, aber immer noch vor Unbehagen zuckten, sich zwangen, etwas zu sagen, etwas, das den Schrecken mildern könnte, der schon viel zu lange anhielt. Nachdem es bei der letzten Operation nicht gelungen war, mich so weit zu stabilisieren, wie die Chirurgen es sich erhofft hatten, waren wir fast schon da, standen quasi schon auf meiner Beerdigung. Ich konnte sie einfach nicht länger zu dieser Schinderei zwingen. Und so begann ich loszulassen, gab ihnen ihr Leben wieder zurück.»

«Oh, Andrew, ich bin sicher, dass Ihre Familie es nicht so gesehen hat.»

«Also, Jeanie, ich bin jetzt nicht für irgendwelche Plattitüden hier. Davon hatte ich in letzter Zeit wirklich genug.»

«Ich wollte nicht ...»

«Natürlich nicht. Aber ich vermute, ich habe nicht viel Zeit, also sollten wir die wenige Zeit, die wir noch haben, für ein paar Wahrheiten nutzen.»

«Hatten Sie Angst?» Ich fragte die Toten normalerweise nicht nach so etwas, aber bei Andrew hatte ich das Gefühl, als würde ich ihn wegen Dad schon länger kennen, obwohl wir uns zum ersten Mal begegneten.

«Ich war in Schockstarre. Und was meine Familie anbelangt, sie sahen schlimmer aus als ich die meiste Zeit. Und das hab ich ihnen auch gesagt. Da hatten wir dann wenigstens mal was zu lachen. Leichtigkeit ist immer eine gute Idee, wenn der Tod im Raum steht.» Andrew hatte einen Sinn für Komik, dachte ich, der noch die dunkelsten Momente aufhellen konnte.

«Ja, bei uns funktioniert das mit der Leichtigkeit auch gut.» Ich lächelte.

«Ihr Vater war gut zu mir, Jeanie. Ich bin nicht sicher, wie ich ohne ihn klargekommen wäre.»

«Aber war es nicht merkwürdig, dass der Bestatter so oft zu Besuch kam? Haben Sie nicht gedacht, dass jedes Mal, wenn er durch die Tür kam, Ihre Nummer aufgerufen wird?»

«Ich mochte es, dass er so ehrlich mit meiner Familie darüber sprach, was im Tod zu erwarten wäre, aber über das Leben hat er ja auch geredet. Nach einer Weile habe ich tatsächlich vergessen, womit er seine Brötchen verdient. Ich denke gern, dass er so viel von unserer Freundschaft hatte wie ich.»

«Ich glaube, das war ganz gewiss so.»

«Wir konnten uns einander anvertrauen. Ich hatte mich in eine der Krankenschwestern verliebt. Tanya. Sie wusste, wie sie mich zum Lächeln bringen konnte. Sie redete mit mir, redete wirklich mit mir, nicht in dieser mitleidigen ‹Sie sind unheilbar krank›-Art und Weise. Wir unterhielten uns über Bücher; über neue Filme, die in die Kinos kamen, Politik, frühere Liebhaber, Lieblingsessen, schönste Ferien, die schlimmsten Dates. Wir harmonierten perfekt. Ich liebte jede Silbe, die sie sagte.»

«Sind Sie dazu gekommen, sich ihr zu offenbaren?»

«Oh nein. Ich wollte es nicht riskieren, sie zu verlieren. Was, wenn sie nicht das Gleiche empfunden hätte? Sie wäre nicht mehr gekommen, oder, schlimmer, sie hätte sich mir gegenüber anders verhalten, wäre betreten und verlegen gewesen. Alles wäre total vorbei gewesen. Nein, es für mich zu behalten, war eine gute Entscheidung. Sie haben Niall, Jeanie, also wissen Sie, wie kostbar Liebe ist, oder?»

«Oh, ja. Natürlich.» Ich tippte mit dem Nagel meines Zeigefingers zart an die Seite des Sarges, war nicht fähig, ihn anzusehen.

«Ah, jetzt sollten Sie sich mal selber hören.» Ich bin mir sicher, wenn er es gekonnt hätte, hätte Andrew den Zeigefinger gehoben und mir damit gedroht. «Genau davor habe ich bei Tanya Angst gehabt, so eine unverbindliche, lauwarme Reaktion.»

«So sollte es nicht rüberkommen. Andererseits – wäre das denn so schlimm gewesen? Kann das nicht auch Liebe sein?»

«Nicht, wenn man sich *die große Liebe* erhofft, nein.»

«Na ja, es ist nicht immer so unmittelbar klar.»

«Ist es nicht?»

«Also, ich finde», setzte ich an und versuchte, in Worte zu fassen, was immer schon schamvoll in mir geschlummert hatte, «dass es auf der Welt verschiedene Formen der Liebe gibt. Wie verschiedenfarbige Rosen, verschiedene Wolken oder Spinnen.»

«Spinnen?»

«Varianten derselben Sache. Manche Lieben sind voller Leidenschaft und tief und verursachen dir Herzrasen, und manche sind still und angenehm, leicht zu haben und geben einem eine Art Sicherheit.»

«Ist das nicht eher Freundschaft?»

«Nein. Na ja, gut, okay, alle Liebe ist auch Freundschaft.

Aber sie wächst darüber hinaus oder wächst und wird stärker und, ja, tiefer. Und dann kommt auch die Leidenschaft, wenn es so weit ist.»

«Dann denken Sie, dass ich es ihr hätte sagen sollen?», fragte Andrew nach einem Moment des Schweigens.

«Vielleicht. Vielleicht hätten Sie ihr auch eine Chance geben sollen. Ich meine, was, wenn sie Sie wirklich geliebt hat, und jetzt bereut sie, dass Sie gestorben sind, ohne dass sie es Ihnen sagen konnte?»

«Hm. Mein Abschiedsgeschenk? Ich weiß nicht recht.»

«Aber ist das nicht der Grund, warum Sie jetzt noch da sind? Die Leute haben normalerweise etwas, das ich für sie tun soll, Botschaften, die ich weitergeben soll. Geht es nicht auch bei Ihnen darum? Ist nicht Tanya der Grund, warum Sie noch geblieben sind, um mit mir zu reden?»

«Oh, ja, Ihr Vater hat mir alles darüber erzählt, was Sie so machen und wie Sie den Leuten helfen. Ist er übrigens in der Nähe?»

«Nein, ich fürchte nicht», sagte ich betreten. Also hatte er doch mit meinem Vater sprechen gewollt.

«Oh nein, Sie missverstehen mich, Jeanie. Ich wollte eher sichergehen, dass er nicht hier ist. Ich hab ihm gesagt, er solle das nicht für mich tun. Ich wollte ihm das nicht zumuten. ‹Überlassen Sie mich Ihrer Tochter›, forderte ich. Wenn ich irgendetwas zu sagen habe, sage ich es ihr.»

Ich lächelte. «Wissen Sie, vor vielen Jahren, bevor wir Bestatter euch tote Seelen in die Hände bekamen, war es nur die Familie und Freunde oder ein Nachbar, der euch wusch und anzog. Es gab niemand anderen.»

«Nun, ich bin sehr erleichtert, dass es euch jetzt gibt. Meine Familie und Freunde haben genug für mich getan in diesen letzten Jahren, das wäre zu viel gewesen. Außerdem wollte ich Sie kennenlernen. Ihr Vater hat die ganze Zeit von Ihnen gesprochen. Ich wusste auch von seinem Ruhestand.»

«Ah, das.»

«Ich muss zugeben, dass ich ihn dazu ermuntert habe. ‹Leben Sie Ihr Leben, solange Sie noch können›, hab ich ihm gesagt.» Andrews Stimme war rau, wäre er am Leben gewesen, hätte er vielleicht husten müssen.

«Ja, gut, ich finde, seine Freiheit geht ein bisschen auf meine Kosten, um ganz ehrlich zu sein.»

«Ah, Ehrlichkeit.» Seine Stimme klang jetzt matt. Aber es gelang ihm weiterzusprechen: «Dazu habe ich auch ein Wörtchen zu ihm gesagt. ‹Gehen Sie nicht, ohne alles ausgesprochen zu haben. Sagen Sie dem Mädchen die Wahrheit.› Und ich hoffe wirklich, das hat er getan, Jeanie.»

«Was meinen Sie damit?» Ich lachte überrascht.

«Es steht mir nicht zu, hier …» Andrews Stimme wurde noch schwächer, verlor an Kraft, wurde brüchig und müde und entfernte sich immer mehr.

«Bleiben Sie bei mir, Andrew, nur noch ein wenig. Wir atmen gemeinsam, wir beide.» Und auch wenn ich wusste, dass er keine funktionierenden Organe mehr hatte, kein Zwerchfell, keine Lungen und keinen Muskel, um die Lunge zu dehnen, hoffte ich, dass mein Atemgeräusch vielleicht ausreichen würde, um ihn zu halten. Da nur noch so wenig Zeit war, wusste ich, dass ich auf eine Antwort auf das, was er da zur Sprache gebracht hatte, verzichten und mich ganz auf ihn konzentrieren musste. «Andrew, solange Sie noch können, sollten Sie mir jetzt sagen, was ich für Sie tun soll.»

«Nichts», brachte er noch heraus. Seine Stimme war kaum hörbar. «Ich wollte nur noch ein paar Minuten länger bei den Lebenden sein.»

Solch eine simple Bitte, aber ich fragte mich, ob da vielleicht noch etwas war, das er zurückhielt? Doch es war zu spät, seine Zeit kam nun rasend schnell an ihr Ende und damit auch er selbst. «Und warum nicht?», sagte ich. «Ich rede einfach weiter, wenn das okay ist?»

«Ja, bitte. Ich möchte hören, wie es ist, immer noch am Leben zu sein.»

Er war nun schon sehr weit weg und entfernte sich immer mehr.

Zehn weitere Minuten blieb ich an seiner Seite, redete mit mir selbst, wobei ich sehr wohl wusste, dass er längst fort war, aber ich gab immer noch nicht auf, bis ich mir ganz sicher war, dass er die Lebenden wirklich nicht mehr hören konnte.

Ich erkannte Tanya sofort. Sie war Anfang vierzig, schätzte ich, und wirkte merkwürdig vertraut, aber vielleicht waren es auch nur Andrews Worte gewesen, die sie so gut beschrieben hatten und mir den Eindruck vermittelten, sie wäre schon ein Teil meines Lebens. Als sie neben Andrews Sarg stand, musterte ich ihre Finger auf seiner Schulter und stellte mir seine Glückseligkeit vor, als sie dort verweilten und sich ihre Augen schlossen, bevor sie sich abwandte und zu Sophie und Donal und den Geschwistern ging. Sie umarmte erst jeden einzeln, zog sie dann alle zusammen zu sich heran und sagte ihnen etwas ins Ohr, was ich aus der Entfernung nicht verstehen konnte, wobei Donal aber beinahe zusammenbrach und in sie hineinfiel, in diese Frau, die sich so liebevoll um seinen Sohn gekümmert hatte.

Ich sah, wie sie in der Trauergemeinde Platz nahm, den Kopf senkte und ihn auch nicht mehr hob, bis Dad das Zeichen gab, dass es nun Zeit war, für alle außer der Kernfamilie den Raum zu verlassen. Als ich sah, wie er seine Anweisungen gab, fragte ich mich wieder, was es wohl war, von dem Andrew hoffte, dass mein Vater es mir erzählt hätte. Ich gesellte mich zu Harry und Arthur, um sicherzugehen, dass die Trauernden den Flur, den Weg, die Straße bis hin zu den Kirchentüren säumten, wie sich das seine Familie erbeten hatte. Drinnen nahmen sie im engsten Familienkreis von Andrew Abschied, bevor Dad und Niall den Sargdeckel schlossen und seinen Eltern und Geschwistern halfen, den Sarg auf die Schultern zu hieven und ihn durch das Ehrenspalier zu tragen. Arthur, Harry und Niall folgten ihnen, sollte ihnen die Last zu schwer werden.

Ich stand in der Tür, während sich alle schweigend hinter dem Sarg einreihten, sobald er an ihnen vorbeigekommen war. Eine ununterbrochene Schleife von Menschen wie eine Tanzchoreografie – meine Aufgabe war es zu warten, bis alle fort waren, um dann die Türen zu verschließen und hinterherzukommen. Ich war für einen Augenblick abgelenkt davon, wie hoch die Weide im Park gewachsen war, deren geneigte Krone nun über unserer Gartenmauer zu sehen war. Nach all dem Reden mit Andrew über die Liebe fragte ich mich, von wie vielen ersten Küssen sie wohl seit meinem vor so vielen Jahren Zeuge geworden war. So vertieft war ich, dass ich nicht bemerkt hatte, dass eine der Trauergäste aus der Schlange hervorgetreten war, um mir auf den Arm zu tippen.

«Hallo», sagte sie.

«Hallo», antwortete ich, schüttelte die Hand dieser Frau mit dem breiten Lächeln und konnte sehen, warum er sie geliebt hatte.

«Sie erinnern sich vielleicht nicht mehr an mich, aber ich bin Tanya. Sie haben vor vielen Jahren meine Mutter versorgt, Mary Delaney?»

«Oh, ja. Ich wusste doch, dass ich Ihr Gesicht irgendwoher kenne. Mary, natürlich, ich erinnere mich.»

Ist es schlimm, wenn ich zugeben muss, dass ich mich in dem Moment keineswegs an sie erinnern konnte, nicht sofort? Aber später schaute ich in den Unterlagen nach, und Mary war so liebenswürdig gewesen, aber vollkommen untröstlich, dass sie gestorben war und ihre drei Töchter und ihren fünfundsiebzigjährigen Mann, der nicht einmal den Tisch decken konnte, verlassen hatte, hatte sie gesagt. Sie hatte furchtbar gelitten, während ich bei ihr gesessen und ihr zugehört hatte.

«Sie waren besonders gütig zur Familie, von Mam ganz zu schweigen. Sie haben uns gesagt, dass sie in Frieden ruhe und nicht gelitten habe. Wir hatten uns solche Sorgen gemacht.» Ihre Finger, die jetzt meine Hand losgelassen hatten, spielten mit einem kleinen goldenen Anhänger auf ihrem Dekolleté, während ihr Lächeln weiter auf ihrem Gesicht leuchtete. «Konnten Sie mit Andrew sprechen?»

«Oh, ja, wir haben gesprochen. Wir hatten sogar noch recht viel Zeit zusammen.»

«Gut. Es ist großartig, was Sie für uns tun, die Hinterbliebenen, mit dieser Gabe, die Sie haben. Seine Worte werden für seine Familie ein großer Trost sein.» Sie blickte über die Straße. Die äußere Schlange der Trauergäste hatte jetzt ihr Ende erreicht, während der Sarg durch die Kirchentür getragen wurde. «Ich werde ihn sehr vermissen, wissen Sie. Er war an dem Ort wie eine frische Brise. Die Leute haben so oft viel zu große Schmerzen, aber er hatte immer ein Lächeln für mich.»

«Er hat ungefähr das Gleiche über Sie gesagt. Sie wären großartige Freunde geworden, glaube ich.»

«Oh, das waren wir. Das waren wir wirklich. Wir mochten dieselben Sachen. Und er brachte mich zum Lachen.» Sie strahlte wieder.

Ich lächelte und schluckte und fragte mich, ob ich ihr sagen sollte, was Andrew mir über seine Liebe zu ihr gestanden hatte. Ich schloss die Augen, versuchte, ihn heraufzubeschwören, fragte mich, ob es Verrat wäre. Oder war es in Wirklichkeit meine eigene Verzweiflung und hatte überhaupt nichts mit Andrew oder der armen Tanya zu tun? Ich beschloss, auf sie zu vertrauen, auf die Liebe.

«Er hat sich in Sie verliebt, wissen Sie.» Die Worte rutschten mir so raus, stoben zu schnell davon, als dass ich sie noch am Schwanz hätte packen und wieder zurückziehen können. Ich reckte mich, versuchte, ein Bild des Vertrauens abzugeben. Und als ich darüber nachdachte, schien es mir, dass dies, trotz seiner Zurückhaltung, tatsächlich der Grund dafür war, dass er gewartet hatte, sodass ich genau diese Botschaft überbringen konnte. Trotz meiner neu geschöpften Überzeugung drückte ich meine rechte Hand mit meiner linken, so wie Mikey es getan haben könnte, während ich auf ihre Antwort wartete, die sicher mein Risiko, glaubte ich, rechtfertigen würde. Ich war von meinem eigenen Mut so aufgedreht, dass ich sogar hinzufügte: «Er sagte, es war Liebe, und er konnte sich kein schöneres Abschiedsgeschenk vorstellen.»

Ich war so unter dem Bann meiner eigenen Selbsttäuschungen, dass ich mich weigerte, auf Marielle zu hören, eine Frau, in der ich inzwischen so etwas wie mein Gewissen sah und die gleichsam auf meiner Schulter saß: Warum mischst du dich ein, sagst Dinge, um die dich die Toten nie gebeten haben?

«Oh.» Tanyas Antwort wurde von so viel Traurigkeit beschwert, dass sie kaum hörbar war. «Ich wusste gar nicht, dass ... ähm. Entschuldigung, damit habe ich nicht gerechnet.»

Ich blickte zu meinem Weidenbaum hinüber und schämte mich. Wie verzweifelt musste ich sein, dieser ahnungslosen Frau mein eigenes zerrissenes Herz aufzuzwingen.

«Nein», protestierte ich und blickte auf ihren gesenkten Kopf, «Sie müssen sich für nichts entschuldigen.»

«Er war wunderbar, wirklich wunderbar, und wir waren innige Freunde. Ich habe bloß ...»

«Nein, hören Sie, das müssen Sie wirklich nicht tun.» Ich legte meine Hände zusammen, um sie eindringlich zu bitten, und bevor ich richtig darüber nachgedacht hatte, hatte ich ihre Hände ergriffen und drückte sie. «Es tut mir so leid. Ich wollte Sie nicht verstören. Soll ich Ihnen vielleicht ein Glas Wasser holen?»

«Nein, nein, schon in Ordnung.»

«Hören Sie, Andrew wollte bloß, dass Sie wissen, wie viel Sie ihm bedeutet haben.» Meine Hände hielten immer noch ihre.

«Das war sehr liebenswürdig.» Sie dachte einen Moment nach, kaute auf ihrer Unterlippe, bevor sie mich erschrocken ansah. «Vielleicht hätte ich ihn ja lieben können oder hätte wenigstens so tun können, um ihm seine letzten Tage zu verschönern, was glauben Sie?»

Jetzt guck dir an, hätte Marielle gesagt, guck dir mal an, was du angerichtet hast.

«Das hätte er sicher nicht gewollt.» Meine Hände drückten ihre fester.

«Nein, das glaube ich auch nicht.» Sie musterte den Teppich, während ich sie immer noch festhielt.

Ich hatte auch den Kopf gesenkt, blickte auf meine Schuhe und mein verkorkstes Leben und hörte im Kopf Marielles leise Stimme: Und deshalb gehe ich nirgendwohin, wo ich nicht eingeladen bin.

Schließlich ließ ich sie los.

«Tanya, das ist alles meine Schuld. Ich hätte wirklich erst nachdenken sollen, ehe ich rede. Ich hätte am besten gar nichts sagen sollen.»

Da blickte sie auf und legte mir eine Hand auf den Arm – mir, die solch eine Freundlichkeit gar nicht verdient hatte.

«Aber wenn es das ist, was er gesagt hat, dann konnten Sie es mir nicht nicht sagen, Sie konnten doch nicht lügen. Ich verstehe das, Sie hatten gar keine Wahl.»

Tränen sammelten sich in meinen Augen. Ich sah weg und nickte, versuchte, nicht haltlos loszuschluchzen. Sie sollte denken, dass mich nur der Druck, Botin sein zu müssen, zum Weinen brachte und nicht etwa die Tatsache, dass ich eine Lügnerin war und eine Ehefrau, die die Liebe in kleine Portionen aufteilte, die keinen satt machten.

«Es war ein harter Tag», sagte ich, während ich mir über das Gesicht wischte, wo ein oder zwei Verräter heruntergetropft waren. «Mehr, als mir bewusst war.»

«Das ist schon in Ordnung.» Tanya zog mich an sich, genauso, wie sie es mit Donal getan hatte. Ich verdiente nichts davon, und doch ließ ich meinen Kopf auf ihre Schulter sinken. «Ich kann mir gar nicht vorstellen, wie schwer es sein muss, diese Arbeit zu tun.»

Ich lachte ein wenig und entzog mich der Umarmung, aus der ich gar nicht wegwollte.

«Nicht schwerer als Ihre, denke ich.»

«Nein, vielleicht nicht.»

Einen Moment lang standen wir so da, lächelten beide, ich wischte mir über das Gesicht.

«Na ja, vielleicht sollte ich jetzt mal gehen», sagte sie dann. «Ich möchte gern bei der Zeremonie dabei sein.» Sie lächelte dünn, wahrscheinlich fühlte sie sich schlecht, weil sie Andrew nicht geliebt hatte und mich jetzt stehen ließ. «Sind Sie wirklich sicher, dass Sie zurechtkommen? Ich kann jemand von den anderen bitten, nach Ihnen zu sehen, wenn Sie möchten.»

«Nein, alles gut, danke.» Ich wollte vor Scham im Boden versinken angesichts all dessen, was ich da angerichtet hatte. «Gehen Sie ruhig. Ich komme zurecht. Ich werde auch gleich da sein. Ich muss hier bloß noch abschließen.»

«Gut. Also. Schön, Sie wiedergetroffen zu haben, Jeanie. Und machen Sie unbedingt weiter mit dem Zuhören. Es ist wichtig.»

Ich hob die Hand zum Abschied. Sie wandte sich ab und lief dann ein Stück, um schnell zu Andrew aufzuschließen, dem Mann, der sich so hoffnungslos und verständlicherweise in sie verliebt hatte.

KAPITEL 23

«Jeanie?» Mum musterte mich überrascht, während sie ihren Friseursalon abschloss. Sie kam zu mir herüber. «Solltest du nicht bei der Beisetzung sein?»

Ich stand immer noch an der offenen Tür, immer noch aufgewühlt von der Begegnung mit Tanya.

«Ich gehe jetzt rüber. Ich wollte bloß noch ...» Ich sah noch einmal hinein, um zu schauen, was ich «bloß noch» zu tun haben könnte. Aber anscheinend hatte ich dafür keine Kraft mehr, und so sagte ich nichts.

Mum hob die Hand, um einen Fussel von meinem Jackett zu zupfen.

«Alles in Ordnung, Liebes? Dir geht es wirklich nicht gut, seit wir dir von unseren Plänen erzählt haben, oder?»

Mum konnte nie widerstehen meine Haare zu berühren, wenn sie mir nur nahe genug kam, und jetzt war es auch nicht anders. Zart strich sie mir eine einzelne Locke von der Wange. «Deine Wimperntusche zerläuft. Haben dich diese Toten wieder so aus der Fassung gebracht?»

«Alles in Ordnung. Es ist nichts. Ich bin nur müde.»

Ich sah zu, während sich die große Menge, die sich für Andrew versammelt hatte, allmählich in die Kirche begab.

«Wirklich? Bist du sicher?»

«Ja», sagte ich ungeduldig, wie es nur Töchter mit ihren Müttern sind. Ich wollte meine Dummheit Tanya gegenüber nicht beichten.

Dad sprach inzwischen mit den Trauergästen, die vor der Kirche warteten, und dirigierte sie nach drinnen zu ihren Plätzen.

«Mum», sagte ich und entspannte mich ein wenig, während ich Dad bei der Arbeit zusah. «Andrew sagte etwas Merkwürdiges, bevor er ging. Er sagte, er hoffe, Dad hat mir die Wahrheit gesagt. Weißt du, was er damit gemeint haben könnte?»

«Wirklich?», lachte sie, ein bisschen zu laut. «Was für eine seltsame Bemerkung! Ich wünschte, du würdest nicht so großen Wert auf das legen, was die Toten sagen.»

«Aber da gibt es doch etwas, das ihr mir nicht sagt, oder?»

Sie ignorierte meine Frage und zog es vor, dabei zuzusehen, wie Dad entschuldigend den Kopf vor den restlichen Trauergästen schüttelte und ihnen zu verstehen gab, dass die Kirche jetzt voll besetzt war und sie dort warten müssten, wo sie standen.

«Ist Dad krank, ist es das? Ist das der Grund, warum Andrew und er so gut miteinander ausgekommen sind, weil er nachvollziehen konnte, was Andrew durchmachte? Ist Dad sterbenskrank?»

Mum sagte nichts, während meine Panik wuchs, schob mich bloß zurück in den Flur, außer Hörweite irgendwelcher Passanten, wo sie meine Hände ergriff und mir fest in die Augen sah.

«Jeanie, dein Vater ist nicht krank. Das verspreche ich dir. Glaubst du, dass ich auch nur für eine Sekunde in der Lage wäre, so etwas für mich zu behalten? Ich würde Zeter und Mordio schreien, würde die besten Spezialisten im ganzen Land anrufen – nein, in ganz Europa, um Himmels willen.»

Ich ließ mich vor Erleichterung und Erschöpfung auf eine der Bänke im Flur fallen. Ich begann wieder zu weinen. Das war alles zu viel für mich: das Tanya-Fiasko, Niall und ich, der Druck, den dieses Geschäft mit sich brachte, und nun die Erleichterung darüber, dass Dad zumindest gesund war.

«Aber was hat Andrew dann gemeint?», brachte ich schluchzend und röchelnd heraus.

Sie antwortete nicht sofort, sondern blickte auf die geschlossenen Türen des Empfangsraums und des Ausstellungsraums, auf den Verabschiedungsraum, nun seines Toten beraubt, mit den kreuz und quer herumstehenden Stühlen, so wie die Trauergäste sie hinterlassen hatten. Sie seufzte tief.

«Dieser Ort hier wirft viele Fragen auf.»

Ich hob den Kopf. «Was willst du mir ...?», aber bevor ich meine Frage ganz ausgesprochen hatte, unterbrach sie mich.

«Ist bei dir und Niall alles in Ordnung, Jeanie? Ich habe gehört, wie er gestern spät noch weggegangen ist.»

«Alles ist so ein Chaos, Mum», stieß ich hervor.

«Oh, mein Schatz. Dieser Ort hat eine seltsame Wirkung auf Menschen. Diese Wände sind verflucht. Davon bin ich überzeugt. Das liegt an all den Geheimnissen und dem Kummer, die die Toten mit sich bringen. Ich werde sie nicht vermissen, Jeanie, diese Schwere.» Sie legte mir den Arm um die Schulter und rieb sie, bis ich wieder etwas ruhiger war.

«Aber so schlimm kann es doch gar nicht gewesen sein. Dad und du, ihr habt immer ganz in Ordnung gewirkt?» Ich wischte mir die Tränen von den Wangen.

«Oh, wir hatten unsere Momente, das stimmt. Aber du darfst nicht vergessen, Jeanie, ich hatte immer noch den Salon. Ich konnte weg. Doch du bist wie dein Dad die ganze Zeit hier, du lebst, isst, atmest diesen Ort. Das war nicht, was ich mir für dich vorgestellt hatte, weißt du. Aber du schienst von Anfang an glücklich mit diesem Leben zu sein.»

«Warum hast du mir denn nicht gesagt, ich solle gehen, als ich die Möglichkeit dazu hatte?»

«Aber weißt du denn nicht mehr, dass ich versucht habe, dich an die Universität zu schicken? Doch du wolltest nichts davon hören. Ich wäre die schlimmste Mutter der Welt gewesen, wenn ich darauf bestanden hätte.»

«Ja, stimmt», räumte ich ein, nickte mit gesenktem Kopf. Sie hatte recht, ich hatte darauf bestanden zu bleiben, als mit achtzehn eine andere Perspektive zum Greifen nahe gewesen war. Nun wünschte ich, dass ich damals auf sie gehört und sie als die Verbündete gesehen hätte, die sie tatsächlich war.

«Außerdem hätten Harry und dein Vater nie wieder mit mir gesprochen. Du warst ihr Geschenk. Hast mit den Toten geplaudert, als wären sie deine Freunde oder so etwas. Dir schien einfach alles mühelos zuzufallen. Und du wirktest so durch und durch glücklich bei dieser Arbeit, als du Vollzeit eingestiegen bist. Und dann, als du mit Niall zusammengekommen bist und er eingezogen ist, schien es so, als hätte es in den Sternen gestanden oder so was, so dermaßen perfekt, wie das wirkte. Und nicht nur für dich, auch für uns. Ich fand es gut, dass dein Dad euch beide hier hatte, sodass ihr euch die Last teilen konntet.» Sie drückte meine Schulter. «Ehrlich, ich hatte keine Ahnung, dass irgendetwas nicht in Ordnung war. Gut, in diesem letzten Jahr sahst du müde aus, mein Schatz. Ich dachte, das sei bloß der normale Beziehungsstress. Mir ist nie der Gedanke gekommen, dass es vielleicht diese Arbeit war. Ich hätte dich fragen sollen. Es tut mir so leid, mein Schatz.»

«Nein, Mum», wehrte ich ab. «Das ist nicht deine Schuld.»

«Ich weiß nicht, vielleicht hättest du hier nicht einziehen sollen, als du geheiratet hast. Hat es euch beide belastet, hier zu arbeiten und zu wohnen, ganz zu schweigen davon, mit uns beiden auskommen zu müssen?»

«Nein, nein, ihr wart wunderbar», protestierte ich.

«Dein Dad und ich haben irgendwann darüber gesprochen, euch etwas zu kaufen. Aber wie gesagt, ihr wirktet so glücklich. Und dann haben wir angefangen, über unseren Ruhestand nachzudenken und dass stattdessen wir ausziehen würden. Es wirkte wie die perfekte Lösung, wirklich.»

«Na ja», ich versuchte, zu lächeln und so zu tun, als ob ihr Fluchtplan nicht der Auslöser für all den Ärger in der letzten Woche gewesen wäre, «es ist einfach nur so, dass dieses Arbeiten Hand in Hand mit Dad mir fehlen wird. Es bedeutet mir viel, alles mit ihm teilen zu können. Ohne ihn wird es sehr einsam sein.»

«Oh, mein Schatz.» Sie rieb mir wieder energisch meine Schulter und legte dann sanft ihren Kopf an meinen, die beiden Masterson-Frauen, in ihren Sorgen verloren. «Ich rede mit deinem Vater. Es ist nicht richtig, dass du dich hier so allein fühlen musst. Ich kümmere mich darum, mein Schatz. Das verspreche ich dir. Überlass das mir.»

Sie starrte auf die Tür des Empfangsraums, als stünde sie bereits darin und erklärte meinem Vater, dass er seiner Tochter helfen müsse. Und obwohl ich nicht recht glauben konnte, dass es irgendeine Lösung gab, was den Verlust der Person anbelangte, von der ich doch so abhängig war, waren ihre Worte ein Trost und brachten mich zum Lächeln.

«Und weißt du», sagte sie, zog ihren Arm weg und schlug sich auf die Knie, als wäre ihr gerade die perfekte Lösung gekommen, «du musst dieses Geschäft wirklich nicht übernehmen, Jeanie, wenn du nicht willst. Wir können es auch verkaufen. Feeneys in Dublin versuchen seit Jahren, deinen Dad zum Verkaufen zu überreden.»

«Aber was soll ich dann machen? Ich habe doch nichts anderes gelernt.» Was war ich in Wahrheit nur für ein Bündel von Widersprüchen, warum geriet ich in Panik bei dem Gedanken, dass mir die Schutzdecke weggezogen wurde, wenn sie mich doch andererseits so belastete?

«Aber ich bin sicher, es gibt etwas anderes, dass du machen könntest», sagte sie begeistert. «Du hast so gern gebacken, als du klein warst, vielleicht Catering! Du hast mal an ein Café gedacht, weißt du noch?»

«Aber was machen die Toten, wenn Dad und ich *beide* weg sind? Die Feeneys können schließlich nicht mit ihnen reden.»

«Die Toten sind tot, Jeanie. Sie können keinen Einfluss auf dein Leben nehmen.»

«Dann ihre Familien, was ist mit denen? Dad sagt immer, dass es eigentlich um sie geht.»

«Für die gilt dasselbe. Ich mache mir mehr Sorgen um dieses lebendige Wesen hier neben mir. Das Erste, was du tun musst, ist, das zwischen dir und Niall zu klären. Ihr zwei müsst euch einig sein. Mit der Ausnahme von ein oder zwei Dingen, bei denen ich mich nie mit deinem Vater werde einigen können, sind wir doch so verbunden miteinander, dass wir wissen, unsere Liebe ist stark genug, um uns durch alles hindurchzutragen. Klär das, und du kannst für alles eine Lösung finden. Und in der Zwischenzeit rede ich mit ihm. Er kann zumindest etwas von diesem Chaos für dich lichten.»

Ich versuchte, mich ihres Enthusiasmus würdig zu erweisen, so zu tun, als ob das so einfach wäre, wie es klang, lächelte und nickte. Ich strengte mich an, wegen all der Male, als ich klein gewesen war und zu Dad gerannt war statt zu ihr, und wegen der anderen Male, als ich Teenager gewesen war und sie mich angestupst hatte, damit ich meine Hände ausstreckte und sie sie zart mit ihrer geliebten und unfassbar teuren Sheabutter-Handcreme eingecremt hatte.

«Genau, so ist es besser.» Sie wischte mir die letzte meiner Tränen von der Wange. «Und jetzt gib mir das Jackett.»

«Was?»

«Gib her. Komm schon.» Sie deutete auf mein schwarzes Jackett. «Ich werde da drüben deinen Platz einnehmen. Wie gut, dass ich in einem Salon arbeite, in dem man bloß Schwarz trägt.»

«Dafür glitzert dein Hemd aber ganz schön.»

«Deshalb das Jackett.»

«Du weißt doch gar nicht, was man tun muss.»

«Meinst du nicht, dass ich deinem Vater und dir lange genug zugesehen habe, um zu wissen, was angebracht ist? Und du solltest dich erst mal ein bisschen sammeln. Und dann sprich nach der Arbeit in aller Ruhe mit deinem Mann. Überlegt euch, was ihr beide eigentlich wollt. Das ist jetzt eure Chance.»

«Er will einen Hund», sagte ich, zog das Jackett aus und gab es ihr.

«Einen Hund? Immerhin keinen Ferrari. Nicht halb so teuer. Stinkt aber mehr.»

Ich sah zu, wie sie das Jackett richtete, sodass es einigermaßen saß. Sie streckte ihre Arme aus.

«Gott, sechzig zu werden, hat mir nicht bloß gutgetan, oder? Ein bisschen eng vielleicht, aber es wird schon gehen. Sei froh, dass du deine schlanke Figur von mir hast.»

Sie küsste mich auf die Stirn und ging dann zur Tür. Dort blieb sie einen Moment stehen, atmete tief ein, dann nickte sie sich selbst zu, bevor sie wie eine Kriegerin über die Straße schritt und mich daran erinnerte, dass ich so sehr ihr ähnelte wie meinem Vater.

KAPITEL 24

Um neun Uhr am folgenden Tag, eine Stunde vor Andrew Devlins Begräbnismesse, trat Niall aus der Tür, als hätte er nicht bis vor zwei Nächten in diesem Haus gewohnt, als wäre er nicht seit vier Jahren mein Ehemann und als wäre er mir nicht, sehr zur Enttäuschung meiner Mutter, am vorigen Abend erfolgreich aus dem Weg gegangen und nach dem Ende seiner Schicht zu Ruth entwischt.

Ich war in der Küche, wo ich mich seit acht Uhr morgens herumgedrückt hatte. Ich hatte vom Fenster aus beobachtet, wie er mit Mikey plauderte, hörte, wie er die Haustür öffnete, nur um gleich nach hinten, von mir weg, in den Versorgungsraum zu gehen. Ich hatte mich gehütet, ihm zu folgen, wollte ihm keinesfalls auf die Pelle rücken oder allzu verzweifelt erscheinen. Aber vielleicht, dachte ich und war nun völlig durcheinander, war das genau das, was er sehen wollte – dass ich ihn dringend brauchte. Ich wusste einfach nicht, was ich tun sollte.

Also setzte ich mich wieder an den Tisch, vor meine inzwischen lauwarme Tasse Tee und mein immer noch ungetoastetes Brot, zur nicht verstrichenen Butter und der Marmelade, die Mum für mich auf dem Tisch hatte stehen lassen, als sie zur Arbeit ging. Ich hatte keinen Hunger und fragte mich, ob ich jemals wieder Appetit auf irgendetwas haben würde. Aus der Waschküche hörte ich, wie die Maschine Handtücher und Laken schleuderte, die Harry am frühen Morgen

hineingestopft hatte. Sie schleppte sie aus dem Versorgungsraum und sagte kein Wort darüber, dass all das schon am
vorigen Tag hätte erledigt werden müssen und wir es nicht
ihr hätten überlassen dürfen.

Ich hatte ihr einen Tee angeboten, aber sie hatte abge-
lehnt.

«Hast du vielleicht meinen Bruder gesehen?», fragte sie.

«Nein. Noch nicht. Er ist wahrscheinlich schon los, um
die Familie abzuholen.»

«Hält er sich ganz gut, wegen Andrew?»

«Ja, ich denke schon.»

Aber in Wahrheit wusste ich das gar nicht. Mum und er
waren am vorigen Abend nach dem Totengebet noch geblieben, um mit Andrews Familie zu sprechen. Sie hatten
sie zu einem stillen Umtrunk ins *Carmichael Hotel* begleitet,
wie mir Mum heute Morgen erzählt hatte. Als sie dann nach
Hause kamen, war ich bereits in meinem Zimmer gewesen.
Peanut hatte angerufen, und wie die anderen fünf Male, seit
sie mich vor zwei Abenden angerufen hatte, hatte ich nicht
den Mumm gehabt, mit ihr zu sprechen.

Harry sah sich in der Küche um und bemerkte, dass ich
mein Frühstück nicht angerührt hatte.

«Was ist das denn für eine traurige Stimmung hier drin,
Jeanie. Alles in Ordnung?»

Ich nickte und blickte auf meine Hände auf dem Tisch, bis
Harry ging, und ich fühlte mich schuldig, weil ich ihr etwas
verschwieg.

Ich schreckte auf vom Klingeln des Telefons. Überall im
Haus standen Telefone, damit wir erreichbar waren, sollte
uns jemand zu irgendeiner Tages- oder Nachtzeit brauchen.
Durch die offene Küchentür blickte ich auf den Apparat im

Flur, dann auf den am Ende des Küchentresens und fragte mich, welchen ich am schnellsten erreichen könnte oder ob ich überhaupt rangehen sollte. Nach dem dritten Mal hörte es auf zu klingeln, vermutlich weil jemand im Büro abgenommen hatte. Ich würde noch warten, dachte ich, bis der Anruf erledigt war.

Und dann würde ich den Flur gehen und das Läuten als Vorwand nutzen, um mit Niall zu sprechen, die Frage, wer angerufen hatte, war der perfekte Eisbrecher. Und so rüstete ich mich, sammelte meinen Mut, während ich die Butter, die Marmelade und das Brot wegräumte, meinen Becher leerte und die Arbeitsflächen und den Tisch abwischte. Am Fenster stehend, wo ich mir die Hände wusch und abtrocknete, winkte ich meinem Bruder zu, der in diesem Augenblick von seinem Schuppen aus zu mir herüberschaute. Ich hängte das Handtuch wieder an seinen Haken unter der Spüle und ging zur Tür, wobei ich seine plötzliche Anwesenheit überhaupt nicht bemerkte – Niall, der absolut regungslos dastand.

«Oh Gott, hast du mich erschreckt!» Ich legte meine Hand an die Brust und lachte zittrig.

«Jeanie, es hat einen Anruf gegeben.» Seine Worte klangen sanft, sein Gesicht wirkte weicher als seit Tagen, was meine unbeholfene und unpassende Ungezwungenheit jäh stoppte.

«Ja, das habe ich gehört. Ich war gerade auf dem Weg, um zu schauen, was los ist.» Er trat näher, und sein Gesichtsausdruck änderte sich nicht, was mich beunruhigte. «Was ist los, Niall? Es ist doch nichts mit Dad, oder?» Dad ist zusammengebrochen, dachte ich, eine Herzattacke, ein Schlaganfall. Mum hatte mich angelogen, versucht, mich vor der Wahrheit zu schützen.

«Nein, nein.» Er streckte die Hand aus. «Nicht dein Vater ... Fionn.»

Ich starrte ihn an und hoffte, dass ich immer noch einen gefassten Gesichtsausdruck zustande brachte, der das Brennen in meinem Bauch, das bei der bloßen Nennung seines Namens entstand, Lügen strafte.

«Fionn Cassin, Fionn? Was, er hat angerufen?»

«Nein, Jeanie. Ich fürchte … er ist tot.»

Eine Sekunde, eine winzige, stille Sekunde des Zögerns, in der ich lächelte. Dann erstarb das Lächeln.

«Tot? Aber das ist doch lächerlich.»

«Er ist vor drei Tagen gestorben.»

«Aber …», versuchte ich es, doch der Satz entglitt mir.

«Sie sagen, es war Darmkrebs. Er hat anscheinend kurz vor seinem Tod darum gebeten, hierhergebracht zu werden, er hat darum gebeten, zu uns gebracht zu werden.»

Ich fand mich auf dem Stuhl wieder, von dem ich gerade erst aufgestanden war. Ich konnte mich gar nicht daran erinnern, wie ich dorthin gelangt war. Aber ich weiß noch, wie ich auf ein paar Krümel starrte, die ich vorhin übersehen hatte. Aberwitzig, dass sich mein Gehirn in dem Augenblick des vielleicht größten Verlustes in meinem Leben darauf konzentrierte, ob ich mir das Spültuch schnappen oder die Krümel mit der Hand in die offene Mulde meiner anderen Hand fegen oder sie einfach auf den Fußboden wischen sollte.

«Er ist bereits einbalsamiert. Sie überführen ihn heute Nachmittag mit dem Flugzeug hierher, das heißt, wenn wir einverstanden sind. Ich habe Ja gesagt. Das ist doch in Ordnung, oder?»

«Krebs?» Seine Frage war nun von meinem Gehirn in eine Warteschlange von Fragen eingereiht worden, die es nacheinander verstehen und dann abarbeiten musste. «Das verstehe ich nicht. Er ist doch erst zweiunddreißig?», sagte ich flehentlich an Niall gewandt, als könnte er Einfluss nehmen.

«Ich kenne die Einzelheiten nicht.» Seine Schultern hoben sich, dann sackten sie wieder herunter. «Ist es in Ordnung, Jeanie, dass ich ihnen gesagt habe, dass sie ihn schicken dürfen?»

Ich glaube, mich zu erinnern, dass es lange dauerte, bis ich nickte, wie eine Betrunkene, die Schwierigkeiten mit der Koordination hat. Schließlich gelang es mir zu nicken, allerdings nur ein Mal und ohne die Blicke von den Krümeln abwenden zu können. Mit einem Finger schob ich sie zu einem Häufchen zusammen.

«Du musst ihn nicht sehen, Jeanie, oder mit ihm reden, wenn dir das zu viel wird. Das kann alles dein Dad machen.»

Ich schüttelte den Kopf. «Nein», aber mehr kam nicht, kein weiteres Wort konnte ich krächzend herausbringen. Die Worte hingen fest, so wie ich selbst, die ich mich nicht rühren, nur den Kopf so weit heben konnte, damit Niall verstand, dass niemand mich davon abhalten konnte, Fionn zu sehen.

«Hör mal, Andrews Messe und die Beerdigung fangen gleich an.» Niall kam näher, blieb dicht vor mir stehen.

«Oh ja, hab ich ganz vergessen.» Ich versuchte aufzustehen, denn das war nicht fair, oder? Dass Niall mich wegen eines anderen Mannes so sah? Er kam noch näher, um mich am Arm zu berühren, mir seine Hand liebevoll verzeihend auf den Rücken zu legen.

«Bleib sitzen, Jeanie. Du bist jetzt nicht in der Verfassung dafür. Ich habe Mikey schon gesagt, dass er sich umziehen soll. Und Harry ist auch da, und Arthur hat sich den Tag freigenommen, sodass wir gut zurechtkommen. Kommst du allein klar? Ich könnte deine Mum bitten rüberzukommen, oder soll ich vielleicht Ruth anrufen?»

«Nein. Ich komme schon klar.» Ich rang mir diese Worte ab, damit Niall nicht sehen konnte, dass in mir alles zerbrach und Risse sich bis in den letzten Winkel meiner Seele zogen. «Das ist bloß der Schock. Geh ruhig. Wir können Dad nicht hängen lassen, nicht an so einem Tag wie heute.»

«Okay», antwortete er und blickte zur Tür. «Wir werden ungefähr um zwei wieder hier sein. Das schaffst du?»

«Natürlich. Mach dir keine Sorgen. Geh nur.» Ich scheuchte ihn weg, aber an der Tür drehte er sich noch einmal um.

«Ich werde es Ruth erzählen, aber was ist mit Peanut? Soll ich ihr eine Nachricht schicken?» Da war keine Spur mehr von der Verletztheit und Wut aus den vergangenen Tagen. An ihrer Stelle nichts als die Güte, die ich von ihm gewohnt war.

«Oh.» Ich blickte auf meine Hände herunter, die schlaff auf meinen Schenkeln lagen, und dachte an das letzte Mal, als ich Fionn und Peanut zusammen auf der kalten Treppenstufe gesehen hatte und seine Lippen die meinen gesucht hatten und er mir seine Liebe versprochen hatte. Ich nickte.

Sobald er fort war, stand ich schnell auf, die Hand über dem Mund, um sicherzugehen, dass kein Klagelaut vorzeitig hervordrang, legte die Stirn an die Küchentür und lauschte. Erst als ich hörte, wie sich die Haustür schloss, wie mein Bruder protestierte und der Leichenwagen angelassen wurde, ließ ich los, erlaubte allen Schleusen, sich zu öffnen: Und aus meinem Wimmern wurde ein Heulen, und die Tränen wurden zu einer Flut. Die Kraft, die mich noch aufrecht gehalten hatte, verließ mich jetzt, sodass ich mit dem Rücken an der Tür herabrutschte und schließlich auf dem Boden kauerte, schwer atmete, und mein Körper zuckte, weil ich Fionn verloren hatte.

Später, nachdem Andrew in Ballyshane beigesetzt worden war, als Dad und Mum zum Leichenschmaus ins *Carmichael*

Hotel gefahren waren und Mikey längst zurückgekehrt war, um seine Schuppentür zu schließen und die Welt auszusperren, und ich schon seit Stunden auf meinem Bett gelegen hatte und an nichts anderes hatte denken können, als an Fionn und mich und das Leben, das wir gehabt hatten, und an das, das wir niemals gehabt hatten und niemals mehr haben würden, fuhren Niall und Arthur zum Flughafen, um Fionn nach Hause zu bringen. Und nachdem Niall ihn gemustert und sichergestellt hatte, dass beim Transport nichts schiefgegangen war, und ihn dort nachbehandelt hatte, wo es nötig war, brachte er ihn in den Verabschiedungsraum, stellte meinen Hocker neben seinen Sarg und kam dann zu mir, um zu sagen, dass Fionn so weit war. Niall sah müde und erschöpft aus, sein Gesicht war gerötet. Und zum ersten Male in einer ganzen Weile hatte ich wieder das Bedürfnis, meinen Ehemann zu berühren, ihm meine Hand dankbar an die Wange zu legen, liebevoll und als Entschuldigung dafür, dass ich ihm all das zugemutet hatte. Er küsste meine Hand, dann ließ er sie los und ging weg.

Ich ging nicht gleich in den Verabschiedungsraum, sondern blieb auf der Schwelle stehen, meine Hand am Türrahmen, betrachtete den Eichensarg, dessen Leisten glänzend poliert waren. Das war es, was Niall immer als Letztes unternahm, um sicherzugehen, dass nirgendwo ein Fingerabdruck oder ein Fleck zu sehen war. Und dann beeilte ich mich, schloss jede Tür, um die Welt auszusperren, bevor ich mich ihm näherte, wobei meine Hände sich unablässig zusammenkrampften und wieder lösten.

Und obwohl Fionn dünner war und sein Haar – oder eher das, was davon noch übrig war – kurz und flaumig und weiß, war er immer noch fraglos derselbe, der Mann, den ich liebte.

Dank Nialls Geschick schien Fionn bloß zu dösen, als könnte er jeden Augenblick aufwachen, um schläfrig in meine Richtung zu lächeln.

Ich zitterte, als meine Hand jene verbrauchten, geäderten Hände berührte, die zu einem fünfundsechzigjährigen Mann zu gehören schienen und nicht zu einem zweiunddreißigjährigen. Ich hatte das schon so viele Male gesehen, das Schwinden, das Welken. Hände, sie lügen einfach nicht. Und doch waren sie für mich so kostbar wie an jenem Tag, als sie mich im Korridor herumgedreht und mich angewiesen hatten, wie und wohin ich blicken sollte, als ich widerstrebend sein Modell geworden war. Still und leblos lagen sie auf seinem Bauch – keine Kamera war mehr zu halten, kein Bild der Welt in einem Wimpernschlag einzufangen.

Ich betrachtete sein Gesicht, das ich so oft geküsst hatte, diese Mulde an seiner Schulter, die so perfekt war, um meinen Kopf darin zu betten, wenn wir einen Film sahen oder keuchend beieinanderlagen, wenn die Eltern nicht zu Hause waren, die Brust, auf die ich meine Hand legte, um seinen Herzschlag zu spüren, und um die ich meine Arme schlang, bevor er sich abwandte, um Kilcross zu verlassen. Und jene Lippen, die sich amüsiert dehnten, wenn ich von meinen Toten erzählte oder einfach nur einen Raum betrat.

Und seinen zugeknöpften marineblauen Anzug betrachtete ich, unter dem sein weißes, makellos gebügeltes Hemd glänzte. Weiße gestickte Insignien auf beiden Jackenaufschlägen sprachen von Geld, das eigens dafür aufgewendet worden war. Keine Krawatte. Der Kragen straff und überstehend. Der oberste Hemdknopf nur für einen schmalen Einblick geöffnet. Die Kuhle zwischen den mageren Schlüsselbeinen eher eine Andeutung als wirklich sichtbar. Jene Beine, bei denen ich mich hatte beeilen müssen, um mit ihnen Schritt zu halten, ich zwei Schritte machen musste, wenn er einen machte, lagen ruhig und kräftig da, als warteten sie nur auf das Zeichen zum Aufbruch. Lederstiefel, die aussahen, als wäre er damit durch tausend Straßen gelaufen und hätte hundert Hügel erklommen, um das richtige Gesicht oder eine Horizontlinie oder Hände zu finden, um sie für die Ewigkeit auf einem Foto festzuhalten. War es Al oder Jess gewesen, die diese Schuhe für seine letzten Augenblicke auf dieser Erde ausgewählt hatte? Vielleicht hatten beide schweigend auf einem mit Zeitungspapier ausgelegten Fußboden gekniet. Al mit der Polierbürste, Jess mit der Schuhcreme, die sichergehen wollten, dass ihr Sohn in seinen Lieblingsschuhen den allerbesten Eindruck hinterließ.

«Jeanie.»

Seine Stimme brach hervor, gehetzt und panisch, wie bei einem Mann, der den Atem zu lange angehalten hatte.

«Fionn!»

Ich war mir so sicher gewesen, dass er nicht so lange durchgehalten haben konnte, hatte mir selbst an jenem Nachmittag immer und immer wieder gut zugeredet, besser nicht zu viel zu erwarten, und doch, hier war er, bei mir, neben mir, seine Stimme in meinem Ohr. Er war mein, ganz mein. «Du hast gewartet!»

«Ich habe mit allen Mitteln versucht herzukommen.»

«Du bist zu mir zurückgekommen», lachte ich unter Tränen.

«Das Mädchen, das nie gedacht hat, es sei etwas Besonderes, und doch», er machte eine Pause, erleichtert, dass er sein Ziel erreicht hatte, «nun, wo ich tot bin, ist sie die Einzige, die in der Lage ist, mich zu hören. Verstehst du es jetzt, Jeanie? Für den Rest der Welt bin ich weg, aber mit dir lebe ich noch.»

Ich beugte mich wieder zu ihm vor, um seine Wange zu

berühren, ihre Kälte. Ich stellte mir sein Blut vor, das unter meiner Berührung warm floss, den Puls unter seiner Haut, und ich lächelte über dieses Geschenk der Anwesenheit, des Lebens, des Atems, der seine Brust nicht hob.

«Jeanie, wie lange habe ich mit dir, wie lange hält das hier an? Ich glaube nicht, dass ich noch viel Kraft habe.»

Ich schloss die Augen bei diesen Worten, die mich aus meiner Träumerei reißen wollten, dass wir beide für immer in dem gedämpften Licht in diesem Raum verweilen könnten, vor allem anderen geschützt.

«Jeanie, bist du noch da? Kannst du mich noch hören?» Seine Stimme, in dieser Stille besorgt, dass ich ihn allein gelassen hatte, ihn verletzt zurückgelassen hatte, einen blinden Mann ohne Stock, ohne Echo, ohne Hund, der ihn durchs Dunkel führte.

«Ich bin hier. Ich bin direkt neben dir. Ich geh nicht weg. Immer und für allezeit», ich lachte leichthin und versuchte, meine Verzweiflung zu verbergen. «Wusstest du es?», flüsterte ich, sah auf seine Lippen, als könnten sie sich jederzeit öffnen. «Wusstest du, als wir uns bei deiner Ausstellung begegnet sind, als du mir all diese Dinge gesagt hast, dass du sterbenskrank warst?»

«Nein. Das habe ich erst letztes Jahr erfahren.»

«Aber ... warum hast du dich nicht gemeldet? Ich hätte doch ...»

«Was, Jeanie? Was hättest du denn getan? Niall verlassen, diesen Ort verlassen? Wärst du gekommen und hättest mich gepflegt?»

Seine Worte beschämten mich und brachten mich zum Verstummen.

«Bitte, Jeanie, ich brauche dich jetzt. Mehr als je zuvor.»

Das genügte, um mich vom Rande der Verzweiflung zurückzuholen und ihm zu lauschen. «Okay», flüsterte ich schwach und gestattete ihm zu beginnen.

«Ich bin den ganzen Weg hierhergekommen, damit du das auf jeden Fall hörst und es ihr sagen kannst.»

Ihr? Ihr. Ich hatte nicht mit einer *Sie* gerechnet. Ich wollte keine *Sie*. Ich wollte jetzt nur uns. Es gab nur ihn und mich, ganz gleich, wer sonst gerade an unserem Leben teilhatte, wusste er das nicht mehr?

«Tia», sagte er. «Tia, meine Tochter.»

Eine Tochter! Ein Leben, das er mit einer anderen Person gezeugt hatte, nicht mit mir. Dieser Schlag gegen mein Herz erwies sich beinahe als zu hart, aber ich klammerte mich an die Sargwand, zwang mich standzuhalten und verwehrte mich dagegen, auch nur ein Wimmern hören zu lassen.

«Sie war erst vier, als ich damals nach Kilcross zurückkam. Ich wollte dir von ihr erzählen. Es gab so viel, was ich dich unbedingt wissen lassen wollte, bei diesem letzten, hoffnungslosen Versuch, dich zurückzugewinnen. Aber du schienst so glücklich und entschlossen, dein Leben jetzt mit Niall zu teilen, also ...» Er verstummte.

«Und ihre Mutter? Bist du ...?» Auf diese so mutig und doch furchtsam gestellte Frage wollte ich eigentlich gar keine Antwort. Und doch hätte es mich genauso geschmerzt, es nicht zu wissen.

«Ich bin nicht mit Ife zusammen. Es war eine sehr kurzlebige Affäre, vor zehn Jahren, aber daraus ist jemand Großartiges entstanden.»

Und von dem Augenblick an, in dem er ihren Namen sagte, wusste ich, dass es die Frau sein musste, die ich Fionn hatte küssen sehen, damals auf seiner Türschwelle. Der Schmerz darüber brannte wieder genauso wie an dem Tag, an dem ich draußen an der Mauer zusammengesackt war.

«Ich glaube, ich habe euch einmal zusammen gesehen. Sie war die schönste Frau, die ich je gesehen habe. Es war mein zweiundzwanzigster Geburtstag, und ich war nach London gekommen, um dich zu überraschen. Und da standet ihr beide auf deiner Türschwelle in Kennington.»

Einen Moment verharrten wir in der Leere des Schweigens, das uns nun umgab.

«Das wusste ich nicht», sagte er aufgewühlt. «Ich habe dich nicht gesehen.»

«Damals waren wir nicht mehr zusammen. Wir hatten keine Ansprüche mehr an den anderen, also war es ja auch nicht, als hättest du irgendetwas falsch gemacht. Danach habe ich mich entschieden, dich aufzugeben, habe aufgehört zu glauben, dass ich irgendwie einen Weg finden könnte, hier wegzukommen.»

«Oh, Jeanie. Das tut mir leid.»

«Und dann, na ja, ergab sich das mit Niall. Und hier sind wir jetzt alle.»

Wieder wurde es still zwischen uns, der Raum war von unseren Stimmen entleert, von unseren Möglichkeiten, da war nur unsere vergeudete Vergangenheit, unser Erinnerungsfilm, der für einen Moment zwischen uns lief.

«Ich rede die ganze Zeit mit Tia über dich, weißt du», begann er wieder. «Über diese erstaunliche Frau, die mit toten Menschen reden kann. Aber sie glaubt mir nicht.»

«Nein», sagte ich mit einem Lachen, «das geht vielen so.»

«Sie ist eine harte Nuss, meine Tia, sie ist praktisch, logisch, und auch wenn sie erst neun Jahre alt ist, erträgt sie keine Idioten und trüben Tassen. Sie weigert sich zu glauben, dass ich immer noch mit ihr reden kann, jetzt, wo ich tot bin. Aber ich sagte, ich könnte es beweisen. Ich hätte dich. Und darum geht es jetzt, Jeanie, deshalb habe ich auf dich gewartet.»

Also gar nicht wegen mir, dachte ich; wegen mir war er nicht hierher zurückgekehrt.

«Bevor ich starb, flüsterte ich eine Botschaft, von der ich dachte, du könntest sie für sie wiederholen, und dann wüsste sie auch, dass die Toten mit den Lebenden sprechen können. Sie wird wissen, dass sie jeden Tag auf mich hören soll und dass ich da sein werde.»

Seine Stimme wirkte jetzt ausdrucksvoll und melodisch, verwandelt durch seine offenkundige Liebe für sie.

«Ich wusste, dass es ein Risiko war, ich war mir nicht sicher, ob ich rechtzeitig hier wäre, um mit dir sprechen zu können. Ich bat Al und Jess, dafür zu sorgen, dass sie mich schnellstmöglich hierherbringen würden. Und ich warnte Tia vor, du hättest gesagt, dass es nicht immer klappt; dass es manchmal zu spät sei. Aber ich versprach ihr, mich ungeheuer anzustrengen. Und dass sie mich nicht aufgeben dürfte, nicht den Glauben an mich verlieren, auch wenn das hier schiefging, dass ich trotzdem da wäre. Weil, sagte ich, sie mich irgendwann in ihrem Leben brauchen würde, und dann wäre ich da.»

Es bedurfte all meiner Kraft, um meine Aufgewühltheit unter Kontrolle zu halten, um ihn nicht zu unterbrechen, in dem, was er zu sagen hatte. «Ich höre dir immer noch zu», sagte ich mit angehaltenem Atem, bevor ich meine Trauer so leise wie nur irgend möglich mit meinem Atem entließ.

«Ich möchte, dass du ihr sagst, dass sie in diesem Leben Mut braucht. Dieser Mut wird ihr eine Freiheit schenken, die sie nie gekannt hat.» Ein unwillkürliches Lächeln trat auf meine Lippen angesichts der Ironie, dass es ausgerechnet ich wäre, eine Frau, deren Mut Fionn viele Male hatte scheitern sehen, die ihr diese Weisheit überbringen würde. «Sag ihr, jeden Morgen, wenn sie die Augen öffnet, werde ich da sein und darauf warten, mit ihr zu sprechen und ihr meine Meinung zu dem zu sagen, was sie gerade beschäftigt oder quält, was auch immer es ist, und um ihr zu sagen, wie erstaunlich sie ist. So verdammt erstaunlich.» Da hielt er inne, und ich wusste, dass er sie jetzt in Gedanken hielt, sie umarmte, sie liebkoste. «Und», fuhr er fort, und nun wurde seine Stimme schwächer, dieses vertraute Verklingen. «Zitrone.»

«Zitrone?», fragte ich ängstlich, beugte mich vor, um sicherzugehen, dass ich ihn richtig verstanden hatte, spürte das panische Klopfen meines Herzens, stellte mir vor, ich könnte immer noch das Heben und Senken seines Atems sehen.

«Zitrone ist ihr Lieblingsduft. Sie flüsterte es mir zu, kurz bevor ich meine Augen schloss und sie verließ, sodass es wirklich niemand sonst hören konnte. Sie meinte, wenn du ihr das sagst, dann würde sie glauben, dass es möglich ist, mich zu hören.» Er entfernte sich noch mehr, und seine Stimme wurde brüchiger.

«Mut und Zitrone», wiederholte ich, voller Kummer, weil ich verstand, dass seine letzten Worte nicht für mich bestimmt waren. Ich wiederholte sie noch einmal, lauter diesmal, zwang mich, sein schönes Gesicht anzusehen, wo ich mir das breite Lächeln vorstellte, das auf jenen Lippen lag, an dem Tag, an dem er Tia das erste Mal gesehen hatte, und wieder, als er sah, wie sie wackelig zu laufen begann oder sich bückte, um ein Gänseblümchen zu pflücken oder einen Schmetterling zu jagen. «Ich werde es ihr erzählen, Fionn.»

«Sie war meine ganze Welt.»

Ich nickte und lächelte, so gut ich konnte, gegen die Tränen an und wusste, dass selbst in unseren letzten Augenblicken hier unser Timing immer noch vollkommen unmöglich war. Unsere Leben waren für immer und endgültig ohne Gleichtakt und doch ewig verbunden.

Es dauerte eine Sekunde, bevor ich begriff, dass da nichts mehr von ihm kam. Ich tippte ihn sanft gegen die Schulter, als könnte ich damit etwas bewirken.

«Fionn», flüsterte ich. Keine Reaktion.

«Fionn», versuchte ich es noch einmal, und meine Stimme brach.

«Fionn.» Ein letztes, verzweifeltes Mal, sein Name auf meinen Lippen, bevor ich auf seine Brust sank und begriff, dass Fionn Cassin fort war. Nie wieder würde ich von ihm an der Tür überrascht werden, nie wieder würde ich innehalten und mich fragen, wo er wohl war und ob er vielleicht irgendwie auch an mich dachte.

«Ich hätte einfach gehen sollen», sagte ich in meinem Kummer und meiner Verzweiflung. «Hätte meine Sachen packen und diesen Ort für immer verlassen sollen. Ich wäre frei gewesen, genau wie du und Peanut. Du hättest mir die Tür geöffnet, und da wäre ich gewesen. Und du hättest mich hochgehoben und herumgeschwenkt und mich geküsst und zu deinem Bett getragen.»

Ich betrachtete ihn in jenem sich verdunkelnden Zimmer, das uns still, dicht und lastend umgab wie ein nebelverhangener Abend. Horchte auf irgendein Zeichen, irgendein Zucken, jegliches Geräusch, das mit dem Todeshauch kam. Hoffte auf einen allerletzten Moment, dem Schicksal geraubt, das jetzt seins war. Aber da war nichts, nur mein Atem und meine Augen, mein Blick, verschwommen von den Tränen. Bis ich es hörte, weit entfernt, ganz am Ende einer öden, verlassenen Straße.

«Wir wären prächtig zusammen gewesen, Jeanie.» Fionns Stimme krallte sich immer noch fest – wie Nägel, die sich tief in eine Gebirgsspalte gruben, Finger, die um Halt kämpften –, mobilisierte noch einmal das letzte Aufflackern seiner

Kräfte, aus den tiefsten Tiefen hervorgegraben. «Es gibt einen Bestatter unter einer Brücke in Kennington. Da hättest du gearbeitet. Ich habe es mir tausend Male vorgestellt. Du wärst jeden Tag nach Hause gekommen, hättest mir die Geschichten von Londons toten Söhnen und Töchtern erzählt. Sie hätten dich geliebt, wie ich dich geliebt habe.»

Und das war das letzte Mal, dass ich ihn hörte, und seine Zeit an diesem Ort, an meiner Seite war endgültig vorbei. Ich weinte an seiner Schulter, brachte durcheinander, was perfekt geordnet gewesen war, benässte, was trocken gewesen war, weinte unter der Last unserer Realität: dass einer von uns lebte und der andere tot war, ein Herz schlug und eins für immer aufgehört hatte zu schlagen – die Hoffnung, die Möglichkeit, der Traum, sie waren nun endgültig vorbei.

Haben Sie je Ihren Finger über den Abfluss gehalten, wenn das Badewasser abläuft, und den fast magnetischen Sog verspürt? So fühlte sich mein Herz in dem Moment an, als ob es aus mir herausgesaugt würde.

«Du solltest noch nicht sterben, Fionn. Unsere Geschichte hätte nicht so enden sollen», flüsterte ich, meine Stimme gedämpft an seinem Hals. «Was soll ich denn jetzt machen?»

KAPITEL 25

Es war Niall, der schließlich irgendwann kam, um mich von ihm wegzuziehen. Ich ließ mich von ihm in den Arm nehmen und sacht auf den Kopf küssen, während ich an seiner Brust schluchzte. Ich weinte haltlos, klammerte mich an ihn, in meinem verzweifelten Bedürfnis nach Trost, den er mir nicht geben konnte.

Als es schien, als könnte ich wieder selbst stehen, schloss er Fionns Sarg und nahm mich mit zu der Bank in unserem breiten Korridor, wo wir schweigend dasaßen und auf die geschlossenen Türen gegenüber sahen. Seine Hand griff jedes Mal nach meiner, wenn er hörte, wie sich mein Atem beschleunigte, und ich ein weiteres Mal in meiner Verzweiflung versank.

Es dauerte vielleicht zehn Minuten, vielleicht mehr, vielleicht weniger, ich kann gar nicht sagen, wie lange wir schweigend auf dieser Bank saßen, irgendwo zwischen Getrenntsein und Zusammengehörigkeit, bis Al und Jess erschienen. Ich kam mir wieder wie ein kleines Mädchen vor, mit meinen zappelnden Armen, als ich aufstand, um sie zu umarmen, und von diesen zwei Menschen umfangen wurde, die mich einst so großzügig in ihr Haus aufgenommen und mich ihren Sohn hatten lieben lassen.

«Hat er geredet, Jeanie?», fragte Jess, entzog sich mir nach einem Moment wieder, die Hände immer noch auf meinen Schultern, ihre Augen erwartungsvoll geweitet. «Wir haben versucht, so schnell wie möglich hierherzukommen, aber am Flughafen gab es Verspätungen.»

«Ja, das hat er», antwortete ich.

«Was hat er gesagt?»

«Es ging hauptsächlich um Tia.»

«Natürlich, das war klar; er hat das Mädchen so sehr geliebt.»

Sie war sichtlich stolz auf ihren Sohn. Und ich war wieder zurückversetzt zu dem Moment, als sie zugestimmt hatte, die Weide in ihrem Garten zu pflanzen, da war diese überwältigende Freude gewesen, ihren Sohn glücklich zu machen.

«Und um euch. Er sagte mir, ich soll dir und Al sagen, dass ihr einfach großartig wart. Und dass es sein Herz gebrochen hat, euch allein zu lassen.» Immer ganz die Tochter meines Vaters, wieder mit einer neuen Lüge, aber diesmal ohne Scham oder Skrupel, weil es sich richtig anfühlte. Und außerdem wusste oder dachte ich, dass Fionn, auch wenn er diese Worte nicht gesagt hatte, es gewiss genauso getan hätte, wenn er noch die Zeit gehabt hätte.

«Oh, mein lieber Junge.» Sie zog mich wieder an sich. «Sie ist immer noch da, Jeanie, weißt du. Die Weide. Die, die wir für dich gepflanzt haben. Sie ist schön, so wie jetzt die Äste herabhängen. Als wüsste sie um die Tragik, ihn so früh verloren zu haben. Es ging alles sehr schnell, von der Diagnose bis zur Endphase, wo wir ihm nur noch beim Sterben zusehen konnten, nicht mal ein Jahr hat das gedauert. Hat er dir das gesagt? Und er war so tapfer.»

Al konnte nicht sprechen, lenkte sich ab, indem er meinem Vater die Hand schüttelte. Dad war eingetroffen und stand schweigend an der Tür zum Empfangsraum.

«Wir denken, wir ziehen wieder hierher, Jeanie», fuhr Jess

fort. «Wir könnten seine Asche unter dem Baum ausstreuen. Aber dann ist da ja noch Tia. Es wäre unfair, ihr ihren Vater wegzunehmen. Ach, wir wissen nicht, was wir tun sollen.» Sie weinte lange und laut an meiner Schulter.

«So, mein Schatz, jetzt komm.» Al trat herbei, um sie von mir wegzuziehen, und versuchte, sie in das Büro zu manövrieren, wo Dad bereits darauf wartete, mit ihnen über die weltliche Trauerfeier und Einäscherung zu sprechen, um die sie gebeten hatten. «Lass uns erst mal den heutigen Abend und morgen überstehen, und danach sehen wir dann weiter.»

Niall beobachtete, wie ich sie losließ. Ich warf ihm einen verstohlenen Blick zu, angesichts meiner Verlegenheit über das, dessen Zeuge er gerade geworden war, aber er ließ nicht erkennen, was all das mit ihm machte.

«Sie sind Niall, oder?» Jetzt bemerkte sie ihn.

«Ja, Mrs Cassin. Mr Cassin.» Niall trat vor, um ihnen die Hände zu schütteln. «Mein herzliches Beileid. Es ist schwer zu glauben, dass Fionn ihnen und uns auf diese Weise genommen wurde.»

«Vielen Dank, Niall.» Al nickte ihm zu.

«Und ihr habt geheiratet, ihr zwei?» Jess nahm meine Hand und Nialls und zog uns zueinander. «Ist das nicht wunderbar.» Sie verstärkte ihren Griff und stand zwischen uns wie ein Hochzeitszelebrant. «Wunderbar.» Ich beobachtete, wie ihre Blicke ein wenig abschweiften, zu anderen Orten, anderen Zeiten, zu Begebenheiten, die waren, und Begebenheiten, die hätten sein können.

«Natürlich, Fionn hat nie geheiratet. Aber wir haben immer noch unsere wundervolle Tia, für die wir dankbar sein können.»

«Jess, mein Schatz.» Al berührte sie behutsam an der Schulter.

«Und Kinder, habt ihr welche?», fuhr sie fort, als hätte er nichts gesagt.

Niall schüttelte mit einem angespannten Lächeln den Kopf. Ihre Hände hielten immer noch unsere, und allmählich begann ihr Griff zu schmerzen, und doch hätte ich mich ihr nicht entzogen, niemals, nicht einmal, wenn sie mich den ganzen Tag so festgehalten hätte.

«Jetzt komm aber mal, Jess. Lass uns mit Mr Masterson sprechen. Wir müssen ein paar Dinge regeln, und lass diese armen Menschen ein wenig zur Ruhe kommen.»

Al nahm ihre Hand und befreite uns und drehte sich um, führte sie zu Dad, den Arm um ihre Schulter gelegt. Drinnen lud Dad sie mit seiner tröstlichen Stimme ein, Platz zu nehmen, während Al noch mal kurz zu uns herauskam.

«Ist es in Ordnung, wenn wir Fionn nachher für einen Moment sehen, bevor wir gehen? Tia und ihre Mutter wollen auch dazukommen. Sie sind dort in dem kleinen Park. Anscheinend hat Fionn Tia davon erzählt, von den glücklichen Zeiten, die Sie hier zusammen hatten, und deshalb wollte sie hingehen und den Park selbst sehen.»

«Natürlich», sagte Niall. «Fionn wird für Sie bereit sein, wenn Sie fertig sind.»

«Vielen Dank.» Al nickte und eilte dann wieder zurück und schloss die Tür hinter sich.

Niall und ich standen da und betrachteten die Tür, als könnte sie sich jeden Moment wieder öffnen. Aber als sie das nicht tat, blickten wir uns verlegen an.

Niall ging wieder zur Bank und nahm Platz, seine Arme auf die Knie gestützt, und hob eine Hand, um sich über die Lippen zu streichen.

«Hat er wirklich all diese Sachen über seine Tochter und die Eltern gesagt?», fragte er schließlich.

Nun war ich an der Reihe, den Blick zu senken, beschämt, weil ich einräumen musste, gelogen zu haben. Ich setzte mich ans andere Ende der Bank.

«Es ging hauptsächlich um seine Tochter.»

«Und über dich? Was hat er über dich gesagt?»

«Sehr wenig.» Ich versuchte, es so neutral wie möglich klingen zu lassen, keine Verletzung oder Schmerz zu zeigen.

«Also in seinen letzten Momenten, in denen er mit der Frau spricht, zu der er ausdrücklich zurückgebracht werden wollte, weil er so vernarrt in sie war, erwähnt er dich überhaupt nicht?»

«Er wollte, dass ich eine Botschaft an Tia weitergebe. *Deshalb* ist er zurückgekommen.»

«Das kann nicht einfach gewesen sein, nach all diesen Jahren und all dem, was du durchgemacht hast.»

Ich war das Mitgefühl dieses Manns nicht wert, und ich wollte ihm genau das gerade sagen, als sich der Haupteingang öffnete und ein Mädchen eintrat. Wir standen auf. Sie blieb stehen und blickte sich nach der sicheren Rückendeckung durch ihre Mutter um, die ihr folgte, die Frau, die ich gesehen hatte, als sie in Fionns Umarmung zurück ins Haus gelockt worden war.

«Hallo», sagte Ife. «Wir sind hier, um Fionn Cassin zu sehen.»

«Ja, bitte kommen Sie doch herein.» Niall trat vor, um die Hände der lächelnden Frau und des ernsten Kindes zu schütteln. «Sie müssen Tia sein und ...?»

«Ife.»

«Ich bin Niall, und das ist Jeanie. Unser herzliches Beileid.»

«Ah, die berühmte Jeanie Masterson.» Ife sah mich an und dann wieder ihre Tochter. «Tias Dad hat viel über Jeanie geredet, oder, Tia? Über ihre besondere Gabe.»

Tia wirkte schüchtern und reagierte nicht allzu stark, schüttelte mir aber immerhin die Hand. Ich sah einen Moment lang eine Spur von Fionn in dem Bogen ihrer Augenbraue, bevor sie den Blick abwandte und in die Ferne starrte.

«Wir haben uns gut um deinen Dad gekümmert», sagte Niall.

«Wir sind sehr froh, das zu hören, nicht wahr, mein Liebling?»

Tia hob den Blick zu ihrer Mutter und drückte ihr die Hand, als wollte sie sie stumm an etwas erinnern.

«Ah, ja», begann Ife, «Tia fragte sich, ob sie ihren Dad noch einmal sehen könnte. Wir haben uns in London verabschiedet, aber sie dachte, ob es wohl in Ordnung wäre, wenn sie es noch mal täte.»

«Natürlich», sagte Niall. «Wenn Sie hier noch einen Augenblick warten, dann vergewissere ich mich, dass er so gut wie nur möglich für Sie aussieht.»

Als Niall uns verließ, setzten wir uns zum Warten auf die Bänke. Dort konnten wir die gedämpften Stimmen von Dad, Jess und Al hören.

«Deine Großeltern sind dort drinnen mit Mr Masterson – das ist mein Dad», erzählte ich Tia. «Es dauert jetzt sicher nicht mehr lange.»

«Tia ist ein Glückspilz, dass sie so wunderbare Großeltern hat.» Ife küsste ihre Tochter auf den Kopf.

«Dein Dad konnte gar nicht aufhören, über dich zu sprechen, Tia», sagte ich und konzentrierte mich auf dieses schweigende Mädchen, das zwei Plätze entfernt von mir saß.

Sie musterte mich aus dem Augenwinkel.

«Tia glaubt nicht so recht, dass ihr Papa jetzt, wo er tot ist, in der Lage sein wird, mit ihr zu sprechen. Aber ich sagte ihr, dass es keinen Zweifel daran gibt. Ich habe seit siebzehn

Jahren nicht aufgehört, mit meiner Mutter zu sprechen. Und die Frau kann reden. Ich muss ihr morgens sagen, dass sie aufhören soll, sonst kommen wir nie aus der Tür.» Ife lachte ein wenig.

«Oh, er hat wirklich gesprochen, Tia. Das schwöre ich dir.»

Sie sah mich diesmal nicht an, sondern starrte bewegungslos geradeaus und wartete.

«Also, dein Dad ist so weit für dich, Tia.» Niall stand an der geöffneten Tür des Verabschiedungsraums. Drinnen war der Sargdeckel entfernt worden. Niall bat sie herein, während ich einen Augenblick abwartete und mich fragte, wie ich dieses stumme Mädchen von den Worten ihres Vaters überzeugen könnte angesichts ihrer Verschlossenheit, vor der er gewarnt hatte. Da kam mir eine Idee.

Als ich schließlich in den Verabschiedungsraum trat, sah ich, wie Tia mit ihren zierlichen Händen leicht an die Seite des Sargs tippte, während sie zu Fionn hineinsah, Ife direkt neben ihr, ihren Arm schützend um die Schultern ihrer Tochter gelegt.

Ich stand am Fußende, zwei Schritte vom Sarg entfernt und ließ ihnen den Raum. Tia flüsterte ihrer Mutter etwas zu, und ihre Mutter nickte, und Tia griff wieder in den Sarg, diesmal um Fionns Hände zu berühren.

«Er hat mich gebeten, dir etwas zu sagen, Tia.» Ich näherte mich ein paar Schritte.

Sie sah mich nicht an, aber Ife nickte, um mich zu ermuntern weiterzusprechen.

«Er sagte, du solltest in dieser Welt mutig sein. Dass dir das viele Möglichkeiten eröffnen wird. Dass Angst okay und normal ist, aber dass du ihr entgegentreten und sagen musst, das wollen wir doch mal sehen. Angst führt dazu, dass einem Türen verschlossen bleiben, und er wollte doch, dass sich alle Türen für dich öffnen. Er hatte recht, glaube ich. Und er sagte, du sollst auf ihn lauschen, morgens meistens, weil er da sein und darauf warten wird, dass du mit ihm redest – darüber, warum du die Schule gerade hasst oder in wen du dich verliebt hast.»

Ihre Blicke wandten sich mir nun zu, aber nach wie vor lächelte sie nicht.

«Und noch etwas.» Ich trat noch ein bisschen näher, sodass ich beinahe den Sarg berühren konnte. «Er erzählte mir etwas, von dem er sagte, dass nur du es wissen würdest. Ich habe es aufgeschrieben, sodass du es immer bei dir haben und dir gewiss sein kannst, dass er wirklich da ist.»

Sie nahm den Umschlag und zog vorsichtig das einzelne Blatt heraus, das ich nur Augenblicke früher aus dem Ausstellungsraum geholt und auf das ich das schlichte Wort geschrieben hatte, von dem ich hoffte, dass es die Macht hatte, ihre Meinung zu ändern: *Zitrone*.

Und erst als sie es las, wandte sie sich zum ersten Mal direkt mir zu, sah mich an und lächelte und entblößte dabei ihren wunderbar schiefen Schneidezahn.

KAPITEL 26

Peanut kam am späteren Abend. Sie klingelte um zehn herum, und es gelang mir, nicht gleich in ihren Armen zusammenzubrechen. Sobald Nialls Nachricht angekommen war, hatte sie die Tierklinik verlassen und war nach Hause gefahren, um zu packen, wobei sie in der Eile vergaß, passende Kleidung für die Beerdigung mitzunehmen, dann aber zum Schluss kam, dass sicher niemand einem besser schwarze Anziehsachen leihen könnte als eine Familie von Bestattern, und rannte, um ihren Flug vom Gardermoen Airport nach Südwesten zu erreichen.

«Oh, Jeanie.» Sie hielt sich an mir fest. «Ich kann gar nicht glauben, dass er tot ist.»

Mein Körper fühlte sich völlig ausgelaugt an, als ich zusammengekauert auf der Couch in unserem Wohnzimmer saß, wo wir einst gelacht und einander mit Kissen beworfen und kübelweise Popcorn gegessen hatten, sodass ich anschließend schnell noch saugen musste, bevor Mum das Chaos bemerkte. Jetzt fühlte ich mich, als wäre ich hundert, und wünschte mir einen langen und tiefen Schlaf, aus dem ich vielleicht nie wieder erwachte.

«Was wir jetzt wirklich brauchen, ist Alkohol.» Sie stand auf und wischte sich die Tränen von ihren Wangen. «Die Hausbar deines Vaters war immer die beste aller Eltern. Ist die immer noch in der Küche?»

Ich nickte und sah, wie sie ging, war allerdings nicht so

überzeugt wie sie von ihrem Plan. Ich stellte mir das besorgte Flüstern meiner Eltern nebenan vor, wie sie Peanut fragten, wie ich mich hielt. Bis zu Peanuts Ankunft und nachdem Fionns Familie gegangen war, hatten sie mit mir zusammen an unserem Tisch gesessen. Zwischen uns waren keine anderen Worte gefallen als nur ihr: «Mein armer Schatz», «Oh, Liebes» oder eine Kombination von beiden, während ich ununterbrochen weinte. Niall war inzwischen gegangen, um vielleicht bei Ruth auf die vier weißen Wände seines Kabuffs zu starren oder um in *McCaffrey's Bar* zu sitzen und sich zu fragen, wie sein Leben dermaßen schieflaufen konnte, dass er zusehen musste, wie seine Frau über der Leiche eines anderen Mannes weinte. Unser Abschied am Ende des Tages war so traurig gewesen wie unser Start am Morgen, unbeholfen hatte er nach unserem Zusammentreffen mit Tia meine Hand genommen und sie gedrückt, ohne etwas zu sagen, nur begleitet von einem traurigen Lächeln. Ich hatte Dad gebeten, nach ihm zu schauen, die einzigen Worte, die ich herausgebracht hatte. Er brauche jemanden, sagte ich, aber Dad hatte sich geweigert, mich allein zu lassen, und Arthur angerufen, damit er sich kümmerte.

Der erste Schluck von Peanuts unglaublich starkem Gin Tonic beruhigte mich weniger, als dass er einen Hustenreiz auslöste. Pea tätschelte mir das Bein, während sie selbst einen kräftigen Schluck aus ihrem Glas nahm.

«Oh, genau das habe ich gebraucht.» Sie schüttelte sich. «Ich habe deinem Dad gesagt, er soll uns Doppelte machen.»

«Fionn hatte eine Tochter, wusstest du das?»

Sie nickte.

«Du wusstest das und hast es mir nicht erzählt?»

«Es gibt vieles, das ich dir über ihn nicht erzählt habe. Und vieles, das ich ihm nicht über dich erzählt habe. Es ging dir ja gut zu der Zeit. Ihr beide habt es geschafft, eure Leben unabhängig voneinander weiterzuführen. Ich habe ehrlich gedacht, es sei besser so, euch beide Fuß fassen zu lassen, ohne dass ihr jedes Mal wusstet, was beim anderen los ist.»

«Aber bei der Ausstellung ... Da hast du mich doch direkt zu ihm gebracht?»

«Ja, das stimmt. Du wirktest so ... Ich habe mir Sorgen gemacht, dass du dir vielleicht wegen der Hochzeit gar nicht so sicher wärst, und, na ja, wir hatten schon was getrunken, und in dem Moment kam es mir wie eine absolut geniale Idee vor. Es tut mir leid, Jeanie, wirklich. Wenn ich die Zeit zurückdrehen könnte, würde ich alles ganz anders machen.»

«Nein», ich seufzte, denn ich wusste, dass ich diese Augenblicke mit Fionn, in denen er mir sagte, dass er mich immer noch liebte, niemals gegen irgendetwas anderes hätte eintauschen wollen. «Es ist schon in Ordnung, du hast einfach nur versucht, für mich das Beste zu tun, wie du es immer schon gemacht hast.» Ich drückte ihre Hand. «Hast du jemals Tia oder ihre Mutter getroffen?»

«Nein. Ehrlich gesagt haben wir uns nicht allzu oft gesehen.»

«Ife, die Mutter, ist so ungefähr die schönste Frau der Welt. Aber anscheinend waren sie nicht lange zusammen. Und Tia, die Tochter, ist bezaubernd. Sie sieht ihm ziemlich ähnlich. Sie war eigentlich das Einzige, wovon er gesprochen hat.»

«Also, das kann ich total verstehen. Ich mag ja manchmal über die Zwillinge schimpfen, aber sie sind mein Ein und Alles. Ich würde zweifach für sie sterben.»

In dem Moment hatte ich das Gefühl, alles verloren zu haben, selbst die Kinder, die ich nie gehabt hatte.

«Oh Gott, Pea», stieß ich verzweifelt aus. «Was zum Teufel

ist aus mir geworden? Fionn ist fort. Niall ist fort. Meine Eltern können es kaum erwarten, von hier zu verschwinden.»

«Warte mal. Niall ist fort? Wann ist das denn passiert?»

«Vor zwei Tagen.»

«Warum hast du mir das nicht erzählt?»

«Ich weiß nicht, es war zu schwer.»

«Aber ich habe immer wieder angerufen, und du bist nie rangegangen.»

«Tut mir leid.»

«Aber warum ist er gegangen?»

«Weil er die Nase voll hatte, schätze ich. All die Jahre, in denen er darauf gewartet hat, dass Fionn und ich mit dem durch wären, was auch immer wir da miteinander gehabt haben, und in denen er mich immer wieder vom Boden aufsammeln und sich um mich kümmern musste. Er hat Besseres verdient.»

«Oh, Jeanie.»

«Und heute war die Krönung des Ganzen: Er hat mich vollkommen am Boden zerstört und mit gebrochenem Herzen wegen jemand anderem erlebt.» Wenn ich in den vergangenen sieben Jahren kaum Schuldgefühle empfunden haben mochte wegen all dem, was tief verborgen in mir überdauert hatte, so fühlte ich sie jetzt um das Zehnfache gesteigert.

«Er arbeitet also nach wie vor hier, obwohl er …?»

Ich nickte und nahm einen Schluck. «Oh Gott, ich habe sein Leben ruiniert, Pea.»

«Du hast nicht sein Leben ruiniert. Sosehr ich Niall auch liebe, er ist ein erwachsener Mann. Er wusste, worauf er sich da einlässt. Er wusste, dass du Fionn liebtest. Er hat beschlossen, das Risiko einzugehen und sein Glück zu versuchen. Du hast ihn nicht dazu gezwungen. Du hast ihn auch nicht da hineingelockt. Okay, im Moment sind die Dinge nicht gerade großartig zwischen euch, aber vielleicht ist das noch nicht das Ende. Nicht, wenn du das nicht willst.»

«Aber genau das ist es doch, Pea. Ich weiß nicht, was ich will.»

«Du hast Fionn wirklich geliebt, oder?»

«Ja», krächzte ich.

Mir kamen die Tränen, und ich fragte mich, wie mein Körper immer noch welche produzieren konnte, war ich doch sicher, dass ich längst alle vergossen haben musste. Vielleicht waren diese jetzt aus Gin.

«Ich denke immer wieder, ich hätte mit ihm nach London gehen sollen.» Ich wischte mir die Augen mit dem inzwischen halb zerfetzten Taschentuch, das Mum mir gegeben hatte, und nahm dann noch einen Schluck von meinem Gin Tonic.

«Wirklich?», fragte Peanut und schwenkte ihren Drink. «Aber hast du je daran gedacht, dass es vielleicht, wenn du es *wirklich* getan hättest, also wenn du dort hingezogen und mit ihm zusammengelebt hättest, auch nicht geklappt hätte?»

«Was meinst du damit?»

«Na ja, seit Anders und ich die Kinder haben ... Also, man begreift, dass solche Beziehungen, weißt du, leidenschaftlich und allumfassend, sich totlaufen können, wenn sie konfrontiert werden mit dem täglichen Gang zum Supermarkt und der Frage, wer mit Kloputzen dran ist. Sieh mal, Jeanie, vielleicht warst du gar nicht so dumm, wie du denkst. Vielleicht wusstest du irgendwo in deinem cleveren Kopf, der, seit du ein Säugling warst, von Hunderten von weisen toten Menschen mit deren Lebensgeschichten bombardiert worden ist, dass es nicht klappen würde und dass es für dich das Beste wäre, hier an diesem sicheren Ort zu bleiben.»

Ich brachte es nicht fertig, diese alternative Sicht, die sie mir da anbot, in Erwägung zu ziehen. Ich blickte in meinen klaren Drink und versuchte, mir mich selbst als dieses allwissende und selbstsichere Wesen vorzustellen, als das sie mich dargestellt hatte, aber es funktionierte nicht.

«Weißt du, Pea, diese ganze Sache mit den Toten dreht sich bloß ums Lügen. Das habe ich dir schon hundertmal gesagt. Ich erzähle Lügen, um die Hinterbliebenen glücklich zu machen, darin liegt keinerlei Weisheit. Heute ist mir das wieder passiert. Mein Leben war eine einzige lange Lüge. Zu heucheln, dass ich nicht nach London gehen wollte. Zu heucheln, dass ich Niall genug liebte. Zu heucheln, dass ich an diesem Ort, in dieser Stadt glücklich wäre. Nein, Fionn und du, ihr hattet die ganze Zeit recht, ich hätte einfach gehen sollen. Mein Leben leben. Aber ich war zu feige.»

«Hmmm», machte sie und war noch nicht bereit, ihre Theorie einfach so fallen zu lassen. «Das überzeugt mich nicht. Ich frage mich, ob diese Liebes-Nebelwand, die du da errichtet hast ...»

«‹Liebes-Nebelwand›? Ich habe mir das nicht ausgedacht, Peanut.»

«Nein, natürlich nicht. Tut mir leid, das habe ich falsch ausgedrückt.»

«Weißt du, damals bei der Ausstellung hat er mir gesagt, dass er mich immer noch liebt. Er hat gesagt, sollte ich meine Meinung je ändern, sollte ich zu ihm kommen.»

«Was? Aber davon hast du nie etwas erzählt.»

«Ich habe es nie erzählt, weil ich dachte, ich hätte meine Wahl getroffen, obwohl du, wenn ich ehrlich bin, die ganze Zeit recht gehabt hast, dass ich mir mit Niall nicht hundert Prozent sicher war.»

«Hör mal, Jeanie, das spielt alles keine Rolle mehr. Was ich zu sagen versuche, wenn auch grottenschlecht, ist, dass die eigentliche Frage hier vielleicht nicht ist, wen du mehr hättest lieben sollen oder mit wem du hättest durchbrennen sollen, sondern schlicht und einfach, wer du bist und was du wirklich mit deinem Leben anfangen willst.»

Da klopfte es, und herein kam Dad.

«Bitte schön, die Ladys. Ich dachte, noch zwei davon wären vielleicht willkommen.» Er stellte zwei neue großzügige Gin Tonics auf den Tisch. «Die helfen euch gegen den Schock. Und was die Arbeit anbelangt, mach dir bitte keine Sorgen wegen morgen, Jeanie. Es ist alles geregelt. Wir werden hier sein, deine Mutter, Harry, Arthur, Mikey, und du kannst dich so lange ausruhen wie nötig.»

«Oh, Mikey. Was für ein Schatz», schwärmte Peanut.

«Und Niall?», fragte ich und griff nach meinem Glas.

«Ja, Niall auch.» Ich nickte und fühlte mich erneut Nialls Anständigkeit nicht wert. «Oh, und Gráinne bat mich, noch mal zu fragen, ob du nicht doch etwas zu essen möchtest, Peanut. Sie kann sich nicht vorstellen, dass du nicht inzwischen am Verhungern bist. Der Imbiss ist ja nur einen Steinwurf entfernt. Ehrlich gesagt glaube ich, dass sie sowieso hinwill, also bestell dir einfach was.»

«Ach, sie ist so lieb. Ein paar frittierte Zwiebelringe wären toll. Die habe ich seit Jahren nicht gegessen.»

«Und irgendwas für dich, Jeanie?»

«Nein, ist lieb von dir, Dad, danke.»

«Habe ich dir gesagt, dass sie in den Ruhestand gehen, Pea?», fragte ich, als er weg war.

«Hast du. Ich meine, ehrlich, ich habe diese Stadt erst vor vierzehn Jahren verlassen, und die Leute leben einfach weiter, als wäre nichts gewesen.» Sie nahm einen Schluck ihres frischen Gins.

«Ich hätte einfach auf dich hören sollen damals, als wir achtzehn waren und du mir gesagt hast, ich sollte nicht aus

Rücksicht auf andere hierbleiben. Stell dir all die Herzen vor, die jetzt nicht gebrochen wären, angefangen mit meinem eigenen.»

«Okay, genug von diesem *Hätte, Würde, Könnte*. Das hilft doch niemandem.» Wir saßen da, ich verdaute meinen Anschiss, und wir tranken und schüttelten uns, weil mein Vater die Drinks derart großzügig bemessen hatte. «Aber weißt du, was wirklich helfen könnte?»

Ich sah mich um, die Hand bereits erhoben, ein weiterer Schluck nur Zentimeter entfernt, und wartete auf ihren Vorschlag.

«Komm mit nach Oslo. Du kannst dich nicht sortieren, wenn du immer in derselben Umgebung bleibst. Flieg morgen nach der Zeremonie einfach mit mir zusammen zurück. Drüben denken wir in Ruhe über alles nach.»

«Was?»

«Ja, ich finde auch, der Plan ist erste Sahne. Heute Abend packen wir deine Tasche, und wir werden allen erklären, dass du für eine Weile nach Oslo kommst. Das wird großartig. Und wir können nachdenken und reden – oder nicht reden, vielleicht einfach spazieren gehen –, du wirst die Parks lieben. Ist dein Pass gültig?»

«Ich glaube schon.»

«Gut, wo ist er? Wir sollten besser nachschauen, bevor ich mich zu sehr in die Vorfreude reinsteigere.» Sie stand auf, setzte sich dann wieder und griff nach meiner Hand. «Es tut mir leid. Vorfreude ist vielleicht nicht das richtige Wort, wenn man an die Umstände denkt. Ignoriere mich einfach, hier geht es nicht darum, wie glücklich es mich machen würde, dich bei mir zu haben. Hier geht es um dich, dass du dir ein bisschen Zeit geben kannst, um über alles nachzudenken.»

«Aber ...»

«Aber was, Jeanie? Was ist es jetzt schon wieder, die Toten, deine Eltern, Niall, Mikey? Die, die warten können, können warten, und die, die es nicht können, müssen eben selbst klarkommen. Jeanie Masterson, kannst du ein einziges Mal zuerst an dich denken?»

Nach dem Gottesdienst am nächsten Tag und der Einäscherung in *Saint Jerome's* waren wir zu Fionns früherem Haus in Drumsnough gefahren, wo die Caterer eine Auswahl Häppchen im Al- und Jess-Style bereitgestellt hatten: vegetarisches Tempura mit Teriyaki-Soße, Seetang-Cracker mit Hummus, geräucherter Wildlachs auf dunklem Brot – keine Würstchen im Schlafrock oder Chicken Wings weit und breit. Ich erhaschte Mums «Was habe ich dir gesagt?»-Blick, den sie Dad zuwarf, als sie ein paar Häppchen auf ihren Teller legte. In der Mitte des Raums saß Tia auf einer Couch neben Ife und schüttelte ernst die Hände der vielen Fremden, die gekommen waren, um ihr Beileid zu bekunden. Irgendwann zwischendurch begegnete ich ihrem Blick, und ich winkte und lächelte, und sie tat es mir gleich.

Wir vier – Pea, Ruth, Niall und ich – standen an ihrem weiten Wohnzimmerfenster und sahen in den Garten hinaus, in dessen Mitte meine Weide stand.

«Erinnerst du dich noch an den Abend, als wir da draußen ums Lagerfeuer saßen?», sagte Ruth. «Das war, kurz bevor sie die Bäume gepflanzt hatten, und Fionn redete und redete über die Schatten oder irgendwas, das das Feuer bewirke und was für ein gutes Foto das ergeben würde, und wir hatten alle irgendwann genug und warfen uns auf ihn und zwangen ihn, endlich seine verdammte Klappe zu halten.»

«Oh ja, das hatte ich ganz vergessen.» Pea sah Ruth an, ein Glas weißen Biowein in der Hand.

«Jetzt wünschte ich, wir hätten das nicht getan. Ich wünschte, wir hätten ihn einfach reden lassen.»

Wir sahen wieder auf die Bäume, die an jenem Tag schweigend dastanden. Kein Windstoß, der sie rauschen ließ. Sie waren ganz still, so schockiert wie wir darüber, dass er tot war.

«Ich bin mal mit ihm zum Lough Saor geradelt», sagte Niall da. «Wir wollten am Corelli Rock schwimmen. Ich habe ihm Gareths altes Fahrrad geliehen, das viel zu klein für ihn war. Er sah bekloppt darauf aus, aber das war ihm völlig egal. Es gelang mir sogar, ihn davon zu überzeugen, dass er einmal seine Kamera daheim ließ. Ich hatte mein T-Shirt ausgezogen, als wir dorthin radelten, weil es so heiß war. Und dann hatte ich am Abend einen Sonnenbrand auf dem Rücken und konnte nicht schlafen. Ich glaube, am Ende habe ich höchstens eine Stunde auf dem Bauch liegend geschlafen.»

«Daran kann ich mich gar nicht erinnern.» Erstaunt, dass diese beiden je etwas miteinander unternommen hatten und keiner von beiden mir davon erzählt hatte, musterte ich Niall.

«Das war kurz vor seinem Umzug nach London. Du hast gearbeitet. Harry hatte mir den Tag freigegeben, und als wir uns in der Stadt über den Weg liefen, haben wir uns gesagt, was soll's. Wir waren uns nie besonders nahe gewesen, aber an dem Tag war es so, als hätten wir das alles hinter uns gelassen, wie dieser Waffenstillstand an Weihnachten 1914, und wir haben die ganze Zeit gelacht.»

Wir schwiegen wieder, jeder mit seinem traurigen Lächeln auf dem Gesicht. Die Haut auf meinem Gesicht fühlte sich vom Weinen ganz gespannt und trocken an.

«Scheiß-Krebs.» Pea rieb sich die Wange und hob dann ihr Glas. «Auf Fionn», rief sie traurig.

«Auf Fionn», antworteten wir, als wir mit ihr anstießen, bevor wir wieder in unser stilles Gedenken darüber versanken, wer dieser Mann einmal gewesen war.

Später saßen Niall und ich in unserem Wagen vor unserem Haus.

«Ich habe beschlossen, mir eine Auszeit zu nehmen, Niall. Ich fahre weg, um alles mal in Ruhe zu überdenken.»

Niall trommelte mit seinen Fingerspitzen auf das Lenkrad. «Wohin?»

«Zu Peanut für eine Weile.»

«Aha. Dann ist das also nicht mal so übers Wochenende.»

«Nein, wahrscheinlich nicht.»

«Wissen das deine Eltern?»

«Ich hab's ihnen heute Morgen erzählt.» Mum und Dad hatten mir mit gerunzelten Stirnen am Küchentisch gegenübergesessen. Bist du sicher?, hatten sie gefragt. Ja, bin ich, hatte ich gesagt. Sie hatten einander angesehen und dann wieder mich. Sie lächelten das nervöse Lächeln von Eltern, die sehr viel mehr sagen möchten, aber zu viel Angst haben, dass es den Ausschlag in die falsche Richtung geben könnte.

«Und Mikey?», fragte Niall.

«Ja, Mikey auch.» Mikey hatte nicht gewollt, dass ich abreise, und hatte mich gebeten, noch mal darüber nachzudenken, weil es sicher nicht nötig sei. Solch eine plötzliche Veränderung wäre für niemanden gut. Unser Körper wäre für so etwas nicht gemacht. Und stattdessen könnte ich so viel Zeit, wie ich wollte, in seinem Schuppen verbringen und sogar Filme anschauen, die nicht gerade seine erste Wahl wären, aber die er gern in Erwägung ziehen wolle. Und auch essen – wir könnten uns alles Mögliche zu essen bestellen, was ich mochte, er aber vielleicht nicht. Weil wirklich, ehrlich, wahrhaftig, er fände es am besten, wenn ich nicht führe. Aber diesmal machte ich keinen Rückzieher, sondern konfrontierte ihn mit der Unvermeidlichkeit von Veränderungen, während er seinen rechten Daumen mit seinem linken rieb und wir *Die Japanische Eroberung Asiens* in Farbe schauten.

«Ich wünschte, du würdest dir von mir helfen lassen», sagte Niall. «Das ist alles, was ich mir immer gewünscht habe: dass du mich reinlässt.»

«Ich weiß.» Ich sah weg, als ich ihm weiter nichts anzubieten und zu sagen hatte.

«Wie zum Teufel sind wir denn hierhin geraten, Jeanie? Manchmal kann ich es genau erkennen, und dann wieder ist es mir ein völliges Rätsel. Im Moment fühlt sich alles ganz falsch an. So sollte das mit uns doch gar nicht ausgehen.»

«Es tut mir leid, Niall. Ich kann anscheinend im Moment nicht klar sehen, so durcheinander bin ich.» Und wie Mikey begann ich, meinen rechten Daumen zu reiben.

Er nickte und trommelte wieder auf das Lenkrad, und das Schweigen wurde dichter.

Er nickte und trommelte noch mal.

«War es das dann?», fragte er. «Ist es mit uns vorbei?»

«Ich weiß nicht.»

«Nein», seufzte er, «ich auch nicht.»

KAPITEL 27

Die erste Woche bei Pea fand ich keine Ruhe, konnte nicht schlafen und aß nur wenig. Die Zwillinge saßen mit großen Augen da, wenn ich Teller voller Essen stehen ließ, wofür sie ausgeschimpft worden wären, ich aber Mitgefühl erntete.

Anfangs nahm sich Peanut ein paar Tage in ihrer Tierklinik frei, und während die Kinder in der Schule waren, saßen wir uns in unseren Schlafanzügen auf zwei Sofas gegenüber und tranken Tee und Kaffee, Peanut schmierte unentwegt Marmeladentoasts, die ich meist stehen ließ, während sie sich in meinen Wesenskern grub und mir zu helfen versuchte. Wenn es Mittag geworden war, hatte sie mich immerhin davon überzeugt, dass wir etwas frische Luft brauchten, und so gingen wir nach draußen, spazierten durch Oslos Straßen zu Parks, die so riesig waren, dass mein kleiner, geliebter Grünstreifen hinterm Haus drüben in Kilcross in deren Toilettenbereich gepasst hätte. So ausgedehnt, dass sie einen förmlich zwangen, sich die Lungen ausgiebig mit frischer, sauberer Luft zu füllen. Sie hakte sich bei mir ein wie früher, wenn wir durch die Schulkorridore liefen. Manchmal, wenn sie vorausging, um mal wieder auf eine nackte Statue in einer der Ecken zu deuten, staunte ich über sie. Über ihr Selbstvertrauen, ihre Sicherheit, was ihre Identität anbelangte. Schon seit wir klein waren, hatte sie das.

«Wie bist du nur so glücklich geworden?», fragte ich sie eines Morgens, nachdem sie mich halb neun aus dem Bett gezerrt hatte, weil sie fand, dass wir Waffeln frühstücken müssten.

Sie hatte alles aufgefahren, Marmelade, Sauerrahm und einen seltsamen braunen Käse, den ich noch nie gesehen hatte.

«Probier den mal», sagte sie. Aber ich lehnte ab, auch nur daran zu riechen, und stocherte in meiner Waffel ohne alles herum.

«Glaubst du, mir scheint von morgens bis abends die Sonne aus dem Arsch? Ich bin Mutter, Himmelherrgott. Kinder werden uns gesandt, um uns zu ärgern, ebenso wie Ehemänner. Ich bin einfach nur glücklich, dass du hier bist, sodass ich mich zur Abwechslung mal um dich kümmern kann.»

«Stört es Anders, dass er in der Klinik die Stellung halten muss, während du dich um mein Wohlergehen bemühst?»

«Anders ist ein Held. Norweger grinsen bloß und ertragen einfach alles. Ich glaube, denen gefällt das sogar. Bis auf die Komplimente für ihre Heldentaten, damit kommen sie nicht klar. Und darin sind sie den Iren ziemlich ähnlich; wenn jemand etwas Nettes über sie sagt, macht sie das fertig. Wenn ich ihn lobe, kann er mitten im Gespräch einfach aufstehen und gehen, um sich ein Glas Wasser zu holen oder so. Inzwischen ist es ein Running Gag zwischen uns.»

«Ihr zwei passt gut zusammen.»

«Ja, alles in allem schon. Er ist sehr ruhig. Sagt häufig bloß ‹hmmm›.»

«Du aber auch!» Ich lachte.

«Ah, du kannst also *doch* lachen. Ich habe mich schon gefragt, ob das für immer verschwunden ist.» Sie lächelte, nahm noch einen Bissen von ihrer Waffel.

Anders war wirklich ein guter Mann, der seine Peanut regelrecht anbetete. Allerdings stand er, was die Freundin seiner Frau anbelangte, vor einem Rätsel und musterte mich verständnislos, als ich ihm sagte – neben all den anderen Themen, die ich auch noch mit im Gepäck hatte –, dass ich mir nicht sicher war, ob ich den richtigen Beruf hatte.

«Dann willst du also etwas anderes machen als das, was du dein ganzes Leben lang schon gemacht hast?», fragte er und hörte auf, die Salatblätter fürs Abendessen zu waschen. Das geschah am Ende meiner ersten Woche bei ihnen.

«Jeanie», sagte Peanut, die danebenstand und Tomaten schnippelte, «du musst wissen, dass Norweger ihr Leben lang immer dasselbe machen. Sie wechseln nie ihren Beruf.»

«Aber wird das nicht irgendwann mal langweilig?», fragte ich Anders.

«Das ist bloß unsere Arbeit – nicht wir selbst. Ski laufen, in unsere Hütten fahren oder in die Sauna gehen und Zeit mit unseren Lieben verbringen, das gibt uns Freude, und das ist es, was uns ausmacht. Unsere Arbeit tut das nicht. Die Frage ist, warum ihr Iren es dazu kommen lasst.»

«Tante Jeanie?» Ich drehte mich zu Oskar um, der auf dem Bauch vorm Fernseher lag und malte. «Mama sagt, du redest mit toten Leuten.» Das war keine Frage. Das war eine schlichte Feststellung, in dieser wunderbaren skandinavischen Nüchternheit, zu der er von mir nun eine Stellungnahme erwartete.

Alle unterbrachen, was sie gerade taten. Anders drehte sich um, und Elsa tauchte von irgendwoher auf. Ich sah Peanut an, die nickte und mir damit ihre Zustimmung erteilte, ihnen die Wahrheit zu sagen.

«Das stimmt», begann ich. «Das konnte ich immer schon. Selbst als ich noch kleiner war als du jetzt. Ich kann das anscheinend genauso gut, wie du malen kannst. Das ist wohl mein Talent, denke ich. Sie können aber nur für kurze Zeit reden, ich kann sie nicht sehr lange hören.»

Elsa kam näher, setzte sich neben mich, zog ihre Beine an, legte die Hände auf die Rückenlehne der Couch und musterte mich. Oskar lag jetzt auf dem Rücken und hatte sich für den Moment von seinem Bild abgewandt, während Anders die Beine übereinanderschlug und die Arme verschränkte und auf mehr wartete und Peanut mir ein leises Lächeln zuwarf.

«Manchmal kann ich sie kaum hören, und manchmal bleiben sie nur kurz. Und dann sagen sie vielleicht: ‹Sagen Sie meiner Frau, dass ich sie liebe und dass es mir leidtut.›»

«Was tut ihnen leid?»», fragte Elsa und zog die Nase genauso kraus, wie Peanut damals, als sie sieben gewesen war und eines Tages in unserem leeren Vorbereitungsraum gestanden und gefragt hatte, wofür all die bunten Flüssigkeiten wären.

«Weil der Mann gestorben war und wusste, dass sie traurig wäre.»

«Was sagen sie denn noch?», rief Oskar vom Fußboden her.

«Na ja, sie sagen vielleicht: ‹Sagen Sie meinem Mann, dass ich das Geld für meine Beerdigung in die Innentasche von meinem guten Mantel gesteckt habe, dem, den ich nur sonntags trage.› Oder: ‹Sagen Sie ihr, sie soll mich bloß nicht in diesen grässlichen marineblauen Anzug stecken, der mir angeblich so gut steht. Ich hasse den. Ich sehe bloß fett darin aus.›»

Da kicherten Elsa und Oskar, und das machte mich glücklich.

«Nein, ehrlich, das ist wirklich passiert. Ein Mann namens Joe Plunkett hat mir das gesagt, und ich musste es seiner Frau erzählen, als sie später am Tag mit genau dem Anzug auftauchte, den er nicht anziehen wollte.» Es war so schön, daran denken zu können, dass ich durchaus manchmal den Mut gehabt hatte, die Wahrheit zu sagen.

«Wie ist es weitergegangen?» Elsa neigte leicht den Kopf und bettete ihn in ihre Hände.

«Na ja, sie war nicht gerade froh darüber, aber dann hab ich ihr eine Tasse Tee gemacht, und wir haben über ihn geredet und dass sie sich Sorgen macht, dass sie alles, was er sonst so im Haus erledigt hat, vielleicht nicht hinkriegt, die Mülleimer rausstellen und die Heizkörper entlüften zum Beispiel. Sie musste ganz schön weinen. Am Ende stand sie auf und sagte, sie fährt rasch nach Hause, um seine Lieblingslederjacke, sein Status-Quo-T-Shirt und seine Jeans zu holen.»

«Also, dann bist du ihr Bote. Wie ein Engel», stellte Oskar fest.

«Na ja, so weit würde ich vielleicht nicht gehen.» Ich sah weg, weil ich, vielleicht wie sein Vater, mit so einem Kompliment nicht umgehen konnte.

«Ich glaube, du bist ein Engel», sagte Elsa, bevor sie aufstand und dahin zurückkehrte, woher auch immer sie vorhin gekommen war.

«Glaub ich auch.» Oskar drehte sich wieder auf den Bauch, um weiterzumalen.

«Hört, hört», sagte ihre Mutter, bevor sie wieder zu schnippeln begann.

Anders stand immer noch mit dem Rücken zum Spülbecken und musterte mich. «Und *das* willst du aufgeben?» Er schüttelte den Kopf. «Hmmm», fügte er hinzu, bevor er sich wieder dem Salat zuwandte und Peanut mich ansah und lächelte.

Peanut übernahm dann doch ein paar Schichten, als Anders in der Klinik überlastet war. Wenn ich vormittags allein war, ging ich spazieren oder schaute mir Sehenswürdigkeiten an. Ich beobachtete jeden Passanten und fragte mich, ob er oder sie mir wohl den Verlust ansehen konnte. Wie oft war ich in Irland wohl die Straße entlanggegangen und mir sicher gewesen, ich könnte auf der Stelle sagen, wer kürzlich jemanden verloren hatte? Ich trauerte um Fionn, aber auch um Niall. Um all die Wenns, Abers und Unds zwischen uns.

Nach einer Woche suchte ich im Internet nach lokalen Bestattern und spazierte anschließend durch Straßen mit unaussprechlichen Namen, um dann draußen vor einem unscheinbaren Geschäftsgebäude mit heruntergelassenen Jalousien und einem einfachen Schild neben der Tür stehen zu bleiben. Ich ging ein paarmal dran vorbei und fragte mich, ob mich die Worte eines toten Mannes, einer toten Frau oder eines verstorbenen Kindes wohl hier draußen erreichen würden, die ich allerdings nicht verstehen konnte. Und manchmal passierte das sogar, mit schwachen und von den Backsteinen, dem Mörtel und der Entfernung zwischen uns gedämpften Stimmen. Aber was hätte ich tun sollen, an die Tür klopfen und darauf bestehen, dass der Bestatter dieser Wahnsinnigen zuhörte, die Wörter in ihrer Sprache zu sprechen versuchte? Am Ende saß ich nur einfach auf der anderen Straßenseite, sah auf die Türen, die sich nie öffneten, wurde immer verzweifelter, dass die letzten Worte dieser toten Menschen ungehört verhallt waren, und fragte mich, wie ich mich je, wenn überhaupt, ihrem Sog entziehen könnte.

Wenn Pea am Nachmittag arbeiten musste, holte ich Elsa und Oskar von der Schule ab, und dann gingen wir nach Hause, und ich machte ihnen Pfannkuchen mit Marmelade, und sie bestanden darauf, dass ich ihnen noch mehr Geschichten über die Toten erzählte. An den Abenden nahm Anders in diesem Zeitraum jeden möglichen Notruf an, damit seine Frau bei mir bleiben konnte. Obwohl er während meines Aufenthaltes bei ihnen in der Tierklinik ziemlich wenig Hilfe von Peanut hatte, verdrehte er nie genervt die Augen, wenn er abends durch die Tür kam und mich immer noch auf seiner Couch vorfand, vielleicht sogar an exakt demselben Platz, an dem ich morgens gesessen hatte, als er gegangen war.

Ich ging noch einmal zu ihm an dem Morgen, als ich schließlich abreiste, drei Wochen nachdem ich gekommen war. Es war früh, und ich konnte hören, dass er schon auf war, während alle anderen noch schliefen.

«Anders», flüsterte ich in der Stille der morgendlichen Küche. Ich fand ihn am Küchentisch vor, wo er seinen Kaffee trank und auf den Parkplatz ihres Gebäudes blickte. «Ich wollte mich bei dir dafür bedanken, dass ich hier bei euch bleiben und Peanut so viel für mich haben durfte.»

«Sarah hat das verdient.» Anders nannte Peanut Sarah. Als sie sich kennengelernt hatten, war sie so verliebt gewesen, dass sie dachte, er würde sie für kindisch halten, wenn sie ihm erzählte, wie alle sie nannten, und so hatte sie sich von ihm mit dem Vornamen anreden lassen, der in ihrem Pass und ihrem Lebenslauf stand. Manchmal hatte er sie auf die Schulter tippen müssen, damit sie begriff, dass er sie meinte. Aber als sie ihm schließlich gestand, wie sie tatsächlich von allen genannt wurde, sagte er, dass es ihm gefiel, dass sie ihn für so besonders gehalten hatte, und wenn es ihr nichts ausmachte, würde er gern weiterhin Sarah als seinen Kosenamen für sie behalten. «Mit dir zusammen zu sein, macht sie glücklich. Es ist nicht immer leicht für sie hier. Sie hat so viel aufgegeben, als wir beschlossen, nach Oslo zu gehen, das ist das Mindeste, was ich für sie tun kann.» Er lächelte in sich hinein. «Außerdem habe ich es selbst auch genossen. Deine Geschichten sind wirklich absolut originell. Ich hab allen in der Klinik davon erzählt, und natürlich glauben einige nicht, dass du mit den Toten reden kannst. Und doch», er hob seinen Toast und zeigte damit auf mich, «wollen sie dich alle kennenlernen.»

Bei der Vorstellung musste ich lachen.

«Aber keine Sorge. Ich habe ihnen gesagt, dass sie dich nicht haben können, dass du ganz meiner Frau und außerdem jetzt ein wenig auch Oskar und Elsa, denke ich, gehörst.»

Wir lächelten einander an.

«Wusstest du immer schon, dass du Kinder willst, Anders?»

«Ja, natürlich. Du nicht?»

«Ich weiß es nicht», ich zuckte mit den Schultern. «Aber ich denke, wenn mich jemand überzeugen könnte, wären es definitiv Elsa und Oskar. Ich liebe es, um sie herum zu sein. Sie sind wie Erwachsene, nur glücklich.»

Er blinzelte verblüfft.

«Du hast einen Fimmel für dieses ganze Glücksthema.»

«Hat den nicht jeder?»

«Das ist nicht unsere Normaleinstellung. Manchmal ereignet sich Glück, wenn die Sonne zwischen den Wolken hindurch scheint. Es ist flüchtig. Der Rest ist einfach Leben.» Er rieb sich über dem Teller die Krümel von den Händen. «Also, du verlässt uns heute?»

«Ja.»

«War es die Hütte? Hat die dich von uns Norwegern kuriert?», lachte er.

Peanut zufolge fuhr Anders, wenn er die Kinder am Wochenende nicht zum Skilaufen mitnahm, mit ihnen in die Hütte seiner Eltern im Wald, eine Autostunde von Oslo entfernt. Am vorigen Wochenende hatte er stattdessen darauf bestanden, dass Peanut und ich fuhren.

«Man verpasst etwas, wenn man nach Norwegen kommt und nicht erlebt, wer wir wirklich sind», sagte er.

Pea rollte mit den Augen und legte den Kopf wieder an die Rückenlehne der Couch. «Aber es ist kalt, und dort gibt es keine Elektrizität.»

«Ja, mein Schatz, aber wir haben Mai, und außerdem wärmt man sich am Ofen und hat Decken, und ihr nehmt auch eimerweise Suppe mit und werdet es schön gemütlich haben.» Er näherte sich ihr von hinten, legte seinen Kopf an ihren und küsste sie auf die Wange.

«Aber du kannst das alles viel besser, Anders.»

«Fahrt. Ihr werdet es schön haben. Du hast schließlich Jeanie.»

Wir lachten beide bei der Vorstellung, ich könnte eine Hilfe sein, wenn es ums Überleben in der Wildnis ging.

«Wenn sie mit toten Menschen reden kann, kann sie auch Feuer im Ofen machen.»

«Schatz, das ist, als wollte man sagen, weil du Tierarzt bist, kannst du natürlich auch ein Flugzeug fliegen.»

«Kann ich ja vielleicht auch. Ich muss es nur ausprobieren. Und außerdem habe ich allmählich genug von eurem Gerede. Ihr solltet mal woanders euren Kilcross-Klatsch abhalten.»

Also fuhren wir am Freitag in die rote Hütte mit ihren gelben Fensterrahmen am Ende eines Waldweges. Und da blieben wir dann, mit Gasherd und Petroleumlampen, plauderten unter unseren Decken, die Füße Richtung Ofen, schliefen im Stockbett und gingen zum Pinkeln nach draußen aufs Plumpsklo.

«In Wahrheit war es das zweisitzige Plumpsklo, was mich fertiggemacht hat», sagte ich zu Anders an jenem Morgen. In ihrer Außentoilette gab es zwei Klositze nebeneinander wie zwei Sitze in einem Zug.

Er lachte. «Es war praktisch, als die Kinder kleiner waren. Es hat sie überhaupt nicht gestört.»

«Aber im Ernst: Es scheint, dass ich einfach die Toten vermisse.»

«Und Niall nicht?» Er warf mir einen Blick zu, und ich sah verlegen weg. «Man hört nicht jeden Tag jemand sagen, dass er oder sie die Toten vermisst. Lily, meine Assistentin, wird das lieben. Sie sagt, du bist inzwischen so was wie ihre Serie. Sie freut sich schon darauf, dass ich reinkomme und ihr deine neueste Geschichte erzähle. Sie wird untröstlich sein, wenn du abreist. Ihr Cousin ist Bestatter, und er möchte dich auch kennenlernen. Er glaubt, ihr könntet hier zusammen aus seinem Geschäft eine Goldgrube machen.»

«Nicht, wenn ich gar nicht verstehen kann, was die toten Norweger sagen, oder?»

«Die meisten Norweger sprechen Englisch, das dürfte also kein Problem sein.»

Tatsächlich hatte ich die Hütte großartig gefunden. Es kam mir so vor, als wären wir weit von allem anderen entfernt. Und ich konnte verstehen, was Anders meinte, als er sagte, die Stunden dort seien immer eine Zeit des Friedens – ohne Telefon und Fernseher – und enorm wichtig für ihn.

«Wenn Niall und ich so eine Hütte gehabt hätten, hätten wir jetzt vielleicht keine Probleme», sagte ich zu Pea, als wir eintrafen und ich die Runde durch alle beiden Räume gemacht hatte.

«Oh, ja, verknallt wie am ersten Tag.» Pea kam durch die Tür, beide Arme voller Feuerholz, und sah mit den Schichten von Kleidung, die sie übereinandertrug, wie das Michelin-Männchen aus. «Es ist ja so verdammt romantisch hier.»

«Das vielleicht nicht, aber nicht erreichbar zu sein, ist großartig. Niemand ruft an. Niemand weiß, was für einen Beruf man hat. Keiner kennt einen.»

«Und hast du inzwischen eine Entscheidung getroffen, ob es mit euch beiden komplett vorbei ist oder nicht?» Mit einem lauten Knall ließ sie das Feuerholz auf den Boden fallen und seufzte. Es war das erste Mal seit Tagen, dass wir wieder von Niall gesprochen hatten.

«Ich weiß es nicht, Pea.»

«Hast du ihn mal angerufen?»

«Ich habe mindestens fünfmal am Tag auf seine Nummer geschaut, zählt das auch?»

«Nein.»

«Ich wüsste nicht, was ich sagen sollte, wenn ich ihn anriefe. Es gibt nichts Neues zu berichten. Wir würden einfach nur schweigend dasitzen, vor lauter Angst, wieder auf gefährliches Terrain zu geraten.»

«Irgendwann musst du dich entscheiden, Jeanie. Du kannst ihn nicht einfach hängen und in alle Ewigkeit für deine Eltern weiterarbeiten und sich fragen lassen, ob du je zurückkommst. Das muss für alle unangenehm sein. Und für dich ist es auch nicht gut.» Peanut warf mir ein dünnes Lächeln zu und bückte sich dann zum Ofen hinunter. «Wie ich diesen Scheiß-Ofen hasse!»

«Aber das ist nicht einfach für mich. Manchmal denke ich, ich steige jetzt ins Flugzeug, fliege ihm buchstäblich in die Arme und sage ihm, dass ich ihn liebe und dass es mir leidtut. Aber ich weiß, dass die Euphorie Sekunden später verblassen und ich mich wieder fragen würde, ob ich ihn genug liebe. Und doch weiß ich auch nicht, wie ich ohne ihn leben soll.» In dem Moment kam plötzlich das Ping einer Nachricht von meinem Handy. «Ich dachte, du hättest gesagt, hier gibt es keinen Empfang, Pea?»

«Stimmt auch, aber ab und zu kommt mal eine Nachricht durch. Ich glaube, das ist der typische norwegische Humor, mich veräppeln, sodass ich denke, ich komme hier ins Internet oder so.»

Es war eine SMS von Arthur.

«Siehst du, deshalb muss Anders mitkommen, ich kriege dieses verdammte Ding nie angezündet.»

«Lass mich das machen.» Ich bückte mich, um das Holz neu zu verteilen, zündete ein Streichholz an, und der Stapel fing Feuer, als wäre ich tatsächlich ein begnadeter kleiner Feuerteufel, und dann wandte ich mich wieder Arthurs Nachricht zu.

«Im Dorf gibt es ein Café. Das ist der einzige Ort, wo man hier Empfang hat. Wir können morgen früh hinfahren. Wir essen Waffeln, und du rufst Niall an, wenn du magst.»

«Mist», sagte ich und ging in die Hocke. «Ich glaube, ich muss zuerst Dad anrufen.»

«Oh?»

«Er hat offenbar Arthur nie erzählt, dass sein Vater nicht sein richtiger Vater war. Das hat er erst von dem verdammten Testamentsvollstrecker erfahren.» In mir wallte Scham auf, weil ich kein einziges Mal in dieser ganzen Zeit an Arthur gedacht hatte.

«Was? Arthur, der Briefträger? Davon hast du mir gar nichts erzählt.»

«Nein, ich fürchte, das habe ich nicht.»

«Na, dann schieß mal los.» Sie forderte mich auf, die ganze Geschichte von Tiny und Arthur zu erzählen, setzte sich auf einen Stuhl und fing zehn Minuten später an, sich schichtweise zu entblättern, als die Hütte tatsächlich warm zu werden begann.

KAPITEL 28

Am nächsten Morgen musste ich Pea regelrecht aus dem Bett zerren, damit sie mich ins Dorf fuhr.

«Dad? Hier ist Jeanie.»

Während ich draußen vorm Café stand, beobachtete ich durch das Fenster Peanut, wie sie ihren Kaffee trank, die Hände ihren Becher umklammernd, als wäre er die einzige Wärmequelle auf dem ganzen Planeten und sie voller Angst, jemand könnte versuchen, sie ihr zu rauben.

«Jeanie, Liebes, wie geht es dir?»

«Mir geht's gut, Dad.»

«Das ist gut. Hast du jetzt mehr Klarheit gewonnen?»

Ich hatte ein paarmal mit meinen Eltern telefoniert, seit ich hierhergekommen war, und ihnen jedes Mal versichert, dass es mir besser ging, und, ja, offenbar vergessen, nach der Sache mit dem armen Arthur zu fragen.

«Hör mal, Dad», sagte ich und kam jetzt auf den Punkt, «ich habe gestern Abend eine Nachricht von Arthur bekommen.» Ich betrachtete das Dorf mit seinen Holzhäusern in den vier Grundfarben – Gelb, Rot, Blau und Grün – und fragte mich, warum wir zu Hause bei uns nie einen Farbanstrich verpflichtend gemacht hatten. Die einzige Farbe in Kilcross waren die roten Fenstersimse am Eingang des *SuperValu*.

«Ah, diese Geschichte.» Seine Stimme schwankte.

«Dad, du hast mir versprochen, es ihm zu sagen! Er ist wirklich außer sich, dass er es erst vom Notar erfahren hat.»

«Ich weiß, Liebes. Er ist gestern Abend vorbeigekommen.»

«Geht es ihm gut?»

«Er wird schon klarkommen. Ich kümmere mich darum.»

«Ich weiß, ich hätte dich daran erinnern sollen, Dad, aber ehrlich, ich verstehe nicht, dass du in all den Jahren und bei all den Toten ausgerechnet diese Nachricht nicht weitergegeben hast.»

«Ja, ich weiß, mein Schatz, aber genau darum geht es, ich muss mit dir reden. Und bei all dem Durcheinander, du nach Norwegen, Niall, der gekündigt hat ...»

«Niall hat gekündigt?», wiederholte ich, weniger als Frage, sondern eher, um das Ausmaß dieser Mitteilung zu verstehen.

«Hat er dir das nicht erzählt?»

«Nein.» Das Wort verharrte auf meinen Lippen, als hätte ich Angst, es auszusprechen.

«Er ist nach Sligo gegangen, um für die Molloys zu arbeiten», erklärte Dad kleinlaut.

«Oh.»

«Es tut mir leid, Liebling. Er meinte, er würde dir das sagen.»

Ich schüttelte den Kopf, während sich der Druck in meinem Schädel verstärkte. Er hatte es tatsächlich getan. Niall hatte für uns die Entscheidung getroffen und sich aus unserem Leben entfernt. Ich presste mir die Hand auf den Mund, sodass Dad das Wimmern, das sich mir entrang, nicht hören konnte.

«Hör mal, Jeanie, ich muss dir das mit Arthur erklären, das würde sicher auch bei allem anderen helfen. Ich weiß, ich hätte es ihm sagen sollen», fuhr Dad fort, während ich zu zittern begann und die Tränen flossen und ich die Augen zusammenkniff, damit er nicht merkte, dass seine Tochter gerade zusammenbrach. «Und deine Mutter nervt mich seit Jahren, dass ich endlich reinen Tisch machen soll, und sie hat ja recht, das hätte ich tun sollen. Die Sache ist die, mein Liebling ...»

Ich hielt mir das Handy vom Ohr weg und beugte mich vor, um wieder zu Atem zu kommen und nicht laut weinen zu müssen. Mein Handy lag auf meinem Knie, während ich zitterte und die Augen zusammenpresste. Ich konnte Dads gedämpfte Stimme hören, die meinen Namen rief, was mich daran erinnerte, wie die Toten klangen, wenn sie sich entfernten. Ich holte tief Luft, genug, um mich noch einmal zu melden und das Telefonat hinter mich zu bringen.

«Kann ich dich zurückrufen, Dad? Der Empfang hier ist so schlecht.»

«Okay, Jeanie, aber hast du gehört, was ich gesagt habe? Wir müssen reden. Meinst du denn, du kommst überhaupt noch mal nach Hause?»

Nun war wirklich nichts mehr übrig, absolut nichts mehr, zu dem ich zurückkehren konnte. Mein Leben, so wie ich es die letzten neun Jahre lang gekannt hatte, hatte sich vollkommen und irreparabel verändert. Was immer es war, was Dad mir versuchte zu erklären, schien keine Bedeutung mehr zu haben. Nichts, was er mir hätte sagen können, konnte diese Tatsache mehr aus der Welt schaffen. Ich musterte das Dorf in seinen Regenbogenfarben, als hätte es eine Antwort für mich, wo und worin meine Zukunft liegen könnte, und flink wie der Flug einer Schwalbe kam mir die Antwort. «Zu Marielle», sagte ich, verzweifelt entschlossen, so ruhig zu klingen, dass ich das Telefonat nun einfach beenden konnte. «Ich werde für Marielle arbeiten.»

«Die Frau in Frankreich?»

«Ja», sagte ich knapp und unterdrückte die Tränen.

«Aber, Jeanie, Liebes ...»

«Peanut möchte wieder zurück in die Hütte, Dad.» Ich konnte sie durch das Fenster sehen, lächelnd und zum ersten Mal glücklich, seit wir die Stadt verlassen hatten, weil ihr gerade ein Teller mit Essen gebracht wurde.

«Welche Hütte?»

«Ich muss los.»

«Aber, Jeanie, wir müssen bald reden, okay?»

«Ja. Sicher. Entschuldige, Dad.»

Sobald ich das Gespräch beendet hatte, schrieb ich Niall eine SMS: «Du bist gegangen», schrieb ich.

Während ich wartete, ging ich auf und ab, kaute auf meinem Daumen herum, ließ ihn sinken, kaute dann wieder darauf herum.

«Es tut mir leid», kam sofort die Antwort. «Aber ich musste dich gehen lassen.»

Ich schluckte Luft und taumelte ohne einen Funken Anmut zur Treppe und lauschte auf den Ort, der sich verschiedentlich regte, auf das Geräusch einer Tür, die sich öffnete, einen Wagen, der angelassen wurde, das Rufen einer unsichtbaren Stimme, und in dem Moment brachen bei mir alle Dämme. Mein Schrei erhob sich über alles andere in jenem norwegischen Dorf, sodass Peanut gerannt kam und ihre Arme um mich schlang.

«Komm zu uns zurück, wenn es nötig ist, ja?», sagte Peanut eine Woche später, als wir an den Gates am Gardermoen Airport standen, und versuchte, mir mein Haar zu richten, so wie es meine Mutter vielleicht getan hätte.

«Das werde ich, versprochen.»

«Es war so schön für mich, dich hierzuhaben.» Zu meiner

Überraschung begann Peanut zu weinen. «Ich vermisse mein Zuhause so sehr.»

«Hey», sagte ich und nahm sie in den Arm.

«Ist das nicht komisch? Als wir jünger waren, war ich mir so sicher, alles, was ich wollte, war – woanders zu leben, nur nicht in Kilcross. Aber je älter ich werde, desto mehr vermisse ich es. Und jetzt schau dich an, wie du dich aufmachst und in die Welt ziehst.»

«Aber Anders und die Kinder, Pea?» Ich schob sie ein Stück von mir weg und sah sie an, voller Angst, dass meine Ruhelosigkeit etwas in Gang gesetzt hatte, das ich gar nicht gewollt hatte.

«Weißt du, ich liebe mein Leben hier, doch es gibt Augenblicke, da habe ich mich schon gefragt, ob wir vielleicht ...» Sie seufzte und schüttelte den Kopf. «Ich habe gedacht, so lange, wie die Kinder vielleicht noch Interesse haben, könnten wir im Sommer einen ganzen Monat zu Hause in Irland verbringen, nicht bloß eine Woche. Wir könnten ein Ferienhaus mieten oder so.» Da trat ein sorgenvoller Ausdruck auf ihr Gesicht. «Aber dann bist du vielleicht gar nicht mehr da, oder?»

«Ich bin gerade erst am Anfang von etwas, von dem ich nicht weiß, wohin es mich führt.» Ich legte ihr die Hand auf die Schulter.

Sie nickte.

«Ich glaube, ich muss das einfach für mich tun, so wie du das jetzt machst.» Sie schniefte. «Ruf mich bitte an, ja? Lass mich wissen, dass du gut angekommen bist.»

«Natürlich.»

«Dann geh jetzt. Geh, oder ich zwinge dich, wieder mit mir ins Auto zu steigen. Und Kidnapping wird hierzulande hart bestraft.» Sie schob mich sanft fort, was mir das Herz schwer machte, das ihren Schutz und ihre Fürsorge jetzt schon entbehrte – ich verspürte die Ängstlichkeit eines Kindes, das sich auf seinen eigenen Weg machen wollte.

«Danke, Pea. Ohne dich hätte ich es nie geschafft.»

Ich stellte mich in die Schlange, schaute mich aber immer wieder um, hob erst die Hand, schickte ihr dann einen Luftkuss und sah schließlich, wie sie nickte und winkte und sich die Wange abwischte. Dann trat ich hinter die Trennwand, und sie war fort.

Marielle Vincent mit ihrer blassen Haut und den zarten Falten um die Mundwinkel und an den Augen sah deutlich jünger aus als ihre fünfundsiebzig Jahre. Eine Flugreise, zwei Busfahrten und siebzehn Stunden später kam ich in Saint-Émile an, wo sie mich in einem senffarbenen Overall, mit einer grauen Tweedjacke und einem rot-bernsteingelb gemusterten Tuch um den schlanken Hals und den schönsten grauen Haaren empfing, die ich je gesehen hatte, sie wirkten so seidig, dass ich sie unbedingt berühren wollte. Zwischen den vielen Fahrgästen, die aus dem Bus stiegen, musste sie nicht lange nach mir suchen – die blasse, sommersprossige und erschöpfte Frau war leicht auszumachen.

«Da bist du nun, *ma chère*, Jeanie.» Sie beugte sich mit ihren eins achtundsiebzig herunter, um mich auf beide Wangen zu küssen. «Wie schön, dass wir uns endlich kennenlernen. Das macht mich glücklich.»

Vielleicht hätte ich ihr ebenfalls einfach nur einen Kuss auf die Wange geben sollen, und vielleicht lag es an der Erschöpfung, den vielen Kilometern, den Stunden, die es gedauert hatte, um zu ihr zu gelangen. Aber ich ließ meine Koffer fallen, stellte mich auf die Zehenspitzen, legte ihr meine Arme um den Hals, umarmte sie fest und sagte: «Danke. Danke. Danke.»

Ich muss wie ein kleines Mädchen ausgesehen haben, das sich an ihre Mutter klammerte, als ich diese Frau umarmte, die mir beibringen sollte, wie man mutig war, zugleich wahrhaftig und gütig und besser Französisch zu sprechen.

«Oh, wie lieb von dir.» Sie umarmte mich nun auch und lachte ein wenig. «All die Jahre, und jetzt bist du hier.»

«Ich bin so glücklich, dass du Ja gesagt hast.»

Sechs Abende zuvor hatte ich sie angerufen, um sie zu fragen, ob ich sie besuchen dürfe. Meine Hand hatte gezittert, als ich mir das Handy ans Ohr gehalten hatte. «Aber natürlich», hatte sie gesagt. «Ich warte seit neun Jahren auf deinen Besuch. Du musst kommen, und wehe, du überlegst es dir anders.» Angesichts ihrer Freude war ich rot geworden und offenbar glücklich gewesen, wieder zu den Toten zurückzukehren. «Danke», hatte ich geflüstert.

«*Viens*», sagte sie am Tag meiner Ankunft, ließ mich los, nahm meinen rechten Arm unter ihren linken und schnappte sich einen meiner Koffer, während ich den anderen ergriff. «Ich habe etwas zu essen und Wein bereitgestellt. Du kannst essen, während ich arbeite. Pascal wartet auf mich.» Ihre Stimme war sanft und weich wie ein Bett aus Moos. «Uns bleiben nur wenige Stunden. Pascal konnte noch nie besonders gut warten, schon als Lebender nicht.»

«*Parfait.*» Meine französische Aussprache war grauenvoll. Das wenige, an das ich mich noch aus meiner Schulzeit erinnern konnte, fühlte sich auf meiner Zunge alt und eingerostet an. Mariella erwiderte großzügig mein Lächeln.

Wir gingen zu ihrem alten blauen Citroën-Kastenwagen, der, wenn er nicht für die Toten gebraucht wurde, wie ich später lernte, verschiedenen Möbelstücken aus ihrem Haus als Zuflucht diente. Diese schienen nie irgendwohin gebracht zu werden, außer hinein und wieder heraus. Die ewigen Opfer von Marielles anhaltender Sehnsucht, Dinge loszuwerden, und ihrem Schmerz darüber, wirklich loslassen zu müssen. Es war Lucien, ihr Nachbar, Arbeitskollege und, wie ich erst später herausfand, ihr Freund, der sie aus ihrem Elend befreite und die ausrangierten Gegenstände in seinem Schuppen verschwinden ließ, bis Marielle sie vergessen hatte. Er warf nie etwas weg, für den Fall, dass sie ihre Meinung änderte, einer seiner vielen stillen Liebesbeweise, deren Zeugin ich wurde. An jenem Tag war es ein Sessel mit Rosenmuster, dessen bessere Tage lange her waren und den ich mir später für mein Zimmer erbat, dessen Fenster sich auf ein Feld mit Wildblumen in ihrer roten, gelben und blauen Pracht öffnete, durchsetzt mit kleinen Holzplaketten, manche in Herzform, auf denen ein Name und ein Datum standen. Vier Kieswege führten von jeder Ecke aus in die Mitte des Feldes, wo sie sich auf einer kleinen Erhebung trafen, auf der eine runde Holzbank stand und von wo aus die Besucher auf ihre Lieben schauen konnten, wo auch immer sie lagen. Die Umrisse der Gräber, abgesehen von den frisch ausgehobenen, waren schwer zu erkennen. Aber es gab ein Buch, in dem die Namen und Parzellen aufgelistet waren, falls jemand kam und nach einem lange verstorbenen Verwandten suchte, oder ein Sohn oder eine Tochter, die selten kamen, machten wieder einmal halt.

Marielles Haus war nicht, wie ich es mir vorgestellt hatte, alt, weiß getüncht, mit blauen Fensterläden. Es war ein modernes zweistöckiges Gebäude am Dorfrand, in dem es weitaus geschäftiger zuging, als sie mich hatte glauben lassen. Und die Toten, auch sie kamen häufiger hier an, als Marielle bei unseren Telefonaten und in unseren E-Mails im Laufe der Jahre zu erkennen gegeben hatte. Ihre Klienten kamen von überallher. Es schien, dass es viele gab, die nicht wollten, dass ihre Lieben mit Chemikalien vollgepumpt wurden, und die vor allem hören wollten, was sie zu sagen hatten.

Lucien erwartete uns, als wir auf ihre Auffahrt fuhren, tippte zur Begrüßung an seine Kappe, bestand darauf, meine Koffer zu nehmen und dann hinter Marielle herzueilen, zu dem wartenden Pascal und seiner Familie. Obwohl ich Hunger hatte, folgte ich ihnen und setzte mich hinten in den Raum und sah zu, wie sich Marielles Kopf Pascal zuneigte, woraufhin sie der anwesenden Witwe seine Worte übermittelte. Tränen flossen, als sie sich über ihren Ehemann warf, bevor Lucien und Marielle ihn schließlich in ein wunderschönes weißes Baumwolltuch hüllten, das mit einem Muster aus blauen, handgestickten Kornblumen gesäumt war. Sie legten ihn auf die Bahre und brachten ihn zum Grab.

Von meinem Platz hinten im Raum hatte ich Pascals Worte gehört, aber sehr wenig verstanden, und doch hatte ich die Augen geschlossen und gelächelt, während ich meinen müden Kopf an den Türrahmen gelehnt hatte. Ich hatte das Gefühl, dass ich in diesem Raum, zwischen diesen Menschen, den lebenden und den toten, wieder ein Zuhause gefunden hatte.

«Also, Niall und du, ihr seid nicht mehr zusammen?», fragte Marielle, als wir später zu Abend aßen. Das meiste von dem, was geschehen war, hatte ich ihr schon am Telefon erzählt.

«Nein.» Ich ließ den Kopf sinken.

«Ich mochte ihn.»

Ein Stück Brot an seinem geöffneten Mund, hielt Lucien inne, und seine besorgten Blicke ruhten für einen Moment auf ihr.

«Jetzt guck nicht so beunruhigt, alter Mann. Ich meine das nicht in dem Sinne. Ich mochte unseren Mail-Austausch über das Einbalsamieren von vor einigen Jahren, das ist alles.» Sie drehte sich wieder um, betrachtete mich einen Moment, während sie ihren Löffel füllte. «Ich habe gedacht, dass es gut wäre, wenn du bleibst, bis ich sterbe.»

«Was?», fragte ich, verwirrt von ihrer unerwarteten Bemerkung. «Bist du krank?»

Lucien legte das Stück Brot hin und starrte sie ebenfalls an. Sie wischte seine Besorgnis mit einer Handbewegung weg.

«Nein, aber irgendwann werde ich auch gehen, und es wäre beruhigend zu wissen, dass jemand da wäre, der hört, was ich zu sagen habe, wenn es so weit ist. Ich bin sicher, meine letzten Worte werden hochbedeutsam sein und das Warten wert.» Und während sie bei diesem letzten Satz lächeln musste, war der Rest mit ernster Entschlossenheit geäußert worden.

Ich war mehr als erleichtert. Nachdem ich sie nun, wie ich es empfand, gerade erst gefunden hatte, war ich nicht bereit, sie gleich wieder zu verlieren. «Nun, ich habe gehofft, ich kann einfach so lange bleiben, wie du mich hierhaben willst.»

«Gut.» Sie wandte sich wieder an Lucien. «Jetzt, wo ich Hilfe habe, solltest du nach Paris zu deiner Tochter fahren, bevor du zu alt zum Reisen bist.» Ich verschluckte mich bei ihrer äußerst direkten Bemerkung, sodass mir fast der Eintopf aus dem Mund fiel. «Ich meine es ernst. Schau ihn dir doch an. Er ist schon total schief und krumm. Du liebst das Mädchen, Lucien, und du musst sie besuchen. Wie oft hat sie dich schon gebeten, zu ihr und ihrer kleinen Familie zu kommen?»

«Ich mag Paris nicht, mit diesen breiten Straßen und goldenen Gebäuden. Paris ist ganz schön eingebildet.» Lucien war ein Mann weniger Worte, aber wenn sie aus seinem Mund kamen, waren sie treffend.

«Es geht doch nicht um den Ort, sondern darum, wer dort lebt.»

Ihre Worte ließen mich innehalten, so wie die Zeilen eines Songs plötzlich Widerhall in einem finden können, das eigene Leben mit solch einer Perfektion beschreiben, dass man sich fragt, wie es sein konnte, dass der Sänger einen so gut kannte.

«Aber grab bitte noch drei Gräber, bevor du fährst. Die hier hat ja nur so Mädchenmuckis.» Sie musterte mich wie einen zwielichtigen Lokalpolitiker, der um ihre Stimme buhlte. «Und dann fahr übermorgen.»

Drei Gräber an einem Tag, dachte ich, der arme Mann wird völlig fertig sein hinterher. Als hätte er meine Gedanken gelesen, sah er mich an, diese Frau, die gekommen war, um sein glückliches Leben mit Marielle durcheinanderzubringen, die er offensichtlich innig liebte.

«*Cinq*», stellte er fest und hielt mir stolz seine Pranke hin. «Drei sind gar nichts. Früher habe ich zehn am Tag gegraben.» Marielle blickte ihn voller Bewunderung an. «Fünf. Ich werde fünf graben.»

«Ich wusste gar nicht, dass ihr zwei etwas laufen habt?», sagte ich, als ich später das Geschirr spülte. Lucien war bereits gegangen, und Marielle saß immer noch auf ihrem Stuhl.

«Damit muss man rechnen, eine attraktive Frau wie ich, ein Witwer wie er. Die Natur musste einfach ihren Lauf nehmen.»

«Wie lange schon?»

«Schon Jahre, sechs vielleicht, sieben.»

«Du hast nie von euch als Paar gesprochen.»

«Du hast auch nicht erwähnt, dass du wegrennen willst. Wir alle haben unsere Geheimnisse.»

Ich trocknete die Töpfe und Pfannen ab und hängte sie an ihre Haken über dem Herd.

«Außerdem ist es perfekt so. Er lebt dort, ich lebe hier. Auf diese Weise gehen wir uns nicht auf die Nerven.» Ich mochte diesen etwas anderen Blick auf Beziehungen.

Sie musterte mich. Dann stand sie ächzend auf und hielt sich den Rücken. «Ich gehe früh zu Bett. Ich möchte mein Buch zu Ende lesen; der Mörder wird in Kürze enttarnt, und ich bin ganz sicher, dass es der Polizist war.»

«Jetzt hast du es für mich ruiniert, ich werde es mir nicht bei dir ausleihen.»

«Keine Sorge, es ist sowieso auf Französisch», sie lächelte. «Ich bin so froh, dass du gekommen bist, Jeanie. Es ist schön, jemanden um sich zu haben. Besonders jemanden mit Ohren, die die Toten hören können, und wenn es bloß auf Englisch ist.»

«Ich bin auch froh. Wird Lucien dann wirklich nach Paris fahren?»

«Oh ja, in der Regel tut er, was ich ihm befehle. Ich weiß, das hört sich schrecklich an. Aber ich bin so zu ihm, weil ich weiß, er würde nicht fahren, wenn ich es ihm nicht vorschreibe. Seine Tochter liebt ihn sehr. Sie macht sich Sorgen, dass ich ihn zu sehr fordere. Und da hat sie ja auch recht.»

KAPITEL 29

Mit Marielle zu arbeiten, war etwas ganz Besonderes. Es erinnerte mich an die Zeit, in der ich mit Niall zusammengearbeitet hatte, wir zwei gemeinsam im Versorgungsraum, meistens schweigend, aber gelegentlich hoben wir die Köpfe, um über irgendetwas zu lachen. Ich mochte diesen Gleichtakt. Marielle brachte mir bei, wie man die Toten in Leichentücher hüllte, und ich folgte ihren Bewegungen exakt mit meinen Händen, ahmte alles genau nach, was sie tat.

Marielle hatte eine besondere Art, mit den Toten und ihren Angehörigen umzugehen. Wenn die Toten ihr etwas aufgetragen hatten, das verletzend sein konnte, wusste ich es gleich, denn sie wandte sich von dem Verstorbenen, der auf dem langen Tisch lag, ab und nahm die Hände der Lieben, deren Stirn sich womöglich bereits sorgenvoll kräuselte, und sah sie an, als hätte sie alle Antworten, was tatsächlich, denke ich, auch der Fall war.

«Écoutez», sagte sie, und dann fing sie an. Dabei hielt sie den Kopf leicht geneigt und ließ diejenigen, zu denen sie mit größter Liebenswürdigkeit sprach, nicht einen Augenblick aus den Augen. Ich sah ihr dabei zu, wie sie einer Ehefrau erklärte, dass ihr Ehemann seine Pensionsrückstellungen für einen unfruchtbaren Weinberg vergeudet hatte, der keinerlei Erträge lieferte. Die Frau hatte dem Toten wütend auf die Brust getrommelt und sich dann über ihn geworfen, sodass Marielle sie sanft weggezogen hatte. Und zu den Eltern eines

Vierjährigen, der auf die Straße gelaufen war, als sein Vater nicht aufgepasst hatte, sagte sie: «Victor sagt, dass es ihm leidtut.» Sein Vater und seine Mutter bestanden darauf, selbst ihren kleinen Jungen auf der Bahre zu seinem Grab zu tragen, aber auf halber Strecke strauchelte der Vater, und Marielle übernahm seinen Part, um sicherzustellen, dass Victor nicht von der Bahre rutschte.

Zwei Wochen später kehrte Lucien aus Paris zurück. Es war, als hätte er diesen neuen Rhythmus, den Marielle und ich gefunden hatten, sofort verstanden, und er verlangte nie, seine frühere Stellung als Leichentuchassistent wieder einzunehmen. Statt sich zu ärgern, überließ er uns unserer Aufgabe und kümmerte sich um die Arbeiten draußen: Er hob schon mal neue Gräber aus, verschnitt Sträucher, damit niemand mit seiner Kleidung hängen blieb, und kontrollierte die Grabplaketten, deren Inschriften mit der Zeit in der Sonne verblassten.

Mein Französisch wurde allmählich besser. Bereits nach einem Monat hatte ich mich gut eingewöhnt. Manchmal konnte ich ein wenig von dem verstehen, was der Tote gesagt hatte, und lächelte, wenn es etwas Komisches war, sogar schon still vor mich hin, bevor Marielle die Geschichte für den Ehemann oder die Ehefrau, den Sohn oder die Tochter, oder wer auch immer da wartend neben ihr saß, wiederholte.

Es kam mir so vor, als herrsche in diesem Teil der Welt gar nicht dieser Druck, den Lebenden irgendetwas zu ersparen. Wir mussten einfach nur zuhören und wiederholen, zuhören und wiederholen, bis die Stimme endgültig verklungen war und es Zeit war, die Verstorbenen der Erde zu übergeben. Und ich fragte mich, ob ich mich je dazu bringen könnte, dasselbe zu tun – genau wie ich es damals mit fünfzehn getan und womit ich Noel Kavanagh das Herz gebrochen hatte – nur jetzt vielleicht mit mehr Fingerspitzengefühl.

«Die Leute können zu mir kommen», sagte Marielle, als ich sie einmal fragte, ob sie es bedaure, nicht mehr Bestatterin in der Stadt zu sein. «Ich brauche das Geld, das man da verdient, nicht. Ich mache die Arbeit, weil ich es kann und weil ich gefragt bin. Ich werde nicht weinen, wenn ab morgen das Telefon nicht mehr klingelt. Ich werde glücklich und zufrieden in meinem Garten werkeln und mich den ganzen Tag um meine Tomaten kümmern, falls die Leute einmal beschließen sollten, dass jemand anders sie besser versorgen kann. Ich mache es zu meinen Bedingungen, nicht zu ihren. Wir arbeiten für die Toten, nicht für die Lebenden. Das Einzige, worauf ich bestehe, ist, keine Chemikalien und keine Lügen.»

Und als ich erneut die Theorie meines Vaters vorbrachte, warum wir vielleicht hin und wieder zu einer Lüge Zuflucht nehmen sollten, sagte sie: «Ich mache dir oder deinem Vater keinen Vorwurf, dass ihr euer Geschäft so geführt habt, wie ihr es für richtig gehalten habt, Jeanie. Ich mag nur einfach nicht lügen. Lügen richten zu viel Schaden an. Aber, ja, die Wahrheit ist schwer auszuhalten, dennoch, besser raus damit, als sie für sich zu behalten, das Faulige, Verdorbene, Schädliche verfliegt an der Luft schnell, wie ein kräftiger Furz.»

Ich erstickte beinahe an meinem Schluck aus der Teetasse.

«Was, darf eine Frau nicht ‹Furz› sagen?» Sie grinste mich an. Nachdem ich mich wieder gefangen hatte, wandte ich ein: «Aber es ist nicht immer besser, Marielle. Es hat Zeiten gegeben, in denen ich die Wahrheit gesagt habe, und das ist total schiefgegangen.»

«Aber ihr habt die Lebenden auch nicht gewarnt, dass die Toten in ihren letzten Augenblicken nicht immer sehr liebenswert sind. Ich schon. Warum soll ich mich mit den Grausamkeiten anderer belasten? Es ist nicht meine Verantwortung.»

«Aber sind wir denn nicht verantwortlich?»

«Wir sind den Toten gegenüber verantwortlich, niemandem sonst.»

«Aber es sind die Lebenden, die die Rechnung bezahlen.»

«Deshalb sage ich ihnen, bevor sie zu mir kommen: ‹Sie werden vielleicht keine Freude an dem haben, wofür Sie bezahlen müssen.› Das gibt ihnen Zeit, alles noch mal zu überdenken.»

Um die Mittagszeit kamen wir drei an den Tagen, an denen keine Toten eintrafen, zum Essen zusammen, egal, in welcher Ecke des Hauses oder des Gartens wir uns zuvor auch verloren haben mochten. Und dann zogen sich Marielle und Lucien in der Nachmittagshitze in ihr Schlafzimmer zurück, um für eine Stunde ein Verdauungsschläfchen zu halten, während ich unter den nach Osten blickenden Dachtraufen im willkommenen Schatten saß und versuchte, nicht an Niall zu denken und daran, wie es ihm wohl ging.

Anfangs war der Sitz, auf dem ich zum Essen Platz nahm, ein Holzbrett, das an jedem Ende auf sechs Backsteinen ruhte. Aber eines Tages brachte Lucien mir einen Schaukelstuhl.

«Das Ding habe ich ja seit Jahren nicht mehr gesehen», sagte Marielle überrascht, als er ihn in seiner Schubkarre auf dem Pfad, der von seinem Haus wegführte, herbeischob. «Ich habe den gehasst. Der hat so gequietscht. Ich dachte, ich hätte den weggeschmissen.»

Lucien zwinkerte mir zu, hob ihn aus der Schubkarre und stellte ihn auf den Boden. Wir standen zu dritt da und sahen zu, wie der Stuhl vor und zurück schaukelte, bis er be-

wegungslos verharrte. Dann setzte ich mich hinein, meine
Hände auf den Armlehnen, und sah zu diesem wunderbaren
Paar hoch, blinzelte angesichts des sonnendurchfluteten
Himmels und verkündete meine neu entdeckte Liebe.

«Holzwürmer», sagte Marielle. «Noch ein Grund, warum
ich den gehasst habe.»

«Jetzt nicht mehr», antwortete Lucien, packte wieder die
Griffe seiner jetzt leeren Schubkarre und kehrte zu seinem
Schuppen zurück.

«Ich liebe ihn», sagte ich noch einmal. «Er braucht bloß
ein Kissen oder zwei.»

«Geh und frag Bob den Baumeister, er hat vielleicht welche», sagte Marielle nur halb im Scherz, während sie gleichzeitig in Richtung von Luciens Refugium nickte.

«Das habe ich gehört», rief er, ohne sich umzudrehen, und
drohte mit dem Zeigefinger.

«Du musst doch ein paar alte Kissen haben, Marielle, die
du nicht mehr brauchst?»

«Meine Sachen sind nicht alt, Jeanie. Sie sind von guter
Qualität und können die Zeiten überdauern.»

«So wie die Uhr in der Diele, die immer nachgeht, ganz
gleich, wie oft ich die Batterie wechsele?»

«Vielleicht schaust du mal in der Garage nach», sagte sie
und ignorierte meine kleine Stichelei. «Ich glaube, ich habe
da vor Jahren schon mal so was reingelegt, aber was weiß ich.
In der Zwischenzeit will ich mal nachschauen, was er noch so
alles von mir versteckt hat.»

Sie folgte Lucien und ließ mich allein die Garage durch-
forsten, angefüllt mit dem Strandgut ihres Lebens. Unter einem schwankenden Turm aus Schachteln entdeckte ich zwei
flach gedrückte Kissen, die man nur waschen musste. Von da
an bestanden meine Nachmittage entweder daraus, dass ich

mich in den Halbschlaf schaukelte oder ein Kapitel in einer der zwanzig französischen Agatha-Christie-Ausgaben las, die ich in der Stadtbücherei gefunden hatte und die ich mir Woche für Woche mit Marielles Bibliothekskarte auslieh. Das Lesen führte ausnahmslos zum selben Ergebnis, einem zufriedenen Schlaf, aus dem mich Marielles Stimme oder das Klingeln des Telefons weckte.

Manchmal nahm ich Marielles altes Fahrrad, das Lucien geölt und aufgepumpt hatte, obwohl ich protestiert hatte, dass ich das auch selber machen könnte, und radelte in die Stadt, trank Kaffee in einer der drei Patisserien. Danach schlenderte ich über den Markt, um die Fleisch- und Fischstände zu bestaunen: Rotbarbe, Seeteufel und Makrele; Schweinswurst, Schweineohren und Schweinefüße; Tomaten, so groß wie Äpfel; Oliven und Anchovis und frische Kräuter. Ich brachte das alles mit nach Hause, weil ich dachte, dass Marielle vielleicht etwas Wunderbares daraus kochen könnte.

«Was, du glaubst, bloß weil ich Französin bin, bedeutet das auch, ich bin eine brillante Köchin? Kochen ist nicht gerade meine Stärke. Frag meinen Mann dort draußen.» Sie deutete auf die Gedenkwiese. «Bernard hat sich immer darüber beklagt, dass seine Steaks verkohlt waren. Er war der Koch in diesem Haus.»

Stattdessen googelte ich also Rezepte auf Englisch und versuchte, etwas Schönes zuzubereiten. Manchmal war es gut, aber häufiger eher mittelmäßig. Also kehrten wir zu unseren Suppen, frischen Salaten, gekochten Eiern, zu Käse und Brot zurück, das jeden Morgen frisch beim Bäcker gekauft wurde. Das wurde zu einem meiner kleinen Rituale, die mir gefielen. Ich fuhr um acht Uhr morgens mit dem Fahrrad in die Stadt und stellte mich in die Schlange, und wenn ich drankam, lächelte Marcel, der rundliche unverheiratete Bäcker, mich an und ließ sich von dem Andrang in seinem Laden nicht davon abhalten, in gebrochenem Englisch mit mir zu plaudern.

Als ich eines Morgens zurückkam, das Baguette in einer Hand, darum bemüht, seine frische Kruste nicht zu zerdrücken, und mit der anderen Hand das Fahrrad steuernd, sah ich eine vertraute Gestalt am Ende von Marielles Einfahrt aus dem Taxi steigen. Es war nicht überraschend, dass letztendlich einer von ihnen aufgetaucht war. Aber ich wäre nie auf die Idee gekommen, dass es von allen ausgerechnet sie sein würde, die sie schickten.

Ich stieg in zweihundert Metern Entfernung vom Fahrrad ab und stand da und sah zu, wie sie ihren kleinen Koffer aus dem Kofferraum hob. Der Taxifahrer fuhr bei seiner Rückfahrt an mir vorbei, und ich hob meine Hand zum Gruß – ich konnte die irische Angewohnheit, jedem Wagen, der mich auf den französischen Straßen passierte, zuzuwinken, nie ablegen, obwohl keiner von ihnen je zurückwinkte, außer Marcel, der Bäcker, muss man sagen; der Mann kletterte beinahe aus dem Fahrerfenster, wann immer er mich auf meinem Fahrrad erblickte.

Sie verschwand aus meiner Sicht, als sie den Gehweg hochzulaufen begann. Ich bummelte den Rest des Weges, blieb draußen vor dem Tor stehen, riss ein Stück Brot ab, kaute es und riskierte einen Tadel von Marielle.

«Ah, du bist also nicht tot», sagte Marielle, die zu mir herauskam, als ich das Fahrrad an den Schaukelstuhl lehnte. «Ich wollte schon Lucien mit dem Kastenwagen losschicken, damit er dich sucht. Du hast Besuch.»

«Ich hab's gesehen.»

Sie nahm das entweihte Brot, betrachtete es, brach, was übrig war, in zwei Teile und gab mir die kaputte Hälfte zurück. «Ich gehe zu Lucien frühstücken. Dein Besuch hat vielleicht Hunger, geh und mach ihr was zu essen.» Marielle ging los, den Pfad entlang und durch etwas hindurch, das offenbar als Loch in der Hecke begonnen hatte und das Lucien nun so erweitert hatte, dass auch ein bestimmter Citroën-Kastenwagen hindurchpasste.

«Hallo, Harry», sagte ich.

Sie stand in der Küche und wartete auf mich. Ein kirschrotes T-Shirt und ein kirschrotes Bandana, das oben auf ihrem kurz geschnittenen schwarzen Haar zu einem Knoten gebunden war.

«Jeanie.» Sie trat einen Schritt vor, um mich zu umarmen. «Du siehst wunderschön aus, hast richtig Farbe bekommen.»

Ihre Arme fühlten sich gut um meine Schultern an, und ich begriff, wie sehr ich sie vermisst hatte.

«Ich hasse meine Sommersprossen, aber trotzdem vielen Dank.»

Wir ließen einander los. Ich trat ein paar Schritte zurück und lehnte mich an das Abtropfbrett.

«Ich finde, dass gerade das das Beste ist: Wenn die Iren die Sonne sehen, sprießen ihre Sommersprossen und bedecken alles wie die Narzissen im März.»

«Also, das ist jetzt eine Überraschung.» Ich zeigte auf einen der Stühle. Als sie Platz nahm, setzte ich einen Topf mit Wasser auf. Ich hatte Marielle noch nicht davon überzeugen können, dass ein Kessel praktischer wäre. Ich schnitt das Brot und holte Käse und Tomaten heraus und die Marmelade, falls sie etwas Süßes bevorzugte. Legte alles vor sie auf den Tisch. (Teller und Besteck blieben immer da – warum sollte man alles wegräumen, erklärte Marielle, und durch das ganze Hin und Her Energie verschwenden, wenn man die Sachen doch auch griffbereit haben konnte.)

«Bei der Chance auf ein bisschen Sonne? Machst du Witze, wir alle wollten kommen.» Sie lächelte, und ich lächelte aus Höflichkeit zurück.

«Früher Flug?»

«Ich bin schon gestern Abend eingetroffen. Ich bin im Hotel abgestiegen. Ich fliege heute Abend zurück.»

«Wusste Marielle, dass du kommst?»

«Nein. Ich dachte, es wäre das Beste, es ihr nicht zu sagen.»

Ich fragte nicht weiter nach, sondern beschloss, dass ich den Grund für diese Heimlichtuerei schon noch erfahren würde. Ich sah aus dem Küchenfenster auf Luciens Haus und stellte mir vor, wie Marielle und er ihr Brot aßen.

«Du hast nicht zufällig Teebeutel mitgebracht, oder?», fragte ich und stellte ihr ihren Becher hin. Mein Vorrat an *Barry's* Teebeuteln, der mit mir nach Oslo gereist war und anschließend nach Saint-Émile, war beinahe aufgebraucht.

«Tatsächlich habe ich das sogar gemacht.» Sie blickte zu ihrem Koffer hinüber, der in der Küchenecke stand.

«Es ist gut, dich zu sehen, Harry. Und jetzt iss, oder Marielle wird denken, dass ich gar keine Manieren habe.»

Harry nahm einen Schluck von ihrem schwarzen Tee. «Gefällt es dir hier, Jeanie?»

«Ich liebe es, Harry.»

Ich spielte mit einem Stück Brot, nahm einen Bissen davon und legte es wieder ab, ich hatte keinen Hunger wie eigentlich sonst immer, wenn ich den ganzen Weg aus der Stadt zurückgeradelt war.

«Wie lange hoffst du zu bleiben?»

Die Frage, von der wir beide wussten, dass sie sie stellen würde, stand nun im Raum.

«Na ja, noch will Marielle mich nicht loswerden. Und außerdem sagte sie, sie möchte, dass ich hier bin, wenn sie stirbt. Also bleibe ich wohl noch eine ganze Weile», antwortete ich voller Zuversicht.

Harry nickte und lächelte. Dann nahm auch sie ein Stück Brot und schnitt etwas Käse ab.

«Du willst hier also, was, noch zehn, zwanzig Jahre bleiben?»

«Warum nicht?»

«Bezahlt sie dich denn?» Sie aß ein Stück von dem Käse, aber die ganze Zeit waren ihre Blicke mit meinen verschränkt.

«Nein, mit dem, was sie tut, ist nicht viel Geld zu verdienen. Außerdem muss diese Arbeit Lucien und sie finanzieren. Aber ich habe freie Kost und Logis.»

Sie legte ihr Brot hin. «Vermisst du nicht dein Zuhause, Jeanie? Und gutes Geld?»

«Ich bin glücklich, Harry. Es ist schwer zu erklären, aber ich empfinde so etwas wie Seelenfrieden. Kein Druck, nicht dauernd darauf achten müssen, dass die Angehörigen zufrieden sind, sodass wir bezahlt werden und das Geschäft floriert. Hier geht nur um sie – die Toten.»

Sie blickte auf ihren Teller hinunter. Und zum ersten Mal sah ich, dass sie alt geworden war, sah den Preis, den dieses Leben ihr abverlangt hatte, diese stille konstante Präsenz in unseren Leben.

«Dann bist du also gekommen, um mich zur Vernunft zu bringen, ist es das, Harry?»

Sie lachte ein wenig. «Nein, eigentlich bin ich gekommen, um etwas zu erklären.»

«Was denn erklären?»

«Warum wir dich zweiunddreißig Jahre lang angelogen haben.»

KAPITEL 30

Da wünschte ich mir, dass ich unter den Dachtraufen säße, schlafend oder die Seiten eines Agatha-Christie-Romans in Luciens Schaukelstuhl umblätternd. Wir hatten Schwierigkeiten, im gemeinsamen Haushalt festzulegen, wer der Besitzer besagten Möbels wäre. Lucien nannte ihn *meinen*, ich nannte ihn *Luciens*, und Marielle nannte ihn *ihren*. Oh, wie verlockend war jetzt die süße Schlichtheit von Agatha Christies Krimis anstelle von dem hier. Denn was immer es war, was Harry mir offenbaren würde, ich wusste, dass es die Macht hätte, diesen Fluchtort, den ich für mich gefunden hatte, zu untergraben.

«Verstehst du, Jeanie, aus Gründen, die wir für gut hielten und die das Geschäft schützen sollten und, nun ja, auch mich, hatten wir beschlossen, etwas zu vertuschen.»

«Was soll das heißen?», lachte ich schrill.

«Können wir vielleicht ein Stück spazieren gehen, Jeanie? Ich glaube, ich brauche frische Luft.» Sie erhob sich, schwankte aber und griff nach meiner Rückenlehne.

«Möchtest du vielleicht ein Glas Wasser?» Ich drehte den Hahn auf und musterte sie aus dem Augenwinkel, während sie ein weiteres Mal Halt suchte.

«Ja, vielleicht.» Bereitwillig nahm sie das Glas, trank es aus und atmete anschließend mit geschlossenen Augen aus.

«Besser?» Sanft legte ich ihr die Hand auf die Schulter.

Sie nickte.

«Wir können zur Wiese gehen, wenn du magst», schlug ich vor. «Jetzt ist tatsächlich die beste Zeit zum Spazierengehen. Später kann es sehr heiß werden.»

Sie legte ihre Hand auf meine, blickte zur Hintertür. «Das wäre schön.»

Der Schotterweg führte uns um die Wiese herum und dann über einen der vier Wege zu einer leichten Erhebung in der Mitte. Harry zögerte, mit dem zu beginnen, wofür sie eigentlich gekommen war, sodass ich, während wir dahinschlenderten, diese Lücke füllte und ein weiteres Mal erläuterte, was Marielle hier tat und welche Weltsicht dahinterstand. Bei einigen der Geschichten, die ich darüber erzählte, was die Toten in Frankreich alles zu sagen hatten, lächelte Harry. Als ich ihr erzählte, dass Marielle einen Anruf von einem Nachbarn erhalten hatte, dessen Hund gestorben war und der sie fragte, ob sie ihn auf ihrer Wiese begrabe, und sie zugestimmt, aber hinzugefügt hatte, sie spreche kein Hündisch, er solle also keine Wunder erwarten, lachte Harry und sagte: «Also gibt es drei von uns, und alle sind Frauen.»

Wir erreichten die Rundbank, und das Gehen und die Geräusche beim Hinsetzen ließen mich denken, dass ich mich verhört haben musste.

«Drei von uns?», wiederholte ich und beobachtete, wie Harry die Hände auf ihre Knie legte.

«Die mit ihnen reden können.»

«Die Toten, meinst du? Aber, Harry, du doch nicht.» Ich lachte.

Sie nahm die Sonnenbrille ab, sodass ich ihre Augen sehen konnte und darin lesen, dass alles, was sie nun sagen würde, die ganze herzzerreißende Wahrheit war.

«Doch, das kann ich sehr wohl, Jeanie. Das kann ich wirklich.»

Sie seufzte lange und laut, ihr Seufzen drang hinaus auf die Gedenkwiese, und sie musterte, wie sich das Wildgras neigte, die Spiere senkte und sich die Halme von der Sonne wärmen ließ.

«Die ganze Strecke im Flugzeug hierher habe ich mich gefragt, wo und wie ich anfangen soll, bin es tausendmal durchgegangen. Und jetzt sitze ich hier und weiß es immer noch nicht.»

Sie schluckte vernehmlich und dann begann sie endlich.

«Verstehst du, damals, als wir Mastersons in das Bestattungswesen einstiegen, war es fest in männlicher Hand. Nicht alle Bestatter in Irland, aber doch die meisten, waren Männer. Dein Großvater Ted, der ziemlich oldschool war, fand das auch völlig richtig so. Als er begriff, dass ich die Toten hören konnte, war er glücklich, weil es dem Geschäft «Gläubige» zuführte, wie er sie gern nannte, aber er dachte, wegen der Seriosität müsste es ein Mann sein, der diese Gespräche führen konnte, und nicht ein ‹Klageweib› und erst recht kein Kind. In seiner unendlichen Weisheit beschloss er, dass es besser wäre, wenn wir sagten, Dave wäre derjenige, der die Toten hören konnte, und Dave und ich ließen das zu. Was wussten wir denn schon? Wir waren jung. Er war der Erwachsene, der schließlich Bescheid wissen sollte.» Sie senkte den Kopf bei diesen Erinnerungen, und ihre Finger kneteten ihr Taschentuch. «Also hörte ich ihnen zu, wenn die Toten sich entschlossen, hinter den verschlossenen Türen des Versorgungsraums zu sprechen, gab an Dave weiter, was sie gesagt hatten, und er verkündete es dann, wenn er sie in ihren Särgen in den Verabschiedungsraum rollte, wobei er es so aussehen ließ, als würden sie dort gerade mit ihm sprechen.

Notfalls dachte er sich einfach etwas aus. Dabei wählte er immer den einfacheren Weg der Liebe und dass sie ihre Angehörigen vermissten und es ihnen das Herz brach. Und dein Großvater führte ihn regelrecht vor, wie ein Zirkusdirektor seine Attraktion.»

Sie lachte traurig. Ich musterte sie ungläubig, hörte zu, ohne zu protestieren, ohne die Hand zu erheben, ohne «Lügnerin!» auszurufen, während sie unsere Geschichte neu schrieb.

«Es war nicht schön, auf diese Weise zum Schweigen gebracht zu werden. Übersehen zu werden, weil ich ein Mädchen war. Ich wollte woanders sein, irgendwo, wo all das keine Bedeutung hätte. Ich träumte davon wegzugehen. Erinnerst du dich daran, dass ich dir erzählt habe, ich hätte auch daran gedacht, nach London zu gehen?»

Natürlich erinnerte ich mich daran, wie denn nicht? Und doch konnte ich nicht einmal ein Nicken zustande bringen.

«Das war der Grund. Ich war sicher, ich würde dort meine Stimme, meinen Mut wiederfinden. Vielleicht meine eigene Firma aufmachen. Aber ich habe es nie getan. Ich hatte einfach nicht den Mut. Ist es nicht komisch, dass ich Jahre später, als ich die gleiche Sehnsucht nach Flucht in deinen Augen sah, geradezu darum gefleht habe, dass du nicht gehst?»

«Aber wir haben eine Liste mit den Pros und Kontras gemacht. Du hast versucht, mir zu helfen.»

«Du hast recht, Jeanie, das wollte ich. Und ich hätte dich niemals aufgehalten, wenn du wirklich hättest gehen wollen. Aber ich konnte auch nicht leugnen, was ich fühlte. Du hast uns letztlich legitimiert, verstehst du? Endlich haben wir die Welt nicht mehr belogen.» Sie wischte sich mit dem Taschentuch die Augen und räusperte sich, dann erzählte sie weiter. «Nachdem mein Vater gestorben ist, haben dein Dad und ich darüber gesprochen, reinen Tisch zu machen und der Welt zu erklären, dass ich es war, die mit den Toten reden konnte. Aber es ist erstaunlich, wie man, wenn einem dauernd gesagt wird, dass man nicht gut genug ist, anfängt, es selbst zu glauben. Ich war nicht so mutig wie du. Wir hatten Angst davor, was die Welt von uns Mastersons halten würde. Zu dem Zeitpunkt waren wir schon seit Jahren auf diesem Weg vorangeschritten. Wir hatten wirklich alle belogen, es gab keinen Weg zurück. Und dann wurdest du geboren. Und du warst einfach nicht zu stoppen. Du warst wie eine frische Brise und zeigtest mir alles, was ich hätte sein können ... was ich hätte sein *sollen*!»

«Aber, Harry ... du warst immer die Person, zu der ich aufgeschaut habe. Diejenige, von der ich dachte, dass sie alles tun konnte – sein konnte –, wenn sie nur wollte. Das ergibt überhaupt keinen Sinn.»

«Wir sind kompliziert, oder, wir Menschen? Wir wissen oft nicht, was in dem anderen vorgeht. Aber dir zuzusehen, half mir, stärker zu werden. Ich war es, die die ganze Zeit von dir gelernt hat.»

Ungläubig schüttelte ich den Kopf. «Nein, nein, das kann nicht sein, Harry. All die vielen Male, als ich klein war und Dad und ich neben einem Sarg redeten; wir hörten sie beide, Harry, das weiß ich doch.»

«Nein, Jeanie, er hat sich von dir erzählen lassen, was sie gesagt haben. Ich habe ihn beobachtet. Er war Experte darin, dich dazu zu bringen, dass du mit ihnen geredet hast, ohne dass du es überhaupt gemerkt hast. Und er war auch sehr gut darin, zu behaupten, dass sein Gehör nicht so gut sei. So schwierig war es nicht. Und dann, als die Jahre vergingen und Niall dazustieß und dein Vater sah, dass ihr beiden so gut miteinander auskamt, eine natürliche Partnerschaft, begann er, seinen Plan umzusetzen, schließlich alles dir zu überlassen und die Lügen ganz aufzugeben. Du warst seine Exit-Strategie.»

Das Ganze ergab schon einen Sinn, Harry und er, die Hand in Hand arbeiteten, dann Niall und ich. Und wie sich Dad für diesen Teil des Geschäftes im Laufe der Jahre immer weniger interessierte und ich immer mehr davon übernahm. Dad, der aber immer noch Harry hatte, auf die er sich stützen konnte, wenn es nötig war. Und, wenn alle Stricke rissen, seine Art, mich auszufragen, dass er abgelenkt gewesen sei wegen irgendetwas und ob ich ein oder zwei Dinge klarstellen könne.

«Also», sagte ich und setzte immer noch die Einzelteile zusammen, «in all den Jahren, in denen ich das Gefühl hatte, ich muss das alles allein stemmen, war das in gewisser Weise tatsächlich so?»

«Irgendwie schon, ja.»

«Aber warum hast du mir das nicht gesagt? Warum hast du das nicht mit mir geteilt? Besonders, als ich anfing Vollzeit zu arbeiten. Wir sollten doch eigentlich ein Team sein.»

«Wir haben darüber nachgedacht, ehrlich. Aber dann wärst du vielleicht endgültig nach London gegangen. Du bist so oft zu Fionn geflogen, dass wir sicher waren, wenn du wüsstest, was wir getan hatten, würde unsere Schande dich vertreiben. Wir wollten nicht, dass du gehst. Wir brauchten dich.»

Sie wandte sich, aufgewühlt, wie sie war, von mir ab, um die Spitze des Kirchturms von Saint-Émile in der Ferne zu betrachten. Ich musterte ihr Profil, das Gesicht dieser Frau, die ich so bewundert hatte, den vertrauten Schwung ihres Kinns, und war immer noch unfähig zu begreifen, dass sie mit dieser Lüge gelebt hatte.

«Und diese ganze Geschichte mit Tiny und Arthur», sagte

ich, als mir schließlich alles klar geworden war. «Dad hat es ihm nie erzählt, weil er gar nicht wusste, was Tiny genau gesagt hatte. Weil er keine Gelegenheit gehabt hatte, mich auszufragen.»

«Genau. Weißt du, an dem Tag hast du mich beinahe erwischt. Ich wollte gerade anfangen, mit Tiny zu sprechen, als du aufgetaucht bist. Zwei Sekunden später, und du hättest mich durchschaut.»

Jetzt fiel mir ihr Erschrecken wieder ein und wie sie regelrecht von Tiny weggesprungen war.

«Wow», sagte ich mit einem bitteren Lächeln. «Und Mum weiß das alles?»

«Ja, immer schon. Aber sie war nie damit einverstanden, fand, wir hätten es dir von Anfang an sagen müssen. Doch sie ist loyal geblieben, sosehr es sie auch geschmerzt hat.»

«Dad muss es Andrew erzählt haben.» Jetzt ergab mein Gespräch mit Mum nach Andrews Beerdigung auch einen Sinn. Ihr Zögern, zu erklären, was er mit seinen letzten Worten eigentlich gemeint hatte, und ihr Beharren, dass sie mit Dad sprechen würde und dass ich nicht allein bleiben müsste. Denn hier war die Antwort, die Person, die die ganze Zeit an meiner Seite gestanden hatte – Harry.

Ich kehrte in Gedanken zu all den vielen Malen zurück, bei denen Mum mich im Laufe der Jahre auf ihre Weise versucht hatte zu schützen, versucht hatte, mich zu ermutigen, doch einen anderen Weg zu gehen. Und es tat mir jetzt so leid, dass ich ihr keine Beachtung geschenkt hatte.

«Und jetzt, was wird denn jetzt?», sagte ich, und in mir stieg Wut auf die Person auf, die ich einmal so verehrt hatte. «Soll ich da weiter mitspielen? Bist du deshalb gekommen? Denn das werde ich nicht tun. Ich komme nicht zu so etwas zurück. Ich möchte hierbleiben.»

Unten konnte ich sehen, dass Marielle aus Luciens Haus getreten war. Hatte der Wind meine Worte zu ihr getragen, sie irgendwie aufgeschreckt? Sie sah auf und in meine Richtung, die Hand über ihren Augen. Sie kam mir in diesem Moment alt und verletzlich vor, und ich verspürte Schuldgefühle angesichts der Unruhe, die ich in ihr Leben gebracht hatte. Ich stand auf, um zu winken, um den Eindruck zu erwecken, alles sei in bester Ordnung, sodass sie wieder hineingehen konnte. Sie grüßte knapp und wandte sich dann Lucien zu, der ihr gefolgt war, und steuerte ihn sanft wieder hinein. Ich blieb einen Moment stehen wie festgenagelt, konnte den Blick nicht von Luciens Haus lösen.

Harry stand auf und legte mir die Hand auf den Rücken, ermunterte mich, mich wieder zu setzen. «Es tut mir leid, Jeanie. Nichts davon hättest du ertragen sollen. Wir wollten dir wirklich nicht wehtun.»

Ich rutschte bis zum Rand der Bank vor, wippte auf der Kante und wusste nicht, was ich tun sollte. «Aber warum erzählst du mir das alles jetzt?», wollte ich wissen.

«Dein Vater versteht es, wenn du die Firma nicht mehr übernehmen willst. Wir alle verstehen das. Ich bin also nicht hier, um dich nach Hause zu holen, damit du das Geschäft übernimmst. Jedenfalls nicht so.»

«Was meinst du damit?»

«Na ja, dein Vater hat mich gefragt, ob ich es übernehmen will, aber das kommt nur infrage, wenn du es wirklich nicht machen willst.»

Sie wartete ab, um zu sehen, ob ich protestieren würde. Ich muss zugeben, dass ich einen winzigen Stich von Eifersucht verspürte. Aber ich sagte nichts, sah einfach nur geradeaus.

«Ich habe Ja gesagt», sagte sie leise, zögernd. «Aber ich fände es großartig, dich dabeizuhaben. Ohne dich fühlt es sich nicht mehr genauso an. Und ich hoffe, dass du es, trotz allem, was geschehen ist, auch vermisst. Verstehst du, ich denke, wenn wir beide zusammenarbeiten und es nichts mehr zu verbergen gibt, würde für dich alles leichter werden, Jeanie, genauso wie für mich. Verstehst du, dass du gegangen bist, hat mir klargemacht, wie satt ich all diese Lügen habe. Ich will reinen Tisch machen. Es der Welt endlich sagen können. Dem Bestattungshaus einen Neustart ermöglichen. Mit dir zusammen. Siehst du nicht, was wir gemeinsam erreichen könnten? Es wäre ein wenig so wie das, was du hier mit Marielle hast. Allerdings zugegebenermaßen ohne Sonnenschein», sie lachte ein wenig, «und ohne Wiese und mit deutlich mehr Balsamierflüssigkeit. Aber, die Sache mit den Leichentüchern hört sich tatsächlich sehr schön an. Und die Zeiten ändern sich, und die Leute wollen heutzutage alles Mögliche, und vielleicht ...»

«Okay, warte mal ...» Ich unterbrach ihren Redefluss, weil ich verstehen wollte, was sie mir da genau vorschlug. Ich rutschte wieder auf der Bank zurück und setzte mich so hin, dass ich ihr direkt ins Gesicht sehen konnte. «Dass du den Leuten erzählen willst, dass du es bist, die die Toten hört, und nicht Dad, ist das eine. Aber was Marielle hier wirklich macht, ist mehr, als die Toten bloß in Leichentücher einzuhüllen. Sie sagt die ganze Wahrheit, die reine, absolute, schmerzliche Wahrheit. Glaubst du, die Mastersons sind dazu bereit, Harry?»

Meine herausfordernde Frage hatte ihren Enthusiasmus tatsächlich gedämpft. Sie sagte nichts und blickte ein weiteres Mal auf all das, was Marielle und Lucien geschaffen hatten, seufzte, schloss die Augen und begann wieder zu sprechen.

«Wie wäre es damit, Jeanie: Ich beginne zunächst damit,

meine Lüge einzuräumen, und schaue mal, wie das ankommt. Wir verlieren vielleicht ein paar Kunden an Doyle's, aber es wird weiterhin Tatsache bleiben, dass wir Mastersons die Einzigen in Irland sind, die mit den Toten sprechen können, und das muss schließlich auch zählen. Und dann, na ja ...» Sie stockte, aber nur kurz, bevor sie sich mir ganz zuwandte. «Schau, Jeanie, ich war nie dagegen, die Wahrheit über das zu sagen, was die Toten mitgeteilt hatten, aber ich verstand, warum dein Dad manchmal nicht alles ganz korrekt weitergegeben hat. Ich glaube, er wollte ganz einfach niemanden verletzen. Das musst du doch verstehen können, oder? Es war nie böse gemeint.»

Ich dachte an all die Male, in denen ich Zeugin davon geworden war, dass er die Wahrheit verschwieg. Ja, manchmal, weil er, wie ich jetzt wusste, keine Ahnung hatte, was gesagt worden war, aber in anderen Fällen auch, weil er dachte, die Wahrheit wäre zu schwer zu ertragen. Ich hatte gesehen, wie er die Hände der Angehörigen in seine genommen hatte, so ähnlich wie Marielle es auch tat, und seine Worte weitergab, Lügen wie Wahrheiten. Aber in seinen Augen stellte das nicht die Wahrhaftigkeit infrage, sondern er wollte den Hinterbliebenen einfach nur ihre Last abnehmen. Das hatte ich gesehen. Und so wie ich die Toten hören konnte, erkannte ich ganz gewiss auch seine Güte.

Ich nickte.

«Aber du hast trotzdem recht, Jeanie, wir Mastersons müssen mutiger mit der Wahrheit umgehen. Ich will gar nicht versprechen, dass wir es immer richtig machen werden, und es mag Zeiten geben, in denen wir abschwächen, was die Toten sagen, aber ich will es auf jeden Fall ehrlich versuchen. Und mit dir an meiner Seite, die vorangeht, glaube ich, dass wir eine Chance haben.»

Bei diesen Worten überkam mich Erleichterung. Tief in meinem Herzen wusste ich, dass ich jetzt genau das wollte: die Bereitschaft, zur Ehrlichkeit zu finden. Und hier war sie nun. Endlich. Ich spürte, wie sich mein Körper entspannte, meine Schultern sich aus ihrer Verkrampfung lösten, meine Rückenmuskeln gleichsam seufzten vor Erleichterung, und meine Augen füllten sich mit Tränen, dieses Mal aus Freude. Ich brachte ein kleines, wenn auch zögerliches Lächeln zustande, das erste Mal, seit sie begonnen hatte zu sprechen. Kein breites Lächeln; nur ein beinahe unmerkliches Zucken meiner Lippen. Aber sie hatte es gesehen.

Harry nutzte diesen Augenblick eines leichten Tauwetters und ergriff meine Hände mit ihren.

«Denk einfach in Ruhe darüber nach, Jeanie. Du hast immer noch ein Leben zu Hause, und jetzt hast du die Gelegenheit, vielleicht eins haben zu können, das nicht ganz so anstrengend und etwas ... seriöser ist.»

Ich sah wieder weg, plötzlich getroffen von der Einsicht, dass ich der Lüge ebenso schuldig war wie sie alle. Und ich war gar nicht mal sicher, ob ich den Mut hatte, all das vor Niall und der Welt zurechtzurücken. «Ich weiß nicht», murmelte ich.

Danach sagten wir nichts mehr. Sie ließ meine Hände los, schloss die Augen und lehnte sich zurück, sichtlich erschöpft von all dem, was sie sich von der Seele geredet hatte, während ich wieder auf der Kante hockte und über eine Rückkehr nach Kilcross nachdachte und wie es wohl wäre, ohne Lügen und ... ohne Niall.

Als wäre ihr dasselbe durch den Kopf gegangen, fragte sie: «Und was ist mit Niall, hast du mit ihm gesprochen?»

«Nein», sagte ich leise und verlagerte mein Gewicht.

«Gibt es noch eine Chance für euch zwei, was glaubst du?»

«Ich möchte nicht darüber reden», brachte ich heraus.

«Ich weiß, Jeanie. Entschuldige. Ich hätte nicht ...»

Ich blickte auf ihren gesenkten Kopf und fragte mich, wie es sich wohl all die Jahre für sie angefühlt hatte, wenn sie mich angesehen und sich gewünscht hatte, sie wäre es, deren Gabe anerkannt wurde.

«Ich brauche jetzt einen Drink», sagte ich und erhob mich schnell, im Wunsch, mich hiervon, wenn auch nur für einen Moment, zu befreien. Die Kälte von Luciens Cider, den er, wie ich gesehen hatte, am vorigen Abend in Marielles Kühlschrank gestellt hatte, schien wie die perfekte Lösung.

Harry folgte mir und versuchte, mit mir Schritt zu halten. «Ist es nicht ein bisschen früh für Alkohol?»

«Marielle trinkt oft ein Glas Wein zum Frühstück.»

«Was ich so von dieser Frau höre, gefällt mir immer besser.» Ihr Atem ging jetzt schneller, während ich entschlossen voranging.

«Die Franzosen haben einen viel gesünderen Umgang mit Alkohol als wir, sie betrachten ihn schlicht als ein Getränk unter anderen, nicht als einen Vorwand für irgendwelche Schauspielerei.»

«Erwartet ihr heute Klienten?», rief sie, damit ihre Worte mich erreichten, und eilte hinter mir her.

«Nicht dass ich wüsste.»

«Gut. Ich würde mich gern mit Marielle über ein paar Dinge unterhalten.»

«Harry», ich blieb stehen und drehte mich schnell um, wobei sie fast in mich hineinlief. «Hat Niall eigentlich irgendetwas hiervon erfahren, bevor er gekündigt hat?»

«Nein.» Sie schüttelte den Kopf. «Er weiß wirklich gar nichts. Weiß Gott, was er von uns halten würde.»

Ich nickte erleichtert. Dies war etwas, das ich, sollte ich je die Gelegenheit dazu bekommen, ihm gern selbst erklären würde. «Gut», sagte ich leise.

Harry fasste mich am Arm. «Aber du *wirst* doch über meinen Vorschlag nachdenken, oder? Darüber, wieder nach Hause zu kommen?»

«Ja», sagte ich, und mein Herzschlag pochte in meinem Ohr. Nach Hause, trommelte er. Bring. Mich. Nach. Hause.

KAPITEL 31

Vier Tage später verließ ich Saint-Émile. Ich nahm bloß eine Reisetasche mit – genügend Kleidung für die eine Woche, zu der ich mich bereit erklärt hatte.

«Ich komme wieder, Marielle», sagte ich zu ihr, als ich in ihrer Küche stand und versuchte, Auf Wiedersehen zu sagen. Ihre Blicke mieden mich, sie wollte diejenige, die nun ging, nicht ansehen.

«Ich weiß. Aber was ist, wenn ich das Zimmer für jemand anderen brauche, und du bist noch nicht zurück?»

Ich lächelte. Sie war hoffnungslos schlecht im Lügen. Es war kein Wunder, dass sie es ablehnte, damit ihren Lebensunterhalt zu bestreiten. «Warum, wer will denn kommen?»

«Niemand. Es könnte doch aber sein.»

«Ich habe dir gesagt, ich werde hier sein, wenn du stirbst, alte Frau. So leicht wirst du mich nicht los. Außerdem will ich dir einen Kessel mitbringen.»

«Ich will deinen irischen Kessel nicht. Ich mag meinen Topf. Plus, ich habe nicht vor, nächste Woche zu sterben.»

«Der Tod kommt vielleicht schneller, als du denkst, wenn du nicht anfängst, den Mann dort etwas besser zu behandeln.» Ich sah zu, wie Lucien draußen einen Schrank bewegte, mit dem er schon den ganzen Morgen beschäftigt war. Zentimeter um Zentimeter hatte er ihn aus dem Gästezimmer geschoben und sich geweigert, meine Hilfe anzunehmen, jetzt gerade versuchte er, ihn mithilfe seiner heroischen

Schubkarre in den Kastenwagen zu hieven. «Ich könnte mir vorstellen, diesmal bringt er dich vielleicht tatsächlich um.»

«Ich dachte, auf dem Weg zum Flughafen findet er vielleicht einen Antiquitätenladen, der den Schrank kaufen möchte.»

«Den will doch keiner. Am Ende landet er doch wieder in Luciens Schuppen.»

«Quatsch, das ist ein fantastisches Möbelstück.»

«Das ist eher wie Ikea in alt! Das stammt doch nicht von Louis Seize.»

«Das ist gute Handwerksarbeit. Meine Familie hätte den Schrank verbrannt, wenn der von irgendeinem Trottel angefertigt worden wäre.» Sie blickte auf das Köfferchen neben mir und den Mantel, den mir ich über den Arm gelegt hatte. «Brauchst du das überhaupt?»

«Ich reise in den irischen Sommer, Marielle. Eines Tages werde ich dich mitnehmen, und du wirst verstehen, warum wir eine Liebesbeziehung mit dem Regen haben. Aber bis dahin», sagte ich und umarmte sie, «bleib gesund und sei nett zu dem Mann.»

Ich küsste sie auf die Wange, und sie hielt mich fest, ganz ähnlich wie ich sie an jenem ersten Tag, und wir beide brachten das Wort Adieu nicht über die Lippen.

Ich tauchte genau in dem Moment im Vorgarten auf, in dem es Lucien gelungen war, die Tür des Kastenwagens zu schließen, und nun lehnte er sich keuchend dagegen. Ich machte ihm gar nicht erst den Vorschlag, sie noch einmal für meinen Koffer zu öffnen. Stattdessen nahm ich ihn auf die Knie, als ich mich auf den Beifahrersitz setzte.

Arthur holte mich vom Flughafen ab. Er hatte darauf bestanden, sagte er, hatte sich den Tag freigenommen, um mir zu versichern, dass wir immer noch Freunde waren, obwohl er von einem Anwalt, dem er noch nie einen Brief zugestellt hatte, so fremd waren sie sich, hatte erfahren müssen, wer sein leiblicher Vater war. Er hegte keinen Groll mir gegenüber, obwohl ich mit meinem Abgang ein Erdbeben ausgelöst hatte, ganz zu schweigen von dem gebrochenen Herzen dieses wunderbaren Niall, der nach Sligo gegangen war. Ausgerechnet nach Sligo. Das Meer, sagte ich als Antwort auf eine Frage, die nicht gestellt worden war. «Aber ist er denn nicht all die Jahre mit den Seen glücklich gewesen?», fragte Arthur, während er Münzen in die Box an der M4-Mautstelle warf. «Ist hier denn nicht genug Wasser?» Ich antwortete nicht, sondern beobachtete, wie all die vertrauten Orientierungspunkte an mir vorbeihuschten, während Kilcross allmählich in Sicht kam.

Als ich den Hof erreichte, kam mein Bruder aus seinem Schuppen und umarmte mich, was wirklich untypisch für ihn war.

«Das ist doch nicht richtig, Jeanie, all diese Veränderungen.» Er ließ mich los und stand da, die Hände in den Taschen und blockierte den Weg ins Haus.

«Ich weiß. Aber schau dich doch mal an. Du überlebst doch, oder?»

«Ich mag es trotzdem nicht.» Seine traurigen Augen brachten mich beinahe um. Ich sah zu Arthur hinüber, der verständnisvoll lächelte.

«Irgendwelche neuen Zeitschriften in letzter Zeit?», probierte ich es.

Aber er zuckte bloß mit den Schultern, blickte zur Seite und dann zu Boden.

«Oh, Mikey. Ich weiß, dass es schwer ist, aber die Dinge können nun mal nicht immer gleich bleiben, auch wenn du dir das so wünschst. Das ist wie mit deinen Regalen. Manchmal brauchst du einfach neue, damit du alles unterbringen kannst. Genau das ist auch mit mir geschehen. Ich brauchte mehr Platz, mehr Zeit, um mich an all das zu gewöhnen, was ich fühlte und was neu für mich war.»

«Brauchst du *mich* denn nicht?»

«Doch, natürlich. Und ich habe dich auch vermisst. Aber ich habe dir geschrieben. Du hast meine Postkarten und Briefe bekommen? Und die Bücher und DVDs; ich weiß, sie sind nicht auf Englisch, aber ich dachte, sie gefallen dir vielleicht trotzdem, besonders die Bilder.»

Er antwortete nicht sofort. «Einige der DVDs haben tatsächlich Untertitel», gab er schließlich nach. «Und ich habe mir ein norwegisches und ein französisches Wörterbuch bestellt, und so arbeite ich mich durch die Bücher durch.»

«Oh gut!»

«Aber ich bin bei dem einen erst auf Seite zehn und bei dem anderen auf Seite vierzehn.»

«Aha.»

«Niall ist jetzt auch fort, Jeanie. Weißt du das?»

«Ich weiß. Es tut mir leid. Ich weiß, das muss hart für dich gewesen sein.» Ich war mir nicht sicher, ob ich mich in dieser Sache hier besonders gut verteidigen könnte, und hatte Sorge, dass ich vielleicht die Fassung verlieren und anfangen könnte zu weinen, und mein Weinen würde wirklich weder Mikey noch mir weiterhelfen.

Aber Arthur mischte sich helfend ein. «Er hat angefangen, mir beizubringen, wie man die PlayStation spielt. Sagt, ich bin eine Naturbegabung, oder, Buddy?»

«Nein.» Mikey sah ihn angesichts dieser offenkundig himmelschreienden Lüge ungläubig an. «Du bist sehr langsam.»

Arthur lächelte. «Die alten Daumen sind auch nicht mehr, was sie mal waren, das gebe ich gern zu, aber der Schlechteste bin ich nicht. Dein Vater ist völlig hoffnungslos.»

Mikey warf Arthur ein winziges Lächeln zu und blickte dann in meine Richtung. «Aber jetzt bleibst du doch zu Hause, oder, Jeanie?»

«Na ja, deshalb bin ich ja hier, um herauszufinden, ob ich das möchte.»

«Und Niall, kommt er auch wieder zurück?»

«Du weißt, dass wir nicht mehr zusammen sind, Mikey?»

«Oh. Verstehe. Aber er ist immer noch mein Freund. Er schickt mir die ganze Zeit Nachrichten. Wir spielen jetzt online.»

«Super. Das ist ... wirklich großartig», brachte ich heraus, während Arthur meinen Blick auffing und noch einmal gütig lächelte, bevor er ein weiteres Mal eingriff, um die Situation für mich zu retten.

«Wir sollten deine Schwester jetzt mal reingehen lassen, Mikey. Ich vermute, sie ist ziemlich müde.»

Mikey trat pflichtschuldig aus dem Weg, und ich ging an ihm vorbei und fragte mich, wie lange er wohl brauchen würde, um mir zu verzeihen.

Ich war fast schon an der Hintertür zum Flur, da rief er aus: «Ich habe eine neue Dokumentation über Feldmarschall Sir John French!»

«Wer ist das denn?», fragte ich und drehte mich nach ihm um.

«Also, wenn du heute Abend um acht Zeit hast, kannst du kommen und es herausfinden. Ich könnte Popcorn machen.» Sein Gesicht hatte sich aufgehellt, etwas von der Traurigkeit war verschwunden.

«Das würde mir wirklich sehr gefallen. Danke, Mikey.»

«Okay», nickte er. «Aber du musst eine Flasche MiWadi mitbringen.»

Mum, Dad und ich saßen am Küchentisch. Vor mir ein regelrechtes Schlaraffenland. Alles, was ich seit meiner Kindheit auch nur ansatzweise geliebt hatte, wurde mir eines nach dem anderen angeboten: «Sandkuchen? Oder ein Schokocreme-Ei? Gar nicht so einfach, so was im Sommer zu bekommen, aber Arthur hat Himmel und Hölle in Bewegung gesetzt», sagte Mum.

Am Küchentresen stehend, strahlte Arthur vor Stolz.

«Oder vielleicht ein Spiegelei?», beharrte Mum.

«Also, was ich jetzt tatsächlich gern hätte, ist ein Twix.»

Ich sah, wie sie Blicke tauschten und ein hoffnungsvolles Lächeln teilten, dass ich es ihnen vielleicht nicht allzu schwer machen würde.

«Die sind jetzt vielleicht alle», sagte Arthur, als er den Schrank öffnete, wo sich der Vorrat befand, so reichlich wie immer. Er nahm eins und warf es mir zu. «Vielleicht schaust du besser auf das Haltbarkeitsdatum.» Dann rückte er vom Tresen ab, kam zu mir und küsste mich auf den Kopf und drückte meine Schultern. «Gut, ich lass euch mal allein. Teresa möchte Folientunnel kaufen gehen.»

«Folientunnel, na klar, wer will die nicht?» Dad lachte übertrieben.

Arthur hatte die Hand schon zum Abschied gehoben. «Passt auf euch auf», rief er, bevor er die Tür hinter sich zuzog.

«Es tut uns leid, Jeanie», sagte Dad, sobald Arthur weg war. «Wir wollten dir nie irgendetwas ...»

«Dad, Harry hat mir alles erzählt, wir müssen das nicht alles noch mal durchkauen.»

«Nein, aber du musst es auch von mir hören, und sei es nur dieses eine Mal. Du musst wissen, dass ich dich nie damit verletzen wollte. Ich hätte niemals lügen sollen. Deine arme Mutter hier stand all die Jahre neben sich und wünschte, dass wir dir die Wahrheit sagen würden.»

«So war es, Liebes, ich wollte, dass du alles weißt.» Mum streckte ihre Hand über den Tisch aus, und ich nahm sie dankbar.

«Es tut uns leid. *Mir* tut es leid», fuhr Dad fort. «Harry und ich, wir hatten uns irgendwie verrannt, denke ich. Dein Großvater war ein harter Mensch. Es ging entweder nach seinem Willen oder gar nicht. Er hat die Atmosphäre geschaffen und die Vorgaben für unser Geschäft, und als du auf die Welt kamst, wussten wir gar nicht mehr, wie wir aus dem Schlamassel wieder rauskommen sollten, in den wir uns selbst gebracht hatten.»

«Wir können das gern noch mal durchsprechen, Dad, nur jetzt nicht. Ich will den ganzen Psychostress heute nicht haben. Lass uns einfach über das Geschäft reden. Damit kann ich umgehen.»

Mum stand auf und kam um den Tisch herum, um mich zu umarmen und mir ins Ohr zu flüstern: «Mein prächtiges kleines Mädchen!» Und Dad kam auch, um mich in die Arme zu schließen, wie zwei äußere Blütenblätter, die die Knospe schützen.

«Also los», sagte Dad, schniefte und ließ mich schließlich wieder los: «Harry wartet im Wohnzimmer auf dich.»

«Okay, gut.» Ich stand und steuerte den Flur an. «Dann wollen wir jetzt mal euren Ruhestand regeln. Uns auf den Weg machen.»

«Hör mal, mein Schatz», sagte Mum, «wir dachten, wir gehen vielleicht essen, wir vier, und besprechen alles. Ein später Lunch. Wir haben einen Tisch reserviert. Ist das für dich okay?»

«Natürlich.»

«Wir dachten, wir fahren dahin, wo du so gern mit Niall warst. Die *Woodstown Lodge*.»

Ein vertrauter Stich zwang mich dazu, die Augen zu schließen.

Wir vereinbarten Folgendes: Die Inhaberin der Firma würde Harry werden. Mum und Dad würden in den Ruhestand gehen, und ich würde mit ihr zusammenarbeiten. Aber wenn jemand käme, der meine Hilfe brauchte, zum Beispiel die Polizei auf der Suche nach einer vermissten Person, würde ich diese Hilfe auch gern leisten. Und ich würde jedes Jahr für einen Monat oder zwei nach Frankreich reisen und ganz gewiss dann, wenn sich Marielle schließlich irgendwann verabschiedete. Und wir würden in Zukunft mit der Wahrheit mutiger sein. An jenem Nachmittag schlugen wir alle vier darauf ein. Ich wollte für ein oder zwei Wochen nach Saint-Émile zurückkehren und wäre rechtzeitig wieder zu Hause für die große Umwälzung. Sie würden sich schon behelfen können, sagten sie, mit Harry und Dad und dem Ersatz-Thanatopraktiker, bis ich wiederkäme und der neue Masterson-Plan in Kraft träte.

Ich sagte ihnen auch, dass ich das Haus nicht haben wollte. Es war ihres, und sie sollten nach Belieben dorthin zurückkommen können. Und außerdem, fügte ich hinzu, würde es mich viel zu sehr schmerzen, dort zu wohnen, seit Niall und ich uns getrennt hatten. Ich wollte mir eine eigene Wohnung suchen.

Ich packte meine Sachen im Gästezimmer aus, nachdem wir an jenem Tag aus der *Woodstown Lodge* zurückgekehrt waren und bevor ich mich bei meinem Bruder für eine dreistündige Session über Sir John French niederließ, den britischen Armee-Offizier und, neben vielen anderen Einsätzen, Held des Zweiten Burenkrieges, der im Übrigen permanent wütend aussah. Ich öffnete die Tür zu dem Zimmer, das ich mit Niall geteilt hatte, erst am nächsten Tag, setzte mich auf unser gemeinsames Bett und musterte das Zimmer, in dem noch in jeder Ecke Dinge von mir lagen, aber nichts mehr von ihm. Nichts, was davon zeugte, dass er einst hier gelebt hatte und einst mein gewesen war. Und in diesem Moment fand ich die Kraft, ihn anzurufen.

KAPITEL 32

Craven war eine Kleinstadt an der Küste von Sligo, wo das Meer an einen sandigen, windumtosten Strand brandete. Eine Stadt mit jeder Menge Besuchern und Zugezogenen, die noble Eisdielen und Läden mit Kunsthandwerk aufgemacht hatten, sogar eine französische Bäckerei gab es.

Am Morgen meiner Ankunft entdeckte ich *Robert's Pâtisserie* an der Straße, die zum Strand führte, wo um elf Uhr vormittags Familien in Windjacken bereits tapfer den kräftigen Böen trotzten. Pummelige bleiche Kinder schienen sich an dem Zwicken auf ihrer Haut nicht zu stören und rannten um die Wette an den Meeressaum, um die Gischt zu zertreten und sich hinzuhocken, damit sie das Salzwasser in die Hände schöpfen und ihre Geschwister entzückt damit nass machen konnten. Nachdem ich den Wagen abgestellt hatte, sah ich ihnen eine Weile zu, ging ein Stück zurück, schaute in ein paar Schaufenster und stieß schließlich auf die Bäckerei, dieses Stück vom Paradies, das mich sehnsüchtig an Marielle denken ließ.

Ich bestellte zwei Kaffee und ein Baguette.

«Sie sind Franzose», sagte ich, als der Mann meine Bestellung aufnahm und sich an seiner Kaffeemaschine zu schaffen machte.

«Sie verfügen über eine außergewöhnliche Beobachtungsgabe.» Er hob eine Augenbraue und lächelte.

«Man findet nicht viele französische Männer in Irland.»

«Sie fragen nur nach den Männern; die tausend Französinnen im Hinterhof interessieren Sie gar nicht?»

«Na gut, Franzosen ganz allgemein», lachte ich.

«Es gibt schon einige von uns, Sie wären überrascht.»

«Und warum?» Seit meiner Flucht schien es mir schwer verständlich, dass Menschen freiwillig hierherkamen, um in Irland zu leben. Und dabei hatte ich doch gerade meine Rückkehr nach Hause verhandelt. «Ich meine, warum verlässt man Frankreich?»

«Wegen der Liebe, gibt es einen besseren Grund?» Da sprach der wahre Franzose aus ihm, wie Lucien, der die Ehrlichkeit und die Launen Marielles jeden Tag zu ertragen hatte und doch nicht aufhören konnte, sie zu lieben. Und wie Niall vielleicht, der dasselbe getan und an einem Ort gelebt hatte, der uns erstickte, bis nichts mehr von uns übrig war.

Ich lächelte. Verlegen jetzt, weil ich begriff, dass dieser Mann womöglich dachte, ich wäre mehr an ihm als an seinen Lebensumständen interessiert.

Er gab mir die Kaffeebecher und das Baguette, und nachdem ich bezahlt hatte, nahm ich mein Festmahl mit zur niedrigen Strandmauer, um mich hinzusetzen und die Brise zu spüren, die inzwischen wundersamerweise wärmer schien, und um mir die Haare aus dem Gesicht zu streichen, während ich meinen Kaffee trank und kleine Stücke vom Brot abriss.

«Hallo, Jeanie.»

Ich drehte mich um und erblickte ihn, wie er gerade die Beine über die Mauer hob, um sich neben mich zu setzen.

«Hallo du.» Wir betrachteten die Wellen und gaben dem Schweigen zwischen uns Raum.

«Hier.» Ich reichte Niall einen Kaffee und deutete auf das Brot, das ich zwischen uns gelegt hatte.

«Als du Lunch gesagt hast, habe ich an einen Tisch gedacht.»

«Das ist bloß ein Snack. Ich wollte mir eigentlich nur einen Kaffee holen, aber dann konnte ich dem Brot nicht widerstehen.»

«Robert macht wirklich richtig gutes Brot.»

«Wusstest du, dass er wegen der Liebe hergezogen ist?»

«Das erzählt er jedem. Aber diese geheimnisvolle Geliebte hat noch keiner gesehen. Er wohnt am Ende der Straße, allein, soweit alle wissen.»

«Oh.» Ich sah wieder zur Ladenfront hinüber, als würde sein Schild mir den Schlüssel zu dem Rätsel liefern, das der französische Bäcker darstellte. Vielleicht lief er ja vor einer Liebe davon! Vielleicht lebte diese große Liebe, wer immer es war, tatsächlich zu Hause in Paris und hatte keine Ahnung von seinem gebrochenen Herzen. Ich richtete meinen Blick wieder auf das Brot zwischen uns und fragte mich, wie viel Einsamkeit in den perfekten, köstlichen Laib eingeflossen war.

«Wir können irgendwo hingehen, wenn wir hiermit fertig sind», sagte ich und musterte das halb aufgegessene Baguette.

«Sicher, wie auch immer, alles gut.»

«Wie viel Zeit hast du denn?»

«Heute arbeite ich tatsächlich nicht, also spielt es keine Rolle.»

Ich lächelte über die geschenkte Zeit.

«Also, du ziehst wieder nach Hause?»

Bei unserem Telefonat hatte ich ihn in Kürze über all das informiert, was Harry mir erzählt hatte, und auch über unsere Pläne.

«Ja, scheint wohl so.»

«Ist es das, was du wirklich willst, oder haben sie dich weichgeklopft?»

«Nein, es fühlt sich richtig an. Ich finde schön, dass es dann Harry und ich zusammen sein werden. Dass noch jemand außer mir da ist, weißt du, mit dem ich wirklich alles besprechen kann.»

Er stieß ein leises Lachen aus, das aber fast sofort wieder verebbte. «Ich wollte immer genau diese Person für dich sein. Die Person, mit der du wirklich alles besprechen kannst.»

Ich nahm einen Schluck aus meinem Becher und gönnte mir einen Moment des Nachdenkens, um es richtig herauszubringen. «Sieh mal, Niall, es ist nicht so, dass ich das nicht genau so auch gewollt hätte, es ist nur eben etwas anderes mit jemandem, der die Toten ebenfalls hören kann. Es ist wie mit einem Astronauten, der genau versteht, worüber ein anderer Astronaut redet. Niemand anderes wird begreifen können, wie es sich anfühlt, wenn man da draußen im Weltall treibt: das Wunder, die Schrecken, die Aufregung. Ich wollte nie, dass dich das verletzt.»

Er blickte zum Strand hinunter, nach rechts hinüber, so weit von mir fort, wie es nur ging. «Es waren eigentlich nicht die Toten, von denen ich gesprochen habe.» Er nahm einen Schluck Kaffee.

«Ach so.» Und hier war er nun, der Felsbrocken, der die ganze Zeit unseres Zusammenlebens zwischen uns gelegen hatte. Dieses Schweigen, meine Zurückhaltung, ihn wirklich an mich heranzulassen. «Es tut mir leid, Niall, das hast du nicht verdient.»

Ich blickte ihn wieder an, um zu sehen, ob er sich vielleicht umwandte, um mir zu sagen, dass er alles begriff. Aber er blickte weiterhin verbissen geradeaus. Ich fragte mich, ob ich wieder nach Hause fahren sollte, bei Dads Wagen den Rückwärtsgang einlegen und mich vom Acker machen und weg von diesem Mann, der zumindest – wenn schon nichts anderes – Ehrlichkeit und Liebe verdient hatte. Ich schloss die Augen gegen den Wind und ließ ihn über mich hinwegwehen, bis die Worte von alleine kamen und hinaus in die Luft sprudelten, als hätten sie immer schon gesprochen werden sollen.

«Ein Teil von mir dachte die ganze Zeit, dass ich einen Fehler gemacht habe, als ich dich geheiratet habe. Ich habe dich geliebt, aber es schien da diese andere, wunderbare Version von mir zu geben, die ich vielleicht mit Leben füllen sollte. Ich war zerrissen zwischen dir und dieser anderen Version. Und dir und meiner Familie und dem Beruf. Ich wollte es immer allen recht machen. Und ich habe dich in all das mit hineingezogen, in meine verzweifelten Versuche zu beweisen, dass ich eine gute Tochter war, eine gute Schwester und eine gute Zuhörerin.» Meine Blicke huschten über seine Gestalt, zu ängstlich, um zu verharren und zu sehen, wie verletzt er war; stattdessen verweilten sie jenseits auf dem Streifen Land, der die Bucht umschloss.

«*Mit ihm*, meintest du?»

«Was?», fragte ich und sah wieder auf sein Profil.

«Dieses aufregende Leben, von dem du gesprochen hast, das sollte doch mit ihm sein, das meinst du doch, oder?»

«Ja.» Ich senkte beschämt den Kopf, als ich mein Geständnis flüsterte, aber ich zwang mich weiterzusprechen, denn darum war ich schließlich jetzt hier, um endlich die Wahrheit zu gestehen. «Ich ... ich liebte Fionn immer noch, aber ich dachte ehrlich, ich könnte mich von ihm lösen. Als wir zwei loslegten, wollte ich wirklich, dass es gut wird und gelingt. Und ich habe wirklich geglaubt, dass ich das könnte. Aber als all das passierte, als Fionn starb, mein Vater den Ruhestand ankündigte, begriff ich, dass ich irgendwo, tief begraben in mir, die ganze Zeit diesen Traum hatte, dass Fionn und ich uns eines Tages wiederfinden würden. Dass wir uns eines Tages in einem wunderschönen romantischen Nimmerland wieder vereinen würden.» Ich streckte die Hand zum Strand hin aus, ließ sie wieder sinken. «Also, Niall, du hattest die ganze Zeit recht, ich habe dir immer etwas vorenthalten, immer etwas verschwiegen.»

«Wow. Und da ist sie also, unsere gemeinsame Geschichte in dreißig Sekunden. Niall Langley – der Zweitbeste.» Sein Zeigefinger und Daumen wischten über den Horizont, als würde er eine Schlagzeile entwerfen.

«Es tut mir leid, Niall. Ich hätte nicht ...»

«Nein, Jeanie, du hast ja recht. So war es nun mal. Und es ist nicht so, als hätte ich das nicht alles schon längst gewusst. Aber es tut dennoch weh, wenn man das dann auch noch so deutlich bestätigt bekommt.»

Wir saßen noch ein bisschen länger in diesem schrecklichen Schweigen, und ich wusste nicht, wie ich es leichter machen sollte. Wo es doch in der Realität keine Lösung gab. Alles, was ich diesem Mann sagen musste, war nicht geeignet, gute Gefühle zu erzeugen.

«Du hattest recht damit, keine Kinder haben zu wollen. Wer will schon ein Kind haben, das anschließend in so einem Schlamassel steckt?»

«Niall, es tut mir wirklich leid.» Aber er ignorierte mich und meine Scham und preschte weiter voran.

«Und was, wenn es mit dir und ihm in eurer imaginären Wiedervereinigung nicht geklappt hätte?» Niall betrachtete immer noch entschlossen das Meer.

«Das weiß ich auch nicht», räumte ich ein. «Vielleicht wären wir großartig gewesen. Oder wir hätten uns verbraucht, und am Ende wäre ich wieder hier gelandet. Weil ...» Und hier kam nun, was ich durch die Weisheit der Toten und Marielle wusste, ich musste es nur aussprechen: «... es mir so vorkommt, als liegen mein Schicksal und meine Bestimmung – die ich so lange woanders vermutet hatte – genau hier bei den Toten von Kilcross.»

Draußen rauschte das Meer heran und warf seine Wellen voller Inbrunst auf den Strand, schickte Schaum und Gischt in die Luft und sorgte für entzücktes Geschrei bei den Kindern. Ich war erschöpft, aber glücklich, dass ich mir endlich, mit zweiunddreißig, über einen so wichtigen Punkt klar geworden war.

«Aber nicht zusammen mit mir», stellte er leise fest und erinnerte mich daran, dass nicht alles so klar war. «Deine Bestimmung schloss mich nicht ein.» Er stieß ein bitteres Lachen aus. «Sag mir, Jeanie, hast du mich überhaupt vermisst, als du fort warst?»

Ich nickte und lächelte schwach. «Die Frage ist eher, wann ich nicht an dich gedacht habe. Aber an uns zu denken, verwirrte mich, also versuchte ich, mich nur auf das zu konzentrieren, was ich wollte. Oder zumindest hat Peanut darauf gedrängt, dass ich das tue.»

«Und was hast du herausgefunden?»

«Dass ...» Ich hielt inne, fasste mir ein Herz und sprach weiter, «dass ich keine Angst mehr haben will. Dass ich mich selbst und andere nicht mehr belügen will.»

«Willst du damit sagen, dass du mir, wenn ich dir eine Frage stelle, eine ehrliche Antwort geben wirst?»

Ich nickte.

«Hast du mich je geliebt?»

«Ja», sagte ich, erstaunt darüber, dass er das nicht wusste.

«Liebst du mich jetzt?»

Ich schluckte, atmete tief ein und begann: «Ja. Aber vielleicht nicht so sehr, wie du es verdienst.» Ich wollte noch mehr sagen, es abmildern, weniger harsch klingen lassen, aber ich brach ab, weil ich ihm, mehr als jedem anderen, die Wahrheit schuldig war. Ich biss mir auf die Lippe und hoffte, er würde nicht aufstehen und weggehen.

«Also gut», sagte er, und auf seine Lippen trat ein unendlich trauriges Lächeln. «Es ist nicht so, als hätte ich das nicht gewusst. Aber dennoch, es ist nicht leicht, hören zu müssen, dass jemand einen nicht so liebt, wie man es sich gewünscht hat.» Er hob die Hand, um sich die Wangen abzuwischen.

«Es tut mir leid, Niall. Ich habe all das nicht gewollt. Ich habe es versucht, wirklich versucht.»

Wir saßen eine Weile da, ohne dass etwas gesagt wurde, da waren nur wir beide und unsere Tränen und der Wind und die anbrandenden Wellen.

«Ich glaube nur nicht, dass ich weiß, wie ich ohne dich leben soll», sagte ich in meinem verzweifelten Versuch, etwas von dem, was zwischen uns gewesen war, zu retten. «Du bist mein ganzes Leben lang bei mir gewesen, und nun bist du fort, und das tut mir weh.»

Er lachte matt. «Ja, das tut weh, oder?» Er atmete lang und langsam aus, als hätte er seit Stunden die Luft angehalten. «Ich bin mir nicht sicher, ob ich die Person für dich sein kann, die du haben möchtest, Jeanie. Ich kann nicht bloß dein Freund sein. Ich habe es versucht, und es war hart. Wirklich beschissen hart.»

Ich rutschte hin und her und wollte einfach nur weglaufen aus Scham über all das, was ich diesem Mann zugemutet hatte.

«Vielleicht gelingt es mir im Lauf der Zeit. Vielleicht. Aber jetzt in diesem Moment müssen wir getrennte Wege gehen.

Ich bin glücklich hier, Jeanie, wirklich, wirklich glücklich. Zum ersten Mal seit vielen Jahren. Ich denke, wir schulden es einander, dass wir einander jetzt gehen lassen. Freundschaft, Liebe, was immer das auch war, was wir voneinander wollten, es muss ein Ende haben. Für immer.»

Ich nickte zwei- oder dreimal bei seinen Worten, als würde die Wiederholung mir helfen zu akzeptieren, dass es so nun zu sein hatte. Die Wellen rauschten immer weiter heran, und die Kinder schrien immer weiter, und meine Tränen flossen noch immer. Ich war aufgelöst, und nicht bloß wegen seiner Worte, sondern auch wegen seines Mutes und seiner Güte, dass er an jenem Tag überhaupt bereit gewesen war, mich zu treffen; sodass wir zumindest diesen Augenblick des Abschieds haben und ich ihm endlich die ganze Wahrheit sagen konnte.

Am Rande meines Sichtfeldes ließ er den Kopf hängen, und dann sah er auf und seufzte und suchte den Horizont ab. Und als ich dachte, dass es für uns nichts mehr zu sagen gab, dass das, was jetzt passieren müsste, darin bestünde, dass ich in den Wagen meines Vaters steigen und wegfahren und diesen Mann nie wiedersehen würde, sagte er etwas.

«Ach, *fuck*!» Sagte es mitten in eine Bö hinein, sodass seine Worte mit dem Wind bis an den Strand hinuntergetragen wurden und eine Mutter den Kopf umwandte. «Warum fangen wir damit nicht erst morgen an? Du bist den ganzen weiten Weg gekommen, und es ist ein schöner Tag. Und ...» Er sprach den Satz nicht zu Ende, sondern schwang stattdessen seine Beine über die Mauer. «Komm», sagte er und eilte schon den Weg hinunter, ohne auf eine Antwort zu warten. Ich beeilte mich, ihn einzuholen, und hörte kaum, was er als Nächstes sagte: «Ich möchte, dass du jemanden kennenlernst.»

Für einen Moment versetzten mir seine Worte einen Stoß. So stark immerhin, dass ich mich sträubte weiterzugehen. Aber ich sagte mir, dass ich weitergehen musste, dass ich jeden begrüßen würde, selbst eine verschleierte Frau, die an einem Altar auf ihn wartete, weil ich ihm das schuldete. Für all die Jahre, in denen ich nie mutig oder fair genug gewesen war, würde ich kennenlernen, wen auch immer er wollte. Ich würde lächeln und ihr die Hand schütteln und lachen und über das Wetter reden, und dann würde ich nach Hause fahren und meine Sachen packen, um zu Marielle zurück- zukehren und mich zu verabschieden, bereit für ein Leben in Kilcross, in einem Cottage am Kanal, das Arthur mir gezeigt hatte, weil ein Freund von ihm es verkaufen wollte, und das ich vielleicht kaufen und rot anstreichen würde und dessen Blumenkästen ich gelb, blau und lila bepflanzen würde, mit einem Garten, den ich umgraben und pflegen würde, und ei- nem Folientunnel, den ich mit Arthurs Hilfe kaufen würde, um Tomaten, Gurken und Salatblätter zu züchten.

«Das», sagte er, blieb vor unserem alten Wagen stehen und öffnete die Beifahrertür, woraufhin ein kleiner Hund begeis- tert vom Sitz sprang, «ist Lex.»

«Oh», ich bückte mich lachend zu dem Hund hinunter. «Ein Rauhaardackel?», fragte ich und sah zu ihm hoch, muss- te wegen des grellen Lichts die Augen zusammenkneifen.

«Ja.»

Ich musterte den Hund wieder und tätschelte das weiche Fell seiner Ohren. «Du bist aber ein Schöner!»

«Ja, das bin ich wirklich», sagte Niall anstelle von Lex. «Wir würden gern einen Spaziergang machen, und wir fragen uns, ob du dich vielleicht anschließen möchtest.»

«Ja», sagte ich zu Lex, der mir als Antwort die Hand leckte, «ich glaube, das wäre ganz wunderbar.»

«Lex mag Wasser nicht allzu gern, also müssen wir die Promenade durch die Dünen nehmen.» Er bückte sich, um dem Hund die Leine anzulegen, während ich mich wieder aufrichtete.

«Sicher. Großartig. Wie ihr wollt.»

«Also los, Lex, dann wollen wir der Lady mal die Sehenswürdigkeiten zeigen.»

Und schon zogen wir los, wir drei. Über die Promenade, an den Läden entlang und in großem Bogen an der Pitch-and-Putt-Anlage vorbei. Und Niall und ich zogen uns unsere Kapuzen über und sahen zu, wie die Familien sich alles, was sie konnten, unter die Arme klemmten, einschließlich schreiender Kleinkinder, als der Sommerregen endlich beschloss, dass es Zeit war niederzugehen.

DANKSAGUNG

—

Ich habe beim Versuch, ein besseres Verständnis für den Tod und die Art, wie wir mit ihm umgehen, zu erlangen, viele wunderbare Menschen kennengelernt. Für ihre Zeit und ihre Freundlichkeit danke ich: David McGowan, Karen Carey, Father Kevin Lyon, Joan und Con Gilsenan. Dank gebührt auch Michael Clarke, der mir drei Jahre lang so großzügig Zeit geschenkt hat, dabei immer positiv und unterstützend blieb, wenn er mir half, einige der vielen Probleme zu lösen, auf die ich beim Schreiben stieß. Michael, ich schulde dir weit mehr als bloß ein Pint.

Bitte beachten Sie, liebe Leserinnen und Leser, dass für Fehler oder Freiheiten, die ich mir genommen habe, allein ich verantwortlich bin und nicht diese Menschen, die sich in ihrem Leben professionell der Aufgabe widmen, sich um unsere verstorbenen Familienangehörigen zu kümmern.

Bei der Recherche stieß ich auf Künstler, die Theaterstücke, Kurzfilme und sogar eine Doktorarbeit über das Feld von Tod und Bestattung gefertigt hatten. Jeder dieser Menschen schenkte mir seine kostbare Zeit und ließ mich sein Material sichten. Wenn Sie je die Gelegenheit bekommen, müssen Sie unbedingt Keith Singleton und Niamh McGrath in ihrem Stück *Looking Deadly* sehen und den großartigen kurzen Animationsfilm der Wiggleywoo Productions: *Tea with the Dead*, der wirklich sehr schön ist. Ein Dank an Margaret Bonass Maiden dafür, dass sie mir Teile ihrer

Dissertation über den Tod in der irischen Literatur zur Verfügung gestellt hat.

Ich danke auch den Lesern erster Fassungen dieses Buches – ihr habt mir mit euren freundlichen Worten und eurer Bereitschaft, mir Bescheid zu geben, wenn etwas nicht funktionierte, dabei geholfen, diesen Roman voranzutreiben: Louise Buckley, Mia Gallagher, Conor Bowman, Claire Desserey, Phil Byrne, Ted Sheehy, David Harland, Una Bartley, Billy Doran, James Lowry und Bríd Ní Ghríofa.

Ich danke denen, die sich meine Zweifel und Sorgen angehört und mir mit interessanten Geschichten ausgeholfen haben: Adam Lowry, Míde Emans, Ann O'Sullivan, Bernadine Brady, Marése Bell, Mary O'Neill, Charlie Bishop und Séamus Ó Drisceoil.

Ich danke zwei Schriftstellern, die sich meiner annahmen, als ich dachte, ich hätte mich verrannt: John Boyne und Alison Walsh – eure Ratschläge und Ermutigungen fühlten sich an wie eine Rettungsleine.

Ich danke den vielen Menschen bei Sceptre, die mich begleitet haben, sie waren nicht bloß außergewöhnlich kenntnisreich, sondern auch unglaublich geduldig. Emma Herdman, die mir half, das Buch zu formen, ist eine Expertin des freundlichen Wortes, des sanften Drucks und des wachsamen Auges – ich vermisse dich. Lily Cooper und Carole Welch, die sich meiner annahmen und mich zuverlässig mit ihren Fragen, Vorschlägen und ihrer Fähigkeit zu sehen, was mir vollkommen entgangen war, zur Ziellinie führten, einen herzlichen Dank an euch. Ein Dank auch an Penny Isaac und Barbara Roy für ihr ausgezeichnetes Korrektorat. An das Marketingteam und die Presseabteilung, die unentwegt für mein Buch gearbeitet haben, Louise Court, Helen Flood, Maria Garbutt-Lucero, Jeanelle Brew und Kate Kechan.

Auch an die Leute bei Thomas Dunne Books in den USA: Stephen Power, Lisa Bonvissuto und Tom Dunne, ich danke euch für eure klugen Vorschläge, ich vermisse euch alle. Dank auch an Dori Weintraub, deren Feedback außerordentlich ermutigend war.

Dank an die Leute bei Hachette Ireland, die sich unermüdlich für mein Werk eingesetzt haben: Jim Binchy, Breda Purdue, Ruth Shern und Siobhán Tierney. An Elaine Egan, es gibt nur ein Wort, mit dem man dich beschreiben kann – erstaunlich.

Den Mitarbeiterinnen der Mullingar Library, die mir so großzügig einen Arbeitsplatz einrichteten, als ich nicht zu Hause arbeiten konnte. Euer einladendes Lächeln und eure Güte werde ich nie vergessen.

Ganz am Anfang der Arbeit an diesem Buch hatte ich das Glück, Unterstützung durch den Stinging Fly Mentorship Scheme und vom Westmeath Country Council zu erhalten, für die ich äußerst dankbar bin. Vor Kurzem bekam ich zu meiner großen Freude außerdem noch ein Stipendium vom Arts Council of Ireland, das mir ermöglichte, dieses Buch zu beenden.

Dank an meine Agentin Sue Armstrong, die mich durch ein hartes Jahr begleitet hat – dein Glaube an mich hat mich zum Lächeln gebracht, wenn ich dachte, das sei wirklich nicht mehr möglich.

An James und Adam, die mir immer noch die Hand halten und immer noch verstehen, dass es dunkle Tage gibt, an denen After Eights und Fußmassagen überaus willkommen sind. Ich liebe euch beide.

Schließlich danke ich den Leserinnen und Lesern meiner Bücher, was würde ich ohne Sie tun? Ein herzliches Dankeschön.